MW01193675

OLGA MUERE SOÑANDO

OLGA MUERE SOÑANDO

XOCHITL GONZALEZ

 Planeta

Título original: *Olga Dies Dreaming*

© 2021, Xochitl Gonzalez
Traducción al español con licencia de Audible

Traducido por: © 2023, Roque Raquel Salas Rivera
Créditos de portada: © Lauren Peters-Collaer
Adaptación de portada: © Genoveva Saavedra / @aciditadiseño
Fotografía del autora: © Mayra Castillo
Ilustración de portada: iStock/CSA-Printstock (Flower Pattern), juli-julia (Face),
CSA-Archive (Cityscape)

Derechos reservados

© 2024, Editorial Planeta Mexicana, S.A. de C.V.
Bajo el sello editorial PLANETA m.r.
Avenida Presidente Masarik núm. 111,
Piso 2, Polanco V Sección, Miguel Hidalgo
C.P. 11560, Ciudad de México
www.planetadelibros.com.mx

Primera edición impresa en esta presentación: septiembre de 2024
ISBN: 978-607-39-1191-7

Impreso en los talleres de Bertelsmann Printing Group USA
25 Jack Enders Boulevard, Berryville, Virginia 22611, USA.
Impreso en U.S.A - *Printed in U.S.A*

Para Pop,
quien me educó para estar y sentirme orgullosa
y
para todas las nenas del Sur del Brooklyn
quienes miran fijamente al agua, soñando.

Yo soy yo y mi circunstancia, y si no la salvo a ella no me salvo yo.

—José Ortega y Gasset

El imperialismo se paga con vidas.

—Juan González

JULIO DE 2017

LAS SERVILLETAS

La señal más contundente de que andas en la fiesta de un rico son las servilletas. En la boda de alguien que no es rico, si a un camarero se le desparrama agua o vino o un coctel con buen licor sobre la servilleta en el regazo de un invitado, la bebida se separaría en gotas y rodaría por el mantel barato de tela polimezclada y lavada en tintorería, bajaría por las piernas del invitado y eventualmente formaría un charco en la horrorosa y frenética alfombra estampada, fabricada y seleccionada justo para enmascarar ese tipo de manchas. Sin embargo, en la boda de una persona rica, las servilletas están hechas de un lino europeo lo bastante fino como para un traje de Tom Wolfe, planchadas a mano para lograr un acabado suave y adornadas con un elegante borde de vainica. Si la camarera derrama un poco de agua embotellada de lujo, vino añejo o cócteles hechos a la medida y diseñados por un mixólogo para la ocasión, la servilleta, obedientemente, absorbería el líquido antes de que el incidente pueda irritar a algún invitado vestido en alta costura. Por supuesto, en la boda de los ricos, los camareros no derraman cosas; han sido separados y elevados por encima de sus hermanos más descuidados y menos coordinados mediante el proceso de selección natural de la industria de servicios que juzga por la apariencia, el modo de andar y el conocimiento inherente sobre el lado correcto para servir y el lado que se debe despejar. En la boda de un rico tampoco aparece una alfombra espantosa. Esto no se debe a que la sede o el sitio carezca de una, sino a que tienen el dinero para tapizarla. Y no necesariamente con otra alfombra más bonita y de mejor gusto sino, en algunos casos, con pisos de madera, lozas en blanco y negro al estilo habanero o incluso césped auténtico y natural. Estas, sin embargo, eran las señales de riqueza más obvias en cualquier celebración histórica en la vida de una persona rica, y si bien el trabajo de Olga Isabel Acevedo requería que se preocupara por todos estos elementos y otros adicionales, en la coyuntura actual le preocupaban ante todo las servilletas. Máxime, cómo podría robárselas cuando acabara la fiesta.

«¡Carlos!», le gritó al camarero de aspecto autoritario encargado del equipo de preparación del servicio de catering. «Carlos, hablemos de las servilletas.» Carlos se acercó solícito, seguido por otros tres de sus compatriotas, todos vestidos de negro.

La boda de un rico no solo cuenta con mejores servilletas, sino que también con diseños elaborados para su presentación. Las manipulaban para formar figuras intrincadamente dobladas y las envolvían alrededor de menús impresos con lujo o con una variedad interminable de diseños que iban desde flores de un solo tallo hasta cintas trenzadas y —en una ocasión, de la cual Olga estaba particularmente orgullosa— una banda de cuero bruñida por un hierro candente en miniatura. (El novio era un ganadero de cuarta generación.) Olga realizó un patrón de pliegues complejo, que luego se colocó en diagonal a lo largo del plato de exhibición, con una tarjeta de ubicación colocada en el centro.

«Ahora, Carlos, es esencial, esencial, que las servilletas se coloquen en ángulos de treinta grados exactos con respecto a lo que serían las doce en punto en el plato, y aún más esencial que la tarjeta de ubicación se coloque en una posición paralela y no perpendicular a ese ángulo. La madre de la novia dijo que podría hacer algunas comprobaciones con su transportador, y después de un año de trabajar con esa mujer diría que hay una alta probabilidad de que en realidad lo haga.»

Carlos asintió comprensivo, casi como si supiera que la madre de la novia tenía un título avanzado en geometría que había estado acumulando polvo durante los últimos treinta años, mientras ella criaba a su prole y apoyaba la carrera de su marido, director ejecutivo de automóviles, y que esta había elegido canalizar sus frustraciones intelectuales en la microgestión anal-retentiva de la boda de su hija mayor. Por supuesto, Carlos no sabía nada de esto, pero llevaba décadas en esta carrera y no necesitaba saber los pormenores para comprender la importancia de ejecutar la tarea en turno con precisión. (La boda de una persona rica también tenía, al menos para los trabajadores involucrados, la posibilidad inminente de un litigio en el futuro cercano. Los eventos de las personas que no eran ricas tenían fallas olvidables. Las meteduras de pata de los ultrarricos eran agravios imperdonables que solo los tribunales podrían remediar. La historia reciente de una florista en ruina fiscal porque sustituyó una rosa inglesa por una ecuatoriana después de que su envío quedó secuestrado en la aduana, los había perturbado. Todos, desde el repartidor hasta el oficiante de la boda, estaban alerta.)

«Presta atención», continuó Olga, «estos fueron hechos a medida solo para la boda y la novia quiere llevárselos a la casa…»

«¿Qué va a hacer con trescientas servilletas?», intervino uno de los camareros. Claramente, era un empleado nuevo.

«En realidad son seiscientas», ofreció Olga. «Siempre es bueno tener extras, ¿verdad?» El personal se rio. «Ella afirma que serán reliquias familiares. El punto es que debemos asegurarnos de mantenerlos separados de la ropa de cama alquilada para el final de la noche, ¿entendido?»

Los camareros asintieron al unísono y, como una colonia de hormigas que recibían órdenes de su reina, salieron corriendo para ejecutar dicho plan de servilletas. Olga hizo algunos cálculos mentales. Se necesitarían seis pares de manos y otras cuatro horas para crear una óptica que los invitados desharían en unos segundos con un movimiento de la muñeca: eran 290 invitados, para ser exactos. Salvo algún incidente inesperado —que un niño-adulto fraterno rocíe a las damas de honor con champán, por ejemplo, o que un invitado borracho derribe el mostrador de croquembouche—, al finalizar la noche sobrarían entre 150 y 175 hermosas servilletas de lino con vainica nuevas que Olga podría llevarse para que su prima Mabel las usara en su boda otoñal.

Olga odiaba a su prima Mabel.

Por supuesto, no siempre había sido así. Sí, Mabel había sido una chica bocona que se convirtió en una mujer bocona y sabelotodo, pero a pesar de ello, en su juventud habían sido bastante cercanas. Sin embargo, poco a poco se fue formando y expandiendo una grieta. Luego, el año pasado, a los treinta y nueve años, Mabel fue ascendida a un puesto gerencial de nivel mediano en Con Edison y al mismo tiempo su novio de mucho tiempo le propuso matrimonio. Esa combinación la volvía insoportable. Olga era solo un año mayor o algo así, y a lo largo de su vida Mabel había estado en una competencia unilateral con ella en la que Mabel interpretaba cualquier acción en la vida de Olga como un signo de agresión y ofrecía un «Así que te crees que eres mejor que yo, ¿eh?» A decir verdad, durante la mayor parte de sus vidas, y utilizando una métrica tradicional estadounidense para medir el éxito, Olga *sí* fue más exitosa que Mabel. Olga se había ido de Sunset Park a una universidad elegante, había montado su negocio, había aparecido en revistas y en la televisión, había viajado por todo el mundo y había ido a cenas más costosas que el sueldo de un mes de Mabel. Pero ahora, con este compromiso, Mabel iba a lograr algo que Olga nunca logró: ser novia. No importaba que Olga se erizara ante la idea de una tercera cita y ni hablar del matrimonio. Mabel, en este campo particular, finalmente había ganado y no estaba dispuesta a dejar que su victoria pasara desapercibida. En Nochebuena, borracha de coquito, agitó una y otra vez su anillo de compromiso en la cara de Olga, diciéndole: «Julio lo consiguió en Jared, loca, ¿qué te dieron a ti? Así es, nada». En la despedida de soltera, de la cual Olga tuvo que ser anfitriona porque su familia la presionó porque «eres la que tiene las conexiones para organizar la fiesta», Mabel ofreció un brindis especial por su «prima Olga, que sabe ayudar a las novias, pero ella no logra conseguirse un novio».

Olga se lo había tomado con calma. Sobre todo porque si encontrar a alguien como Julio al cual atarse por toda la eternidad era el único concurso que perdería ante Mabel, entonces había elegido bien. De igual forma, se sintió tranquila al saber que, cuando llegara el momento adecuado, pensaría en el gesto perfecto de «jódete» para quitarle un poco de viento a las velas de Mabel en el día de su boda. El detalle exacto que Olga necesitaba para que fuera la piedra en el zapato de Mabel cuando reflexionara sobre ese día. Fue durante su sexto encuentro con la señora Henderson, la madre de la novia actual, en específico sobre el tema de las servilletas, cuando se le ocurrió la idea y de inmediato se llenó de alegría al saber que podía matar dos pájaros de un tiro diminuto.

Desde el principio, Olga supo que las servilletas iban a ser el «tema» de este evento. En cada primer encuentro con un cliente había un comentario pronunciado casualmente que Olga archivaba en su Rolodex mental, sabiendo que, dentro de varios meses, pasaría horas o incluso varios días lidiando con lo que había sido una declaración o pregunta al parecer inocua. Así fue cuando la señora Henderson y su hija llegaron por primera vez y, justo cuando estaban a punto de firmar el costoso contrato de Olga, la señora Henderson exclamó: «¡No hablamos de una de las cosas más importantes! ¡Las servilletas! Odio cuando dejan pelusa en el vestido». Olga asintió de inmediato y habló sobre eso y una serie de otras consideraciones a tono con la mantelería. En cuestión de segundos, se firmó el papeleo y la señora Henderson llamó a la «persona encargada del dinero» para que se ocupara del asunto de conseguirle a Olga su para nada insignificante depósito. Con su único comentario sobre la pelusa, la señora Henderson había revelado que era, en el mejor de los casos, neurótica y, en el peor, loca. Olga solo les había ofrecido el precio para la gente rica normal. La ansiedad la consumió cuando se dio cuenta de que no les había cobrado lo suficiente.

No se había equivocado. La hija de la señora Henderson, la novia, era una chica olvidable que se casaba con un chico olvidable. Ambos, sabiamente, permitieron que la señora Henderson hiciera lo que quisiera con la boda, sabiendo que, si la saciaban, era mucho más probable que el señor Henderson les diera el dinero que necesitaban para comprar su propia casa en Bridgehampton. Sin embargo, incluso con la ausencia casi cabal de los novios, la señora Henderson había mantenido a Olga y a su personal ocupados, principalmente con las servilletas antes mencionadas. ¿De qué estarían hechas? ¿Cuál sería el

ancho de la vainica? ¿Cómo se plegarían? ¿Y las servilletas de cóctel?
¿Y las toallas de mano en el baño? ¿Sería de mala educación una servilleta blanca? ¿Se aplican las mismas reglas a las servilletas que a los
invitados con relación a eso de vestirse de blanco en una boda? ¿Deberían cambiarlas a color marfil? ¿Acaso esa misma calidad de lino
estaba disponible en marfil? ¿Deberían agregar un toque de color?
¿Qué diría la gente sobre una servilleta azul? ¿Se considera de buena
suerte? ¿Dejaría pelusa?

Al final, se decidió por una servilleta estándar de lino blanco con
vainica, que insistió en que se hiciera a medida para la ocasión para
que «los niños puedan llevárselas como reliquia familiar». Olga accedió de inmediato, sabiendo que le costaría $7 por pieza si las ha-
cía una mujer dominicana que conocía en Washington Heights y que
sin problema alguno podría cobrarle al cliente $30 por servilleta, atri-
buirle el costo al gusto exquisito de la Sra. Henderson en telas y em-
bolsar la diferencia. Por supuesto, ni siquiera una profesional expe-
rimentada como Olga podría haber predicho que la neurosis de la
señora Henderson por las servilletas escalaría a tal punto. El miedo
de que en algún momento sus invitados se vieran obligados a utilizar
una servilleta sucia se apoderó de la señora. Gradualmente, aumentó su pedido original de trescientas servilletas hasta que al final lo du-
plicó. Por supuesto, Olga sabía que no había manera imaginable de
que sus invitados pudieran darle uso a tantas servilletas. También sabía que, eso de decirle a la señora Henderson, ¿que su miedo era irracional? Bueno, sería inútil. En cambio, Olga le aseguró que tal grado
de consideración era la señal de una anfitriona en verdad considerada, mientras en silencio se deleitaba sabiendo que había descubierto el toque perfecto para el gran día de Mabel, mientras se embolsaba
unos cuantos miles más realizando este encargo.

Olga no veía esto como un robo, sino más bien como una manera de redistribuir los recursos: la señora Henderson había acumulado demasiado agresivamente, mientras que la familia de Olga tenía
muy poco. En la boda de los Henderson, a pesar de todo el tiempo y
la energía invertidos en discutir, conseguir, plisar y manipular las servilletas, estas pasarían desapercibidas. Pero en la de Mabel, como un

traje negro de Chanel en un mar de imitaciones de vestidos ajustados de Hervé Léger, detendría a la gente en seco. «¡Qué elegante!», podía oírle decir a su Titi Lola. Podía imaginarse a su tío Richie sosteniendo dos servilletas contra su pecho y diciendo: «Oye, ¿cuántas crees que necesitaría para hacer una guayabera?» Habría innumerables primos que dirían simplemente «qué fino» mientras acariciaban la tela entre sus dedos. Olga sentía que eso era lo mínimo que podía hacer. ¿Por qué su familia no merecía sentir la sensación del lino belga importado sobre su regazo? ¿Porque el padre de Mabel era conserje? ¿Porque ese fue el único trabajo que pudo conseguir después de abandonar la escuela secundaria? ¿Porque abandonó los estudios principalmente por ser disléxico? Un trastorno del cual se enteraron hacía poco, de hecho, cuando a uno de sus nietos le diagnosticaron con lo mismo en la escuela y el tío JoJo, para consolar al niño, le dijo: «No pasa nada, mijo, toda mi vida he visto las letras al revés y todo salió bien». ¿Su familia tenía que limpiarse la boca con trapos de poliéster de tres dólares porque los maestros del tío JoJo fueron demasiado vagos para preguntarle por qué tenía problemas con la lectura? ¿Porque nadie pestañeó ante otro puertorriqueño idiota que abandonó una escuela secundaria pública de mierda? Pal carajo con eso.

Además, era indudable que su familia le atribuiría ese toque elegante a Olga, y eso mataría absolutamente a Mabel. Titi Lola, tío Richie, tío JoJo, todos sabrían de inmediato que esto era algo que solo a Olga se le ocurriría. Después de que los primos dijeran «qué fino», a continuación dirían «Olga». Así eran las cosas en su familia. Este era su rol.

«Meegan», llamó Olga a su asistente, que estaba ocupada arreglando los asientos. «Meegan, cuando termine el evento, lleva las servilletas sucias a la lavandería y envíalas a la señora Henderson lo antes posible el lunes por la mañana. Lleva las que sobren a la oficina.»

«¿Espera? ¿No vamos a enviar esas también?»

«No.» Olga ya conocía la siguiente pregunta.

«Pero ella pagó por eso.»

«Así es.»

«Entonces, si tomas algo que ella pagó, ¿eso no es…?»

«¿No es qué, Meegan? Porque lo que yo sé es que estoy ejecutando los deseos de nuestros clientes. La señora Henderson quiere que algún día las servilletas utilizadas en la boda de su hija sean de sus nietos. Estamos enviándolas. No le enviaremos el centenar de servilletas que permanecerán en una caja al fondo de la cocina, sin usar, durante el resto de la noche. No solo no es eso lo que ella pidió, sino que pregúntate por qué, después de quedar encantada con todo el asunto, le vamos a anunciar que le permitimos encapricharse en el derroche de un gasto tan irracional.

Meegan estaba a punto de decir algo y luego pausó. La sospecha en sus ojos se desvaneció y una sonrisa apareció sobre su rostro.

«Por eso eres la mejor. Tienes mucha razón. No lo habría pensado de esa manera, pero tienes razón. Por eso le rogué a mi mamá que me consiguiera este trabajo.»

Meegan era la asistente más eficaz que Olga había tenido en mucho tiempo. También era la más irritante, ya que provenía del mundo de las servilletas de lino. Su madre, una clienta de Olga, no le había pedido que le diera un trabajo a Meegan, sino que la amenazó con llevarse su negocio a otra parte si Olga no lo hacía. Sin embargo, esto no fue lo que irritó a Olga. No, lo que le molestaba a Olga era la insistente aplicación por parte de Meegan de una ética infantil a cada situación y su deseo genuino de estar presente en las bodas. De hecho, si bien la primera cualidad tenía el mayor potencial para causarle problemas a Olga, fue la segunda la que más la indignó. Sería fácil disfrutar de esta profesión, pensó Olga, si no le preocuparan las ganancias.

Ansiosa por continuar, Olga cambió de tema.

«¿Cuándo llega Jan? Quiero repasar el horario de los eventos.»

«Él no viene,» dijo Meegan tímidamente. «Van a mandar a Marco como reemplazo.»

Para manejar las minucias mentales de su trabajo y mitigar el riesgo de las quejas, Olga, como muchos en su profesión, había establecido un grupo confiable de proveedores (de catering, panaderos y similares) en quienes podía confiar para ejecutar el trabajo a la escala y al nivel que exigía su clientela. De este directorio, después de más de una década en esta industria, tenía una lista de personal preferido a quien solicitaría. Jan, el mejor capitán de piso de uno de los mejores proveedores de catering de la ciudad, estaba en su grupo de rotación frecuente. Él era, en muchos sentidos, su manta de seguridad emocional para los trabajos más duros. Su apariencia elegante, su comportamiento reconfortante y su inimitable acento europeo agradaban a sus clientes que estaban atentos a la presentación pública. Su ética de trabajo de inmigrante de primera generación, junto con una gran cantidad de chistes polacos sucios, complacían a su equipo de trabajo tras bastidores. Olga sintió pánico nada más pensar en tener que enfrentarse al transportador de la señora Henderson sin él.

«¿Qué? Pero pedí específicamente a Jan. Marco está bien, pero pido a Jan, quiero que Jan sea el que aparezca. ¿Qué justificación dieron?»

Meegan se encogió de miedo. «En realidad no les pregunté.»

Olga no tenía que decir nada; giró en silencio sobre sus talones y eso fue suficiente para hacerle saber a Meegan que esa no era la respuesta correcta. Sacó su teléfono y le envió un mensaje de texto a Jan para preguntarle por qué la abandonaba y luego llamó a Carol, la propietaria de la empresa de catering, para registrar su queja.

«Carol», habló en voz alta por teléfono, para darle ejemplo a todos los demás vendedores que preparaban el salón de baile del hotel para las festividades. «Con el fracatán de negocio que te traigo, espero que atiendas mis malditas solicitudes de personal y que al menos me llames si vas a hacer un cambio como este. Yo realmente…»

Pero los sollozos de Carol la interrumpieron. Todo fue muy repentino, dijo. Olga dejó caer el teléfono. No podía lidiar con esto ahora. Meegan, sintiendo que algo andaba mal, se quedó parada mirándola, con su cara estúpida, ingenua y ansiosa.

«Jan no viene a trabajar porque Jan está muerto.»

UN VELORIO POLACO

El velorio de Jan había dejado a Olga aún más triste de lo que había previsto. Los dolientes, reunidos en una funeraria con una fachada revestida de estuco, situada en una esquina de Greenpoint, habían revelado la doble vida rígidamente segmentada de Jan. A un lado de la habitación, debajo de una foto enmarcada y excesivamente enorme del Papa Juan Pablo II, estaba sentada su madre, rodeada por un grupo de mujeres polacas vestidas de negro que Olga solo pudo suponer que eran sus tías. Al otro lado, debajo de una pintura al óleo de una escena pastoral polaca, estaban sentados Christian y su equipo de dolientes: un grupo de antiguos y futuros camareros de catering, casi todos chicos homosexuales a quienes Jan y Christian conocieron durante sus dos décadas de convivencia en su *walk-up* de Chelsea.

Al observarlos, Olga no estaba segura de a quién saludar primero. Nunca antes había conocido a la madre de Jan y ni siquiera estaba segura de si ella y Jan eran cercanos. Pero su propia educación católica en los barrios más suburbanos le había arraigado un código ético tácito (¿un código étnico?) que requería deferencia hacia las madres, sin importar cuán alejadas estuvieran de los hijos. La propiedad inversa a los chistes de «tu mai». Caminó hacia el contingente polaco.

«¿Señora Wojcick?», Olga puso su mano sobre el hombro de la afligida madre. «Mi nombre es Olga; fui amiga de su hijo. Mi más sentido pésame.»

La señora Wojcick tomó el rostro de Olga entre sus manos, la besó en la mejilla y susurró algo en polaco que tradujo una mujer más joven que estaba a su lado.

«Ella dijo gracias por venir. Siempre quiso conocer a una de las novias de Jan.»

«Oh, no», dijo Olga con delicadez. Volteó directo hacia la madre de Jan y, como hace uno instintivamente cuando se trata de salvar una brecha lingüística, alzó la voz. «Jan y yo trabajamos juntos. Él hizo catering para algunas de mis fiestas. Yo organizo bodas. Era muy trabajador.»

La mujer más joven le tradujo sus palabras a la madre, no sin antes lanzarle a Olga una mirada miserable. Después de un momento, la madre se rio a carcajadas, miró a Olga y dijo: «¡Mi Jan era demasiado muy guapo!»

Olga sonrió con cortesía y se dio la vuelta, aliviada de que el incómodo intercambio hubiera terminado. Sintió un golpe en el brazo. Fue la intérprete.

«Mire, le dije a mi madre que Jan no se comprometería contigo porque no quería comprometerse. Si alguien más le pregunta, ¿podría simplemente, no sé, fingir?»

«¿Ella no sabía que él era gay?»

La hermana señaló la foto de Juan Pablo.

«Ya es bastante con que él se haya suicidado, ¿también tiene que saber que era gay?»

«Lamento su pérdida», ofreció Olga de forma seca, respetando el dolor de la hermana lo suficiente como para reprimir su propia irritación.

Ahora podía ver que la habitación era más un campo de batalla que una funeraria. Lo que estaba en juego era la forma en que Jan sería conmemorado: con los hechos o con la ficción. Para no parecer comprensiva con el enemigo, Olga cruzó la habitación, donde Christian la saludó calurosamente.

«Cariño, gracias por venir.»

«Lamento mucho su pérdida.»

Olga lo decía con sinceridad. Había cenado con Jan y Christian en varias ocasiones a lo largo de los años y, aunque no conocía bien a

Christian, sentía un profundo afecto por él y se deleitaba con los aspectos juguetones que él sacaba a relucir en un Jan a veces sombrío. Se inclinó para abrazarlo, inhalándolo profundo. Olía a Chanel número 5, a humo de cigarrillo y a ropa *vintage*. El aroma le recordaba el de su abuela, una mujer que, incluso en los tiempos más difíciles, nunca se quedaría sin su Chanel No. 5 ni sus cigarrillos. Christian, un cantante de cabaret que había conocido a Jan mientras trabajaban juntos en una discoteca, se había echado un cárdigan negro sobre los hombros y lo había combinado, con buen gusto, pensó Olga, con una blusa de seda color crema sin mangas y con cuello de corbata. En un guiño a las raíces católicas de Jan, Christian lo había complementado con varios rosarios hechos de nácar. Su rostro estaba cansado, pero su conducta elegante no parecía abatida.

«Nena», dijo, dando un paso atrás, «no hay nadie que lo lamente más que ese hijo de puta. Espera que lo alcance en el otro lado y le diga dos o tres cosas. Por hacer que me siente así con su familia loca».

Se rieron a pesar de sí mismos.

«¿Cómo es posible que no supieran que era gay?», susurró Olga.

«Olga, la gente siempre pensó que teníamos una relación abierta porque yo era una puta, pero en realidad yo solo quería darle un espacio donde no tuviera que esconder nada.»

Se preguntó en voz alta: «¿Crees que lo mató guardar el secreto?»

«Pal carajo con eso», dijo Christian. «Jan era un hijo de puta triste, eso lo sabía. Pero su depresión era más grave de lo que yo pensaba. Creo que estaba asustado. Hace unos meses descubrió que estaba enfermo. Nunca pude convencer a ese hombre a que tomara PrEP; siempre daba alguna excusa y decía que era muy complicado. Se arriesgó, dio positivo y tan solo lo vi retraerse emocionalmente. Unas semanas más tarde, lo encontré en nuestro clóset.»

Christian casi se puso a llorar, pero continuó.

«¿No es el colmo de la metáfora? Literalmente volvió al clóset para morirse. Sería poético si no supiera que es prácticamente el único sitio en nuestro apartamento donde podía hacerlo.»

«Coño», dijo Olga.

«Entonces, no solo fui yo quien encontró a esta perra, ahora tengo que pensar en él colgado allí cada vez que me visto. Lo único considerado que hizo conmigo fue dejar su nota en la mesa de café, así al menos no me sorprendió. Tengo cuarenta y cuatro años y me podría haber dado un puto infarto.»

«¿Te vas a quedar en ese apartamento?», preguntó Olga.

«Nena», respondió Christian, «¿tienes diez mil pesos para mudarte? Porque eso es lo cuesta hoy en día. Para alquilar. Para poder alquilar. Señor, ni siquiera puedo hablar de esto ahora mismo. Me agito.»

Él suspiró y se abanicó y ella se inclinó para abrazarlo. Olga le frotó los hombros con suavidad. Podía sentirlo temblar al comenzar a llorar de nuevo. No había tomado en cuenta cómo el estrés económico debía estar multiplicando su pesar. Ser camarero no volvería rico a nadie, pero con su clientela adinerada, el dinero de las propinas de Jan seguramente había engrasado las ruedas de sus vidas.

«¿Sabes qué?», murmuró Olga. «No lo traje hoy, pero tengo un sobre con propinas de Jan que nunca tuve la oportunidad de entregarle. Son por lo menos quinientos dólares.»

«¿En serio?»

La propina de Jan por la boda de Henderson, por supuesto, le tocó a Marco, pero el alivio en la voz de Christian valía quinientos dólares. Quizás enviaría un poco más. Los interrumpió otro doliente y Olga lo consideró un buen momento para ir a rendirle homenaje al muerto.

La madera lacada en blanco y los mangos dorados del ataúd brillaban bajo las suaves luces que iluminaban a Jan. Olga se acercó y se detuvo un momento para contemplar su forma física por última vez. Este aspecto del catolicismo siempre la había preocupado: velar a los muertos. Era un placebo pobrísimo para el estatus práctico que impone la muerte. Ella siempre había sentido que la fe judía entendía bien el duelo; no se finge nada, un entierro rápido y un momento en el que puedes estar tan afligido cuanto tiempo te sea necesario, sin la presencia de los espejos, rodeado de familiares, amigos y alimentos reconfortantes. A Olga el velorio le pareció una farsa irrespetuosa. Es absurdo pensar que arrodillarse ante el cuerpo frío y embutido químicamente y el rostro de cera de Jan fuera algo parecido a estar en presencia de su existencia en vida. Un yo que, si estuviera vivo, seguro estaría afuera fumando sin parar, bebiendo de su caneca y coqueteando, con un hombre o una mujer. Lo único que tenían en común Jan y el cuerpo de aquel ataúd, pensó Olga, era el traje, que estaba impecable.

Se arrodilló con la intención de rezar una oración, pero su mente volvió a la madre de Jan que velaba a un niño al que solo conocía a medias. Olga sentía que es un mito sobre la maternidad que el tiempo en el útero imbuye a las madres con una comprensión sobre sus hijos que dura toda la vida. Sí, conocen sus esencias, eso no lo dudaba, pero las madres siguen siendo seres humanos que eventualmente forman sus propias ideas sobre quiénes son sus hijos y quiénes creen que deberían ser. Es inevitable que surjan las disparidades. Algunas madres, como la de Jan, tan solo deseaban la desaparición de estas diferencias, por muy evidentes que fueran. Otras, como la propia madre de Olga, las enfocaban con precisión láser, confiando en que, con suficiente esfuerzo, la brecha podría reducirse. De cualquier manera, Olga consideraba que era difícil resistirse a que ese abismo se convirtiera en una sensación de deficiencia. Olga sabía, por su experiencia personal, lo desgarrador que podía ser. Lo pesado que debió haber sido para Jan vestirse de la versión de sí mismo que su madre quería ver cada vez que tomaba el metro de regreso a Brooklyn para visitarla. Asegurarse de no dejar escapar pista alguna de su otro yo por miedo a decepcionarla. Reconsideró a la hermana de Jan y su irritación anterior fue reemplazada por empatía. Solo estaba protegiendo la imagen que Jan quería que su madre tuviera de él. Olga sabía que haría lo mismo por su hermano.

Al levantarse y alejarse del ataúd, se topó con Carol, la antigua jefa de Jan. Carol había iniciado su negocio de catering en su apartamento hacía treinta años y lo había convertido en una operación vasta y lucrativa, lo cual sería casi imposible hoy día. Comenzó con bodas pequeñas, luego eventos más grandes y cada vez más destacados y, finalmente, consiguió el contrato para la Met Gala anual, todas las fiestas de la Semana de la Moda y, bueno, casi todos los eventos de primera categoría que se llevan a cabo en el área de la ciudad de Nueva York. Ahora, en un día cualquiera, atendían entre cincuenta y cien funciones, y al parecer Carol conocía los detalles íntimos de cada una.

Su negocio consumía sus pensamientos y su vida. De lo único que podía hablar era de fiestas, clientes, tendencias en el catering y la comida, qué capitanes eran buenos y cuáles estaban sobrevalorados y, por supuesto, su tema favorito: cómo aumentar sus márgenes de ganancia. Y aunque Olga admiraba desde hacía mucho tiempo la perspicacia de Carol para los negocios, la propia Carol a menudo la irritaba, ya que era, para Olga, un espejo de las insulsas preocupaciones de la profesión que ella misma había elegido.

Era un ser tan centrado en el comercio que a Olga le sorprendió lo absolutamente destrozada que sonó Carol en el teléfono. Ahora le abrió los brazos para abrazarla.

«¡Olga!», Carol exclamó mientras se separaba del abrazo. «Ay, dios mío. Qué cosa horrible.»

«Realmente lo es, Carol.»

«¡Era mi mejor capitán!»

«Y un gran ser humano.»

«Por supuesto, de eso no hay duda. ¡Y el mejor trabajador! Ya no hay muchos así, Olga. ¿Qué voy a hacer? Está a punto de comenzar la temporada más ocupada y no puedes imaginar la cantidad de eventos para los cuales lo había contratado.»

«El duelo puede ser muy confuso, Carol.»

«¡No, Olga, esto es devastador! ¡Tenemos una cena privada en casa de Agnes Gund la semana que viene y ella no permitirá que otro que no sea Jan tan siquiera mire su refrigerador de vino! ¡Ni siquiera un vistazo! No puedes imaginar lo especial que es.»

Olga asintió. Sintió cómo aumentaba su presión arterial.

«Estuvo en todos mis eventos más importantes del otoño», lamentó Carol con un suspiro. «Tenía razones de más para seguir vivo.»

Olga dijo con una sonrisa: «Sí, Carol. Si tan solo Jan se hubiera comunicado antes de quitarse la vida, podrías haberle recordado lo inconveniente que sería su muerte para la alta sociedad de Nueva York. Seguramente eso le habría dado razones para vivir.»

Se excusó sin esperar una respuesta, salió directo por la puerta a la calle donde encontró un taxi y pidió que la llevara a su chinchorro local.

EL ACAPARADOR

Noir era un lugar que saciaba las ansias de estar triste, pensó Olga mientras se acercaba sigilosamente a la barra y pedía lo de siempre. Llena de los clientes habituales que parecían no tener adónde ir y a nadie a quien le importara si llegaban a un destino, carecía de la sensación de posibilidad que transmitían los lugares más nuevos en su rincón de Brooklyn en vías de gentrificación acelerada. No había maderas recuperadas ni lámparas industriales ingeniosamente reinventadas con bombillas de Edison que iluminaran el espacio. Noir se parecía más a un garaje bien aislado, iluminado por lámparas que no combinaban y lleno de viejos taburetes de cocina, de una manera completamente carente de ironía. El aire acondicionado era débil, por lo que en días cálidos como este nunca hacía mucho calor, pero tampoco mucho frío. Su mayor atractivo, al menos para Olga, era su máquina de discos, llena de funk antiguo y R&B de los años setenta, ochenta y noventa. Pagó por algunas canciones que pensó que le podrían gustar a Jan y «Keep Him Like He Is», de Syreeta, llenó la pequeña barra. Cuando regresó a su asiento, sintió que una presencia rondaba a sus espaldas.

«¿Puedo ayudarle?», dijo al voltear.

Se encontró con un tipo moreno y desconocido. Un hombre tristón que, si bien nunca antes lo había visto, había pasado desapercibido porque su cara se difuminaba bien entre los demás rostros depresivos y cabizbajos.

«Pues, mira… estaba saliendo de una reunión y entré aquí y luego fuiste y pusiste una de mis canciones favoritas. ¿Sabías que por un tiempo estuvo casada con Stevie Wonder?»

«Eso todo el mundo lo sabe.»

«No me digas», él le dio una palmada en el hombro a una mujer llamada Janette. Janette, que prácticamente vivía en Noir, sobre todo durante aquellos meses veraniegos cuando estaba de vacaciones de su trabajo como administradora de una escuela pública.

«Disculpe señora, pero, ¿conoce a esta artista?»

«Sí. Es Syreeta Wright. Una de las exesposas de Stevie Wonder.»

Olga no sabía qué hacer. Por un lado, le divertía que aquel desconocido musicalmente engreído hubiera sido derrotado con tanta eficacia. Por otro lado, sabía que tan pronto cualquier persona le dijera algo más allá de un hola a Janette, corría el riesgo de tener que escuchar su discurso acerca de los problemas del Departamento de Educación durante las próximas cuatro horas. Un discurso que, sin importar la variación de los detalles o los agravios, siempre terminaba con Janette proclamando, una vez más: «La mierda de todo esto es que cambiamos una corrupta democracia por una inepta autocracia», encantada por su rima inteligente.

Olga eligió su batalla; antes de que Janette pudiera abrir la boca, intervino.

«Ves, es conocimiento común. De todos modos, aprecio tu excelente gusto musical, pero vine aquí para despejar la mente y beber una copa, así que, si no es mucha molestia…» Y se dio la vuelta.

«Bueno, más bien parece que quieres nublar tu mente.»

«¿Disculpa?»

«Solo digo que nadie bebe para tener claridad verdadera, ¿no te parece?»

«¿Ah no?», respondió Olga. «Creo que hay más o menos un millón de escritores y artistas que no estarían de acuerdo.»

«¿Eres escritora o artista?»

«Soy organizadora de bodas.»

«Yo soy agente de bienes raíces.»

«No te pregunté.»

Sin embargo, algo en aquella descripción la hizo volver a inspeccionar al extraño. Estaba despeinado. Su camisa abotonada estaba arrugada y llevaba una corbata enrollada que se le salía del bolsillo. Debajo del brazo, cargaba un cuaderno de contabilidad grande con páginas dobladas y Post-its y tarjetas de presentación que sobresalían de los bordes. Llevaba una enorme mochila JanSport, llena como la de un estudiante de octavo grado de una época anterior a las computadoras portátiles.

«Espérate, ¿dices que eres agente de bienes raíces?»

«Sí. ¿Estás buscando otro hogar? ¿Estás interesada en explorar la vida en Nuevo Brooklyn?»

Ella se sintió insultada. «Pfft… ¡Salte de aquí pal carajo! Me cortan y sangro Viejo Brooklyn, muchas gracias. Mi familia ha estado en Sunset Park desde los años sesenta. Una de las primeras familias puertorriqueñas en el barrio *y* éramos los dueños de nuestra casa.»

Ahora el extraño la evaluó. «¿Ah, sí? Impresionante, dado el *redlining*, el trato discriminatorio por parte de las agencias de bienes raíces y los bancos que se aplicaban en el pasado.»

«Mi abuela era mafiosa. Nunca involucró al banco. Le compramos nuestra casa al propietario, con efectivo. Se lo vendió por casi nada cuando la zona se volvió demasiado "morena" para su gusto.»

«No me digas. Bueno, felicito a tu abuela por aprovechar la huida de los blancos.»

Olga no pudo contener una carcajada. «¡Salud!» Levantó su copa y bebió lo último que quedaba de vino.

«Soy de South Slope», ofreció el extraño. «Por si tenías curiosidad.»

No se lo había preguntado, pero hizo una pausa. «¿En serio? ¿Nacido y criado ahí?»

«Nacido y criado.»

En las pocas ocasiones en las que Olga conocía a un compañero residente nativo, siempre le sorprendía lo relajada que se sentía. Como si pudiera deslizarse y hablar en una lengua moribunda sobre la vieja patria.

«Bueno, mira, no lo tomes a mal ni nada por el estilo, pero de un habitante de Brooklyn a otro, tengo que preguntarte algo.»

Se rio. «Dispara. Pero ya sé que me lo voy a tomar a mal porque nadie comienza a decir eso si viene algo positivo.»

Olga sonrió. «Pues este vecindario está de moda ahora mismo. Propiedades de lujo. Llega dinero nuevo. Los agentes inmobiliarios que conozco son todos profesionales y refinados…»

«¿Y quieres saber cómo logro salirme con la mía con la apariencia de un profesor loco de escuela vocacional?»

«Sí, supongo que a eso me refería.»

Él se quitó la mochila, se acercó sigilosamente a la barra y se inclinó hacia ella.

«Bueno, tengo mucho talento, soy muy inteligente, tengo algo de estilo y, francamente, estoy bien conectado. Fui a las mejores escuelas, literalmente: Packer, Bennington y todo eso.»

«Qué interesante.»

«¿Te preguntas por qué soy solo un agente de bienes raíces?»

De hecho, eso era justo lo que se preguntaba Olga, pero antes de decirlo en voz alta, se preguntó: *Bueno, ¿y tú por qué carajo eres organizadora de bodas, Olga?*, y decidió quedarse callada.

«No», mintió.

«Mi madre murió y nunca lo superé. Obtuve mi licencia de bienes raíces para ocuparme de su casa y luego una cosa llevó a la otra y pronto estaba haciendo esto. Ahora vivo en su casa y me he convertido en una especie de *hoarder*, de acaparador.»

«¿Disculpa?» Olga estaba segura de que se le había escapado algo.

«Sí, tengo muchas cosas. Sobre todo muebles.»

«Pero lo dices metafóricamente. No como en el programa de televisión.»

«Mmm no. Quiero decir justo como en el programa de televisión. Técnicamente, ya que no guardo periódicos o comida, quizá no cumpla con la definición clínica, pero creeme, no es normal. Como dije, lo mío en realidad son los muebles. Y la electrónica. Y chucherías. Tengo una habitación Hummel».

Olga se río y el extraño también, y ella olvidó por un segundo que quería estar sola.

El extraño, que ahora se había sentado en el taburete junto a ella, le ofreció la mano.

«Soy Matteo.»

«Olga.»

De cerca, Olga pudo ver que Matteo era bastante guapo debajo de su semibarba desaliñada. Tenía algunas pecas y ese tipo de ojos castaños claros que Olga solía llamar color Coca-Cola cuando era niña. Su pelo corto y rizado estaba encaneciendo, pero se dio cuenta de que él era cinco, tal vez seis años mayor que ella, como máximo. Sus mangas de la camisa arremangadas revelaban unos antebrazos musculosos velludos que eran bastante sexy.

«Entonces, Olga, ¿me dejas traerte otra bebida mientras me cuentas sobre qué estabas tratando de aclarar en tu mente?»

Mientras bebían dos copas más de vino, Olga le contó a Matteo todo sobre el funeral, el suicidio de Jan y, por supuesto, su doble vida.

«Sin embargo, supongo», ofreció Matteo, «que la mayoría de nosotros en Nueva York llevamos una doble vida, con algún tipo de secreto escondido tras bastidores.»

«¿Eso crees? Entonces, ¿cuál es tu secreto?»

«Ya te dije. Soy un acaparador.»

Ella rio.

«Entonces, ¿cuál es tu secreto?», preguntó Mateo.

«Soy una persona terrible.»

Afuera del Noir se besaron bajo una farola por una hora, con la ropa humedecida por la noche de verano. Las manos de Matteo estaban sobre la espalda de Olga, en su nuca. Ella podía sentir a Matteo que se había endurecido contra su muslo a través de sus pantalones caqui. Le excitaba besarse en una esquina. Le traía felicidad descubrir que todavía no había superado este gusto. Los besos sabían a recuerdos, a vino y a sal, y ella se perdió, sumida en ellos.

«¿Vamos a mi casa?», le susurró ella al oído.

Él chichó con los calcetines puestos, pero Olga se sorprendió por lo poco que eso le importó.

NOVIEMBRE DE 1990

Querida Olga,

Te escribo en tu cumpleaños número trece, uno que lamento no poder presenciar. Hay trabajo que hacer en el mundo y me ha llegado el llamado, mija, el llamado a la acción. Creo, en mi corazón, que les he dado a ti y a tu hermano, toda la sabiduría que yo, como madre, puedo impartir. Porque los trece años, Olga, son una edad mágica. Sí, dejas atrás la niñez, pero ahora puedes decidir, día tras día, qué tipo de mujer quieres ser. El panorama general del mundo se vuelve más claro. Comienzas a aprender más por tu cuenta de lo que cualquier padre, madre o maestro podría enseñarte.

En mi caso, fue así; nadie podía decirme nada. Ni mi madre, mis hermanos y definitivamente nadie en la escuela. En aquel entonces, todo nuestro universo cabía dentro de unas cuantas cuadras. Caminábamos a la escuela y volvíamos a casa; mami caminaba para ir a trabajar en la fábrica. Aun así, a los trece años me quedaba claro que nuestra gente —la gente negra y morena, los que no éramos blancos— era maltratada por el resto del mundo. En los salones, los profesores favorecían a los niños blancos. En casa, cuando los blancos abandonaron el vecindario y llegaron los puertorriqueños, de repente había menos policías en la calle, menos camiones de basura limpiando el vecindario. No necesitaba que nadie me lo señalara, fui testigo de estas cosas por mi cuenta y supe que no estaban bien.

En tu caso, asumo que esto será el doble de cierto. Cuando naciste, tu papá notó tus ojos, cómo parecían captarlo todo. Dicen que los bebés no pueden ver mucho, pero pensé que él tenía razón. Te veías sabia. Y a diferencia de cuando yo era niña, cuando a las chicas como Lola y yo nos ponían vestidos y nos decían que debíamos portarnos como damas sentadas como muñecas en un rincón, en cambio, tú siempre has sido salvaje y libre. Mientras que a nosotras nos criaron para usar nuestra «voz de iglesia», a tocar nuestra música bajita, tú y Prieto crecieron bailando y cantando alto. Subían y bajaban las escaleras de una casa que pertenecía a su familia, sin ser vigilados por un propietario que quiere tu dinero, pero no los olores de tu comida o los sonidos de tu idioma.

Tu papi y yo nos esforzamos mucho para asegurarnos de criarlos con todo el conocimiento que habíamos tenido que buscar por nuestra cuenta. Para que supieran que venimos de reyes y reinas que vivían de la tierra, de personas que fueron violadas y esclavizadas, pero se mantuvieron fuertes, conservaron sus espíritus. Aquellas cosas de las cuales nos dijeron que deberíamos avergonzarnos —mi pelo rizo, la piel oscura de tu padre— se transformaron en una fuente de orgullo y te criamos para que supieras que esas cosas eran hermosas. Entonces, cuando pienso en ti a los trece años, sé lo preparada que estás para los desafíos del mundo. No eres una niña común y corriente, sino una hermosa joven boricua.

Por eso, Olga, debes verte a ti misma y mi ausencia no como una niña que extraña a su madre, sino como una joven valiente que sabe que en un mundo lleno de opresión la libertad requiere el sacrificio. No puedes quedarte llorando en tu cuarto. No puedes desvelar a Abuelita de noche con tu llanto. Tienes que mantener la cabeza en alto y ser fuerte. Como la revolucionaria que criamos.

Desgraciadamente aprenderás que la vida está llena de decisiones difíciles. Para todos, pero en especial para ti, una chica latina en los Estados Unidos. Tendrás menos opciones y tendrás que tomar las decisiones más difíciles. Te tocará sopesar con cuidado el precio y el valor de tus decisiones.

Nada, Olga, vale más que la libertad. Por eso, a pesar de que esta es una de las decisiones más difíciles que he tenido que tomar, tengo que dejarlos a ti y a tu hermano. No sé cuándo volveré.

Necesito que seas fuerte. Que te portes bien. No quiero berrinches de niña. Estás hecha de un material muy poderoso. Y no te dejo sola, mijita. Tu hermano te ama y, gracias a que pasó tres años más con nosotros, aprendió lo que está bien y lo que está mal. Tienes a Abuelita, a mi hermana, a mis hermanos. Tu padre tiene sus problemas, pero su corazón todavía está lleno de amor y su mente todavía tiene sabiduría que te beneficiará. Sobre todo, el hecho de que no esté allí con ustedes, no significa que no los esté velando. Así como el gobierno vigila nuestras idas y venidas, mis hermanos y hermanas en esta lucha tendrán sus ojos puestos en ustedes. Tu familia es más grande y más vasta de lo que puedas imaginar.

Querida, algún día te sentirás orgullosa de mi trabajo. Verás cómo nuestra gente rompe con las cadenas de la opresión y dirás: «Mami ayudó a lograr eso». Y podrías sentirte orgullosa al saber que tu sacrificio contribuyó a la lucha. Te lo prometo.

Pa'lante,
Mami

JULIO DE 2017

RUTINA MAÑANERA

Por la mañana, Olga abrió los ojos y se preguntó con cuánta velocidad podría sacarlo del apartamento. El coito había sido extraordinariamente satisfactorio, con la dosis adecuada de ritmo rápido y lento, brusco y suave, de mordiscos y caricias. Era un hombre confiado. Esto complicaba las cosas. Olga solía tener compañeros sexuales, pero rara vez les permitía quedarse toda la noche. En aquellas ocasiones raras en que sí lo permitía, por lo regular provocaba una salida matinal apresurada al hacerles un comentario que lastimaba sus egos de manera informal. Casi siempre, volvía a estar cómodamente sola antes de que estuviera listo el café. Esta táctica era el doble de efectiva ya que no solo expulsaba a la parte ofendida de su domicilio, sino que por lo regular le ahorraba el problema de tener que ignorar los mensajes de texto mediante los cuales le montaban una conversación mediocre tediosa como preámbulo para un intercambio sexual aún más mediocre. Esta mañana se sentía un poco diferente. Había disfrutado de Matteo —tanto antes como durante—, y quería mantener abiertas sus opciones. Eso no significaba que no quisiera que él se fuera de inmediato. De hecho, se aclaró la garganta con fuerza, en un esfuerzo por despertarlo. Se deslizó fuera de la cama y se puso su bata, esquivando su vestido negro de funeral/novia, la camisa arrugada con botones y las inexplicables sandalias Teva de Matteo. Miró hacia la cama en busca de una confirmación visual de que, efectivamente, acababa de acostarse con un tipo que se ponía medias con sandalias. En pleno verano.

Sí. Allí estaban. Asomándose por debajo del edredón, pegadas a sus musculosas y peludas pantorrillas.

«¡Buenos días!», dijo el susodicho. «Qué buen colchón. Dormí como un bebé.»

«Eeh, ¿gracias?», dijo ella, escuchando la torpeza de su propia voz. Sin pensarlo dos veces, se escabulló a la cocina, puso las noticias y empezó a beber café. Lo hizo lo más alto posible, esperando que el ruido enviara el mensaje que parecía incapaz de comunicar verbalmente. A medida que el café llenaba la cafetera, su angustia empezó a aumentar; la presencia de Matteo amenazaba con cruzar la línea invisible de su rutina matutina. Abrió el gabinete y contempló la posibilidad de sacar dos tazas, pero solo sacó una. La preferida, con la mascota de su elegante universidad de Nueva Inglaterra. La presencia consistente de la taza al comienzo de cada mañana era a la vez un reconfortante *aide-mémoire* de su propia ambición e inteligencia y un inquietante recordatorio de que quizá estaba desperdiciando ambas.

Incluso, aunque sus pies llevaban medias y a pesar del zumbido del aire acondicionado central, podía oírlo dirigirse al baño y caminar por el corto pasillo hacia ella. En su vida adulta, Olga solo había tenido una relación real y esta había concluido hacía ya casi quince años antes. Este tipo de intimidad no le resultaba familiar y la dejaba sin saber cómo comportarse. ¿La saludaría como un marido? ¿Como un amante? ¿Cómo debería reaccionar ante eso? ¿Con una mueca? ¿Un beso tierno? ¿Debería fingir, por un momento, ser como una mujer normal, ansiosa por cualquier instante de felicidad doméstica?

«¡Coño! ¡Qué buena vista!», exclamó Matteo. Lo era. El apartamento estaba ubicado en el piso diecisiete de uno de los primeros de los nuevos rascacielos que habían llegado a dominar y transformar uno de los enclaves previamente descuidados de su ciudad natal. La unidad en sí, decorada con una perfección exigua, presentaba lo mejor de HGTV e IG: electrodomésticos de acero inoxidable, un plano de planta de concepto abierto, una isla de cocina con encimeras de concreto vertido, y espectaculares ventanas que iban del piso al techo y que ofrecían vistas amplias de lo que Olga consideraba su pequeño rincón de Brooklyn. Desde su cocina podía mirar hacia una de las bulliciosas avenidas y prácticamente ver el barrio en el cual se había criado.

«O sea, la construcción de estos edificios es una basura; espero que lo estés alquilando y no lo hayas comprado, pero vaya, qué vista. ¡Veinte de diez!»

Olga lo miró fijamente. Estaba desnudo, su pene fláccido colgaba mientras caminaba por la habitación observando cada ángulo de la vista.

«Estás desnudo.»

«Lo estoy», dijo. «¿Te parece raro por alguna razón? Estuvimos desnudos toda la noche.»

«Sí, pero ahora es de día. Así que supongo que me sorprendió un poco que todavía estuvieras…»

«¿Desnudo? Esto es interesante, no pensé que serías una mujer tan puritana, pero claro, no sabía que pasaste tus años formativos con los quemadores de brujas en el norte.» Olga lo miró con curiosidad y él señaló su taza.

«¡Ah!» Rio ella entre dientes. Se sentía menos incómoda de lo que esperaba y, al darse cuenta de esto, se puso incómoda. Por un momento hubo silencio entre ambos, mientras el meteorólogo en la televisión lamentaba el cambio climático. Un videoclip de su hermano en las noticias la devolvió a la realidad. «Pues, mira. Es que normalmente…»

«Dios», exclamó Matteo, respondiéndole al televisor, «¿habrá un solo día en que este tipo *no* aparezca en las noticias?»

Soltó su taza. «¿Así que no eres fanático?»

Mateo se rio. «¿De qué? ¿Su cursilería empalagosa o su ambición desenfrenada? ¡Yo me venía oliendo que anunciaría su candidatura a la presidencia el día después de que acabaran las últimas elecciones!»

Olga realmente no quería entablar una discusión con él; después de todo, lo más probable era que nunca se volverían a ver. Pero estaba orgullosa de su hermano.

«Ójala nos tocara esa bendición. Mi hermano sería un presidente increíble. Aunque nunca se lanzaría para el puesto. Así que, por ahora, supongo que la gente de Sunset Park tendrá que contentarse con tener su propio Pedro Albizu Campos.»

Matteo miró de Olga al televisor y de nuevo a Olga.

«Pérate. ¿Por favor no me digas que eres pariente del congresista Pedro Acevedo?»

«Está bien, no te lo diré.» Ella sonrió, con una mirada satisfecha y altanera.

«Coño.»

«Coño.» Olga se rio.

«¿Todo bien?»

«Claro. Ya sabes lo que dicen sobre los gustos y los colores…»

«¡Qué chica tan graciosa!» Él se sonrió. «Mira, mai, ya que no hay resentimientos, te pregunto: ¿qué tiene que hacer uno para que le den una taza de café? ¿Dónde está la famosa hospitalidad de Brooklyn?

Ella se avergonzó. Podía ser mucho más cortés, y él se lo señaló.

«¿Cómo lo tomas?», preguntó mientras buscaba una segunda taza.

«¿Aguado y un poco amargo?» De repente él se acercó a ella por detrás y su erección le rozaba la bata. Estiró el brazo, rodeándola para poder agarrar la taza. «No te preocupes por mí; puedo preparar mi propio café. Ve a hacer lo tuyo. Solo voy a beber mi java, cargar mi celular y me voy. No eres la única que tiene cosas que hacer.»

Dijo esta última parte de manera juguetona y le pellizcó la nalga por si acaso. Olga lo miró fijamente. ¿Quién era este acaparador desnudo?

OLGA PODÍA SENTIR que él examinaba sus cosas mientras ella se duchaba. Su estantería organizada por colores estaba llena de tomos que le habían susurrado al alma. Se lo podía imaginar contemplando el arte en las paredes: el grabado que hizo Sue Kwon de Biggie Smalls, la bandera puertorriqueña enmarcada por la cual pagó demasiado en eBay, a pesar de sus dudas acerca de la autenticidad del reclamo sobre su rol en la noche de la fallida revolución del 50 una portada enmarcada del álbum *Beats, Rhymes and Life*. Un escalofrío le recorrió la espalda cuando se lo imaginó mirando las fotos en su escritorio. Una foto de ella en su graduación universitaria, luciendo tensa por la expectación. El retrato de su abuela que había tomado en la escuela secundaria. Su hermano jurando como miembro del Congreso; ella, sonriendo por el orgullo. La foto en blanco y negro de sus padres en el metro, la que quedó grabada de forma indeleble en sus ojos, de ellos apoyándose el uno en el otro, exhaustos después de un día de protestas. Las pancartas que descansaban sobre sus faldas rebosaban el marco, pero ella no necesitaba verlas para saber lo que decían. *Viva Puerto Rico Libre* y *Tengo Puerto Rico en mi Corazón*. Su madre, bella y joven; su rostro, como siempre, sin maquillaje, y un pañuelo que envolvía su cabeza con elegancia. Su padre, con su suave piel morena y su rostro bigotudo, su boina y su chaqueta militar cubiertas de botones de protesta. Su corazón se aceleró al imaginar a Matteo viendo estas fotos, su mente formando preguntas que su boca pronto haría volar. No podía imaginarse hablando de sus padres con este extraño, en especial esta mañana.

Aunque todavía estaba cubierta de jabón y las piernas afeitadas hasta la mitad, cerró el grifo del agua. Se puso la bata mientras salía corriendo de la ducha, dejando una estela de agua. «¡Tienes que salir de aquí!», gritó mientras entraba a la sala. «No puedes tocar mis cosas.»

Matteo no estaba, como se había imaginado, hojeando sus libros o mirando sus fotos. Estaba completamente vestido, con la mochila rebosante ya puesta sobre la espalda, de pie junto al fregadero enjuagando las dos tazas de café. Cerró el grifo y se secó las manos con el paño del fregadero.

«Lo que tu digas, mija. ¡Lava tus propios trastes!»

Pasó cerca de ella toda empapada y le dio unas palmaditas en el brazo de su bata húmeda.

«Ciao», fue su despedida, mientras salía por la puerta.

EL PRECIO DE LOS MANGOS

Prieto Acevedo se despertó antes del amanecer decidido a tener un buen día. Corrió unas cuantas vueltas alrededor de Sunset Park, despertó a su hija, la alimentó y preparó para el ridículo Campamento de Arte y Talento que su hermana había costeado y luego, a pesar del calor, se puso la chaqueta del traje. La agenda de esta mañana incluía lo que consideraba la mejor parte de su trabajo: saludar a sus electores de camino al trabajo.

Cuando se postuló por primera vez para un cargo público —en el Concejo Municipal hacía casi diecisiete años— hizo esto todas las mañanas desde el día que anunció su candidatura hasta el día de las elecciones, trabajando en todas las estaciones de las líneas N y R a lo largo de la Cuarta Avenida dentro de su distrito. Los líderes del partido se burlaban de él: «Acevedo, te das cuenta de que eres un demócrata de Brooklyn que se postula para un escaño sin oposición, ¿verdad? Sigue respirando hasta el día de las elecciones y ganarás». Pero Prieto no quería simplemente ganar. Quería que la gente se sintiera bien votando por él. Después de todo, estos eran sus vecinos. Personas a las que, si no las conocía en persona, sí las había visto por el barrio toda su vida. Toda su maldita vida. Personas que su abuela conocía y que iban a su casa para que ella les arreglara sus vestidos de fiesta. Quería que supieran que él no era solo un tipo que cobraba un sueldo; el era uno de los suyos. Podrían acudir a él con sus problemas. Llevaba el traje no porque quisiera parecer un político, sino porque quería que vieran que los tomaba en serio.

Por supuesto, postularse para un cargo y estar en el cargo eran cosas muy diferentes. Después de ser elegido para el Concejo Municipal, intentó pasar por las estaciones una vez al mes. Tan pronto fue elegido para el Congreso (de nuevo sin oposición, el escaño prácticamente le fue otorgado por un mentor), sus oportunidades de realizar estos encuentros y saludos fueron menguando. El estrés de ir y venir a D.C., de mantener dos hogares. Eso sin hablar de las puras tonterías y de la política interna del puesto, de los donantes, de personas que no eran donantes, pero que intentaban, con gran presión, ejercer influencia. Hubo días en los que se sentía tan cansado y deprimido. Empujado a un rincón tan estrecho que apenas podía respirar. Pero hoy no iba a ser uno de esos días. No, los días en que podía hacer esto, estrechar manos y escuchar acerca de las vidas y las necesidades de la gente, esos días eran un recordatorio de por qué se había envuelto en la política.

Era un día brumoso cuando salió de su casa —la casa de su abuela, la casa donde lo habían criado— y se dirigió a la estación de tren de la calle Treinta y seis, su lugar favorito para trabajar. Tenía un local y un expreso, por lo que atraía a más gente, pero sobre todo le gustaba por motivos sentimentales. Esta era la estación donde sus padres vendían el periódico *Palante* para los Young Lords. A diferencia de los enclaves latinos de Manhattan, la presencia de los Lords en el sur de Brooklyn era relativamente pequeña, por lo que sus padres sobresalieron. Eran una especie de héroes populares locales. O *hippies* puertorriqueños locos, dependiendo de a quién se le preguntara. De toda formas, Prieto disfrutaba imaginándolos allí, una generación antes que la suya, formando lazos con la gente de su comunidad, y a él, una generación después, llevando el mando en el presente. O por lo menos, así le parecía en sus días buenos.

Los primeros cuarenta y cinco minutos transcurrieron más o menos como de costumbre. Muchos apretones de manos. Algunos saludos informales. Una acalorada batalla de rap con uno de sus votantes jóvenes favoritos. Prieto ayudó a cargar varios carritos de bebé bajando por las escaleras (en verdad es absurdo, pensó, que no tengamos estaciones más accesibles). Luego, una señora mayor con un carrito de compras estaba luchando por subir sus cosas por las escaleras de la estación, pero cuando Prieto fue a ayudarla, ella lo miró y lo apartó de un manotazo.

«Gracias, pero no, gracias. Si me ayudas, es muy probable que acabe con todas mis compras en la calle y muriéndome de hambre.»

Dios bendiga a las viejitas y su talento para el drama.

«Señora, déjeme ayudarla y luego podrá decirme por qué soy el peor, ¿le parece?»

Ella accedió y le permitió tomar el carrito, pero no esperó hasta que llegara a lo alto de las escaleras antes de comenzar a repasar su letanía de ofensas.

«Para empezar, dejaste que construyeran ese… centro comercial, pero, ¿dónde están los trabajos? ¿Por qué mi nieto todavía no tiene empleo? Luego está lo que le pasó a mis vecinos. Gente buena. De El Salvador. Un día los veo y al día siguiente ya no están. Me enteré que vino el ICE y se los llevó…»

«Sí, he oído hablar de esa familia y mi oficina está…»

«¡Y para colmo! Luego vi que pusieron un supermercado nuevo y bonito en la Tercera Avenida. Pienso, ay dios, qué bueno, ya no tengo que tomar este tren a Atlantic con este maldito carrito solo para ahorrar unos cuantos pesos. Pero no. ¡Tan buen sitio! Y no hay cupones. No hay nada. ¡Los precios están por las nubes! Tres dólares. ¡Por un mango! ¿Cómo se supone que sobreviva aquí una persona mayor? ¡Este es un vecindario para la gente trabajadora! ¡Vivo de mi jubilación!

«Señora», dijo él, un poco sin aliento, lo cual lo perturbó porque solo eran unas escaleras, «le aseguro que entiendo. Fui criado por mi abuela, ella estaba jubilada…»

«Mejor te ahorras esa historia para cuando estén encendidas las cámaras. Te conozco. Has estado aquí desde siempre. Incluso recuerdo a tu abuela. Era una señora agradable. Creó la sociedad del rosario. Pero eso no significa que haces bien tu trabajo. ¡No sabes realizar un buen trabajo!»

Pero antes de que Prieto pudiera decir algo, ella agarró su carrito y se fue. Prieto sacó su pañuelo y se secó la frente. Le lanzó un grito a la señora.

«¡Dile a tu nieto que venga a mis oficinas y veré si puedo conseguirle un trabajo!»

Pero la señora tan solo lo despachó con un gesto de manos y siguió caminando.

«¡Buenos días, equipo! ¿Ya salió mi hermana?», gritó Prieto mientras entraba a la oficina del distrito.

Todos los televisores, normalmente sintonizando CNN o NY1, mostraban *Good Morning, Later*, el programa donde, a veces, su hermana hacía segmentos sobre bodas y etiqueta.

«Todavía no», gritó Alex, su jefe de personal, «pero espero que salga pronto porque se me están quemando neuronas con cada segundo que paso viendo esta porquería».

«Tsk, tsk.» Prieto se chupó los dientes. «No es una tontería si se relaciona a mi hermana.»

«Culpa mía. No quise decir eso como un insulto, señor, simplemente no lo entiendo», continuó Alex. «He pasado tiempo con Olga. Hizo un gran trabajo en su última campaña y es más inteligente que el noventa por ciento de las personas que conozco que trabajan en Washington…»

«Y Olga diría que por eso ella no es una de esas personas.»

«*Touché.*»

«Esa es una cita directa, por cierto. Olga literalmente ya me ha dicho esa mierda antes. Mira, Alex, mi hermana construyó este negocio desde cero, ella solita. Le va bien. Es muy generosa con mi hija, con nuestra familia. Si esta mierda de la boda la hace feliz, ¿qué clase de élite de la costa este somos para cuestionarlo?»

Prieto era protector con su hermana. Cuando su madre se fue, Olga todavía estaba en la escuela secundaria y era apenas un año mayor que la edad actual de su hija. Le habían encargado la encomienda de cuidarla y se la tomaba en serio. Sin embargo, a lo largo de los años, a veces parecía que los papeles estaban invertidos. Alex tenía razón, su hermana era más inteligente que la mayoría de las personas que conocía, y no solo en D.C. Prieto siempre tenía que trabajar duro en la escuela, pero Olga apenas tenía que leer un libro. Y ella también había sido una buena artista. Una fotógrafa que realizaba un trabajo hermoso. Pero lo que más le impresionaba de su hermana era su inteligencia callejera. Sabía que eso lo heredó de su abuela. Prieto podía hacer sentir bien a la gente cuando les hablaba, pero nadie podía anticipar un problema o resolverlo a la velocidad de Olga. De hecho, a veces a él le molestaba su capacidad para salirse con la suya con solo activar su carisma en el momento preciso y de la manera correcta. Pero fue esa misma habilidad la que también la convirtió en la concejala más confiable de Prieto. Ella era solo una estudiante universitaria cuando él se postuló para su primer cargo, pero lo había ayudado a redactar todos los comunicados de prensa y discursos de campaña. Cuando él y la madre de Lourdes se separaron, fue su hermana quien lo ayudó a reconstruir su vida. Tan pronto llegó al Congreso, Olga lo entrenó para que hablara con los donantes. Por ejemplo, en cómo decir sí a las cosas sin comprometerse demasiado. Cada vez que se metía en un aprieto (personal, profesional o político), su hermana era siempre la primera persona a la que llamaba. Casi siempre.

Por estas razones, Prieto se sentía tan desconcertado por la carrera de su hermana y la defendía. Para Prieto, Olga podría ser o hacer cualquier cosa: arreglar la MTA, dirigir el Museo Met, reemplazar al maldito y sarcástico Alex como su jefe de personal. Por lo tanto, no le quedaba claro por qué había decidido vincular su vida y su fortuna a las minucias de la vida personal de los demás. Le parecía un ámbito demasiado reducido para sus talentos e, invariablemente, las vidas ajenas invadían la de ella. Sus clientes la llamaban cualquier día de la semana, a toda hora. Y él conocía bien a estas personas. Eran la misma gente con la que tenía que pasar tiempo cuando llegaba la temporada de reelección, solicitando donativos. En general, eran personas buenas, pero su letanía de problemas, reales o imaginarios, nunca disminuía. Tampoco disminuía su sentido persistente de la urgencia de resolver estos problemas; tenían una alergia severa incluso al más mínimo inconveniente. Aun así, Prieto no compartía estos pensamientos. Su madre, en las cartas que le enviaba, dejaba muy claro que se sentía decepcionada con la carrera de Olga. La consideraba una traición a su «legado» familiar. Sabía que ella también le había comunicado este sentir a Olga. Prieto no veía la necesidad de insistir. En cambio, intentó, tanto en público como en privado, defender su éxito como propietaria de un negocio y alentarla, de mil maneras, a que ampliara sus opciones. A que anhelara más.

El segmento de hoy fue breve. Sobre la etiqueta en la era digital. Cosas muy útiles, en realidad. Estaba orgulloso de ella. De ambos. Les iba bien para ser dos chamacos de Sunset Park.

«¿Verdad que ella es genial?», Prieto declaró sin destinatario particular. «Honestamente, es mejor que las anfitrionas. ¡Podría reemplazar a Tammy o Toni con Olga hoy mismo y apuesto a que sus índices de audiencia se dispararían, teniendo a una latina como la presentadora de un programa como este!»

Buscó su teléfono para enviarle un mensaje de texto a Olga y pudo sentir a Alex mirándolo fijamente.

«Congresista, ¿puedo volver a poner las noticias reales?»

«Pfft», dijo, «tienes que relajarte, Alex. Pero sí. Y antes de que se me olvide, ¿qué está pasando con esa pareja salvadoreña de la calle Cuarenta que ICE detuvo?»

«Estamos trabajando en ello. No hay mucha información. Lo urgente esta mañana es Puerto Rico.»

«Cuéntame.»

«Han habido más protestas en la Universidad de Puerto Rico. Han lanzado gases lacrimógenos contra los estudiantes y…»

«¿Qué? ¿Por qué esto no ha aparecido en las noticias?»

«Salió en *El Diario*; sabes que a los medios nacionales no les interesa Puerto Rico. En todo caso, todo esto tiene que ver con…»

«Lo sé. PROMESA. Puñeta.»

«Bueno, finalmente consiguieron un nuevo rector de la universidad, pero la Junta de Control Fiscal está obsesionada con esos recortes presupuestarios y la escuela no puede operar con su asignación de fondos.»

Preferiría que la viejita le gritara en la estación de tren. Después de que expiraron una serie de exenciones fiscales federales, las

corporaciones huyeron poco a poco de Puerto Rico, lo cual provocó que los ingresos de la colonia cayeran, la deuda aumentara y la infraestructura se desmoronara. Recientemente, el tema en apariencia abstracto de la crisis fiscal de Puerto Rico se había convertido en
una pesadilla profesional y personal para Prieto. De modo profesional, porque su voto a favor de PROMESA —que estableció una Junta
de Control Fiscal designada políticamente para reestructurar la deuda de la isla— había sido completamente contraproducente. En el año
transcurrido desde que Obama la promulgó, la austeridad impues-
ta había dejado a la colonia en peores condiciones que nunca. En su
ámbito personal, porque todos, desde su madre hasta la señora de la
lavandería, estaban enojados con él por eso. Lo primero era más serio que lo segundo. Este voto a favor de PROMESA lo seguía persiguiendo.

«Mira, Alex, los entiendo. Pronto nos toca la sesión legislativa.
Traigamos a algunos de los estudiantes de la UPR para acá, los ponemos a hablar en la televisión para que la gente vea que son solo
chamacos, como sus hijos, que intentan obtener una educación. ¿Quizás podamos lograr que a alguien le importe todo esto?»

«Suena bien», ofreció Alex, sin moverse.

«¿Algo más?»

«Sí, la oficina de Arthur Selby llamó para invitarte a una cena de
gala la semana que viene.»

Su pulso se aceleró. «Dile que ya estoy comprometido.»

«Su secretaria dijo que no aceptaría que rechazaras su invitación.»

«¿Arthur Selby es mi elector, Alex? Según recuerdo, ni siquiera es
uno de mis cabrones donantes.»

«Entonces, ¿ese es un rechazo definitivo, señor?»

Pero Prieto sabía que no lo era.

«Apunta la información en mi calendario y si puedo llegar, pues
llegaré.»

PROGRAMAS DE «REALITY»

Convertirse en una organizadora de bodas después de la recesión y ser un poco más rica que el resto del barrio, requería una gran cantidad de astucia por parte de Olga, pero convertirse en una famosa había sido sorprendentemente fácil. Sí, hubo mucho trabajo incómodo y pesado, pero como en un programa televisivo de juegos de los años setenta, detrás de cada puerta le esperaba una oportunidad. Comenzó su negocio durante la era naciente de los *reality shows* y las redes sociales y descubrió con rapidez que, si sabía aprovechar la oportunidad, podría lograr algo parecido a la fama real. Había finalizado sus estudios en aquella universidad elegante y costosa sin las conexiones necesarias para conseguir uno de esos trabajos lucrativos de consultoría de gestión, pero sin duda con una red lo bastante fuerte como para conseguirle una aparición única en una franquicia de *Real Housewives* como coordinadora de bodas del tercer matrimonio de la Condesa von Vonsberg. Un comunicado de prensa redactado decentemente dio lugar a la cobertura en una revista, que, reseñada de la forma correcta, la llevó a una presentación pública en el codiciado departamento de registro de Macy's, lo que a su vez consiguió que la contrataran como colaboradora habitual para el espectáculo de bodas del Style Network. Sobre la marcha, adoptó cada nueva plataforma de redes sociales conformese inventaban, alardeando humildemente de cada cobertura de revista, cada participación en conferencias y cada videoclip de cinco segundos en los

que opinaba sobre las tendencias nupciales con antelación a las bodas
de las celebridades. Durante nueve años, hizo esto con una frecuencia exhaustiva, hasta que un día recibió una llamada con una oferta
de lo que era, para los aspirantes a celebridades de la industria de servicios, el santo grial. Una cadena de cable muy conocida quería grabar un piloto de televisión para que Olga tuviera su propio programa.
Fue un desastre de proporciones épicas.

La idea inicial para el programa había sido la de «Una sofisticada
organizadora de la ciudad de Nueva York recorre el país arreglando las
bodas excéntricas de la gente». Una mezcla entre *My Fair Lady*, *Queer
Eye for the Straight Guy* y *Bridezillas*. A Olga le pareció un éxito la idea,
pero desde el primer día de grabación todo se sentía fuera de lugar. Los
reality shows son completamente inventados y Olga había actuado lo
suficiente como para saber fingir que le soprendía el precio de algo que
la cadena ya había negociado para obtener gratis, o bien fingir sorpresa al ver un local por primera vez, incluso después de la décima toma.
Al final, todo era para adelantar la historia y una buena historia valía
la pena, según Olga. Sin embargo, desde que comenzó el rodaje el productor seguía dándole instrucciones demasiado abstractas e inapropia-
das para la situación. «¡Sé más fogosa!», sugirió cuando ella entró en
una habitación. Durante una escena que sucedía dentro de una panadería, le preguntaron si podía demostrar «más pasión» al probar el bizcocho. Las exigencias irritaron a Olga de una manera que no lograba
identificar. El rodaje duró varios días y al final, consciente de su propia irritabilidad, se esforzó por cooperar. Cuando, en una toma de reacción, se suponía que ella debía mostrarse contenta por algún evento, el
productor le hizo una pregunta que se hacía pasar por una instrucción.

«¿Crees que podrías bailar si te dieran noticias así?»

Olga se señaló a sí misma con incredulidad: «¿Yo? ¿Que si creo
que bailaría al enterarme de que encontramos un cuarteto de cuer-
da que pueda tocar «Yellow» de Coldplay en la ceremonia de boda?»

«Sí», dijo el productor. «Querías encontrar algo para que esta
boda fuera más elegante y ahora lo has conseguido. Es un momento
de realización profesional. Ya sabes lo emocionada que estará la novia. ¿Quizá podrías bailar un poco? En serio, te quedará chulo.»

Olga se mostró escéptica, pero quería trabajar en equipo. Comenzó a bailar la canción que tocaba en su cabeza cada vez que necesitaba inspiración para moverse: «Square Biz», de Teena Marie. Después de unos segundos, el productor volvió a intervenir.

«Sí, Olga, eso es genial, pero, ¿qué tal algo un poco más rítmico?»

«Tengo ritmo», dijo, con la mandíbula apretada.

«Por supuesto. ¡Pero qué tal un poco de salsa! ¿Eh? ¡Canaliza tu Marc Anthony interior!»

Por un momento se quedó totalmente quieta mientras la imagen completa se cristalizaba ante ella como un holograma. Una voz, la de su padre, susurró en su cabeza: ¿A esto hemos llegado? ¿A bailar cuando se te ordena? Luego, reflexionó sobre el trabajo de casi una década, cuyo fin era llegar hasta este momento: a su propio programa. El negocio de las bodas había sido un ajetreo. A primera vista, si contábamos los seguidores de las redes sociales o las menciones en la prensa, pocos tuvieron más éxito. Pero según las medidas convencionales de la salud de una empresa, apenas se mantenía a flote. De camino a grabar el piloto, se detuvo en un kiosko para comprar una revista donde aparecía una de sus bodas. Su tarjeta de crédito fue rechazada. La primera vez que apareció en la televisión, rehizo su sitio web y contrató una segunda línea telefónica para atender todas las llamadas. Vinieron, pero pocas de las pistas eran reales. Y aunque los presupuestos de sus clientes crecieron progresivamente, la carga de trabajo también aumentaba. Eso significó contratar más empleados y más gastos. Si podía superar este momento, esta petición ridícula, la esperaba una verdadera oportunidad financiera: una línea de productos para fiestas en Target, un trabajo como portavoz en Sandals Resorts, ¡un libro de gran formato! Se imaginó, por un momento, como la Martha Stewart puertorriqueña.

Respiró hondo, dio un paso hacia la izquierda, otro hacia la derecha, los juntó en el centro, mantuvo el ritmo y repitió el baile. Una vez. Dos veces. Una tercera vez. Pasaron tal vez diez segundos, pero se enrojeció avergonzada.

«¡Ya basta!», gritó.

«¡Ay! ¡Qué lindo, Olga! Solo un poco más.»

«¡Dije basta!»

El productor, el equipo de cámara e incluso la pareja de la zona rural de Pensilvania, que se había inscrito para la grabación de este piloto con la esperanza de conseguir materiales de boda gratuitos, todos se rieron.

«¡Creo que ahí tienes la fogosidad que estaba buscando!», bromeó uno de los camarógrafos.

Pasaron unas semanas y Sabine, la ejecutiva de la cadena que negoció el acuerdo para grabar el piloto de Olga, la invitó a almorzar. Se encontraron en un restaurante mexicano de moda en Midtown cuya cocina estaba dirigida por un hombre blanco que afirmó que, durante un viaje con ayahuasca, Quetzalcóatl, el dios serpiente azteca, le había hablado y le ordenó que abandonara la cocina francesa clásica y se dedicara a elevar la cocina mexicana. El restaurante y la historia habían recibido una cobertura mediática de primera categoría. Aunque Olga recordaba claramente cuando leyó el brilloso artículo de Sunday Styles sobre el chef y pensó: «¿Quién dice que la cocina mexicana necesita ser elevada?», aun así comenzó a subir a las redes sociales fotos sobre su experiencia gastronómica tan pronto ella y Sabine se sentaron a comer.

«Marshal, el chef, es un amigo mío de Dalton», explicó Sabine. «¡Gracias a eso pude conseguir una reservación! Incluso a la hora del almuerzo es imposible. ¡Pero pensé que este sería el sitio perfecto para decirte que estás a punto de ser lo más grande que les ha pasado a los latinos en la televisión desde *Betty, la fea*!

«¿En serio? ¿Así grande?», Olga respondió sin emoción. «No quiero discutir sobre los detalles, Sabine, pero pensé que esto iba a ser más algo tipo ratón de campo *versus* ratón de ciudad.»

«¡Lo es! Lo es. Es todo eso. *También* tiene un atractivo único para un grupo demográfico creciente al cual simplemente no hemos podido atraer. Pero, ¿sabes qué? Ni siquiera quiero hablar. Solo quiero mostrarte el tráiler que hicimos para el piloto.»

Sacó un iPad de su bolso, lo colocó sobre la mesa, le ofreció auriculares a Olga y presionó el botón de PLAY con una sonrisa gigante plasmada en el rostro. Olga escuchó el sonido de un trombón y el estómago le dio un vuelco. Una vibrante salsa comenzó a sonar, mientras la cámara mostraba tomas de Olga caminando por Manhattan con un traje de negocios entallado, con primeros planos de sus labios pintados de rojo, pulseras doradas y —en una toma que Olga encontró un poco atrevida para un espectáculo de estilo de vida— su culo mientras caminaba. Luego, una voz en *off*, que Olga juraba que era la misma mujer de *House Hunters International*, comenzó a hablar, mientras la cámara brincaba entre tomas de las Grandes Llanuras, la calle principal de una pequeña ciudad, el Monte Rushmore y una serie al parecer interminable de tomas de archivo de parejas blancas felices.

Este otoño, una invasión latina viene a tu pueblo…

Luego vino una sucesión acelerada de tomas: una donde Olga caminaba con trajes de diferentes colores primarios… ¿Cuándo filmamos esto?, se preguntó.

¡Una invasión de ESTILO!

Luego, la promoción pasó a una serie de imágenes de las bodas de varias personas blancas corpulentas casándose en sótanos de iglesias, salones de Caballeros de Colón y hoteles asequibles.

Olga Acevedo llegó para transformar tu insípida boda americana…

Eso es ofensivo para esas familias, pensó Olga.

¡Y DARLE UN POCO DE SABORCITO!

A medida que la música alcanzaba los niveles máximos al estilo Willie Colón en el Palladium, comenzó un montaje rápido que incluía un mariachi mexicano, un vendedor salvadoreño de pupusas y, en la toma final, a Olga, bailando salsa en un bucle aparentemente interminable. En la pantalla apareció una imágen gráfica de palabras sans-serif grandes, audaces y de color rosa intenso, sincronizadas para aparecer justo cuando tocaran las últimas notas musicales:

¡Dale
Un
Saborcito!

Hubo un momento de silencio mientras Sabine, con una sonrisa que le cubría la cara entera, esperaba a que Olga se uniera a su exuberante entusiasmo por el hecho de que juntas habían devuelto la identidad latina en los Estados Unidos a los niveles que existían antes de la llegada de Ricky Ricardo. Olga volvió a oír la voz de su padre.

Pendeja.

Por fortuna para Olga, la nación blanca americana quedó casi igual de perturbada que ella por *Dale un saborcito*, aunque por razones diferentes. Cuando la cadena le mostró el piloto, descubrieron que el público blanco le tenía miedo, en diversos grados, a Olga. En el interior del país, a la gente no le molestaba el hecho de que Olga fuera latina; durante años habían existido grupos crecientes de inmigrantes latinos en estas áreas y su trabajo de servicio y sus sabrosos refrigerios habían sido bien recibidos en general. No, lo que les molestaba era que ella entrara y les dijera qué hacer. La dinámica donde se invertía el poder era demasiado desconcertante. Los participantes del grupo focal que informaron que disfrutaron del programa durante la proyección, llamaron horas, incluso días después, para decir que se habían sentido acechados («acechados» era la palabra) por la perspectiva de que «alguien como Olga» llegara y le diera órdenes a su familia. En los enclaves suburbanos costeros, la situación fue aún peor. Una participante del grupo focal dijo que Olga representaba una nueva «amenaza» para las «mujeres normales». «Ya es bastante malo», dijo esta mujer, «que tengamos que temer a las *au pairs* y a las instructoras de yoga. ¿Ahora tenemos que preocuparnos por las "sabrosas" organizadoras de bodas?»

Olga se sintió tan aliviada cuando Sabine le dijo que la cadena no transmitiría el programa que apenas pudo fingir sentir decepción. Había estado llamando discretamente a amigos abogados para revisar su contrato y ver si había alguna manera de bloquear el piloto y, salvo eso, planear una ofensiva de relaciones públicas para mitigar la humillación que esto le infligiría. Por supuesto, Sabine no tenía ni idea y Olga podía oír la preocupación en su voz. La buena noticia, le dijo a Olga, era que no fue del todo en vano: ¡saldría el piloto! Por contrato, estaban obligados a transmitirlo al menos una vez, por lo que ella (Olga) podía grabarlo en DVR, o reunir a su familia para una pequeña fiesta para verlo, o cualquier otra cosa que Olga pensara que sería una «forma divertida de celebrar esta experiencia».

La única transmisión pública de *Dale un saborcito* fue un sábado a las 5 a.m. Olga no se lo mencionó a nadie, pero puso una alarma para las 5 a.m. y otra para las 6 a.m., solo para saber cuándo la humillación horrible pasaba finalmente a ser una preocupación del pasado. No tenía idea de cómo se enteró su madre, pero unos días después recibió una nota por correo (el único método de comunicación de su madre) que tan solo decía: «Te vi en la televisión el otro día. Te vistes bien para ser una criada. Con cariño, Mami». Adjuntó un fragmento del *Obituario puertorriqueño* de Pedro Pietri. Con cuidado había subrayado palabras y frases clave, por si acaso su punto no había quedado lo bastante claro:

> Esos huecos sueños
> ~~en dormitorios de embuste~~
> ~~que heredaran de sus padres~~
> ~~son la resaca~~
> de programas de tv
> sobre la familia
> ideal blanca americana
> con fregonas ~~negras~~
> y conserjes latinos
> bien entrenados
> *pa metérselo a quien sea*
> *y sus cobradores*
> *se ríen de ellos*
> *y de la gente que encaman*

A modo de premio de consolación, Tammy le ofreció a Olga una oportunidad menos «impulsada por la narrativa» con su cadena hermana en su exitoso programa de noticias matutino, la cuarta hora de *Good Morning: Good Morning, Later.* Fue una creación de espectáculo. Sus únicos intentos de cobertura de noticias recaían en la lectura ocasional y en vivo de los tweets presidenciales, para luego pasar apresuradamente a chismes de celebridades y cómo vestir una mesa con ingenio en el patio para una explosión visual del 4 de julio digna de Instagram. Era, por tanto, el programa más popular de la televisión matutina.

Cinco o seis veces al año, Olga iba al estudio para realizar un segmento de entretenimiento en el que ofrecía consejos banales sobre cómo evitar que el guacamole se ponga marrón o qué tipo de cintura debería elegir una novia bajita para su vestido con el fin de alargar su torso en las fotos de boda. Hoy, después de botar a Matteo, se dirigió al estudio donde le peinaron el cabello naturalmente rizado en ondas elegantes y estiradas y le pintaron los labios con un tono de rosa perfecto. Luego grabó un segmento titulado «Protocolo digital: ¿son los modales un asunto del pasado?» Como era de esperar, poco después de que saliera del estudio de grabación le llegó el texto sarcástico de su hermano, quien encontró divertida su identidad pública como amante de los modales de la clase alta. ¿Cuándo sale *al aire el segmento de «sucia chic», hermana?* ¡Porque ahí es donde tu experiencia resultará verdaderamente útil! Ella le respondió con un emoji del dedo medio, que sabía que recibiría con buen humor, ya que él, más que nadie, entendía cómo aprovechar ser una figura pública. Su hermano: el político carismático, el favorito de los noticieros locales y el blanco favorito de los diarios más conservadores de la ciudad. Si bien el hombre que Prieto presentaba ante las cámaras y sus electores no era una invención total, se basaba más firmemente en unos cuantos hechos escogidos con cautela mientras evitaba otros diligentemente. Los hermanos se guardaban bien los secretos mutuamente. Y aunque sentía que él, al igual que ella, no podía entender cómo ella terminó en esta profesión, sabía que estaba orgulloso de ella. «Una latina hermosa y brillante en el escenario nacional», decía, «es un modelo a seguir para las jóvenes latinas de todo el mundo, sin importar lo que esté haciendo». (Ella nunca le habló de ¡Dale un saborcito!, aunque quién sabe qué le escribió su madre en sus cartas).

Por lo regular, después de uno de estos segmentos, su teléfono explotaba lleno de mensajes y hoy no fue un día diferente. Además de su hermano, sus primos y sus tíos y tías eran principalmente clientes actuales o pasados, emocionados de verla en un programa estelar de la televisión mañanera. Este trabajito nunca convertiría a Olga en un nombre reconocido, pero le había permitido aumentar sus honorarios. Las mujeres del Upper East Side, Dallas, Palm Beach e incluso Silicon Valley se sintieron un poco mejor con su elección de organizadora de fiestas al saber que podían decirles a las damas de SoulCycle o Pilates que sí, la boda es abrumadora, pero al menos tienen a esa chica fabulosa de *Good Morning, Later* ayudándolas, así que las cosas están bajo control. Este derecho a presumir venía con una cuota. Después de la debacle de ¡Dale un saborcito!, Olga se dio cuenta de que se había distraído del verdadero sueño americano —acumular dinero— al seguir a su primo fantasma, acumulando fama. Nunca volvería a cometer ese error.

Mezclado entre los mensajes había uno de Meegan y otro mensaje de un número que no reconocía. Meegan se acercó para decirle que el señor Eikenborn había llamado; él tenía algo que ella había estado buscando y esperaba que pudiera pasar por su oficina a la hora del almuerzo. El número desconocido simplemente decía: *Saqué tu número de una de las tarjetas que había en su escritorio. Si hubiera sabido que anoche me acosté con una celebridad de la lista D, te hubiera pedido un autógrafo antes de que me echaras. ¿Quieres tomarte una copa esta semana?*

Ella supo que él había estado husmeando entre sus cosas.

UN HOMBRE LLAMADO DICK

Aquella mañana, Dick Eikenborn había recorrido dieciocho millas en bicicleta, reduciendo su marca personal por dos minutos, y se recompensó publicando una serie de *selfies* sin camisa, incluida una foto casi del pene, en su perfil secreto de citas en línea. En realidad, no usó el perfil para conocer a nadie, pero disfrutó ver las reacciones que provocaban las fotos y leer los mensajes más provocadores que algunas mujeres le enviaban. Si es que eran, eso sí, mujeres reales. Ese germen de posibilidad nunca había entrado en su mente hasta que Olga lo colocó allí, donde se pudrió y creció, disminuyendo en silencio el placer de cada guiño digital. De hecho, si bien sabía que Olga era una mujer capaz de destripar un ego con una frase elegida con deliberación, en este caso particular había reducido su fantasía de una manera tan casual que sabía que la intención de su observación no era causar daño y que la ofreció tan solo como una cuestión de hecho. Lo cual hizo que sus garras fuesen aún más tenaces. La ironía, que tenía muy presente, era que las publicaciones en la aplicación, e incluso tomarse *selfies*, surgieron a partir de su frustración con Olga y su incapacidad para mostrar pasión alguna fuera de la cama.

Para ese entonces, él estaba de viaje y se había despertado pensando en ella con una erección. Por lo regular, si esto hubiera sucedido, simplemente hubiese intentado verla, tocarla y poner sus manos sobre sus amplias caderas. Pero aquel día, el día de primer *selfie*, estaban separados y él la deseaba con desenfreno, un anhelo que le hacía sentirse

tan joven que hasta llegó a pensar que Olga era su fuente personal de
juventud. Su pasión por ella lo hacía sentirse vulnerable, expuesto.

Necesitaba que ella lo deseara en ese momento tanto como él la
deseaba a ella. Se tomó la foto, desnudo en la terraza del hotel, con su
cuerpo reflejado en el gran espejo de la suite, se la envió y luego esperó
ansiosamente. Para recibir nada. Se ocupó de los asuntos que tenía por
la mañana —una conferencia telefónica con el gerente de su fábrica en
China, un masaje en la habitación— y, cuando salió de la ducha, volvió
a ver su reflejo vislumbrado por un instante. Como coco para tener cincuenta y cuatro años, pensó. Se masajeó hasta ponerse duro y agarró su
celular para tomarse otra foto y enviársela a Olga antes de dirigirse a la
próxima reunión. Al pasar varias horas, recibió una contestación: «*Se
considerado, que esta es mi línea telefónica de negocio. Gracias.*»

Él la tomó en serio a y, dado que en ese momento él (a) todavía
estaba casado y (b) ella estaba planeando la boda de su hija, vio algo
de sabiduría en sus palabras. Este comportamiento era descuidado,
tanto para él, el remitente, como para ella, la receptora. Por eso hizo
que su asistente saliera y les comprara teléfonos nuevos a cada uno.
Le envió a Olga el suyo de inmediato a su oficina con una nota escri-
ta a mano que simplemente decía, «Nuestra línea privada», a la que
añadió un guiño y su nuevo número. Alrededor de una hora después,
sonó el nuevo teléfono. Él había guardado el nuevo número en su celular, pero ella llamó desde el anterior.

«Dick, eso te quedó lindo. Lo de los teléfonos. Pero en serio, no
tengo la paciencia para ser una de esas personas que tiene de dos
celulares.»

«¡Ay, pero Bombón!» (Bombón era el apodo que le había dado.
Amaba todo lo que tuviera que ver con Olga, con la excepción de su
nombre: Olga sonaba demasiado serio para una criatura tan sexual.)
«Ahora podemos enviarnos el tipo de mensajes que no sientes apro-
piados para un teléfono laboral.»

«O tal vez solo no necesitamos enviarnos ese tipo de mensajes.»

Dick no se dejó disuadir. Se quedó con el segundo teléfono. Ella
nunca usó el suyo. Él siguió enviando las fotos de su pene. Finalmente, ella habló con él y le explicó que, si bien disfrutaba ver su cuerpo

desnudo en la vida real, no hacían falta las pruebas fotográficas de su aventura sexual. Él admitió que ella tenía un bueno punto. Sobre todo, porque para entonces había hecho lo impensable y le había pedido el divorcio a Sheila, una movida que le pareció liberadora, estimulante y costosa a la vez. Olga hizo muy bien en señalar que, si ahora le parecía caro, sería mil veces más costoso si Sheila descubría que él había estado chichando con la organizadora de bodas desde comienzos del matrimonio. Así que dejó de hacerlo por un tiempo. Fue un periodo durante el cual él se sintió más solo y triste de lo que jamás se había imaginado.

Eso no tuvo nada que ver con las fotos, por supuesto. No precisamente. Su soledad era el producto de la gran disparidad entre las realidades de su nueva soltería y lo que se había imaginado antes del divorcio. Para empezar, siguiendo el consejo de sus abogados, en un esfuerzo por no perder ni vender la propiedad en el Vineyard —la que había pertenecido a su familia durante generaciones—, acampó allí para establecerla como su residencia principal. Era un sitio solitario a principios de la primavera. Luego estaban los niños: Victoria, que en ese momento tenía veinticuatro años y estaba recién casada, Richard, de veinte años, y Sam, de diecisiete. No se esperaba la postura defensiva y, francamente, acusatoria que adoptaría su hija. Tampoco había calculado cuánto de su tiempo con sus hijos, mientras bailaban en la periferia de la adultez, se había acumulado casualmente alrededor de su penthouse en Manhattan, momentos agrupados en sus idas y venidas. A pesar de lo ocupado que lo mantenía su trabajo, era difícil cumplir con las agendas de sus hijos, el atractivo y la emoción de sus nacientes vidas adultas resultaban más seductoras que el tiempo que pasaban con su padre. Un sentimiento que él mismo recordaba y entendía, pero aun así los extrañaba. Su ausencia y crecimiento lo hicieron consciente de su propia mortalidad de una manera que no había sentido antes, y arrojaron una sombra oscura sobre su visión del mundo que, hasta aquel momento, había sido casi siempre optimista.

Sin embargo, su mayor error de cálculo fue con Olga.

Si bien Dick técnicamente no había dejado a Sheila por Olga —aquel matrimonio había estado tenso durante mucho tiempo—, tan solo nunca se le había ocurrido que cuando él se mudara, Olga podría no mudarse a vivir con él. Su suposición al respecto había sido tan total, tan cabal, que no fue hasta después de su partida, durante sus primeros días en Vineyard, que se vio sorprendido por la realidad. Se había cansado de la compañía de su esposa, pero no deseaba estar solo. Llamó por FaceTime a Olga, ofreciéndole enviar a los trabajadores de la mudanza para que empacaran su casa, y ella lo miró con curiosidad. Entonces, Dick se dio cuenta de que ni siquiera le había dicho que iba a terminar con Sheila; nunca expresó sus demás suposiciones en voz alta. Se sintió un poco tonto; no podía esperar que ella le leyera la mente —algo por lo cual Sheila lo había reprendido repetidamente año tras año. Sin embargo, cuando al fin le preguntó, de regreso en Nueva York, durante una cena a la habitación en su suite del Carlyle, la respuesta lo sorprendió. Él le había dicho que quería que estuvieran juntos oficialmente, y que ella viniera a vivir con él, y ella se rio y le dijo: «No, Dick, no lo quieres». Pero él le aseguró que así era. No solo lo quería, lo necesitaba. Él la necesitaba.

«Solo piensas que necesitas eso, Dick. En esta coyuntura. Con el tiempo, estarás feliz de que sea así.»

«¿Pero no quieres vivir conmigo?», preguntó. Luego, y él lo recordaba a veces cuando salía a correr, ella no dudó ni por un segundo, antes de decir que le gustaban las cosas exactamente como estaban. Que compartieran y disfrutaran juntos cuando podían porque en el momento lo deseaban. Sin la presión del compromiso.

Más tarde, cuando le confió a Charmaine, su asistente, que había sido la asistente de su padre antes de que Dick la heredara y en quien Dick confiaba todos sus secretos y temores, que su oferta había sido rechazada, se encontró casi quejándose, incrédulo. «¿No es esto lo que quiere toda mujer? Ser la persona por la que el hombre rico deja a su esposa. ¿No es eso lo que que todas las mujeres quieren, Charmaine? Pero eso fue después. Cuando Olga rechazó la oferta de cohabitar, antes de que él pusiera mala cara o se ofendiera, ella se acercó desde su lado de la pequeña mesa del comedor donde estaban cenando y se sentó a horcajadas sobre su falda, abriendo la bata mientras lo hacía, recordándole que todo es mucho más divertido cuando es espontáneo, ¿y no le parecía mejor así? Y él había dicho con entusiasmo que sí.

Charmaine le recordó que la ciudad estaba llena de mujeres que querrían ser esa chica, que no tenía que estar detrás de Olga. El problema era que él *quería* perseguir a Olga. No quería simplemente atraparla, quería inmovilizarla y hacer que ella lo amara tanto como él la amaba a ella. (No ignoraba la ironía de la situación. El reto a lo largo de todo su matrimonio había sido su profundo resentimiento porque se sentía atrapado por la ex señora Eikenborn.) La desigualdad de su relación lo irritaba y lo anclaba, haciéndolo incapaz de fijar su mente en nadie más. En un esfuerzo por interesarse en otra mujer, cualquier otra mujer, se registró en una de esas aplicaciones de citas, de forma anónima, por supuesto. No era famoso, pero su rostro y su nombre aparecían en los periódicos financieros —y su divorcio en la página seis—, lo suficiente como para que supiera que no debía mostrar su rostro. Entonces, solo mostró aquellas partes de su cuerpo que usualmente eran menos visibles, recortando con cuidado su cabeza. Escribió su autodescripción con detenimiento: su objetivo era ser veraz, pero no demasiado revelador. «Un hombre de negocios y emprendedor, blanco, de cinco pies y diez pulgadas, atlético, me apasionan los viajes, el ciclismo, volar aviones y coleccionar vinos. Disfruto del buen humor y los conciertos en vivo.» Podría ser cualquiera, pensó.

Los «me gusta» comenzaron de inmediato. Se sintió abrumado y halagado. Nunca respondió a los mensajes con nada más que, tal vez, un guiño. Nunca dio su número. Sin embargo, en lugar de distraerlo de Olga, estas otras mujeres solo lo hicieron más decidido a luchar por algún tipo de compromiso con ella. Para hacerle ver lo que vieron incluso desconocidas en línea: Richard Eikenborn III era una joya.

«¿Por qué no te gustan mis fotos?», le preguntó una noche en la cama.

«¿Las fotos del dick de Dick?», le respondió.

«Todas. Las fotos de mi cuerpo, las fotos de mi bicho. Sí. ¿Por qué no te gustaron?»

«A ninguna mujer le gustan fotos así. Solo nos dicen que se supone que deben gustarnos gracias a una cultura patriarcal vaga que supone que a las mujeres les debe gustar lo mismo, pero a la inversa de lo que les gusta a los hombres. A los hombres les gustan las fotos de tetas al descubierto, por lo tanto, a las mujeres les deben encantar las fotos de los hombres con el pecho desnudo… es simplemente vagancia.»

Se sintió a sí mismo poniéndose a la defensiva. «Si publicara estas fotos en una aplicación de citas, Bombón, a las mujeres les encantarían, te apuesto lo que sea.»

Ella se rio.

«¿Estás en una aplicación de citas, Dick?»

«¡Por supuesto que no! ¿Por qué estaría en una aplicación cuando te tengo aquí?», y se apretó más contra la espalda de Olga, acurrucándose. Ella se rio de nuevo y se alejó de su abrazo.

«Si publicas fotos como esa en una aplicación de citas, tengo la sensación de que las "mujeres"», y aquí levantó los dedos para enfatizar el punto con comillas, «a quienes les gusten tal vez no resulten ser mujeres. O al menos serán del tipo de mujer que espera un intercambio monetario al final de la noche.»

Dick se vio a la vez afectado y perplejo.

«¿Qué estás tratando de decir? ¿Que las personas en estas aplicaciones no son personas reales? ¿Por qué alguien haría algo así?»

«No estoy diciendo que no sean personas reales, solo digo que tal vez no sean las personas que pretender ser. Buscones. Bugarrones que tienen demasiado miedo de descargar Grindr. Prostitutas en línea. Todo un surtido de explicaciones. Mi prima Mabel tuvo una cita con un chico y cuando apareció solo medía cinco pies. En una de sus fotos, él era más alto que Jon Hamm, ¡ella me lo enseñó!»

«¿Se lo mencionó al muchacho?»

«¡Claro que sí! Le enseñó la foto y él admitió que estaba parado encima de algo.»

«¿Pero por qué haría eso?», preguntó Dick, genuinamente confundido.

«Richard», dijo; siempre usaba su nombre completo cuando hablaba con seriedad. «Sé que nadie te ha dado ningún motivo para preocuparte de que no seas perfecto, pero a algunas personas no les agrada como son.»

«Eso no tiene ningún sentido para mí», dijo con sinceridad.

Olga se viró hacia él sonriente y pegó su cara a la de él. «Tu incapacidad para ver los lados oscuros de las personas nunca deja de asombrarme.»

De hecho, no estaba de acuerdo con esa evaluación; a veces sentía que Olga lo subestimaba. Al menos cuando se trataba de negocios, Dick siempre veía los lados oscuros de las cosas, pero sentía que su don era detectar las oportunidades que a menudo acechan. Ciertamente, esto lo había salvado a él —y a su cadena nacional de ferreterías— cuando a su padre, todavía director ejecutivo en aquel momento, le diagnosticaron Alzheimer. El negocio ya se había estado contrayendo y Dick sabía que sus inversionistas los presionarían para vender la compañía tan pronto como se anunciara el diagnóstico. Así que se adelantó y convocó a una reunión de emergencia de su junta directiva, en la que expuso un plan de expansión a Puerto Rico, México y Canadá que triplicaría la valoración empresarial en dos años, dejando a todos los presentes en la sala más ricos que si se deshicieran del negocio. Una década más tarde, cuando el mercado inmobiliario se desplomó, la gente a su alrededor entró en pánico; la construcción y los contratistas eran una gran parte de su base de clientes. Pero Dick percibió una oportunidad: si la gente no podía comprar casas nuevas, probablemente arreglaría las viejas. Inventó las Escuelas DIY Reno, nacidas en Eiken. Eliminó al intermediario e invirtió en el desarrollo de su propia línea de pinturas, herramientas y cajas de herramientas. Obtuvo la licencia de ese nombre para un programa de bricolaje en HGTV. Cuando terminó la recesión, Dick había convertido a Eikenborn and Sons en una de las operaciones minoristas más rentables de los Estados Unidos.

De manera similar, mientras sus amigos y colegas lamentaban las reglas y regulaciones ambientales aparentemente interminables de la era de Obama, Dick vio un mercado naciente. Fue el primer minorista de ferretería del país en ofrecer accesorios de iluminación LEED. Comenzaron a vender al por menor sistemas solares domésticos y luego lanzaron su propio servicio de producción de páneles solares. Desde el punto de vista de Dick, el cambio climático (ya sean los esfuerzos realizados para mitigarlo o los esfuerzos para reparar los estragos que causó) le daría una gran ventaja. Eikenborn Green Solutions mantendría un negocio próspero hasta su sexta generación, cuando imaginaba, y esperaba, que Richard o Sam, o tal vez incluso Victoria, podrían tomar las riendas algún día.

Estos éxitos hicieron que Dick se sintiera seguro de su sitio en este mundo. Había diseñado un negocio y una vida mucho mayores que los planes que heredó de su padre. En su mente, tener a una mujer como Olga a su lado era la pieza que faltaba. Lograr que ella se comprometiera era solo una cuestión de encontrar el enfoque correcto. Se dio cuenta de que su dinero no era suficiente. Sin embargo, al final sintió que había logrado encontrar el tacto preciso.

VOLANDO EN PRIVADO

Olga se había clavado a Richard Eikenborn III incluso antes de conocerlo, ya que desvió entre $20 mil y $30 mil dólares de las cuentas bancarias y tarjetas de crédito de él mediante gastos administrativos, márgenes industriales de beneficio sobre los productos y una nueva cláusula en su contrato que, según ella, era una genialidad: un cargo por pago atrasado que se activaba en automático cada día que los pagos de sus clientes estaban atrasados, lo cual era casi siempre.

Esta idea se le ocurrió un domingo durante una cena en la casa del tío Richie en Long Island. Uno de sus primos se quejaba de la exorbitante factura de su tarjeta de crédito, compuesta en gran parte por cargos por pagos atrasados, a los que luego se sumaban intereses. Richie comenzó a sermonear sobre la importancia de la responsabilidad fiscal y el seguimiento de las fechas de vencimiento de sus pagos y su primo se quejó de que la compañía de la tarjeta de crédito al menos pudo haberlo llamado para recordarle el pago *antes* de que fuera demasiado tarde, sin mencionar que él no siempre tenía el dinero justo cuando llegaba la fecha de vencimiento. Olga comenzó a explicar que eso podría significar que estaba cobrando más de lo que podía pagar, pero luego se dio cuenta. Sus clientes *sí* tenían el dinero para pagarle cuando llegaban las fechas de vencimiento, pero nunca lo hacían. Aunque siempre terminaban pagándole, los únicos cheques enviados con prontitud fueron el primero y el último. Los pagos de «motivación», como ella los llamaba. Los que le enviaban cuando estaban emocionados de que ella comenzara y los que enviaban cuando se sentían aterrorizados de que nunca iba a terminar. Más allá de esos dos, ella siempre tenía que llamarlos para recordárselos, y eso solo lograba que se molestaran con ella. «¿Estás insinuando que no pienso pagarte?», preguntó una vez el padre del novio. Después, terminó retrasándose en el pago de sus propias facturas, que casi siempre le costaba dinero que nunca les cobraba a los clientes, porque, como había pensado durante mucho tiempo, ¿no era de ella la responsabilidad de gestionar mejor su flujo de efectivo? Estaba segura de que estas familias, con sus asistentes administrativos y gente de dinero, nunca enviaban un pago atrasado a Amex o Visa. Sin embargo, con ella, solo una pequeña comerciante, con apenas una empresa, nunca les importaba pagarle a tiempo. De hecho, parecían estar casi resentidos por tener que enviarle el cheque.

¿Pero si se comportaba como una compañía de tarjetas de crédito? ¿Qué pasaría si dejaba de llamar cuando venciera la factura? ¿Qué pasaría si, en letra muy pequeña dentro de contrato muy largo, ella les informaba que les facturaría $750 por cada día que estuviera vencida la factura y que después de 15 días el pago se les cargaría en automático a su tarjeta de crédito registrada? Pero en vez de decir $750, calculó un porcentaje de la tarifa total, que parecía una cantidad minúscula. En realidad, menos del uno por ciento. De modo que, incluso cuando la gente se tomaba el tiempo para leer la cláusula, normalmente se encogían de hombros, ya que la cantidad parecía tan insignificante.

La idea le pareció tan audaz cuando la implementó que estaba segura de que perdería clientes o tendría peleas salvajes al respecto cuando salieran las facturas. En cambio, descubrió algo adicional sobre los ultrarricos. Lo único que disfrutaban menos que desprenderse de su dinero era discutirlo. Parecía dolerles físicamente. Una persona le preguntó cuál era la tarifa y tan pronto le explicó que podían referirse al punto 26a de su contrato, la persona se disculpó y dijo que enviarían un cheque por FedEx, antes de colgar el teléfono.

Los Eikenborn eran particularmente reticentes a hablar de proyectos de ley, presupuestos o cosas por el estilo, pero Olga se dio

cuenta de que estaban maniáticamente indispuestos a gastar un centavo en los demás seres humanos. La señora Eikenborn deliciosamen-
te desembolsó dinero para comprar remolques de baño de lujo, buen
vino, ostras recién peladas, filetes de ternera Kobe y esmoquin per-
sonalizados para los dos perros de Victoria. Sin embargo, se resistió
a costear el alimento del personal que instaló las carpas y la iluminación, proclamó indignación por los descansos del fotógrafo y una vez
le compró a Olga un boleto con dos escalas para ahorrar $200 en un
evento que costó $750 mil.

Olga sabía que el vuelo al Vineyard era un brinco desde LaGuardia. Sin embargo, ella y Meegan de alguna manera se encontraron,
no con una, sino con dos escalas. Un vuelo de dos horas se convirtió en una dura prueba de seis horas. Habían insistido en que no
era necesario que Olga reservara un hotel, ya que la finca tenía una
gran cabaña de huéspedes. Al llegar, sin embargo, descubrieron que
la cabaña estaba en reparación, al igual que el dormitorio de invitados, por lo que ella y Meegan se encontraron compartiendo una habitación sin calefacción con dos camas individuales que estaba disponible junto a la suite de la novia. En la oscuridad, susurraron sus
quejas sobre lo incómoda que era la situación, aterrorizadas de que
las escucharan a través de las paredes. Para su siguiente visita, la degustación de comida, Olga se negó a permitirles que reservaran su
viaje y sugirió que ella les enviaría la factura. La novia insistió en
que, si Olga «realmente necesitaba» volar directo a la boda, debería
volar con su padre, el Sr. Eikenborn, quien llegaría en su avión privado. La novia sentía que esto les «ahorraría dinero» y «reduciría la
huella de carbono» de la boda.

Para ese entonces, Olga había llegado a detestar a la novia. Tenía menos tolerancia para las novias más jóvenes, cuyos sentidos del
gusto y el estilo estaban tan vagamente formados que se aferraban
a las opiniones de sus madres de una manera que a Olga le parecía
patética. Victoria no era diferente en este sentido, pero su tono beige estaba emparejado de un hipócrita sentido de justicia social. Victoria trabajaba en una fundación global de derechos humanos y durante los numerosos almuerzos, cenas y viajes en auto que tomaron

juntas como parte de la planificación de eventos a esta escala, a menudo llenaba el espacio vacío con apasionados monólogos sobre la inequidad de las mujeres en Ecuador o Yemen, siempre respaldada por la proclamación de su madre de que «¡Victoria cambiará el mundo!»

Olga reflexionó sobre esto mientras intentaba entrar en un estado meditativo de camino a Teterboro para volar con Richard Eikenborn III hasta la degustación. En lugar de irritarse, pensó, debería concentrarse en la hilaridad infalible de los ultrarricos de ser prudentes con un centavo cuando se trata de compensar el sudor humano e idiotas despilfarrando cuando se trataba de todo lo demás. No debería irritarme en absoluto, se aconsejó a sí misma, y en lugar de eso debería reírme de camino al banco.

Abordó rápido el avión, un Legacy que parecía nuevo. A pesar de haber cargado sus tarjetas de crédito y cobrado sus cheques, Olga nunca había conocido a Richard Eikenborn III. Aunque ya había buscado su imagen en Google antes, mientras esperaba —al principio durante unos minutos, luego una hora y luego una segunda hora— empezó a imaginárselo como un anciano de cincuenta y cuatro años. Barrigón y calvo. A medida que pasó el tiempo, primero tuvo hambre y finalmente se desesperó por ir al baño, pero se negó, no fuera a ser que él abordara el avión mientras ella hacía sus necesidades. Olga sintió que él debería ver que la había mantenido esperando —a una persona cuyo tiempo también era valioso… Con cada momento que pasaba, él se volvía cada vez más familiar en su mente. Cuando al final llegó el susodicho, la encontró con las piernas fuertemente cruzadas y el rostro enterrado en una revista desactualizada.

«¿Qué sentido tiene», ladró, «volar en un avión privado si todavía tienes que esperar dos horas en la pista?» Con esto, se levantó, no para saludarlo, sino para correr al baño. Mientras orinaba, pensó: Ese blanquito está bien rico.

Quince minutos después del despegue, el deseo físico por el otro se entendió mutuamente. Cuarenta y cinco minutos después, Olga ya había racionalizado la dudosa moralidad de esta lujuria como el contrapeso perfecto para el comportamiento despreciable de la esposa y la hija de Dick. Ya para cuando aterrizaron, habían hecho un plan para reunirse y tomarse una copa en su hotel tan pronto los demás se hubiesen acostado.

Después llegó a preguntarse: ¿habría tomado la misma decisión si le hubiesen conseguido un vuelo directo?

ACCESO

En su primer año de universidad, Olga había aceptado un trabajo de tiempo parcial en una tienda de ropa de muy buen gusto cerca del campus, donde trabajaba en el departamento de ropa de hombres. Día tras día venían sus compañeros de clase, con pantalones cortos estilo cargo y camisetas. Casualmente se probaban un abrigo deportivo de $300 dólares o se ponían un par de mocasines de $500. A veces sacaban una tarjeta de crédito, a veces no compraban nada —la indiferencia siempre la sorprendía. Los estudió y notó que las camisas de vestir arrugadas que llevaban por encima de sus camisetas universitarias, las que estaban deshilachadas cerca de las muñecas, también tenían monogramas. Sus relojes, y todos parecían llevar relojes, tenían correas gruesas y eran pesados. Rolex y, más a menudo, marcas de las que nunca antes había oído hablar. A veces entraban con amigas —siempre eran chicas raquíticas y bañadas por el sol— a buscar una camisa o una corbata para un banquete formal o de fraternidad. Los fines de semana traían a sus madres y a sus padres. Versiones mayores y almidonadas de los hijos y sus novias. De vez en cuando, una de las mujeres llevaba una versión más cara del uniforme de trabajo de Olga: un vestido camisero con botones y hecho a medida para hombre, que Olga fijaba con imperdibles para evitar que se le abriera en aquellos sitios donde se hinchaban el busto y las caderas. Notó cuán diferente se comunicaba la prenda desde sus cuerpos ágiles y planos. Cómo las bañaba con una elegancia natural. Se dio cuenta de que se sentía vestida para una vida que nunca podría tener.

Olga trabajó en esa tienda durante un año completo y ninguno de los chicos que entraron la reconoció en clase, en los dormitorios o en la biblioteca. Si lo hicieron, nunca saludaron. Nadie preguntó si ella también era estudiante universitaria y seguramente nadie lo asumió. Ella era, en ese ambiente, para esos chicos, como una percha, o una etiqueta de precio, o la máquina que pasaba las tarjetas negras de American Express. No son objetos deseables, sino herramientas para facilitar la adquisición de cosas deseables.

Pero Dick —que, si bien nunca fue cliente de esa misma tienda, ciertamente había comprado sus Nantucket Reds en un establecimiento similar— la vio. Eso lo supo de inmediato. Cuando se lo clavaba, sentía que se estaba clavando a todos los hijos y padres que habían procesado una transacción completa sin siquiera establecer contacto visual. Ni siquiera cuando les entregaba la bolsa con sus compras cuidadosamente envueltas en papel de seda. Después de clavárselo —y esto a veces duraba días—, se sentía como si hubiera tomado su dedo medio y se lo hubiera metido en el ojo a cada novia, esposa y madre de pecho plano y caderas estrechas que nunca registraron tan siquiera su existencia toda vez que hojeaban los estantes de ropa y sostenían corbatas preguntándose en voz alta si este azul combinaría con el azul de su vestido Lilly Pulitzer. Cuando lo ignoraba —sus mensajes de texto, llamadas o invitaciones para viajar los fines de semana—, el conocimiento de que ella era a la vez un objeto deseado y el guardián que le impedía tenerlo, la llenaba de deleite. El placer de ser el repositorio de esa lujuria se vio amplificado por la conciencia de que ella quizás era la única cosa que él había codiciado y que no podía ser suya.

Durante casi un año Olga tuvo el poder, pero ahora, finalmente, había comenzado a decaer. Cuando se trataba solo de tener sexo, disfrutó la aventura, pero últimamente Dick la había estado presionando para tener una relación real, circunstancia que no le interesaba en absoluto. Dick era tedioso y necesitado de una manera que a ella le repugnaba, pero se sentía obligada a darle el gusto. Era dulce, pero ella lo encontraba sencillo: se había casado con su novia de la universidad, tuvieron hijos y heredó el imperio de ferretería de su padre. Era lo bastante competente para hacer crecer el negocio, pero no era un innovador. Incluso su divorcio fue aburrido. Como nadie sabía de su aventura, los asuntos financieros se resolvieron de forma rápida y silenciosa. ¿Y qué quería hacer Dick, después de veintiséis años de matrimonio con la misma persona —cinco de los cuales eran completamente asexuados? Simplemente repetir todo, pero con otra mujer. Tan pronto se mudó, Dick presionó a Olga para que se mudara con él. Si ella hubiese sido otro tipo de chica, una que valorara menos su cordura y heredara más riqueza, tal vez Olga hubiera visto esto como una oportunidad. En cambio, no podía imaginar nada más aburrido que una vida llena de minucias de la rutina de bienestar personal de Dick o de los rituales de ayuno intermitentes diseñados para mantenerlo «joven». No podía imaginar el horror de sufrir unas vacaciones con Victoria y su marido con cara de masa, sin importar cuán exótico fuera el lugar en el que se encontraban. Tampoco podía soportar la idea de dejar que Dick consiguiera una cosa más que quisiera.

Después de que rechazó la oferta de cohabitar, en lugar de enfriar las cosas, Dick puso más demandas sobre su tiempo y el deseo de que fueran una pareja pública. Nadie tiene que saber que nos juntamos antes de que yo dejara a Sheila, decía, simplemente puedo decirle a la gente que no podía sacarte de mi mente. Si crees que la gente va a creer eso, ella le respondió, pues eres muy inocente. Dick fue implacable. Para darles una excusa para el reencuentro, llegó incluso a pedirle a la Sociedad Histórica, su organización benéfica favorita, que la contratara para planificar su gala anual en honor a su generoso apoyo a su más reciente exposición, «Mercados libres y la libertad: el comercio en la ciudad de Nueva York». Dick había aprovechado bien el tiempo, atrayéndola a su oficina con el pretexto de planificar una gala. Y aunque a Olga le molestó esta medida, no estaba tan resentida como para rechazar el negocio. En cambio, comenzó a acostarse con otras personas, en un intento pasivo de afirmar su independencia y como recordatorio de que no le pertenecía a Dick Eikenborn. Solo sentía ligeros escrúpulos sobre su comportamiento, sintiéndose justificada por el hecho de no haberse comprometido nunca con Dick, pero inquieta sobre el por qué, entonces, no le daba fin a la relación.

Mientras caminaba por la elegante sala de recepción, pasando junto al guardia de seguridad que le hizo señas para que entrara, se le ocurrió que esa «cosa» que Dick tenía para ella podría ser otro de sus eufemismos juveniles para referirse al sexo. Dick tenía una obsesión de milenial por los mensajes de texto sucios. Era, aparte de su ignorancia total de su propio privilegio, lo que a ella le irritaba más de él. Al parecer no había lógica que dictara cuándo enviaría sus misivas, lo cual significaba que Olga podría estar en medio de una reunión, una boda o visitando a su sobrina de doce años, cuando de repente aparecía una foto gigante de Dick en su pantalla. La irritaba esta noción de que sus necesidades, pensamientos o deseos sexuales eran tan apremiantes que debía permitir que arruinaran su día. Tomó el ascensor hasta los pisos superiores del edificio donde estaba su conjunto de oficinas, mientras se convencía cada vez más de que se trataba de una estratagema para un encuentro amoroso a mediodía. A ella no le hizo ninguna gracia.

«Richard», dijo mientras entraba a su oficina, «si esta "cosa que necesito" tiene algo que ver con tu pene, me iré y creo que tal vez necesitemos tomarnos un descanso el uno del otro por un rato.»

Levantó la vista de su computadora y del batido de suplemento alimenticio.

«¿Qué está pasando, Richard?», dijo una voz masculina desde su altavoz. Fue entonces que Olga se dio cuenta de que no se trataba de una estratagema sexual.

«Ruido de fondo, Nick», dijo Richard por teléfono, lanzándole una mirada mordaz. «Tengo que irme, pero mira, a nuestras tiendas de San Juan les está yendo bien, así que, si dicen que hay más oportunidades allí, estoy atento. Charmaine hará una cita con tu oficina.»

Colgó el teléfono con una expresión amarga. «¿Qué me estabas diciendo?»

«Oh.» Ella hizo una mueca. «¿Lo siento? Supongo que no podía imaginar qué era tan urgente que tenía que correr hasta aquí y pensé que tal vez se trataba de algún tipo de artimaña.»

«¿Necesito una artimaña?», dijo Dick, haciendo pucheros.

Aunque la vida rara vez había herido a Richard, Olga descubrió que él se lastimaba con facilidad. De manera dramática. Como el llanto de un bebé, provocó en ella un impulso instintivo de consolarlo. Dio un paso, tomó su rostro entre sus manos y presionó su cuerpo contra él.

«No claro que no. Es que ha sido un día caótico.»

Él le rodeó la cintura con los brazos.

«¡Lo sé, lo sé; eres una mujer ocupada! Y no te habría molestado si no fuera por algo que sé que te va a encantar.» Dicho esto, se inclinó hasta llegar al escritorio y le entregó un sobre cuidadosamente caligrafiado.

Sr. Richard Eikenborn III & Sra. Olga Acevedo

Sabía lo que era antes de abrirlo. Era una invitación a la fiesta anual de final de verano de Blumenthal en Easthampton. Un evento al que había estado esperando que la invitaran durante años y que, por varias razones críticas, había adquirido una nueva urgencia esta temporada. Recientemente, Carl Blumenthal, el presentador divorciado desde hacía mucho tiempo, se había casado con Laurel, una actriz de cierta aclamación que había llegado a una edad demasiado mayor para ser elegida para las películas, pero perfecta para ser la segunda o tercera esposa de un multimillonario anciano. Con ella vino una lista de invitados nueva y más glamorosa que la que este evento —que durante mucho tiempo había sido un punto culminante del verano para el sector financiero— había incluido en años anteriores. Además, Laurel venía con su hija adoptiva de veintisiete años, quien también era una aspirante a actriz y, lo que era lo más importante para Olga, recientemente comprometida. Con una celebridad culinaria de YouTube, sea lo que sea que eso signifique. Olga sabía que, si tenía la oportunidad de trabajar en ese evento, saldría con dos o tres nuevos clientes y quizá con los mismos peces gordos. Sin embargo, sobre todo esto se cernía el conocimiento de que Meegan, su asistente, estaría allí. Hacía poco, el novio de Meegan había sido contratado en el fondo de cobertura de Blumenthal y cada año invitaban a los que más ganaban y a los de primer año. Era injusto el mundo en el que Meegan, tan solo deslizando el dedo hacia la derecha en una aplicación, podía estar en una fiesta a la que Olga había escalado sin éxito toda su vida adulta para ser invitada. Durante semanas Olga había estado enviando mensajes de texto, llamando y saliendo en citas de tragos con cualquiera que pudiera corregir la situación, pero sin éxito.

Ahora, aquí en sus manos, estaba su boleto dorado. ¿Cómo había sabido Dick que ella quería ir?

«¿Entonces? ¿Qué opinas? ¿Me acompañas?», preguntó. «Debería ser una buena fiesta, ¿no? Me han dicho que estará Oprah. Entonces, si Oprah está, todos se preocuparán por su posición con relación a Oprah y nadie nos prestará atención, ¿no te parece?»

Hacía años, Olga había trabajado con una pareja genuinamente encantadora, de gustos extravagantes y corazones amables. Juntos concibieron una boda conmovedora y poco tradicional. Una ceremonia de madrugada en un bosque; una fiesta de baile alrededor de una hoguera. Pero los padres, que pagaban las cuentas, consideraron que todo era «demasiado extraño» e insistieron en deshacer todos sus planes. La novia le suplicó a Olga que los defendiera y ella lo intentó, pero al final, explicó, quien paga, siempre termina mandando. Fue precisamente ese momento que le vino a la mente mientras miraba el sobre, con sus nombres escritos allí, juntos.

Como si pudiera leer su mente, de repente dijo: «El asistente de Carl organiza sus fiestas, ¿sabes? Eso estaba bien cuando eran fiestas que se trataban de asuntos de catering, juntes de amistades y encuentros de soltero, pero ahora, con su nueva esposa y todo lo que conlleva, las está pasando mal y está al límite de sus capacidades —al menos eso es lo que Carle le dijo a Charmaine. Ni modo, parece que podría tratarse de un buen negocio. Les hablaré muy bien de ti…»

Entonces, tomó la invitación de su mano y la colocó de nuevo sobre el escritorio mientras la acercaba.

«Lo voy a pensar.»

«Eso es casi un sí, Bombón, y eso me hace muy feliz.»

Ella sintió su brazo encalambrarse, sabiendo que estaba atrapada por la oferta. Tenía una voluntad muy débil para rechazar ese tipo de acceso y este hecho la repugnaba. Ya se sentía asfixiada pues sabía lo que significaría aceptar la invitación.

«Y Dios sabe», le susurró Dick al oído, «que mis viejos amigos de Exeter se quedarán boquiabiertos cuando entre con la mujer más sexy del planeta.»

MARZO DE 1995

Querida Olga,

Aunque tu papi odiaba lo que le obligaron a hacer en Vietnam, siempre se sintió agradecido por la oportunidad que le brindó de ver el mundo. Ver que la opresión existía más allá de las fronteras del barrio donde creció. Para alguien de tu edad, una nueva perspectiva puede ser invaluable. Por eso me alegré cuando Prieto decidió ir al norte del estado para estudiar y me enojé cuando decidió regresar a casa. Irse de casa y tomar distancia puede enseñarnos quiénes somos. Es una experiencia que desearía haber tenido a tu edad. Digo todo esto para dejar claro que no tengo problema con que te mudes lejos.

No, nena, con lo que tengo problema es con esta escuela que escogiste. Este tipo de escuela. Estas instituciones burguesas que no hacen más que reafirmar que en una sociedad capitalista hay quienes están consagrados para gobernar y quienes nacen para servir. No confundas la admisión con el acceso al poder. Este tipo de universidad no tiene espacio para ti, incluso si te ofrecieron un de sus preciadas becas de «acción afirmativa». No quieren enseñar la historia de tu pueblo; no quieren leer los libros de tu gente. No ven ningún valor en nuestra cultura, ni en la cultura de ningún pueblo minoritario. Tus compañeros de clase no serán los hijos de trabajadores de fábrica, ni de amas de casa, ni siquiera de profesores. Serán hijos de banqueros y políticos. Hijos de una clase dirigente que espera su turno en el trono.

¿Qué harás ahí? Es peligroso que a tu joven edad estés rodeada de gente que no te valora. Que no te entiende. Una niña puede perderse.

Estoy segura de que esta opinión es impopular. Apuesto a que en la escuela te adulan por el raro «logro» de ser admitida en una universidad de la Ivy League. Que mi familia esté tan orgullosa, tan sorprendida por los famosos nombres y rostros blancos que estuvieron allí antes de que tú llegaras. Están muy felices de que en un sitio construido por esclavos, financiado por los descendientes de los amos, que son mansos como las ovejas que, mediante el nepotismo, se apresuran para que avancen más de esos descendientes, adoptaron a alguien como tú. Como si, de alguna manera, el hecho de que hayas irrumpido en ese sistema y que tu inteligencia haya sido afirmada por esta institución, significara que ellos también lograron algo. ¡Me imagino cómo se estará pavoneando mi hermano Richie! Que de alguna manera esto significa que nuestra familia es una «excepción» a todas las peores creencias sobre nuestra gente.

Olga, no te dejes engañar. Esto no significa ninguna de estas cosas. Sí, eres brillante. Pero también eres bonita y de piel clara y hablas de una manera que no molesta a los de piel blanca. Tu admisión a este lugar no es más que un minúsculo gesto para reafirmar el mito de una meritocracia estadounidense, que hace que esta escuela se sienta benévola sin dañar su sistema elitista. Un sistema en el que lo único que seguramente perderás es tu sentido de identidad.

Y, por supuesto, tu dinero. Ni siquiera gastaré mi tiempo discutiendo la ridícula deuda que asumirás para hacer esto. Apenas comienzas a vivir y ya estarás encadenada: tus decisiones se verán obstaculizadas, tus opciones se reducirán. La deuda es una de las grandes herramientas del Hombre Blanco para mantener oprimidas a las personas de color. Pero, por supuesto, eso lo sabes.

Debo decirte que me molesta que involucraras a tu tía Karen en todo esto, pidiéndole que te escriba esa carta de recomendación. La pones en una posición terrible, ya que incluso ella, que sabe cómo me siento al respecto, parece estar encantada de que haya llegado esta «oportunidad» para ti. Para tu fotografía. Para tu mente. Así lo llamó ella. Una oportunidad. Ante esto pregunto, ¿para hacer qué? ¿Una oportunidad para olvidar los valores con los cuales te criamos? ¿Para que te rodees de gente que no te entiende a ti, ni de dónde eres ni para qué lucha naciste?

Sin embargo, en última instancia, la decisión es tuya y esta es tu vida. Una que será definida por las decisiones que tomes. Lo único que puedo hacer, como tu madre, es expresarme.

Pa'lante,
Mami

AGOSTO DE 2017

EL CLUB SOCIAL DE SYLVIA

Era la hora dorada cuando Olga se encontró en lo que seguramente era uno de los últimos rincones subdesarrollados de Williamsburg, recorriendo, en sus tacos, las aceras de cemento quebradas. La última luz del sol era tan fuerte que doraba las malas hierbas que habían aparecido en las grietas. Pasó por un terreno baldío lleno de carros viejos y columpios, cercado con malla metálica. El condominio de tres pisos con fachada de ladrillo que ocupaba su lado izquierdo estaba adornado con un mural pintado con aerosol que rendía homenaje, con éxito improbable, a la bandera puertorriqueña, el coquí, Lolita Lebrón, Héctor Lavoe y Big Pun, todos juntos. Debajo decía #respetalosantepasados y, mientras lo leía, Olga reflexivamente se santiguó y bajó los ojos. Cuando levantó la mirada, vio a Matteo, sentado ante una mesa de juego fuera del edificio, profundamente inmerso en un juego de dominó con tres hombres mayores y arrugados. Los cuatro usaban guayaberas y sus antebrazos desnudos agarraban las fichas de dominó y formaban un ombré rico en melanina que a Olga le parecía hermoso.

«Hola», dijo, sintiéndose un poco tímida.

«¡Vaya, vaya!», dijo, saltando y rompiendo el arco iris justo por la mitad. «Caballeros, me disculpan, pero, francamente, me ha llegado algo mejor.»

Los viejitos la observaron apresuradamente.

«Bendición», le dijo uno de ellos.

Ella le respondió guiñando un ojo y él se rio. Había pasado mucho tiempo desde que fue bendecida por un hombre, de cualquier edad, en las calles, y esta chispa placentera de la vida de Brooklyn se había extinguido en gran parte por la gentrificación. Eso la deleitó y al mismo tiempo le hizo añorar Sunset Park. ¿Cómo podría uno sentir nostalgia por un lugar que se encuentra a solo unos kilómetros de distancia? Anotó mentalmente la necesidad de regresar al vecindario y ver a su sobrina durante el fin de semana.

Olga se dio cuenta ahora de que estaban afuera de una especie de bar, aunque solo lo había descubierto al mirar por la puerta, que se mantuvo abierta gracias a una lata de café Bustelo llena de monedas de un centavo y tornillos. El interior estaba oscuro, el espacio revestido con paneles de una madera que absorbía la poca luz que entraba por las pequeñas ventanas a ambos lados de la puerta. La barra en sí estaba claramente construida a mano, la parte superior no era más que un mostrador de cocina de formica, los taburetes eran de vinilo brillante dorado y la barra trasera estaba adornada con luces navideñas parpadeantes, a pesar de ser agosto. Había una mesa de billar en el fondo y una bola de discoteca al centro del salón, unas mesas de juego y sillas plegables estaban esparcidas a lo largo de los bordes del lugar. En las paredes estaban pegadas con cinta adhesiva portadas descoloridas de las páginas deportivas del *Post* y del *Daily News* que tenían a Bobby Bonilla y a Jorge Posada, que flanqueaban ambos lados de una pintura al óleo de Roberto Clemente, realizada, según le parecía a Olga, por el mismo artista del mural. Vio la gramola —un modelo viejo, aquí no se aceptan tarjetas de débito— escondida en un rincón. De fondo sonaba Cheo Feliciano. Lo único moderno en todo aquel lugar era un pequeño televisor de pantalla plana montado en una pared, que Olga supo instintivamente que era para ver béisbol y solo béisbol. Le sorprendió que no estuviera encendido.

«¿Qué es este sitio?», preguntó, un poco incrédula.

«El Club Social de Sylvia. El último de los clubes sociales puertorriqueños. Solía haber un montón, pero ya sabes, con las reglas, las regulaciones y ese tipo de cosas, la mayoría cerró. Me dio la impresión de que te gustaba un buen bar, así que pensé que te gustaría.»

«O sea», dijo sonriendo, «esto sí que es el verdadero Brooklyn. No puedo creer que nadie lo haya destruido para construir un rascacielos. ¿Este lugar siquiera es legal?»

Matteo se rio entre dientes. «¿Por qué? Eres una ciudadana demasiado honrada como para patrocinar un establecimiento no permitido?»

Ella también se echó a reír mientras se sentaban en un par de taburetes. Una mujer salió del baño, disculpándose en español, corriendo a su posición detrás de la barra y de inmediato sirvió un ron para Matteo y un pequeño tazón de unicel lleno de maní para que lo compartieran.

«Para contestar a tu primera pregunta, créeme que llevan años intentando que Sylvia lo venda y ella no cede. ¿No es así, Sylvia?»

Sylvia le guiñó un ojo. «Oye, Matteo, no me corresponde venderlo. Este es un sitio para la comunidad, ¿no es eso lo que siempre dices?» Se volteo hacia Olga. «¿Y en qué te puedo ayudar, mami?»

«Quiero otro igual.»

Le sirvió un vaso y Olga tomó un sorbo.

«¡Guau!», dijo. El ron era suave y rico en especias.

«¿Verdad que sí?», Sylvia arqueó las cejas. «Esto sí, es de lo mejor. Ellos ni siquiera venden esto aquí; solo puedes conseguirlo en la isla. Siempre guardo una botella aquí atrás, solo para él.» Le dio unas palmaditas en la mano a Matteo.

«Para responder a tu segunda pregunta», continuó Matteo, «Sylvia es muy sincera, ¿no es así, señora? Era demasiado riesgoso venderlo con todos esos desarrolladores al acecho.»

«Ay, Mateo». Sylvia le golpeó juguetonamente con su paño de cocina. «¡Siempre eres tan caballeroso, un coco! Estaré atrás, pero me gritas si me necesitas para cualquier cosa, cariño.»

Olga calculó que tendría sesenta y tantos años. La piel alrededor de su amplio escote —del mismo color marrón dorado que el ron que bebían— había comenzado a arrugarse y estaba adornada con varios collares de oro y medallones religiosos. Llevaba pantalones un poco demasiado cortos para su edad y sandalias de cuña que alargaban sus piernas bien formadas. Su cabello, de un tono rubio oscuro que hacía juego con sus joyas, estaba recogido en un suave peinado, con grandes aros dorados que mostraban su cuello largo. A Olga le parecía hermosa.

«¿Está coqueteando contigo?», Olga susurró cuando estaba segura de que Sylvia se había alejado.

«¿Estás celosa?»

«¿Celosa? ¡Por favor! No todas las latinas son celosas, ¿sabes?»

«Y vuestra merced ciertamente no lo es, usted que tiene el hielo de Nueva Inglaterra en vuestras venas.» Ella se rio. «¿Qué tienes contra Nueva Inglaterra? Si no me equivoco también estudiaste allí.»

«Exactamente, y por eso sé de lo que hablo. Tienen una forma muy particular de hacerte saber lo que piensan, sin decírtelo directo; de seguro sabes a lo que me refiero.»

«Bueno, eso definitivamente es cierto, pero, ¿cómo es que eso no es meramente tener tacto?», preguntó Olga.

«Porque el tacto, por definición, está destinado para proteger los sentimientos de las personas y Nueva Inglaterra está diseñada para hacerte sentir como un extraño. ¿No te pasó a ti?»

«¿Que me sentí como una extraña? Mmm. Existe el mito de que los estadounidenses blancos no tienen una cultura, pero absolutamente sí la tienen, y Nueva Inglaterra es la cuna de esa cultura. Entonces, me sentí un poco como una antropóloga.»

«Entonces, dicho eso…» Matteo tomó otro sorbo de su bebida. «Me toca preguntarte ¿cómo se sintieron tus padres sobre tus estudios antropológicos de la élite blanca?»

Sintió cómo sus mejillas se enrojecían de ansiedad ante la dirección que estaba tomando esta conversación. Como si supiera lo que ella estaba pensando, Matteo continuó hablando.

«No te preocupes, no estaba revisando tus gavetas ni nada.»

Le puso la mano en la rodilla y la apretó. «Todo lo que hice fue mirar las cosas que estaban al aire libre. No te puedes enojar con un broder por ser observador. Bueno, tal vez *tú* podrías, pero en general, no se considera un motivo de ira socialmente aceptable.»

Ella exhaló y tomó otro sorbo de su bebida.

«Está bien. Dale. Pregunta. Pregunta lo que realmente quieras preguntar.»

«Bueno, supongo que ya lo pregunté, pero puedo ser más específico. Basándome en esa foto que guardas encima de tu escritorio, parece que tus padres eran miembros del Partido de los Young Lords, una, sino es que la única de las organizaciones paramilitares prosocialistas puertorriqueñas de protesta política a gran escala en la historia de los Estados Unidos. El equivalente puertorriqueño de los Panteras Negras. Estaban dedicados a derrocar una sociedad capitalista y racista, llevar justicia social y ambiental a las minorías de las urbes y, por supuesto, liberar a Puerto Rico. Y ahora, tú, su hija, parece que encontraste o una manera de ganarse la vida, una vida que, a pesar de la mala construcción de tu condominio, parece bastante lucrativa, si se me permites la observación, pero, si se me permites observar más a fondo, es una vida que depende de que te abraces a las mismas personas y valores que tus padres intentaban derrocar, menos de una generación antes que la tuya. Entonces mi pregunta es, ¿cómo se sienten tus padres al respecto?»

Un momento de silencio pesado pasó entre ambos. Olga miró fijamente a Matteo, con su expresión en blanco. La Lupe salía de la gramola y a lo lejos se oía el ruido de un grupo de motociclistas que salían a dar un paseo en una noche de verano. Olga dio una palmada en la barra y saltó de su taburete.

«Sabes qué, te puedes ir pal carajo.» Su acento del sur de Brooklyn, reprimido a duras penas, saltó de su lengua mientras su pecho y cuello se calentaban de ira. «Pal mismísimo carajo. No sé quién carajos te crees que eres para juzgarme, o qué clase de maldita idea loca de una cita tienes en tu cabeza enviándome mensajes de texto sin parar por una semana para que nos juntemos, arrastrándome al maldito Williamsburg, solo para quitarme mi tiempo insultándome y cuestionando cómo genero mi cabrón...»

Matteo la agarró por la cintura con un brazo y, con la otra, tomó su mano, que hacía unos segundos le temblaba en la cara y la besó. Intelectualmente, Olga sabía que se trataba de una estratagema barata para calmar su ira justificada, pero físicamente sintió una oleada que hizo que las paredes de su vagina se contrajeran, enviando una car-ga a su columna vertebral, relajando sus hombros, aflojando su cuello hasta que su cabeza se inclinó hacia atrás en total rendición. Su resis-tencia intelectual se derritió al reconocer que esa era la razón por la que había aparecido, para follar en primer lugar.

«Escúchame por un momento», dijo Matteo, cuando finalmente se separaron. Él tomó sus manos entre las suyas y las acarició mien-tras la miraba a los ojos. «Voy a pedirte que intentes suspender la in-credulidad por un momento y que me escuches: no estoy tratando de insultarte. Lo digo en serio. Mi tiempo en la universidad fue desper-diciado. No aprendí las costumbres de la gente de Nueva Inglaterra. No tengo tacto. Simplemente tengo mucha curiosidad sobre ti. No to-dos los días conozco a una chica de Brooklyn inteligente y sexy. Por eso he estado enviándote mil mensajes y tratando de arrastrarte a ba-rras desde que nos conocimos. Solo quiero conocerte. No soy bueno con las conversaciones triviales. Hago malas preguntas. Soy un poco idiota. ¿Y quién carajo sería yo para juzgarte a ti y a los valores de tu profesión? Soy un nativo de Brooklyn que se gana la vida como un ca-brón agente de bienes raíces en el Brooklyn gentrificado. Así que, por favor, siéntate y conozcámonos un poco, ¿te parece?»

Olga lo miró y volvió a sentarse. Podía escuchar a los niños afue-ra chillando mientras jugaban y se preguntó si era posible que en al-gún lugar del distrito de Kings los adultos todavía abrieran los hi-drantes de incendio para que los niños bailaran durante los calurosos días de verano.

«Cambiemos de tema», dijo él. «¿Por qué no me haces una pre-gunta? Algo que quieras saber.»

Ella miró a su entorno por un segundo y luego a él, tratando de captar algo que no podía articular. Se sentía un poco fuera de su zona de comodidad.

«Sí», dijo finalmente. «Juegas dominó, conoces los clásicos de la salsa y ciertamente pareces ser un cliente habitual aquí. Pero no creo que seas puertorriqueño. ¿Correcto?»

Matteo se llevó las manos a su corazón e hizo una mueca con su rostro.

«¡Ah! ¡Me has fichado! Realmente sabes cómo herir a un hombre donde más le duele. No pasé la prueba del olfato. Maldita sea. ¿Qué me delató?»

«¿Honestamente? Sabes demasiado sobre nuestra historia. Un claro indicio. Sin embargo, me lleva a hacer otra pregunta. Somos un pueblo maravilloso y todo eso, pero, ¿por qué quieres tanto ser uno de nosotros?»

«Eso requiere una respuesta más larga, más ron y mejor música, pero vamos a organizarnos y luego felizmente te contesto.»

Pasaron los próximos cuarenta y cinco minutos turnándose para elegir canciones que la otra persona simplemente «tenía que escuchar» y bebiendo más ron, contando historias del Viejo Brooklyn, descubriendo puntos en común que habían compartido sin llegar a cruzarse: los días al estilo de la película *Kids* que pasaron en Washington Square Park, los días de Fat Beats, los domingos en The Tunnel. Personas que inevitablemente conocían en común.

Finalmente, Matteo le contó la historia de su madre judía y su padre negro y aquel divorcio, después del cual su padre desapareció en su natal Los Ángeles, dejando a su hijo birracial con su madre blanca en South Slope, Brooklyn. Cuando jugaba en la calle con los otros niños del barrio, la gente siempre asumía que el pequeño Matteo, con su piel ligeramente pecosa de color café con leche y su apretada cabellera de rizos, pertenecía a la familia puertorriqueña que eran sus vecinos, y después de un tiempo Matteo sintió lo mismo. Iba a todas sus reuniones familiares, a veces con su madre, a quien llevaba casi involuntariamente, a veces solo. Aprendió a bailar, aprendió a jugar dominó, incluso aprendió a cocinar.

Después de la escuela secundaria, obtuvo una beca parcial para Bennington College, donde planeaba estudiar composición musical, pero pronto descubrió que se graduaría con más deudas que talento. Cambió su especialidad a economía política, escribió una carta a uno de los pocos exalumnos de Bennington interesados en generar dinero y consiguió un trabajo en un banco de inversión. Los bonos anuales hicieron que fuera fácil olvidar que era el único negro que veía en todo el día que no trabajara en la sala del correo. Compró un loft en SoHo, hacía fiestas como DJ en el centro de la ciudad para mantener la vida interesante y consumía un montón de cocaína, para que todo transcurriera sin inconvenientes.

Luego, a su madre le diagnosticaron cáncer de ovario en etapa 4. Ella siempre había querido ir a Hawaii para ver el amanecer en Haleakalā, así que él decidió tomar un tiempo libre para llevarla. Se despertaron en medio de la noche para conducir por el sinuoso camino hasta la cima del volcán, donde estaba tan oscuro y frío como el espacio sideral, tan alto que las nubes los abrazaban con su niebla fría. Cuando salió el sol, revelando que el planeta que los rodeaba era un espacio terriblemente vasto y hermoso, miró y vio que su madre estaba llorando. Bajaron el volcán en silencio, a contraluz de la claridad de la mañana. Tan pronto Matteo vio un teléfono público, se detuvo, llamó a su oficina y les dijo que renunciaba. Se mudó del loft, dejó de tocar en las fiestas y cuidó a su madre hasta que su fallecimiento. Y luego, al no tener más familiares que la gente de su barrio, decidió quedarse.

Olga se sintió conmovida. Y encantada. Cuando era niña, se sentía avergonzada por la complejidad de su propia historia familiar. A la mayoría de las personas se les escapaba la matización necesaria para entenderla. Cuando llegó a la secundaria se sintió cansada de tener que explicarla y simplemente se resignó a no revisitar el pasado con extraños. Pero la trayectoria vital de Matteo y su franqueza al respecto le hicieron sentir un atisbo de posibilidad de que esta vez se sentiría comprendida.

ABRE LOS OJOS

Llegó su turno.

«Cuando me fui a la universidad», comenzó Olga, «Papi ya estaba muerto, así que él no tenía opinión al respecto y mi mamá se había ido, y ella no me podía decir mucho, pero no, no estaba contenta de que yo me fuera a esa escuela. Era demasiado burguesa para su gusto.»

Sylvia acababa de servirles su tercera ronda de ron. Afuera, el cielo se había vuelto crepuscular y los jugadores de dominó habían trasladado su juego a una mesa del fondo. Matteo había tenido el cuidado de evitar hacerle preguntas más directas, pero ella se sentía relajada y extrañamente entusiasmada de poder hablar sobre un aspecto de su vida que rara vez salía a relucir.

«Yo tenía doce, casi trece años cuando ella nos dejó. O tal vez sea más exacto decir cuándo no regresó, porque la verdad es que mi mamá estuvo entrando y saliendo de mi vida desde que tengo uso de la razón. Mis padres se unieron a los Young Lords al mismo tiempo. Para ese entonces ya llevaban tiempo juntos, ya eran activistas. Mi papi fue uno de los tipos que ocuparon Brooklyn College. Entonces, unirse a los Lords fue una extensión de aquello a lo que ambos ya estaban comprometidos. Pero mi papá era mayor. Ya había ido a Vietnam. Creo que cuando los Lords colapsaron, simplemente estaba cansado. Agotado. Nació mi hermano y luego yo nací, y a él le gustaba ser padre. Quería tener una vida normal. O medio normal.»

«¿Pero mi mamá? Creo que ella formó parte de un gran cambio a una edad temprana y no soltó esa noción. Intentó enseñar, intentó "asentarse", pero siempre la llamaban a algún lugar lejano —América Latina, Sudáfrica.»

«Siempre se iba a pelear; siempre estaba viajando. Se separaron y él se mudó. Y entonces, un día, ella simplemente nunca volvió.»

«¿A dónde fue? Tu mamá, quiero decir», preguntó Matteo.

Olga se encogió de hombros. «Realmente no lo sabemos… Bueno, parece que conoces tu historia puertorriqueña. ¿Has oído hablar de Los Macheteros?»

«Realmente no.»

«Digamos simplemente que eran un grupo muy comprometido con la libertad de Puerto Rico. Se parecían más a Malcolm antes de ir a La Meca que a Martin, ¿me sigues?»

«Ahhh», dijo Matteo.

«Bueno, parece que por un tiempo ella estuvo en P.R. con ellos. Luego nos enteramos de que estaba en Cuba. Mi hermano tiene un amigo en el FBI que le permitió ver su expediente hace unos años. La última vez que alguien la vio fue en México con unos cabrones zapatistas. Pero eso fue hace años. La única persona que quizá conoce su ubicación con certeza es su mejor amiga, Karen, pero ella se irá a la tumba con esa información.»

«Perate», susurró Matteo ahora, «¿estás diciendo que tu madre es una fugitiva?»

Olga se rio. «¡Maldita sea, mi mamá ya te tiene susurrando! ¡Bienvenido a mi vida! Ella saca a relucir la paranoia que todos llevamos dentro. Juro que mi hermano y yo literalmente tenemos nombres en clave para ella y todo.» Se volvió a reír. «Pero en serio, ¿que si es una fugitiva? Sospecho que mi hermano sabe más, pero, ¿honestamente?, intento no hacer demasiadas preguntas.»

«La negación plausible.»

«¡Exactamente!», Olga se rio.

«¿Pero tienes noticias acerca de ella? ¿Has hablado con ella?», preguntó Matteo.

«¿Que si me ha escrito? Oh sí. ¿Que si he hablado con ella? No exactamente. Envía unas cartas. Siempre se las ha arreglado para vigilarnos, de alguna manera siempre sabe lo que estamos haciendo, pero no sabemos nada sobre ella. Francamente, es espeluznante. Y frustrante. Hay "compañeros y compañeras en el movimiento" que no conocemos o apenas conocemos, que saben contactarla. Ellos nos pasan sus cartas. Tal vez la hayan visto, pero mi hermano y yo, no. No la he visto en más de veinticinco años. ¿No te parece una jodida locura?» Se rio, aunque no era gracioso.

Matteo puso su mano sobre la mano de Olga.

«Llevo diez años que no veo a mi mamá y han sido los diez años más difíciles de mi vida, así que sí, eso es una locura. Ni siquiera puedo imaginar lo difícil que ha sido para ti.»

Olga suspiró. Este tema siempre la ponía irritable y a la defensiva. Cuando su madre se fue por primera vez, la joven Olga pasó meses enteros abatida. Un día escuchó a dos profesores hablando sobre su situación en la escuela. Pobre Olga. Qué triste. Su padre es un drogadicto. Su madre se fue huyendo. Pobre niñita. La lástima que goteaba de sus voces. Ser el objeto de semejante sentimiento le repugnaba y la hacía sentirse pequeña. Prometió arreglarse y ponerse una máscara impenetrable. Aquel instinto de ponerse la máscara volvió a activarse con este intercambio. Trató de ignorarlo. Para probar algo diferente esta vez. Para decir toda la verdad.

«Sí. De hecho. No hablo mucho de esto, pero sí, fue bien cabronamente difícil. Sobre todo de noche. En mis sueños ella desaparecía. Desaparecía justo ante mis ojos. Y me despertaba llorando. Pero, ¿sabes?, finalmente me animé. Quiero decir, me enojaba y así por el estilo. Con ella y con mi papá, por dejarnos. Pero, ya sabes, la revolución requiere valor y sacrificio, como dirían mis padres.»

«Pero», interrumpió Matteo, «eras solo una niña. ¡No escogiste unirte a toda una revolución!»

Olga se rió, ahora con una carcajada auténtica y con ganas.

«Matteo. Eres un hombre negro en los Estados Unidos, te reclutaron para una revolución el día que naciste, te guste o no.»

Matteo se rio entre dientes y levantó su copa. «Puñeta.»

«Estoy bromeando, pero sabes que es cierto, ¿verdad? Mis padres nos criaron, a mí y a mi hermano, según la doctrina de "juntos venceremos". La "libertad" era el llamado más elevado. Entonces, lo que hizo mi madre fue, hasta cierto punto, noble. O al menos yo sabía que debía verlo de esa manera. Y, al fin y al cabo, no nos abandonó en una esquina. Estábamos con su madre con quien, al menos, siempre me sentía más cercana. Mi padre todavía estaba vivo cuando mami se fue. Y, por supuesto, tenía a mi hermano. Cuando mi papá se enfermó, se mudó a casa después de la universidad. Solo para estar cerca de mí. Entonces, nunca me sentí realmente abandonada. Empecé a sentir que ella era un soldado que habíamos perdido en una guerra. Lo cual, de cierto modo, era cierto.»

«Entonces.» Matteo procedió con cautela. «Ya que mencionaste a tu hermano, me toca preguntarte…»

Olga se rio. «Mmm. Espero que seas lo bastante inteligente como para no hablar mal de mi hermano.»

«No. Yo no. Ya aprendí mi lección. Pero… de seguro ves por qué la gente lo encuentra un poco empalagoso, ¿no? ¿Todo ese espectáculo cuando lo tuvieron de "prisionero político" por unos cinco minutos y luego lo liberaron y lo llevaron hasta su casa con todo un desfile? ¡Y esta parte la recuerdo del loop 1 de New York como si hubiese sido ayer! Lo llevaron hasta su casa, envuelto en la bandera puertorriqueña, mientras iba sentado en el asiento de atrás de un convertible, como su propia carroza del desfile Puertorriqueño. Como me vas a decir que eso no es teatro político.»

«Oye», dijo Olga, riéndose, mientras intentaba sonar seria. «¡la verdad es que me estás cucando! Para empezar, mi hermano era un preso político legítimo. Fue a Vieques con el reverendo Al y fue arrestado por protestar contra los bombardeos militares allí, ¿vale? Lo segundo es que fue pura coincidencia que lo metieran en una cárcel (durante treinta días, claro está) que estaba en su distrito. Tercero, ese era el convertible de mi Tío Richie y no podemos hacer nada para que sea menos llamativo. Tampoco era posible que planificáramos que lo liberaran en vísperas del desfile.»

Su argumento se vino abajo porque ya estaba riéndose demasiado. «¡Bueno! Puedo ver cómo todo se juntó para crear un efecto un poco sensacionalista.»

Matteo se rio con ella. «Solo estaba tratando de dejar claro cómo alguien que no es pariente de él podría ver las cosas desde afuera, eso es todo.»

Ella suspiró. «A decir verdad, los políticos no me sirven. Especialmente los puertorriqueños. Cuando era pequeña, mi padre nos daba estas pequeñas clases de historia. Todos los miércoles por la noche, ese era su día. Aprendimos toda la historia puertorriqueña y la historia estadounidense que nadie enseñaba en las escuelas. ¿Mi conclusión? Los políticos siempre fueron los traidores, empujando a nuestro pueblo río abajo, vendiéndolo por las riberas. A veces ni siquiera por dinero, solo buscando la aprobación de los yanquis, como dirían mis padres.»

«¿Prieto? Mi hermano recibió todas esas mismas lecciones y salió creyendo que podía ser diferente.»

«Mi madre piensa que lo que estoy haciendo es estúpido y no estoy segura de que no lo sea. Con certeza soy "una esclava de las necesidades capitalistas del Hombre Blanco".»

«Lo peor de todo es que realmente disfruto del dinero. ¿Pero mi hermano? A él no le importa un carajo nada de eso. ¿Todos estos tipos del Concejo Municipal, estos tipos en el Congreso, que se embolsan tal o cual soborno para comprar una casa o enviar a sus hijos a una escuela privada? Mi hermano todavía vive en la casa de mi abuela.»

«A mi madre le gustaría derrocar el sistema. ¿Pero mi hermano? Realmente quiere arreglarlo. Para gente como nosotros. Y no es perfecto, es un poco ingenuo, le gusta complacer a la gente, pero también sé que es mejor que sea él quien esté a cargo y no otro hijo de puta corrupto.»

«Olga, te crees muy cínica, pero podrías romper a cantar "El amor más grande de todos los amores" ahora mismo.»

«¡Mi hermano simplemente saca eso a relucir en mí!», Olga cantó. «Pero soy cínica porque entiendo todos los problemas, solo que básicamente no creo que podamos solucionarlos. Sin embargo, apoyo plenamente a que los de abajo se aprovechen todo lo que puedan de los de arriba.»

Matteo empezó a cantar.

Que gratificante es de una vez saber,
¡Que los de arriba a los de abajo van a servir!

Olga lo miró fijamente, con curiosidad. «Me encanta el sentimiento, pero no creo que conozca esa.»

«Sondheim. Sí...» Se volvió tímido. «El teatro musical era muy popular en mi escuela secundaria. Yo estaba en el equipo de escenario. Ni modo...»

«Tienes buena voz», respondió ella con torpeza.

«Pero te diré una cosa, nena.» Levantó las cejas con picardía. «Soy un buen cantante, pero soy un gran bailarín.»

La barra estaba más llena ahora, en su mayoría de viejos que jugaban billar y dominó, y una pareja que bailaba bachata en la pista de baile. Llamó a Sylvia para que encendiera la bola de discoteca y se dirigió a la gramola. Bobby Caldwell empezó a cantar sobre abrir los ojos a las posibilidades que puede traer el amor y Olga dejó de un golpe su ron para unirse a Matteo en la pista de baile, donde se veían tan vertiginosos y brillantes como la bola eléctrica de discoteca que los iluminaba.

JUNIO DE 2001

Mijo,

Mi corazón se infla de orgullo mientras escribo esto. El mundo ahora sabe lo que yo he sabido desde que eras un niño pequeño: mi hijo es un revolucionario nato. Un luchador por el pueblo de Borikén.

Me sentí escéptica cuando escuché que te postulabas para un puesto público. Varios compañeros de los Lords tomaron esta dirección y descubrí que participar dentro del sistema los obligaba a comprometer sus valores. Diluyó su sentido del bien y del mal. Pero cuando vi que te sacaban de Vieques —nuestra tierra robada— con las cámaras de los noticieros siguiéndote, me di cuenta de que me había equivocado. De repente, los medios —y el mundo— habían puesto sus ojos en Puerto Rico y sus luchas. Reconocí lo que tú, bendito, ya habías descubierto: que tu plataforma como funcionario electo te permitirá hacer más por la liberación del pueblo puertorriqueño de lo que podrías lograr como activista comunitario.

Prieto, cualquier periodo en la cárcel puede cambiar a alguien. Puede provocar cierta oscuridad. Cuando se acabe la adulación pública, las próximas semanas e incluso meses pueden resultarte difíciles. Vimos cómo algunos compañeros de los Lords se iban y regresaban transformados en hombres completamente diferentes. Incluso tu papi, cuando lo enviaron a Rikers por las protestas de CUNY, cambió. Fueron solo dos semanas, pero cuando la gente te trata como menos que humano, aunque sea por un día, eso puede atormentarte. Por lo tanto, debes hacer todo lo posible para seguir pa'lante. Con los ojos enfocados en la próxima lucha.

Pero también, cuando lo pienso, una cosa que tenía tu papi, que mis compañeros en los Lords también lo tenían, era alguien a quien volver a casa. Alguien con quien ser amable cuando se quitaban la armadura que necesitaban para sobrevivir en el mundo del Hombre Blanco. Si bien en general me preocupa que el romance pueda ser una distracción para los activistas, creo que, en tu caso, con la persona adecuada, podría ser una ventaja. Fue fácil ganar tu primera elección cuando eras un joven soltero, pero a medida que envejeces, ¿un muchacho tan guapo como tú sigue por ahí sin comprometerse? Bueno, hace que la gente se sienta menos entusiasmada y más escéptica.

Valga lo que valga mi opinión, mijo, tal vez sea bueno que te casaras. Que tengas a una mujer buena y fuerte acompañándote. Piensa en todo lo que podrías lograr en el mundo si no tuvieras que hacerlo todo tú solito.

Pa'lante,
Mami

P.D. Hablando de relaciones, habla con tu hermana. Aquel hombre la va a coartar. Ella te escucha.

AGOSTO DE 2017

EL LÁTIGO

El aire veraniego era cálido y denso, pero Prieto bajó las ventanillas de todos modos, sabiendo que muy pronto estaría conduciendo a alta velocidad y, como resultado, el aire lo golpearía en la cara, una y otra vez. Eso era lo único que, después de estos encuentros, sintió que podía limpiar su vergüenza. Se quitó la corbata, se desabrochó el cuello y se arremangó la camisa con monogramas. Mientras calentaba el motor, encendió la radio y subió el volumen cada vez más. Cuando al fin salió del estacionamiento, el carro vibraba con el bajo musical, el ritmo agresivo del hip-hop perforaba el silencio nocturno del Upper East Side y adormecía su mente. Giró a la izquierda por Park Avenue y se dirigió hacia el norte de la ciudad, con la esperanza de así poder alargar su viaje de treinta minutos hasta convertirlo en uno cuya duración le daría el tiempo necesario para compartimentar y racionalizar su último acto de cobardía. Soñaba que mañana se levantaría e intentaría, con pequeños gestos, expiar los pecados que había puesto en marcha hacía tantos años. A veces, cuando necesitaba calmar sus nervios de esta manera, conducía por todo Manhattan y encontraba tranquilidad y una sensación de estar presente, gracias al agua y las luces parpadeantes del paisaje de los distritos más alejados del centro. Esta noche le preocupaba que la isla no fuera lo suficientemente grande para alcanzar la paz anhelada.

Prieto corría casi todas las mañanas, levantaba pesas e incluso tomaba clases de yoga de vez en cuando, pero nada lo calmaba tanto como un paseo en el carro, su látigo era su fortaleza de soledad. Siempre con la música a todo volumen, siempre con las ventanas abiertas, incluso en el invierno cuando el aire estaba cortante, a menos que estuviera lloviendo o nevando. Esta había sido su rutina desde que pudo conducir por primera vez, cuando Abuelita recibió una llamada donde le informaron que alguien tenía que ir y pagarle la fianza al padre de Prieto para que saliera de Rikers, donde estaba por una maldita mierda de esas de adicto al *crack* en la que siempre se estaba metiendo en aquel entonces. Era la primavera de su último año de escuela superior, un viernes, y estaba viendo televisión con uno de sus amigos cuando sonó el teléfono y luego, aproximadamente un minuto después de contestarlo, Abuelita lo llamó a la cocina. «Bendito, tu papi se metió en un lío de esos y tenemos que conseguir cómo ayudarlo.» Prieto recordó el nudo que se le formó en la garganta cuando ella le explicó qué tipo de ayuda le hacía falta, el calor que sintió junto con la vergüenza. *Oye, mijo, tengo que salir corriendo e ir a buscar a mi hermana,* fue la mentira que le dijo a su amigo. Mentir fue una táctica de la supervivencia que dominó casi de inmediato. Recordó cómo llegó a pensar que lo tragaría la tierra antes de que alguien se enterara adónde iba y por qué.

Olga andaba por quién sabía dónde, probablemente formando un escándalo; para ese entonces, casi nunca estaba en casa. Entonces, le dijo a su abuela que podía ir solo, para que la casa no estuviera vacía si Olga regresaba. Le respondió dándole las llaves del carro desmantelado que usaba y él condujo. Ese fue el primer viaje que hizo por su cuenta. El carro tenía un reproductor de casetes y antes de irse corrió hasta su habitación para tomar una cinta —una mezcla de canciones de Wu-Tang que había comprado en el centro comercial Fulton después de la escuela. La puso y cuando cruzó el puente y pudo ver la prisión a lo lejos, se sintió plácido. Lejos de estar feliz, pero sí tranquilo. Capaz de soportar el proceso de pasar por seguridad, mostrar su licencia de conducir recién emitida como forma de identificación, extraer la fianza exacta del sobre lleno de efectivo —en su mayoría billetes de $10, $5 y $1— que su abuela le había dado para justo este propósito. Pudo respirar mientras esperaba sentado en el asiento de plástico de la sala de espera detrás del cristal grueso, esperando que sacaran a su padre, demacrado, con las piernas y las manos esposadas como si hubiera hecho algo más grave que intentar robar un televisor. Cuando el oficial le dijo: «Yo mucho no sé, pero sé que te volveremos a ver aquí, mijo», Prieto no estaba seguro de si se refería a que volvería a sacar a su padre bajo fianza o a qué pensaba que él también sería un criminal, pero pudo contestarle con una seguridad absoluta y con un tono calmado: «No, dudo que esto se repita».

Su padre lo saludó con un beso en la mejilla, como solía hacer. Papi estaba cansado. Prieto no sabía si se debía a que se le habían acabado las drogas o se había drogado en la cárcel. A veces era difícil saber cuál era el caso con su padre, pero se lo había tenido que encontrar en suficientes ocasiones como para saber que, sin duda alguna, cuando Papi quería conseguir drogas, lo lograba. Prieto dejó que se tumbara en el asiento trasero. Cambió la cinta a Joe Bataan sabiendo que agradaría a su padre y así fue; cantó con algunas de las canciones antes de quedarse dormido. Así fue como se dirigieron a casa. Prieto se detuvo en la casita de la calle Treinta y siete entre la Segunda y Tercera avenida, donde el amigo de su tío JoJo le alquiló a Papi un apartamento en el sótano con la condición de que allí no fumara *crack*. El alquiler era de solo $200 dólares mensuales, pero Prieto sabía que JoJo, Lola y Richie se habían turnado para pagarlo durante los últimos meses. (Nunca se quejaron, pero uno se enteraba.) Su padre estaba en el quinto sueño, así que Prieto se entró en el asiento de atrás para despertarlo con una buena sacudida, y fue entonces cuando vio, en el cuello de su padre, la lesión de SK. Ni siquiera sabía cómo se llamaba, pero sabía lo que era —la verdadera marca de la bestia. El carimbo de la muerte. Su corazón se aceleró. Sacó a su padre del asiento y lo llevó al pequeño apartamento, preguntándose cómo diablos este tipo había sido capaz de cargar un televisor cuando ni siquiera pesaba más que uno.

La habitación era el retrato de una tragedia. Una bandera puertorriqueña colgaba de la pared junto a la boina de los Lords. En el suelo había un tocadiscos, flanqueado a ambos lados por cerca de cien discos. El colchón estaba en el suelo, al lado de un cajón que le servía de mesita de noche, encima del cual había una lámpara sin tulipa, un ejemplar de *El general en su laberinto* y, ante el silencioso horror de Prieto, las obras de Papi, la aguja en una taza de agua, teñida de rosado por la sangre. Dejó a su padre en la cama y pensó: estará arrebatado de nuevo antes de que salga el sol. Prieto volvió al carro, condujo hasta entrar en Bay Ridge, hacia el este por Belt Parkway, antes de finalmente hacer lo que, por mucho tiempo, había deseado; viró el destartalado sedán para dirigirse a los muelles de Christopher Street frente a la autopista del West Side.

Si con la aguja Papi se liberaba, aquí Prieto encontraba su propia libertad.

Prieto se consideraba a sí mismo calle, pero hacía casi diecisiete años, había sido un ingenuo cuando se trataba de la escena política. Cuando asumió el cargo por primera vez, el presidente del Concejo Municipal lo había llamado un Juan Bobo y le preguntaron cuál sería su negocio secundario.

«¿Negocio secundario?», preguntó Prieto, genuinamente confundido. «Creo que mi trabajo representando a Sunset Park no me dejará mucho tiempo como para tener un segundo negocio.»

El orador se rio, le dio una palmada en la espalda y dijo: «Resulta que nuestro dínamo político es un verdadero Juan Bobo». El apodo duró al menos durante su primer término, ya que se sorprendía cada vez que descubría un nuevo acto de corrupción o negocios ocultos de parte de sus colegas.

Casi todos tenían negocios secundarios en sus distritos. Desde pizzerías y pequeños establecimientos de contabilidad, hasta lavanderías. Siempre eran escaparates que a sus electores les parecían inversiones en sus comunidades, pero que en realidad eran vehículos para limpiar el dinero que pasaba a sus manos para asegurar votos en favor de políticas y medidas que beneficiaban a una clase de personas que vivían muy lejos de los vecindarios que decían representar. Gran parte de esto sucedía al aire libre, o cuasi abiertamente, a tal punto que, cuando se hablaba de las próximas elecciones o de las reuniones que la gente tenía con desarrolladores e inversionistas, a veces miraban hacia Prieto y decían: «A Juan Bobo no le incomoda esto, ¿verdad?» Esta era su manera de recordarle que, si quería seguir las reglas al pie de la letra, no había ningún problema, siempre y cuando no les arruinara las operaciones a los demás. Fue su hermana quien le indicó que podía aprovecharse de la situación y acumular favores a partir de su silencio para ejercer presión sobre sus colegas para que votaran en favor de asuntos que beneficiarían a su pequeño idilio del sur de Brooklyn, un área que, en aquel momento, captaba muy poca atención en la política de la ciudad.

A veces, cuando contemplaba el rumbo de su vida, sentía que sus heridas eran autoinfligidas. Se postuló para un cargo porque todos ignoraban su vecindario —la junta educativa y sus escuelas hacinadas, la policía (excepto cuando disparaban impunemente a niños en la calle), el departamento de acueductos y alcantarillados, los funcionarios electos. Hoy día, toda la atención estaba dirigida hacia Sunset Park, y fue él, Prieto, quien la había redirigido. Para bien y para mal.

Antes de que su madre los abandonara, Prieto quiso aplicar a universidades fuera de Nueva York. Estaba desesperado por alejarse un poco de lo que hasta entonces había sido su vida. Su tía lo llevó a D.C. para que visitara a American y Georgetown; asistió a clases en Howard de oyente. Pero cuando llegó su último año, su mamá ya no estaba, la salud de su papá era pésima y le dolía la cabeza a Prieto tan solo de pensar en llenar esos formularios de ayuda financiera. ¿Cuál de las declaraciones de impuestos sobre la renta usaría? ¿La de la Radical o la del Tecato? Entonces, aplicó a varias de las sedes de SUNY y terminó en Buffalo.

Se unió a una fraternidad latina pensando que, con su propia familia en ruinas, tener algunos hermanos podría quizás lo ayudaría. Se convirtió en sus salvavidas. Jurarles lealtad y convivir con sus hermanos fraternos, el voto público de silencio, vestirse con el uniforme por casi ocho semanas. Todo esto le proporcionó disciplina y cercanía en un momento en el que se sentía solo y sacudido. Sus hermanos lo sostuvieron cuando nadie en su propia familia pudo.

Había comenzado sus estudios universitarios con el deseo de convertirse en el Johnny Cochran de Brooklyn: utilizar la ley para luchar contra la brutalidad policial. Pero una clase de justicia ambiental le hizo darse cuenta de que la policía era solo un pequeño hilo de un sistema de discriminación muy entretejido. Quedó conmovido al descubrir cómo sistemáticamente el gobierno y la industria habían puesto en peligro la salud de las comunidades minoritarias por beneficio propio y para generar ganancias. El curso le abrió los ojos y lo animó de una manera que la retórica del poder moreno de sus padres nunca había logrado. A mediados de su segundo año, su padre estaba en plena crisis. Nadie le pidió a Prieto que regresara, pero él quería estar ahí para su familia. Con la ayuda de Tía Lola demostró que estaba «legalmente emancipado» y se trasladó a la Universidad de Nueva York con una beca que pagaba todos sus estudios. Viajaba a sus clases desde la casa de Abuelita. Fue en esa época que la ciudad estaba intentando construir una planta de procesamiento de desechos en Sunset Park, a solo unas cuadras de su casa. Envió un correo electrónico a sus hermanos fraternos que decía: «No soy religioso, pero Dios me trajo de vuelta a casa para luchar contra esto». Se vinculó con la Liga Juvenil Latina y la Junta Comunitaria y presentó argumentos tan elocuentes que quiso grabarlos y enviarlos por correo a su profesor en Buffalo, solo para hacerle saber que había estado prestando atención en clase. El *Daily News*, el *New York Times* e incluso el *Post* cubrieron su lucha y la ciudad cedió ante la presión. Había encontrado su vocación.

Apenas un año después, a pesar de la protesta pública, tras bastidores en una medida no del todo legal, la planta de procesamiento de residuos surgió de la noche a la mañana. En ese entonces, Prieto estaba en la facultad de derecho. Estaba furioso y puesto para pelear —presentó mociones como ciudadano privado contra la ciudad e hizo presentaciones sobre el impacto en la salud de la comunidad para el Concejo Municipal. Era guapo y elocuente. Los noticieros lo amaban; era el ungüento perfecto para el sentimiento de culpa de los blancos. Había estado ejerciendo la abogacía y dirigiendo una campaña para impedir la extensión de la prisión cuando los demócratas locales sugirieron que podría postularse para el nuevo puesto en el Concejo Municipal. A Prieto le parecía una manera excelente de proteger su vecindario.

⁕

ACABABA DE COMENZAR su segundo término en el Consejo cuando entró un sobre por la casilla de correo de su oficina. Estaba impreso a mano y dentro había una tarjeta con un grabado. Era una invitación para que cenara en una residencia privada del Upper East Side. No tenía dirección de remitente ni información de contacto y la asistente de Prieto estaba a punto de tirarlo a la basura cuando sonó el teléfono. La persona que llamó quería confirmar la entrega de la invitación y esperaba que el concejal Acevedo no faltara a la cena. La coordinación concertada asustó muchísimo a la secretaria y entró corriendo a la oficina para decirle que había cancelado todo lo que tenía en su calendario antes y después de la cena. Prieto llamó a uno de sus hermanos de la fraternidad que trabajaba en bienes raíces para ver qué sabía acerca del edificio.

«En esa dirección siembran dinero. Creo que lo imprimen en el sótano. Los Selby tienen dos unidades allí. Ambos hermanos.»

En una ciudad de dinastías inmobiliarias, la de los Selby era una de las más destacadas. Selby padre había encabezado el rediseño desarrollador de Bryant Park una generación atrás, y los hijos habían invertido una fortuna en el rediseño del Lower East Side, con resultados mixtos. Pero después del 11 de septiembre vieron una oportunidad. Con el centro urbano desolado de gente, lleno de polvo y atrasado por los pagos lentos de las aseguradoras, con los propietarios incapaces de cobrar el alquiler, los hermanos se dirigieron a la Zona Cero con vehículos enteros literalmente colmados de efectivo. Apostaron a que el deseo de un alivio inmediato de la miseria oscurecería cualquier recelo. La gente —los pequeños empresarios de bienes raíces, los propietarios de condominios, los arrendadores—, seguros de que nada se podría construir encima de toda esa tragedia, que nada sería posible jamás en aquel cuadrado de la miseria, pensaban que estaban locos y que eso sería un despilfarro. En una conferencia de prensa muy pública, los hermanos Selby revelaron un amplio plan para el área donde, en cualquier día ventoso, las cenizas atrapadas de los edificios derrumbados todavía podrían desprenderse y llenar el aire con la muerte.

La ciudad, por su parte, trataba a los Selby como Héroes de la Esperanza —así los llamó el alcalde— y los colegas de Prieto se movilizaron de manera correspondiente para recompensarlos con exenciones fiscales tras exenciones fiscales. ¿Quién, tras semejante desastre, no apoyaría esa visión empresarial? Por su parte, a Prieto le inquietaba que una familia se apropiara de parcelas de tierra tan concentradas, libres de impuestos, pero sentía que la moral pública estaba demasiado baja para tal cinismo. Además, como le señaló su hermana, con todos sus colegas de los distritos de Manhattan que de una forma u otra estaban en la nómina de Selby, ¿por qué desperdiciar el capital político haciendo esas preguntas? Tan solo vote calladamente en contra. No hace falta revolcar el avispero.

Por eso, cuando se dio cuenta de que era ese mismo avispero el que lo convocaba a su ultralujosa guarida con portero y entrada al ascensor privado, con un verdadero puto Picasso en el recibidor y una criada con un maldito vestido real de sirvienta, sabía que no podía tratarse de nada bueno. Prieto nunca había pensado mucho en El Hombre. La noción de un Hombre Blanco mítico, monolítico, rico y poderoso manipulando las vidas de las personas de color para mantenerlas bailando al servicio de su verdadero plan, le parecía demasiado simplista como para abordar muy bien el asunto complejo de la opresión sistémica. Pero en esa noche primaveral de 2003, después de que la criada tomó su maletín y el mayordomo lo escoltó a un comedor a media cuadra de distancia de la puerta, después de pasar por el museo de bellas artes que estaba de camino, Prieto se pensó que, si existiera ese Hombre que controla todo, sin duda este sería su apartamento. Se había propuesto llegar quince minutos antes —ninguna persona de color que quisiera que la tomaran en serio llegaría tarde a un encuentro con los blancos—, pero los dos hermanos Selby ya estaban sentados, con las servilletas en el regazo y el vino servido. Fue entonces que Prieto supo que ya había perdido cualquier batalla venidera. No importaba cuán preparado estuviera mentalmente, ellos siempre estaban adelantados. Había caído en una trampa.

Le habían preparado un asiento en la mesa, pero en vez de un plato lo esperaba un sobre. Se sentó y lo abrió. Rebuscó los rostros de los hermanos en busca de alguna información clave y no encontró ninguna. Sacó las fotos e inhaló profundo: en la primera foto, él aparecía haciendo una felación a un hombre en lo que claramente era su propio apartamento; en la segunda, su cara aparecía visiblemente durante el acto sexual con su pareja vestida de cuero. Exhaló y se levantó.

«Tengo que ser honesto, señores. ¿Qué tienen aquí? ¿Unas cuantas fotos mías con un hombre? Nueva York es una ciudad muy liberal; esto apenas cuenta como apalancamiento.»

«Nueva York es bastante liberal, concejal», dijo Arthur, el hermano mayor, «pero usted no es el concejal de Chelsea o el West Village. Representa, como dice con tanto orgullo cada vez que se acerca una cámara, a Sunset Park. Y no estoy tan seguro de que los católicos y la comunidad hispana machista que usted representa estarían tan felices con que los representara… ¿cuál es la jerga que usa su gente?»

Nick, el más joven, intervino: «Maricón, Arthur». Parecía satisfecho con su uso del español.

«No nos parece muy probable que su distrito quiera ser representado por un maricón, concejal, y estamos dispuestos a invertir muchos recursos en asegurarnos de que eso nunca ocurra.»

Al recordar aquella noche, el comienzo del colapso de quien había pensado que era, Prieto a menudo se preguntaba qué habría pasado si hubiera sido un poco más valiente. ¿A alguien realmente le hubiese importado con quién se acostaba? ¿Cuál habría sido su respuesta si se hubiera encontrado en ese comedor un año o incluso dos después de que el programa de entrevistas de Ellen se consolidara, o después de que Jim McGreevey saliera del clóset? Después de la muerte de su abuela. ¿Cómo hubiese sido toda su vida? Pero en ese momento, lo paralizó la idea de que saliera a la luz su vida más privada.

«¿Qué quieren de mí?», les preguntó.

«Cuando llegue la hora de votar», respondió el hermano menor, «lo vas a saber». Tenían toda la razón. Tan pronto se presentó la propuesta para que los hermanos Selby remodelaran los almacenes de la terminal Bush sin problema alguno, sabía lo que querían que hiciera. Por más de una generación, la Terminal Bush había albergado las fábricas industriales y de ropa que le dieron de comer a muchas personas en el vecindario. Abuelita había trabajado allí como costurera y, por supuesto, Papi trabajó allí, hasta que no pudo trabajar más. Luego, poco a poco, se fueron cerrando todas. Se mudaron a Jersey o, con más frecuencia, al extranjero, a lugares donde la gente trabajaba por incluso menos dinero que los pobres de Sunset Park. A simple vista, no había nada malo en fomentar cierto desarrollo en esta zona apagada, cuya actividad comercial más desarrollada era el dinámico comercio de las drogas y el sexo. Sin embargo, Prieto sabía que esto no lograría nada por el área más que acelerar el aumento de los alquileres, ofreciendo pocas oportunidades de empleo, ingresos fiscales o incluso servicios para los trabajadores pobres que constituían su electorado. Prieto, el héroe local, el hombre heterosexual, hubiese luchado por lograr más. Pero, Prieto, el homosexual sobornado, el homosexual bugarrón —total, ni siquiera estaba seguro que asumiría esa nomenclatura, aunque cuando se acostaba con los hombres se sentía más libre—, ese tipo se doblegó como un palo doblao. Votó para hacer avanzar el proyecto. Dio una conferencia de prensa sobre cómo esto atraería gente nueva de todo Brooklyn para que disfrutaran de los cuchifritos y las maravillas del barrio chino de la Octava Avenida, a sabiendas de que esto nunca sucedería. Ninguna de las personas que iban al supermercado frente al centro comercial que construyeron los hermanos Selby frente a los muelles, se atrevería jamás a entrar en el vecindario real.

Antes de todo esto, se había resignado a una vida compartimentada. Una en la cual sus deseos sexuales estaban colocados dentro de una caja de hierro cerrada con tanta fuerza que no podrían convertirse en vínculos emocionales. Se había contentado con su carrera, sus amigos, su familia, y había hecho las paces con el hecho de que simplemente no tendría, ni pretendería tener, una relación romántica significativa. Pero después de que los Selby se le acercaron, sintió un gran desespero por encontrar un refugio, por poner cierta distancia entre sus secretos y su vida pública. Se casó con una chica del barrio, Ada, que sabía que sería una esposa política devota. Ella era alguien que él sabía que deseaba tener hijos, algo que él mismo anhelaba y había asumido que estaba fuera de su alcance. Estaba ansioso por compartir el tipo de amor que su padre les había brindado con sus propios hijos. Tuvieron una hija, una niña, y por un tiempo casi se sintió agradecido con los Selby por obligarlo a seguir este camino. Había pedido que la llamaran Lourdes, como una forma de conmemorar a sus padres y para simbolizar el oasis de redención que esperaba que fuera para él. Ella no fue suficiente. Ni Lourdes ni Ada. No bastaban para alejarlo de lo que anhelaba.

Hubo más votaciones. Dijo sí a un estadio de baloncesto en el centro de la cuidad cuya rezonificación les permitió desarrollar docenas de proyectos de condominios de lujo. Dijo no a un proyecto de ferry que les hubiese ahorrado a sus electores horas de viaje a Manhattan. Y así sucesivamente. Aun así, pudo lograr suficientes cosas buenas para su vecindario y para Brooklyn como para sentir que sus compromisos valieron la pena. Por eso, cuando uno de sus mentores, su congresista local, anunció su retiro, Prieto persiguió el puesto ingenuamente, bajo la ilusión de que los intereses de los hermanos Selby eran demasiado locales para que su pequeño voto en la Cámara de Representantes les sirviera de algo. Ganó las elecciones sin dificultades mayores y su estrategia fue efectiva. A lo largo de uno o dos trimestres pudo respirar. Ahora estaba divorciado de Ada y se preguntaba si acaso entonces podría encontrar alguna manera de liberarse, de convertirse plenamente en quien era. Luego llegó el huracán Sandy, que arrasó la zona costera no solo de su distrito, sino de toda la ciudad de Nueva York.

La llamada llegó a través de su oficina; su jefe de personal tenía a Arthur Selby en el teléfono. Los daños habían sido terribles, coincidieron ambos, terribles para la gente de Nueva York: se perdieron negocios, se inundaron las casas. Qué maravilloso que lo tenían como campeón en Washington. Justo cuando Prieto se relajó y comenzaba a sentirse cómodo con la conversación, hablando con el mayor de los Selbys sobre las propuestas de política ambiental que pensaba adelantar, Arthur lo interrumpió. Todo esto era realmente fantástico, pero esperaba que Prieto pudiera ver la sabiduría de proporcionar un incentivo fiscal o, mejor aún, encontrar algunos fondos federales de contrapartida para cualquiera lo bastante emprendedor como para asumir el desarrollo de la reconstrucción a lo largo de las zonas inundables. El dinero para el alivio por los desastres, le recordó Prieto, era muy codiciado y la prioridad era la recuperación y el refugio para las familias desplazadas por la tormenta. Por supuesto, Arthur estuvo de acuerdo. Prieto colgó confiado.

Pasaron días antes de que alguien llamado Derek lo visitara en su oficina de D.C. Pensando que era un elector, Prieto dijo con entusiasmo que lo dejaran pasar, pero cuando reconoció a Derek como uno de los amantes con quien solía salir hacía varios años, lo echó de la oficina, canceló sus siguientes reuniones y se sentó en su escritorio a sollozar. Sintió que nunca sería libre.

AHORA, PRIETO SE dirigió hacia el sur por el lado oeste de Manhattan, se bajó de la autopista cerca de Highline y se dirigió serpenteando hacia el Village. Todo había cambiado. Todo se veía brillante o estaba bajo construcción. Habían desaparecido los niños callejeros y los jóvenes que poblaban el muelle aquella noche cuando su yo adolescente encontró la valentía para ver de qué se trataba realmente este mundo. Por supuesto, no era tan tonto como para ir de cacería, incluso si la oportunidad todavía existía. Pero le gustaba bajarse del carro, mirar el agua y recordar las noches en las que se le permitía ser una persona completa, noches antes de que nadie lo conociera. Trató de calcular si todo el bien que había hecho era mayor que la suma del daño que facilitó durante su tiempo en el cargo público y dudaba de la suma de la ecuación.

Esa noche, cuando llegó al apartamento de Arthur Selby, se sorprendió al descubrir que no estaban solos, como era costumbre.

Alrededor de la mesa se sentaba un grupo de hombres, algunos los reconocía por las noticias financieras, otros no. Curiosamente, su agenda no tenía nada que ver con la próxima legislación, su distrito o incluso Nueva York. En cambio, estaban «profundamente involucrados» en audiencias de vigilancia de PROMESA que él había convocado como jefe del Caucus Hispano y miembro del Comité de Recursos Naturales de la Cámara de Representantes. Estaba profundamente comprometido con que la ley no se aprobara. Aunque no podía precisar por qué bloquear una audiencia procesal tan banal era de tanta importancia para este grupo, tristemente sabía que tanto hombre blanco tan enfocado en Puerto Rico no podía significar nada bueno. Su papá siempre le había dicho que los Estados Unidos creó los grilletes de Puerto Rico, pero fueron otros puertorriqueños quienes le ayudaron a ponérselos. Prieto no había entendido muy bien a qué se refería Papi, hasta ahora.

CINCO PARADAS

Era el final del verano, pero el frescor del otoño ya estaba en el aire cuando Olga salió del elegante vestíbulo de su condominio —sin alma, la había llamado Matteo— a la calle. Esta era su época favorita del año. Una de las ventajas de trabajar con los ricos era que tenían mejores cosas que hacer en pleno verano que casarse. Así, mientras estaban de vacaciones en Nantucket, Maine o Europa, ella normalmente podía reservar tres o cuatro fines de semana seguidos para irse de vacaciones.

Su mayor riesgo laboral era que sus prioridades diarias eran, ante todo, las prioridades de las familias que le pagaban. Como tal, a menudo descuidaba a los suyos. Se encogió con asco al pensar en cuántas semanas habían pasado desde que vio a su sobrina Lourdes, con sus horas de vigilia repletas de vidas ajenas.

Mientras se dirigía a la Atlantic Terminal, no pudo evitar maravillarse ante la transformación del vecindario que había transcurrido literalmente ante sus ojos, mientras ella volaba de aquí para allá, llegaba borracha a casa y salía temprano para la oficina. Incluso cuando era más joven, Olga nunca tuvo el deseo de vivir en Manhattan, desanimada por su ritmo constante y la actitud de sus habitantes. Nadie podría simplemente «estar» allí. Requería intentar, en todo momento, ser otra cosa. Más rico, más delgado, más famoso, más popular, más poderoso, más informado. A pesar de toda su ambición, al final del día Olga quería apagarlo todo. Sin embargo, había reconocido, como

cuestión práctica, que estar más cerca de «la ciudad», como la llamaban los habitantes de Brooklyn, sería una ventaja al lanzar un negocio que atendía expresamente a quienes intentan ser ese «más». Entonces, se mudó de la casa de su abuela en la calle Cincuenta y tres al
piso de una casa de piedra rojiza en una calle arbolada a solo un tiro
de piedra de Fort Greene Park, a un rápido viaje en el metro a Manhattan. Aquí, la rodeaba una utopía de creadores, en su mayoría negros y latinos, todos trabajadores luchadores durante el día, ansiosos
por soltarse el pelo por la noche, beber, reír y bailar para quitarse el
peso de un día dedicado a intentar estar a la altura de una noción de
éxito blanco en esta ciudad imposible.

Pero con el tiempo la arquitectura de Manhattan y su sensibili-
dad empezaron a invadir este rincón del mundo. Primero lentamente y luego a alta velocidad. Por supuesto, todo comenzó por el estadio. Luego se construyó el primer rascacielos. Parecía tan novedoso
que Olga y varios de sus vecinos alquilaron allí, entusiasmados con la
idea de un portero y una terraza en el techo a pocos pasos de sus locales habituales. Luego, hubo un segundo edificio, de doble de la altura que el primero. Ahora, había tantas torres altas y relucientes que
habían alterado los patrones del viento y creado cañones sombríos
en calles que alguna vez estuvieron inundadas de luz. Los habitantes
de estas torres eran diferentes. No corrieron de vuelta a su hogar en
Brooklyn para escapar, regresaron corriendo para continuar con sus
esfuerzos de tratar de ser geniales, vanguardistas, artesanales y «dis-
cretos». Como la leche en el café, la potencia del barrio se diluía con
cada nuevo y brillante edificio. Como ocurre con todas las formas de
conquista blanca, Olga sabía que cuando se completara la adquisición, ya se habría destruido el alma de lo que perseguían.

Las piedras beige del edificio Clocktower brillaban blancas bajo
el deslumbrante sol de la mañana, el halo del verano ya había desaparecido del cielo, dejando detrás un rico fondo azul para todo. Para generaciones de habitantes de Brooklyn, el edificio Clocktower fue un
hito —diseñado para ser el edificio más alto de Brooklyn. Ahora quedaba eclipsado por el abarrotado horizonte del centro. Durante décadas fue un banco donde la abuela de Olga llevaba sus cuentas. Hasta

hace poco, cuando se completó la conversión a los condominios, Olga había utilizado sus grandes huesos como telón de fondo para fiestas lujosas, donde los invitados bailaban sobre los hermosos pisos de mosaicos y las ventanillas de los cajeros servían de barras. Sin embargo, las fiestas habían molestado a los residentes y ahora, como gran parte del espacio comercial del centro, el antiguo banco estaba vacío, con apartamentos de lujo apilados sobre él. Un precario juego de Jenga. De hecho, la única razón por la cual alguien se fijó en el banco fue porque tenía una entrada al metro, donde Olga ahora se guarecía bajo tierra.

Solo cinco paradas separaban a Olga de su barrio de origen. Como adolescente que se escapaba a los clubes, o como universitaria recién graduada que se transportaba a sus primeros trabajos, nunca pensó en esa distancia adicional que la separaba del bullicio de Manhattan. Sin embargo, ahora, desde una zona tan cercana como el centro de Brooklyn, el antiguo barrio parecía lejano. Remoto. El proceso para llegar allí era algo que requería preparación. Tiempo dedicado. Incluso una invitación planeada.

Era un día tan hermoso que decidió caminar un poco, así que se bajó del tren en la calle Treinta y seis y notó que los *hipsters* se bajaban en la misma parada. (¿En realidad eran *hipsters*? pensó Olga. ¿No eran simplemente *yuppies* con otro nombre? Porque seguramente, con tal ubicuidad de estilo, ya no eran técnicamente hip, ya no estaban al día.) Como sospechaba, en lo alto de las escaleras del metro, el grupo giró a la derecha, dirigiéndose hacia el oeste, hacia el centro comercial frente al mar que había surgido allí, ansiosos por pasar un día hurgando entre ropa *vintage* usada y comiendo *poké bowls*. Ella sacudió su cabeza, desaprobando. ¿Cómo es que Pietro había pensado que este desarrollo sería bueno para el vecindario? Olga giró a la izquierda, cuesta arriba, hacia el este, hacia la Quinta Avenida.

Sunset Park tenía dos zonas comerciales principales, cada una de las cuales iba desde el parque, en la esquina de la calle Cuarenta y uno, al sur, hasta la calle Sesenta o Sesenta y cinco, dependiendo de a quién le preguntaras. Lo que nadie debatía, sin embargo, era cuál pertenecía a quién. La Quinta Avenida era la animada franja latina, mientras que la Octava Avenida ofrecía una de las mejores experiencias de Chinatown que Nueva York podría ofrecer. Olga había crecido cerca de la Quinta Avenida, y aunque algunas de las tiendas habían cambiado y los restaurantes se habían vuelto más mexicanos que puertorriqueños, se sentía reconfortada por lo poco que había cambiado, en términos de energía y espíritu. Inevitablemente, todavía existían tiendas de ropa para niños, tiendas de muebles que aún ofrecían juegos de dormitorio a plazos y tiendas de a peso cuyos toldos estaban repletos de muñecos inflables suspendidos, sillas de playa, carritos de lavandería y otras compras impulsivas que una madre podría hacer un sábado por la tarde, agotada por realizar mandados con sus hijos. Estaba la tienda de tenis deportivos donde Olga solía comprar sus pares más lindos, la frutería en la que Prieto había trabajado durante sus años de escuela secundaria, la pequeña tienda que vendía el tipo de sujetadores que solía usar Abuelita. En las aceras, las mexicanas comenzaron a instalar sus puestos de merienda. Mango con lima y chile en esta esquina, tamales en la otra. No fue hasta la llegada de los mexicanos a Sunset Park que Olga pudo probar de esta comida, y ahora siempre intentaba dejar un poco de espacio para antojarse una merienda de camino a casa. A pesar de la hora relativamente temprana, la mayoría de las tiendas estaban abiertas y la música sonaba a todo volumen por las calles, otorgando a la avenida un aura de fiesta. En unas cuantas horas más, los autos con su voceteo, los adolescentes con sus equipos de sonido a todo volumen que iban de camino a la piscina pública del vecindario y los niños que se reían corriendo frente a sus madres se sumarían a la cacofonía que Olga había llegado a considerar el sonido habitual de un sábado cualquiera. A lo lejos, el arco verde pálido del Puente Verrazano, con sus brazos extendidos grácilmente en forma de un abrazo, lo presidía todo.

Caminó una cuadra más allá de la suya hasta Más Que Pan, su panadería favorita en el vecindario, con sus escaparates llenos de espléndidos bizcochos de boda de varias capas con una docena de figuras de plástico de damas de honor y padrinos de boda que bajaban por unas escaleras de caracol; un muñeco parecido a Ken vestido únicamente con un traje de baño Speedo, resposando sobre un bizcocho destinado a una despedida de soltera; un torso de muñeca Barbie con un velo de novia salía de un pastel, su vestido hecho de montones de crema. Este, imaginó Olga, era para una despedida de soltera. Pidió un café y una mallorca con mantequilla a sabiendas de que el café vendría con leche caliente espumosa, la mantequilla batida y dulce, y que las dos cosas le costarían tres dólares, ya que el precio había aumentado por un dólar en la última década. No necesitaba esta merienda —la idea de que no habría comida en la casa era completamente ridícula—, pero era comida reconfortante. Era la comida de un ritual que la ayudaba a saber que ya había vuelto a casa.

NADA COMO EL hogar. Olga no había vivido aquí desde hacía más de quince años, pero el tiempo no importaba. Este hogar existía más allá de su tamaño físico. Albergaba toda esperanza y temor que sintió su abuela por su joven familia en la diáspora, todos los sueños y las penas de sus hijos, y también los de sus nietos. Aunque su abuela hubiese puesto las piedras y el mortero ella solita, no habría manera de que este lugar la encarnara de manera más cabal. Cuando llegaron por primera vez de Arecibo —Abuelita, Abuelo y su prole— vivían en un edificio en Spanish Harlem con otra familia. Abuelita ahorró sus centavos, poco a poco, para comprarles una casa, pero cuando su esposo se fue —harto de este experimento en tierra firme— tuvo que ajustar sus sueños. Encontró el apartamento de alquiler en el piso de arriba a través de una mujer de la fábrica de ropa donde trabajaba. Qué bonito sería tener un apartamento grande tan cerca de su trabajo, para la familia. El barrio era escandinavo e irlandés en aquel entonces y el propietario, el Sr. Olson, no quería alquilarlo a una familia puertorriqueña. Eso lo dejó claro. Pero su abuela le encantaba: llevaba tacones altos, llevaba los labios pintados y había dejado a sus cuatro hijos pequeños en casa. Alquilaron allí durante años en la unidad superior. Poco a poco, fueron comprando muebles, ahorrando más dinero y acercándose al Sr. Olson. Cuando finalmente este decidió que ya estaba harto de Brooklyn, harto de la ola puertorriqueña que inundaba

Sunset Park en busca de empleos en las fábricas allegadas, no solo quería vender la casa. Quería que la comprara la abuela de Olga. Para que experimentara algo del sueño americano. Y hasta cierto punto, lo logró. Poco a poco, decía, todo lo imposible puede llegar a suceder. Entonces, la familia se mudó del piso de arriba alquilado a la unidad de abajo que le pertenecía al propietario. Según cuentan, lo primero que hizo su abuela fue sentar a sus hijos y decirles que nadie en su familia tendría que preocuparse nunca más por tener techo. Y nadie volvió a preocuparse. Lo próximo que hizo, según narran, fue poner música a todo volumen para que todos bailaran.

OLGA SALIÓ DE la avenida principal y entró a su cuadra, donde había una hilera de piedras calizas adosadas que brillaban bajo el sol veraniego. Cada una de estas casas era como la suya: un primer piso frente a un jardín y dos pisos adicionales. La pared de al frente tenía un pequeño portón de hierro forjado, que delimitaba el pequeñísimo trozo de concreto del patio delantero, grandes escalones de piedra con barandilla de hierro negro que conducían al piso del salón. Al igual que la suya, en la mayoría de las casas vivían sus propietarios, quienes presidían los dos pisos inferiores y una unidad de alquiler en el superior. Como ella, los inquilinos casi siempre eran parientes, alguien que necesitaba un lugar razonable donde vivir mientras completaban sus estudios o se recuperaban después de un divorcio o tan solo intentaban abrirse camino en un mundo difícil. Como tal, el vecindario adquirió la naturaleza de una telenovela de larga duración, con series habituales y estrellas invitadas, disputas multigeneracionales y tramas intrincadas. Las señoras ya estaban barriendo las entradas y preparando sus sillas de jardín para un día lleno del ajetreado trabajo del bochinche del vecindario: observando las idas y venidas de la calle para ver qué traería el episodio semanal. Su teléfono sonó. Era Matteo.

«¿Nena, en qué andas?», preguntó.

Ella sonrió: «Estoy en mi viejo barrio y hoy estoy con mi sobrina.»

«Ay, ¿me he encontrado una chica Tender Roni?», preguntó.

Ella rio. «¡Supongo! ¿Qué estás haciendo?»

«Estoy…» Titubeó. «Estoy recogiendo un sofá…»

Como solo habían salido un par de veces y siempre terminaban en su apartamento, Olga se había olvidado del acaparamiento de Matteo y, de hecho, le costaba comprenderlo. Ella despreciaba cualquier tipo de desorden y se había sorprendido a sí misma al ignorar su confesión. Sin embargo, era probable que su franqueza sobre este defecto fuera uno de sus primeros atractivos y su miedo a sus propias imperfecciones se suavizó al ver que él aceptaba las suyas propias. Antes de que ella pudiera encontrar la respuesta adecuada, él intervino.

«Pero mira, mai, te llamé porque tengo cien pesos tuyos y quería dejártelo saber.»

«¿Qué?»

«Al parecer, la otra noche le dejaste a Sylvia un billete de cien en la barra y ella no va a aceptar tu dinero así.»

Por alguna razón, Olga se sintió avergonzada. Matteo y Sylvia no habían intercambiado dinero, a pesar de las numerosas bebidas que consumieron y el tiempo que habían pasado en sus taburetes. Si bien estaba segura de que tenían algún tipo de acuerdo (claramente Matteo era un cliente habitual), se sentía extraña al no compensarla por su tiempo y hospitalidad. Sin embargo, también se sintió incómoda de que Matteo supiera que ella lo había hecho.

«Quería que ella lo tuviera», dijo. «Fue tan encantadora con nosotros.»

Matteo suspiró. «Eso es lindo, pero Sylvia es terca y, créeme, ella va a verificar que te devolví tu Benjamín. En otras noticias, es bueno saber que me vuelve loco una chica que da propinas tan generosas.»

Ella se sonrojó, pero por fortuna ya estaba frente a su casa, donde su sobrina estaba sentada en el balcón, rodeada de dos docenas de copas de champán y un bolso de Michael's que explotaba de tul turquesa.

«Matteo, te llamo más tarde.»

REGALITOS

«¡Ay, querida! ¿En qué te has metido?», preguntó Olga.

«¡Olga!» Su sobrina bajó por las escaleras saltando y la tela turquesa, de alguna manera pegada a sus pantalones cortos, se transformó en una cola. Rodeó la cintura de Olga con sus brazos flacos y la abrazó con fuerza. «Papi dijo que vendrías este fin de semana.» Soltó su abrazo, como si acabara de recordar algo. «¿Dónde has estado todo el verano?»

«Trabajando, mija», respondió Olga, dispuesta a asumir su crimen. Lourdes había crecido tanto ese verano que verla hizo que Olga se sintiera melancólica por todo lo que se había perdido. «Pero tienes razón, dejé pasar todo el verano sin que hiciéramos nada divertido. Lo lamento. Dime, ¿qué es todo esto?»

«¡Lourdes!» Mabel se había asomado por la ventana del último piso. «¡Espero que estés ajustando esos lazos!» Miró a Olga. «Oh, hola.»

Olga levantó la vista. «¡Hola, prima!» Mabel vivía en el apartamento alquilado desde que conoció a Julio, su prometido. Decía que quería el apartamento para ayudar a Prieto con Lourdes, pero todos los primos sabían que lo que necesitaba era un sitio donde pudiera chingar, ya que, hasta entonces, a pesar de tener unos treinta años, tanto ella como Julio habían vivido en casa de sus respectivos padres. Tan pronto como Olga vio a su prima, se dio cuenta de que su sobrina, junto con el resto de su familia, quizá habían sido alistados en el ejército artesanal de Mabel y que la casa sería el epicentro para la preparación de obsequios de mal gusto para sus nupcias venideras. Las celebraciones en su familia eran más que un encuentro. Las sesiones de planificación, preparación y chisme post mortem eran a la vez el cómo y el por qué la familia de Olga celebraba cualquier ocasión significativa. No había tomado en cuenta cómo los preparativos de la boda afectarían su visita, pero si se atrevía a parecer poco entusiasmada por la idea de ayudar, todo el día se convertiría en una guerra con Mabel, y Olga no quería amargar el humor colectivo.

«Oye», dijo, «¡pensé que te vendría bien una ayudita adicional!»

«¿Ah sí?» Mabel gritó, con sospecha. «Bueno, supongo que más vale tarde que nunca. Entra. Te enseño lo que tienes que hacer.»

Lourdes la tocó y simuló un secreto, que Olga se inclinó para escuchar. «Iba a jugar con Camille hoy, pero Mabel dice que nadie juega hasta que se hayan preparado todos los regalitos.»

Olga pronto descubrió que los regalitos requerirían una producción a grande escala e involucraban al menos cinco pasillos de la tienda de artesanía. El nivel más bajo era un espacio considerable, con una sala de estar delantera que se abría al comedor y la cocina en la parte trasera. Todos y cada uno de los rincones estaban ocupados por un familiar que se ocupaba de algún aspecto de la personalización y el montaje de los obsequios que los invitados se llevarían al final de la noche. En la mesa del comedor, dos de sus primos cubrían las etiquetas de las botellas de champán con pegatinas que tenían la foto de Mabel y Julio con la fecha de la boda debajo. Junto a ellos, Tía ChaCha, quien siempre era muy buena con los detalles, estaba sentada con un par de pinzas, mientras sus espejuelos se deslizaban por su nariz, y colocaba pedrería en racimos artísticos por toda la botella. Luego los empaquetarían y los llevarían al balcón donde, como ahora comprendió Olga, pusieron a Lourdes a cargo de la vestimenta de los cuellos de las botellas con lazos de cinta de tul. Tan pronto estaban vestidas, llevaban las botellas a la sala de estar, donde Tío JoJo y uno de los sobrinos de Mabel las colocaban en cajas de regalo transparentes junto con una sola copa de champán que, según Olga se dio cuenta al examinarla con más detenimiento, también tenía grabados los nombres de Mabel y Julio y la fecha de la boda.

Mabel había bajado las escaleras, con su cabello mojado que goteaba sobre su camiseta del concierto de Marc Anthony. Como un general, inspeccionó el trabajo colectivo.

«Ricky», le ladró a uno de sus primos, «esa etiqueta no me parece que esté alineada». Volteó hacia Olga. «Vamos a instalarte en la cocina. Puedes ayudar a decorar las cajas de regalo.»

«Espera», dijo Olga, riendo. «¿Estás agregando algo más a esto?»

«¡Sí!» ChaCha intervino. «¡La caja no puede ser sencilla, Olga! ¿Qué te pasa?»

Mabel, siempre deseosa de ser perseguida y juzgada por su prima, opinó: «Bueno, Tía, tal vez a las ricas novias vainilla de Olga les gusten las cosas más, ya sabes, refinadas».

«¿Qué?», ChaCha gritó, con una deslumbrante botella de champán en la mano. «¡Estas botellas tienen cristales que han sido colocados a mano! ¿A quién no le parecería elegante?»

Tía ChaCha fue la primera esposa de su Tío Richie y la madrina de Mabel, un papel que se tomó lo bastante en serio como para adoptar a todos los enemigos de Mabel como propios. Olga era su blanco favorito. Ellos, sin embargo, eran una minoría. Ya fuera que su familia los adoraba por mérito de sus éxitos o por lástima de que eran huérfanos, si Olga caminaba sobre el agua era solo porque Prieto ya había dividido el Mar Rojo. Así que ahora que Olga cuestionó el estilo y el gusto de los obsequios nupciales de su prima, toda la sala quedó en silencio, esperando el veredicto de Olga.

A decir verdad, los clientes de Olga ya no regalaban obsequios de boda, en gran medida lo consideraban un desperdicio, lo cual era más un asunto de moda que de dinero. Desde la llegada de la recesión, conscientes de que las bodas eran actos de consumo ostentoso, los ricos habían considerado el regalo nupcial como una oportunidad para ofrecer una disculpa por la inequidad económica. El regalo de boda fue reemplazado por tarjetas de «donación en vez de regalos». Anunciaban gentilmente a los invitados que en lugar de comprar un regalo inútil que todos sabían que sería tirado a la basura después de la boda, se había tomado la decisión que se donaría ese dinero a una organización benéfica, donde beneficiaría a personas que ni siquiera podían pagar una boda. En la familia de Olga, sin embargo, estos regalos (cualquier regalo, en realidad) nunca se tirarían a la basura. Los invitados a la boda de Mabel acurrucarían el regalo, se relajarían y beberían el champán barato y volverían a sacar la copa de champán en Nochevieja. O, con la misma probabilidad, colocaría el paquete decorado entero en una vitrina, donde se conservaría y se le quitaría el polvo con cariño todas las semanas, junto con los obsequios de todas las bodas anteriores de las demás primas. Incluso Olga, con su naturaleza exigente, era muy supersticiosa a la hora de desperdiciar un regalo de cualquier celebración familiar y guardaba una caja debajo de la cama llena de fundas para rollos de papel higiénico, marcos de fotos en miniatura tallados y cisnes de cristal en lagos cristalinos cuyo propósito exacto nunca había deducido, pero de los cuales tenía tres.

Sabía que Mabel tal vez había agonizado al seleccionar cada etiqueta, cristal y lazo. Con esto en mente, Olga hizo una pausa, miró alrededor del cuarto y declaró: «¡Claro que es elegante, tía! ¡Simplemente no quería que el paquete le restara valor a tu trabajo!» Y todos se rieron y ChaCha, e incluso Mabel, sonrieron. Tacto de Nueva Inglaterra, pensó Olga.

«Mientras tanto, ¿dónde está la música? Entiendo por qué nos tienes trabajando, Mabel, pero, ¿qué clase de taller clandestino tienes aquí?»

De esta manera, con música a todo volumen de fondo, Olga se sentó a la mesa de la cocina mientras su Titi Lola preparaba arroz con habichuelas blancas (el plato favorito de Olga) y adornaba 150 cajas de plástico transparente llenas de deslumbrantes copas de champán con lazos cerceta, a las cuales luego, con pegamento caliente, Ana, la actual esposa de su Tío Richie, las adornaba con una gema de imitación.

REY DEL CASTILLO

Olga miró fijamente a tía Lola mientras sazonaba frijoles, hervía arroz y picaba cebolla y aguacate en rodajas. Mientras cocinaba, Lola tarareaba la canción de Daddy Yankee que sonaba por la radio y desde el otro lado de la cocina Olga intentaba discernir algo de su tía, más allá de su ilimitada capacidad de amar. La hermana pequeña de su madre siempre se había opuesto a toda convención. En la universidad había estudiado contabilidad y, tan pronto terminó sus estudios, consiguió un buen trabajo, se cortó todo el pelo y alquiló un apartamento cuarenta cuadras al norte, en Park Slope. Luego, Lola procedió a generar dinero de una manera que le permitiera cuidar a su madre mientras envejecía, mantener a Olga y Prieto vestidos con ropa limpia para su regreso a clases y aun así ir a un crucero cada año. Los sábados, Lola, que había sido la chef de la familia desde que era niña, venía y cocinaba para cualquier familia que llegara. Los domingos, cuando hacía buen tiempo, montaba con su club de motociclistas puertorriqueños. Nunca se casó. Nadie tenía idea lo que ella hacía con su tiempo fuera de estas labores. En el barrio, por mucho tiempo el chisme era que Lola era lesbiana y Olga no lo había descartado, pero tampoco estaba del todo convencida.

«Si ser mujer soltera te hace gay», decía Olga, «entonces yo seré la Maestra de Ceremonias del Desfile del Orgullo Gay».

Esto inevitablemente inspiraba risa, porque todos sabían que Olga siempre había sido una heterosexual sucia de primera categoría, con un elenco rotativo de nenes y hombres que la seguían desde que comenzó su desarrollo sexual. Sin duda, su tía nunca había traído a otra mujer a conocer a la familia, excepto a su amiga Lisa, a quien Lola conocía desde hacía tanto tiempo que Olga no recordaba siquiera haberla conocido. Mabel había insistido mucho con el resto de las primas de que Lisa no era la amiga de Lola, sino su amante, a lo que Olga respondió que la gente puede tener amigos y los tiene. «¡Los Ortiz no!», le respondieron el resto de sus primas. Hasta cierto punto, esto era cierto. Richie tuvo tres hijos con Cha-Cha y dos más con Ana. JoJo y Rita tenían a Mabel, Isabel y Tony. Los hijos de todos entonces tuvieron hijos, excepto Olga y Mabel. ¿Qué espacio existía para los amigos cuando estaban rodeados de tanta familia?

La verdadera confusión de Olga sobre la vida de su tía se relacionaba con la muerte de su abuela. Antes de que Abuelita falleciera, Olga podía entender por qué su tía tenía que ocultar quién era ante una mujer ciertamente anticuada y fielmente católica. Pero ya hacía doce años que Abuelita se había ido y Olga veía tan poca necesidad de que permaneciera en el clóset que empezó a cuestionar la hipótesis de que su tía era lesbiana. Su tía era una persona callada, pero valiente, sin miedo a vivir su vida en sus propios términos. Ante Olga, la personalidad de su tía simplemente no era propia de una persona enclosetada. A diferencia de la de su hermano.

Olga había sospechado durante mucho tiempo que Prieto era gay, pero sabía que era más probable que muriera antes de abrazar una identidad tan «alternativa». Su vida privada, en ese sentido, era uno de los pocos temas prohibidos entre ellos. A Olga, a diferencia de Mabel, no le gustaba intercambiar rumores y suposiciones, especialmente con relación a su hermano, y por eso se guardó este pensamiento para sí misma. Además, nadie la creería. Su caso se basaba en gran medida en preguntas circunstanciales para las cuales su familia tendría respuestas convenientes.

¿No les parecía extraño que su hermano nunca había tenido una novia? ¡Está demasiado dedicado a su trabajo para tener el tiempo necesario!

¿Pero y cuándo era más joven? ¿Por qué iba a estar atado un hombre tan guapo?

¿No les parece extraño cómo se comporta Ada con él? ¿De manera tan fría y escalofriante, sin ninguna pasión? *Sí, diría su familia, simplemente está amargada porque él terminó las cosas.*

Olga era incapaz de articular las razones menos tangibles detrás de su sospecha. Cosas que solo ella, criada bajo el mismo techo que él, notaba. Cómo cuando él la llevaba a la piscina de Sunset Park y ella lo veía ligándose a los mismos chicos sin camisa que ella se ligaba. Cómo cuando limpiaba su habitación y encontraba revistas llenas de hombres músculos escondidas entre la pared y su cama doble, así como otros hombres esconden sus *Playboys*.

La relación de Prieto con Ada transformó un sentimiento persistente en una creencia no confirmada. Olga recordó cómo registró cognitivamente la primera vez que él las presentó, lo rígido que era su comportamiento. Como un robot que hacía el papel de sí mismo. Antes de la ceremonia de su boda, cuando él parecía tener náuseas, ella le recordó que no tenía que casarse. Él respondió, muy en serio, que sí. En cierto modo, supuso, él tenía razón. Para su consternación, la identidad de su hermano estaba entrelazada por completo con el personaje ficticio y perfecto que había creado. Y, aunque la gente no era abiertamente homofóbica, ella entendía que la descripción del hombre latino perfecto no incluía la palabra «gay». La necesidad de Prieto de agradar se vio agravada por su miedo palpable a decepcionar a la gente: su familia, su madre, sus electores. Para Olga, ese era su principal defecto. Así que no dijo nada y se quedó callada. Al final y al cabo, ¿qué importaba con quién se acostaba su hermano?

«¡¡¡Wepa!!!», Prieto gritó cuando entró a la casa. «¡No hay nada tan rico como volver a una casa llena de familia!»

Olga pudo sentir cómo la energía del lugar cambió colectivamente, el centro de gravedad ahora estaba firmemente fijado en su hermano. El rey regresó a su castillo. Mabel le enseñó sus regalos, Lourdes lo acompañó mientras miraba la línea de montaje; su hermano repartió abrazos y besos mientras saludaba a cada miembro de la familia. La primera vez que lo vio navegar, orquestar y manejar un evento de campaña, pensó en momentos como este, aquí con su familia —en lo fácil que era para él lograr que todos se sintieran especiales, en cómo seducía la atención de su público.

«¡Oye!», gritó Tía Lola. «¿Qué soy yo? ¿Un cero a la izquierda? ¡Ven a darle un beso a tu Titi!

Mabel siempre decía que Prieto y el padre de Olga fueron los únicos dos hombres que lograron captar la atención de Tía Lola.

El hermano de Olga entró corriendo a la cocina, la besó en la cabeza y envolvió a su tía en un gran abrazo, bailando con ella mientras lo hacía. De debajo del brazo le entregó un paquete.

«Tía, compré unas chuletas. ¿Tú las sazonas y yo las cocino?»

«Bueno, bueno, ¡bendito!»

༺∞༻

Olga estaba sentada con una cerveza en el patio pequeño, observando a su hermano encender el carbón. Parecía imposible, pero dos primos más ya estaban allí, trabajando arduamente en rellenar con almendras confitadas unos saquitos de malla turquesa. Olga sabía que se colocarían ante el asiento de cada invitado. Verlos le hizo recordar las servilletas de lino, guardadas en un rincón de su oficina, que esperaban su debut en el gran día de Mabel. El recuerdo le trajo los comienzos de una sonrisa.

«Ay, no», dijo Prieto. «Cuando veo a mi hermana sonreír de esa manera, sé que no trae nada bueno. ¿Qué estás tramando ahora?»

«¡Nada, nada!» Ella rio y trató de cambiar el tema. «Oye, ¿sabes lo que noté mientras caminaba por la Quinta Avenida hoy?»

Su hermano gruñó y ella continuó.

«Bares. Dos bares.»

«¿Y?», dijo, avivando el fuego.

«¿Desde cuándo tenemos bares en esta parte de la avenida?»

La Quinta Avenida de Brooklyn comenzaba en Atlantic Avenue, el borde más exterior de lo que eventualmente se convirtió en Park Slope, corriendo hacia el sur hasta encontrarse con el agua debajo el puente Verrazano-Narrows en Shore Road, la versión de Brooklyn de la Costa Dorada. En cada barrio por donde atravesaba la avenida servía como centro comercial, lleno de puestos de frutas y mercados de pescado, restaurantes, cafeterías y bodegas. Si Park Slope tuviera una «escena», sería la Quinta Avenida, ya que estaba repleta de restaurantes, bares deportivos y salones. Bay Ridge, el hogar de *Saturday Night Fever*, brindó durante mucho tiempo la alternativa a viajar hasta Manhattan para divertirse de noche. Pero por generaciones, si conducías por el tramo polaco, que comenzaba en la calle Dieciocho, y el propio Sunset Park, no veías un bar en la Quinta Avenida hasta llegar al Feeney's Pub en la calle Sesenta y dos. Los chinchorros salpicaban las avenidas Tercera y Cuarta, atendiendo a los trabajadores que quedaban en la Terminal Bush y atendiendo a los hombres que les pagaban a prostitutas bajo el BQE, pero los polacos y los puertorriqueños felizmente habían restringido su comercio a la variedad familiar. Sin embargo, en la última década, Olga notó que, poco a poco esto también estaba cambiando. Los *hipsters* y sus bares con nombres irónicos habían comenzado a desplazarse más hacia el sur. Primero abrió el bar de temática marinera, El Sireno, en la calle Veintiuno, luego Los Sepultureros —que quedaba justo enfrente del cementerio de Greenwood en la calle Veintiséis. Luego abrieron bares en la calle Veintisiete, luego en la Treinta. Siempre atraían la misma clientela: niños flacos y pálidos con bolsos de mano de NPR, tatuajes de líneas intrincadas que estaban visibles debajo de sus irónicos trajes veraniegos con volantes o camisetas de Bernie Sanders con las mangas cortadas. Ahora, acababa de ver un pequeño bar de vinos en la calle Treinta y siete, Vino Amargo, y luego en la calle Treinta y ocho un bar más grande, llamado, precisamente, ¡HOLA!, nombre que le pareció particularmente irónico Olga ya que, al echar un vistazo por la ventana a la decoración exagerada del Día de los Muertos, sabía que tal vez no había verdaderos mexicanos involucrados. Era obvio que nadie ahí saludaba a la gente de Sunset. Al menos no a la gente que ella conocía.

«Esos sitios son de blancos», intervino Fat Tony, uno de sus primos que seguía embolsando las almendras. «Ni siquiera sabía que había tantos por aquí, mija. Pero mi amigo y yo pasamos por allí la otra noche y el local «mexicano» estaba repleto de gente. No vimos a nadie con melanina por ninguna parte.»

«Hmpf», dijo Olga. «¿Cómo es que llegaron esos bares hasta ahí, Prieto?»

«Olga», dijo su hermano, con cierta exasperación, «ahora estoy en D.C. Ese es un tema para el Concejo Municipal. De todos modos, hubo cierta rezonificación. Tiene sentido. Atenderán los espacios de *coworking* que instalaron en Bush Terminal. No es necesariamente malo que tengan un sitio donde puedan parar y tomarse una copa después del trabajo, ¿no te parece?»

Olga no estuvo de acuerdo.

«No, pero si de repente existe la posibilidad de abrir bares en un barrio puertorriqueño, Prieto, ¿por qué la oportunidad no se la dieron a los puertorriqueños? ¡O coño, a los mexicanos! Carajo, ¿por qué no hay una con dueños chinos aquí?»

«Mira», dijo su hermano, «por eso quiero que participes más en mis campañas, ¡ya! En serio», aparentemente agradecido por la oportunidad de cambiar de tema, «el fin de semana que viene, ¿estás trabajando? Alguien está organizando una recaudación de fondos para mí en los Hamptons. Quería ver si podías venir. Sabes que esa es más tu escena que la mía…»

Olga miró su teléfono. «¿El sábado? Uf, ya estoy comprometida con algo… por el este…» Se detuvo y pensó en la fiesta. Su primera salida pública con Dick. Desde que había aceptado su invitación, sintió el dominio absoluto que acompañaba su compromiso. Ya fuera real o imaginaria, su libertad de ignorar a Dick y de decir sí o no a sus peticiones se había visto obstaculizada. Es cierto que ella había rechazado su invitación de que salieran a cenar y le había dicho que no a un encuentro improvisado después del trabajo en el hotel Four Seasons, pero después de cada negativa él había respondido: «No importa, pasaremos un fin de semana entero juntos en el este». Sus palabras eran una estaca en el suelo a la que ella estaba atada. Sí, todavía podía vagar por el jardín, pero en última instancia, Dick sabía que no podía alejarse mucho. Olga tenía muchas ganas de ir a la fiesta, pero también quería robarle a Dick ese sentimiento de conquista, y se preguntaba si su hermano no le habría dado la oportunidad de lograr ir a ambas cosas.

«Prieto, resolvamos esto. Tal vez si te hago el favor y voy a lo tuyo, puedas venir conmigo después a lo mío».

«Diablo, mija. ¿Así es la cosa?» gritó Tony. «¡Tienes a todos estos primos aquí y nadie nos lleva a nada! ¿Cómo sabes que no quiero ir a una de tus fiestas elegantes en los Hamptons?»

«Tony», gritó Prieto, mientras arrojaba un bistec al fuego, causando que la llama salteara en el aire. «¿Quieres venir a los Hamptons a mi recaudación de fondos?»

«Ni loco, Prieto. Sabes que me mareo en los viajes largos. Solo quería que me invitaran, eso era todo.»

NOVENAS

Como era su costumbre en cada visita a casa, a las cinco menos cuarto Olga se coló en la habitación de su hermano. Contuvo la respiración y, con los ojos cerrados, abrió la puerta del armario, temiendo lo que no encontraría allí. Exhaló aliviada de inmediato y se le puso la piel de gallina en los antebrazos. Podía sentir su presencia sin necesidad de verlo: el altar de su abuela. Se maravilló de que se mantuviera igual después de todos estos años, un ancla de constancia en medio de un torrente de cambios. Cuando Prieto se hizo cargo de la casa y, a su vez, de la habitación de Abuelita, el único pedido de Olga fue que mantuviera el altar intacto. Estaba encima de una pequeña caja de leche cubierta con un tapete de encaje blanco, Nuestra Señora de la Caridad del Cobre presidía velas vacías, todavía se veían en las vitrinas los débiles restos de cera roja, rosada, amarilla y blanca. Al derredor estaban fotos de la madre y el abuelo de Olga, la tarjeta de misa de su padre, una botella de Bacardí, una pequeña estatua de San Antonio y una foto de Abuelita colocada allí por la propia Olga. Alrededor de la Virgen colgaban cuatro rosarios y ahora Olga cogió el negro —de obsidiana o, por lo menos, eso fue lo que le dijeron hacía años. Lo metió en el bolsillo de sus mahones y cerró la puerta del armario.

«¡Voy a la tienda!», le declaró a nadie en particular y subió por la Quinta Avenida hasta llegar a Nuestra Señora del Perpetuo Socorro, donde se sentó en el décimo banco desde el altar, en el lado izquierdo del nivel inferior, con la placa de bronce en el banco inscrita con el nombre de *Isabel Alicea Ortiz*. ¿Cuántos sábados había venido y se había sentado en ese mismo banco con su abuela? Era imposible contarlas, pero eran suficientes como para que, a su muerte, uno de los primeros actos de Olga fuera reclamar el banco, el banco de Abuelita, para que fuera marcado con su nombre a perpetuidad.

Este era su espacio, el de ella y su abuela. En una casa llena de gente, con vidas llenas de crisis y definidas por el caos, este ritual, este lugar, les pertenecía solo a ellas dos. Los padres de Olga no les prohibieron a ella ni a Prieto hacer mucho, excepto ir a la iglesia. Sus padres sentían, en general, que la religión era una herramienta burguesa para acostumbrar al proletariado a su explotación y, más específicamente, que la Iglesia católica era la sirvienta del diablo, habiendo desempeñado un papel tan destacado en la colonización de las personas negras y morenas en todo el mundo. Su madre y su padre eran tan vociferantes al respecto, tan implacables en su crítica, que la abuela de Olga trasladó su altar a su armario, tan solo para evitar tener que escucharlos a los dos hablar y hablar. Después de que la madre de Olga se fue, Abuelita lo guardó allí por costumbre. A Olga le encantaba el altar. El misterio del mismo le resultaba especialmente deleitable, pero también el ritual de las oraciones, el encendido de las velas. Abuelita a menudo la sorprendía en la puerta, espiando a su abuela mientras ella se arrodillaba y rezaba el rosario. Un día la llamó y le enseñó a su nieta las oraciones: el Ave María y el Padre Nuestro. Fueron las primeras y únicas cosas que Olga pudo decir con seguridad en español.

Su abuela no tenía intención de desafiar los deseos de los padres de Olga, al menos no de forma abierta. Olga tenía curiosidad y su abuela fe. O al menos, superstición. Un sábado por la tarde, cuando Olga tenía quizás seis o siete años, ella y su abuelita estaban haciendo mandados cuando su abuela miró su reloj y se puso ansiosa. Abuelita iba a misa los sábados por la tarde desde hacía mucho tiempo, desde sus días en la fábrica. El domingo era su único día libre en aquel entonces, su único día para dormir, aunque fuera solo hasta las siete. Entonces, dejaba el trabajo e iba a misa de vigilia, a orar por su trabajo, sus hijos, el techo sobre sus cabezas. Luego volvería a casa y vería a toda su familia junta, con tanta comida en la mesa, en una casa que contra todo pronóstico les pertenecía. Para Abuelita, las dos cosas estaban conectadas. La salud de su familia estaba ligada a su presencia en la misa del sábado por la tarde. Si no ayudó en nada, le decía Abuelita a Olga, ciertamente tampoco hizo daño.

Y así, ese sábado en particular, presionada por el tiempo e insegura de si Lola estaba en casa para cuidar a Olga, se volteó hacia su nieta y, en una conversación que Olga recordaba vívidamente, le preguntó si sabía qué era un secreto. Los secretos, dijo su abuela, tenían mala fama, al igual que su vecina, Constantina. Sí, muchos hombres vinieron a visitar a Constantina mientras su esposo estaba fuera como reservista de la Marina, pero ella también alimentó a muchos de los perros y gatos callejeros del vecindario y nunca se jactaba de ello, por lo que no era del todo mala. Así eran los secretos; uno escuchaba más sobre sus aspectos malos que sobre los buenos. Ir a la iglesia con Abuelita era un secreto bueno. ¿Olga podía guardar un secreto bueno? Olga asintió vigorosamente, sí.

Cuando Olga entró por primera vez a la iglesia, quedó encantada. Amaba las estatuas, la ceremonia, el mármol, el oro, el olor del incienso, el sonido del órgano, el sentido del orden, el velo del secretismo… todo aquello. Después de que todo le mundo se fue a comulgar, cuando toda la parroquia estaba orando arrodillada, Olga derramó una lágrima, tan conmovida estaba por el sonido del silencio. Abuelita claramente miraba más a Olga que lo que rezaba, porque la besó en la parte superior de la cabeza y le susurró: «Podemos volver, ¿sabes?». Y regresaron, sin volver a discutirlo. Todos los sábados se encontraban juntas, comprando esto o aquello, y siempre terminaban en su banco justo cuando sonaban las campanas para comenzar la misa de las cinco. Después corrían a casa —a veces compraban refrescos y hielo, solo para encubrir su secreto. A esa hora, su padre ya estaba en la casa. Su madre, si no estaba viajando, también estaba allí. Su tía y a menudo sus tíos y sus primos estaban todos reunidos. Y cenaban rodeados de familiares, sintiéndose bendecidas de que hubieran funcionado sus oraciones.

La única vez que Olga había sentido pura envidia por su prima Mabel fue cuando hizo su Primera Comunión. Olga lloró y lloró por varias semanas. Su madre la llamó materialista por estar celosa de un vestido sin sentido, mientras que su padre le ofreció hacerle una fiesta propia, solo por ser ella, «No necesitas a Jesús». Solo Abuelita sabía que lo que le causaba los celos no era el atuendo ni la fiesta, sino que ahora Mabel conocería el sabor al tener el Cuerpo y la Sangre de Cristo en su boca.

Mabel, que no pensaba en la Sagrada Comunión más que un pájaro piensa en su primer vuelo, disfrutaría de este privilegio que Olga había anhelado. Cuando todos podían disfrutar de estar llenos de Jesús, sentados en ese hermoso silencio en el salón de mármol, Mabel también estaría llena y ella, Olga, simplemente se sentaría allí. Todavía hambrienta.

Cuando su madre se fue, Olga se volvió más descarada y ahorró sus chavitos para comprar una estatua del Niño de Praga de cincuenta centímetros y construir su propio altar en la habitación. No en el armario, sino encima de su tocador. Eligió esa estatua con cuidado, porque podías vestirla con elaboradas túnicas que variaban según la temporada. Cuando ya era un poco mayor, Olga trabajaba los sábados en la concesionaria de autos del tío Richie y el dinero que no gastaba al colarse en las discotecas por las noches lo destinaba a comprar trajes para el Jesús de Praga. Iba con su abuela a la tienda de artículos católicos y elegía un vestido morado de Pascua, un vestido de seda rojo para el Adviento, un anillo bautismal demasiado pequeño incluso para un bebé, un collar de crucifijo en miniatura. En su altar encendió velas frente a la foto de su madre, rezando novenas por su seguridad, dondequiera que estuviera.

Su tristeza por la partida de su madre se vio atenuada por lo que consideró una oportunidad. Le rogó a su abuela que la inscribiera en el catecismo, recordándole los buenos secretos y a Constantina, la amante de los animales que vivía en la casa de al lado. Su abuela obedeció. Amaba a todos sus nietos, pero sentía, le decía a Olga mientras le cepillaba el cabello por las noches, que tal vez Dios las puso tan juntas para así darle a ella una segunda oportunidad de levantar un espíritu inquieto. Aunque su abuela decía que su madre había elegido «una vida basada en sus convicciones», a veces todavía se lamentaba de que «tal vez se habría enojado menos si yo hubiera estado en casa un poco más». Y Olga tomaba la vieja mano que sostenía el cepillo, la besaba y le decía que hizo lo que pudo. Esta era la pura verdad.

También era cierto que Olga y Prieto pasaban más tiempo con su abuela que su madre, sus tías y sus tíos. Cuando Olga estaba en la escuela primaria, su abuela se había retirado de la fábrica y se dedicó a hacer arreglos de costura para la gente del vecindario. Prieto le hacía volantes y los pegaba por todas partes y las damas venían con sus vestidos para las ocasiones especiales. La primavera fue la época de mayor actividad. Ellos se enteraban de los chismes locales, ya que todo el mundo necesitaba arreglos para los vestidos de fiesta, los trajes de boda y, por supuesto, los vestidos de comunión. Si le parecía que uno le quedaría bien, su abuela extendía una sábana en el suelo para proteger el vestido y dejaba que Olga se lo probara. Otro secreto bueno. En esas ocasiones, Olga se miraba al espejo y practicaba arrodillarse y abrir la boca para recibir la Hostia.

Los miércoles, los niños de escuelas públicas que iban al catecismo salían temprano: a las 2:15 p.m. en vez de las 3. Olga se volvió loca de felicidad cuando finalmente pudo irse con esos niños, quienes sabía que caminaban juntos hasta Nuestra Señora del Perpetuo Socorro, deteniéndose de camino para comprar chicle y Quarter Waters de camino. Ella tenía trece años y estaba tratando de bautizarse y comulgar de una vez, mientras sus compañeros ya estudiaban para la Confirmación, por lo que Abuelita habló con una de las monjas para darle clases especiales. Esta era una situación familiar tanto para Olga como para Abuelita. Su abuela había enviado a una de sus hijas «fuera de casa» antes, llevando a la madre de Olga a todos los programas para jóvenes superdotados que ofrecía la ciudad. Se quedó con la impresión de que había perdido a Blanca en el proceso. Abuelita quería mantener a Olga más cerca de casa, pero tampoco quería reprimirla. Solicitó agresivamente ayuda especial a los maestros de Olga, defendiendo el caso único de su nieta, pidiendo trabajo de más, cualquier cosa adicional para mantener a su brillante Olga comprometida, pero cerca. A Olga no le pareció extraño recibir lecciones privadas con una de las hermanas porque pasaba sus días recibiendo atención especial en la escuela, ya que todos sus profesores estaban encantados con la abuela ambiciosa y su nieta brillante.

Olga brincó de su asiento cuando sonó la campana de salida, tomando de la mano a su novio de la escuela secundaria mientras caminaban las diez cuadras hacia el edificio de la escuela eclesiástica. Pero cuando doblaron la esquina, flanqueados por un grupo de compañeros escolares, a Olga se le heló la sangre. Oyó un alboroto, si es que se podía llamar así a un hombre que gritaba. Fingió olvidar algo, les dijo a todos que siguieran sin ella, cambió su rumbo justo a tiempo para que pareciera creíble y luego se escondió detrás de un árbol hasta que los vio a todos subir las escaleras y entrar al edificio. Los gritos continuaron y crecieron, aún más fuertes.

«Pero lo que quiero saber es, ¿quién carajo te dijo que mi hija estaba disponible para un lavado de cerebro? ¿Dime? ¿Quién?»

Era su padre. Drogado. Esta vez con *crack*, claramente. Con la heroína se ponía como un bebé, simplemente se enroscaba en los brazos de cualquiera, buscando alguna evidencia de que todavía era amado. Con el *crack* se ponía bravo. Y rabioso. Y bocón. Lo vio, en lo alto de las escaleras que conducían a la entrada de la escuela, frente a la monja, la hermana Kate, que llevaba el rostro estoico bajo el hábito. En la esquina, desplomado en el último escalón, estaba su hermano, ese maldito Judas. Siempre tratando de complacer a todo el mundo. Su padre apenas era un ser funcional en estos momentos, solo un cúmulo de nervios y sinapsis estimulados o entorpecidos hasta perder el sentido. Incluso a su corta edad lo consideraba vergonzoso, pero inofensivo. Su hermano, por otro lado, estaba en su sano juicio y lo había traído aquí con el único propósito de arruinar aquel sueño.

«¡¡¡Lombriz!!!», ella le gritó usando la palabra que sus padres siempre habían usado para los traidores de su propia cultura. «¡Lombriz!» Señaló, su voz más fuerte que la de su padre, lo bastante fuerte como para detener la diatriba de su padre.

«¡¡Mija!!» Se volteó para enfrentarla ella. «¡Oye! ¿Quién te metió en esto?»

Pero ella lo apartó de un manotazo y le siseó a su hermano: «Llévatelo, maldito pedazo de mierda».

«Olga», respondió Prieto con naturalidad, «sigue siendo nuestro padre, ¿sus deseos no cuentan para nada?»

Ella lo ignoró y dirigió su atención a la hermana Kate.

«Hermana», suplicó, «mi padre no está en su sano juicio. He querido ser una verdadera católica—»

Pero la hermana Kate la interrumpió. Era una anciana irlandesa y había visto todo esto antes. Si no era el *crack*, era el alcohol. El vicio realmente no importaba. Sus ojos irradiaban compasión. Puso sus manos sobre la cara de Olga.

«Niña bonita. El cronograma de Dios es largo y Jesús vive en la eternidad, por lo que llegará tu momento para recibir los Sacramentos. Pero por ahora no puedo prepararte para ellos. Tu abuela me dijo que tus padres estaban muertos. Solo tienes trece años. Si tu padre no da su consentimiento, debo cumplir con la ley.»

Las lágrimas corrieron por el rostro de Olga.

«Pero hermana, trabajaré muy duro. Muy duro.»

La hermana la bendijo antes de entrar.

Esa noche, Olga puso crema Nair en la botella de champú de su hermano. Nunca volvieron a discutir aquella traición. Abuelita acudió a confesarse por su mentira, aunque no sintió remordimiento genuino; ella y Olga seguían regresando a su banca en la iglesia.

Cuando el padre de Olga falleció, tres años después, de SIDA, ninguna funeraria del barrio quiso acogerlo. Todo el mundo decía que había unos sitios exclusivamente para las personas que murieron de SIDA, una fosa común en el centro de la ciudad.

Pero se le ocurrió una idea a Abuelita y, después de rebuscar entre sus papeles para encontrar la evidencia adecuada, se la contó a Olga. Con solo dieciséis años, pero armada con el bautismo y la confirmación de su padre y, lo que fue más sorprendente para Olga, un certificado de matrimonio de su madre expedido por la iglesia, Olga fue a visitar a la hermana Kate, suplicándole con el argumento de que incluso los católicos con SIDA tenían derecho a funerales decentes. La hermana Kate hizo algunas llamadas y tuvieron que viajar a

Greenwich Village, pero él tuvo un velorio y un servicio religioso decente en una funeraria allá. «Lombriz», le dijo Olga a su hermano, «luego nos das las gracias». Nunca lo hizo.

Olga nunca había tenido muchos amigos, en parte porque le encantaba pasar tiempo con Abuelita, ya que tenían mentalidades muy parecidas. Su madre era tan extrema, tan rígida con sus principios. Su padre era un soñador, perdido entre ideales imposibles. Pero para Olga, su abuela era una mujer inteligente y trabajadora que realmente conseguía que se lograran las cosas. Ella entendía bien cómo se bailaba el baile, que a menudo bailaban juntas. Tanto en sentido literal, ya que a Abuelita, glamorosa y altísima con sus tacones, le encantaba bailar con la joven Olga, como en sentido figurado. Como sus padres estuvieron ausentes durante años tan críticos de su vida, Abuelita nunca tuvo miedo de torcer un poco la verdad, hacer que alguien muriera o desapareciera, para conseguir tutoría especial o una beca o lo que sus nietos necesitaran. ¿No crees que la verdad, diría Abuelita, es mucho más difícil de creer que nuestra mentira? Y no es que tengamos malas intenciones, ¿sí? Olga estaba de acuerdo. A ella le encantaba todo. Los tacos altos, la oración, la relación de *laissez-faire* con las reglas y regulaciones. Ya sea que nacieron de esa manera o fueron forjadas por la necesidad, las dos mujeres se reflejaban mutuamente.

CUANDO MURIÓ ABUELITA, la madre de Olga no regresó para atender al funeral. Olga y su hermano eran la única evidencia de la existencia de su madre en la vida de su abuela. Olga tenía veintisiete años en aquel entonces y, si bien ver el declive de su abuela había sido desgarrador, el dolor más profundo llegó durante la misa fúnebre. Sentada allí, se sentía tan profundamente vacía, tan destrozada por la pérdida, que anhelaba el alivio físico. Nunca había hecho el catecismo, nunca había hecho el sacramento oficial, pero en la misa fúnebre Olga fue la primera en acercarse para recibirlo. El sacerdote dijo: «Cuerpo de Cristo», y ella dijo: «Amén», hizo una reverencia y se santiguó, tal como había practicado durante todos esos años. Regresó a su asiento, con el ataúd de su abuela a solo unos metros. Se arrodilló. Pensó que aquel momento que tanto había codiciado durante todos esos años iba a brindarle toda la sabiduría del mundo, pero no sintió nada. Lloró de desilusión y soledad. Fue una sensación de soledad que no sabía que era posible y que nunca la abandonó del todo.

Una y otra vez, Olga regresó a la iglesia después de eso, con la esperanza de que esta nueva visita le brindara el momento de sanación que tanto anhelaba. Que en esa ocasión, la ira que en tantas ocasiones la llenaba sería reemplazada por la gracia. Con el tiempo, se fue desvaneciendo su esperanza, hasta ser reemplazada por el ritual. Un ritual que la acercaba a su abuela, que casi podría llamarse superstición. Hoy, con el rosario de obsidiana amasado entre sus dedos, el ritual le pareció una tontería y la sensación de vacío formó un cráter donde casi se resbaló. Olga subió su miró hacia las estatuas, a Abuelita, a su padre, a cualquiera que pudiera estar escuchando y oró...

«Querido Dios, por favor, te ruego, hazme saber otra vez lo que es sentirme amada.»

LOMBRIZ

En su oficina de D.C., Prieto arrojó su periódico con disgusto. El artículo de opinión fue completamente mordaz, criticándolo por cancelar las vistas de PROMESA, llamándolo «el león desdentado» que protege a Puerto Rico. Cuando vio que Reggie King había comprado un boleto para su recaudación de fondos, debía sospechar que algo tramaba.

«¡Alex!», le gritó a su jefe de gabinete. «Alex, ¿viste esta mierda?»

«Bueno, licenciado», dijo Alex mientras entraba a la habitación, «yo fui quien lo puso en su escritorio, así que, sí».

A veces Prieto detestaba a Alex.

«Si te sirve de consuelo, ¿crees que alguien lee los artículos de opinión del *Daily News*?»

«En realidad, Alex, sí. Sí lo creo. Tal vez no tus amigos de HBS—»

«Bueno, es la Escuela Kennedy, pero sí, es Harvard.»

«Tal vez no lo lean tus amigos de Harvard, pero mis electores sí. La gente de *The Breakfast Club* lo lee. Twitter negro y moreno lo lee. ¿Este maldito payaso ha decidido de repente que es el portavoz de Puerto Rico y ahora está tratando de atacarme por *mi* historial?»

«Aún no entiendo por qué cancelaste las audiencias. Me parece que creaste más problemas que los que había», dijo Alex, sacudiendo la cabeza.

«Uno pensaría que, después de conocerme durante tantos años como él, tendría la decencia de recoger el teléfono y llamarme antes de hacer esta mierda.»

La verdad es que, si bien los dos hombres se conocían desde hacía casi dos décadas, siempre fue una relación fría, basada en el interés romántico de Reggie en Olga. A decir verdad, Prieto había mirado por mucho tiempo a Reggie King con una mezcla de desprecio, admiración y, más recientemente, una extraña sensación de celos. Reggie, un empresario musical, había cultivado una personalidad descomunal, de pobre a rico, que durante años había estado confinada al ámbito del entretenimiento. Sin embargo, en últimas fechas Reggie había comenzado a adentrarse en las aguas de la política o, como lo veía Prieto, a moverse hacia su carril. Comenzó con sus llamadas inversiones de impacto social. La primera empresa de Reggie, Sanareis, fue una empresa biofarmacéutica centrada casi en exclusiva en el desarrollo de medicamentos para atacar y tratar enfermedades que afectan negativamente a las personas negras y latinas. Diabetes, enfermedades cardíacas, salud reproductiva de la mujer. Mientras otros magnates de la música invertían en vodkas y aguas embotelladas, Reggie apareció en los titulares por su mentalidad comunitaria. De repente, era igual de probable que concediera una entrevista a *The Atlantic* que a *Vibe*. Cuando lanzó Podremos —una empresa que fabricaba turbinas de energía eólica—, salió en los titulares aún más prominentes y generó las mayores ganancias. La portada de *Forbes*, invitado en MSNBC, entrevistas en *The Wall Street Journal*. Luego, hace un par de años, Reggie, quien durante la mayor parte de su carrera nunca dijo nada acerca de ser puertorriqueño, de repente adoptó la isla como su causa favorita. A decir verdad, el artículo de opinión no había tomado a Prieto del todo por sorpresa. Había notado algunos ataques más sutiles que Reggie le había lanzado en los medios. Simplemente nunca pensó que lo tomaría por asalto de esta manera.

«Me parece», ofreció Alex, «que solo sabe funcionar a modo de espectáculo público. Esto hará del sábado un día interesante».

«No me preocupa eso», dijo sinceramente Prieto. «Mi hermana viene. Ella es la encantadora de Reggie. Veremos quién parece un jodido león desdentado».

«Hablando de leones, ¿llamaron de la oficina del congresista Hurd sobre el paquete de ayuda para el huracán Harvey?»

Prieto soltó una risa un poco amarga. «Dile a Will que sí, que puede contar con mi voto, porque soy demócrata y no dejamos que la gente sufra para así mantener nuestra chequera balanceada. Solo espero que cuando llegue la próxima tormenta a P.R., pueda—»

Un grito salió de la oficina exterior seguido de murmullos y gritos ahogados. Alex corrió para ver cuál era el alboroto. Regresó después de unos minutos, cargando una pequeña caja y con una expresión sombría, casi asustada.

«Señor, no se preocupe, ya hemos llamado a la Policía del Capitolio.»

«¿Qué carajo es eso?», preguntó Prieto, haciéndole un gesto a Alex para que le trajera el paquete.

«Yo… yo… Realmente no sé. Pero te lo enviaron a ti. Solo que no sé lo que significa.»

Pero tan pronto miró Prieto, sabía de qué se trataba. La caja estaba llena de lombrices.

SU MADRE NO se había puesto en contacto con él hacía más de un año, desde que votó en favor de PROMESA, entregando el control financiero de Puerto Rico a una junta de control fiscal controlada por los Estados Unidos. Sin embargo, sabía que ella había enviado la caja de gusanos. Después de mucha politiquería, Prieto logró convencer a Alex de que no involucrara a la Policía del Capitolio, ya que «tal vez solo eran niños jugando una broma». En lugar de ello, hizo enviar la caja y su contenido al edificio J. Edgar Hoover.

Cuando Prieto fue elegido por primera vez al Congreso y comenzó a presionar para conseguir sus asignaciones en el comité, evitó una en particular que quizás pudiera requerir una profundización en su vida personal, por razones obvias. Si bien Prieto y su hermana tenían algunas nociones vagas de la radicalización de su madre, su rastro documental (digital y de otra índole) era escaso. Sin embargo, tan pronto llegó al Capitolio, Prieto se encontró con un mayor acceso a la información y, finalmente, después de cultivar una amistad con una estrella en ascenso del FBI, un boricua nacido en el Bronx llamado Miguel Bonilla, Prieto pidió ver el expediente de su madre. Sentía que era como encontrar negativos de las fotos tomadas de su propia vida. La carpeta era gruesa y se remontaba a su vida anterior al Partido de los Young Lords. Todo comenzó con los informes de la policía de Nueva York, que los seguían a ella y a su padre después del arresto de Papi por ocupar Brooklyn College. Después de eso, cuando se unieron a los Lords, COINTELPRO casi siempre los seguía. A pesar de años de escuchar las historias de acoso de sus padres por parte de la policía de Nueva York y el FBI, aun así era un viaje ver los archivos reales. Replantear como un hecho real lo que había supuesto que era la hipérbole de activistas hastiados. Una prueba no solo de la justa paranoia de sus padres, sino también un espejo, se dio cuenta, del escepticismo que claramente había tenido al respecto.

Después de que los Lords se disolvieron, al parecer el FBI perdió interés en su madre. A través de sus recuerdos de infancia respaldados por hallazgos de Internet, Prieto esbozó una imagen de su vida a lo largo de los diez años subsiguientes. Ella todavía vivía con ellos en Nueva York y enseñaba en Hunter College. Se involucró cada vez más con un ala radical del Partido Socialista, de alcance más global que los Lords. Había comenzado a dar conferencias, viajar a México, América Central y del Sur y, por lo que Prieto pudo descifrar de viejos periódicos socialistas que encontró en línea, pasó tiempo en Sudáfrica luchando contra el *apartheid*.

Luego, en 1989, un año antes de que su madre desapareciera de sus vidas, el archivo del FBI volvió llenarse de manera robusta. Un hombre llamado Ojeda Ríos estaba siendo juzgado por dispararle a un agente del FBI con una Uzi durante una redada en su casa en Puerto Rico. La redada formó parte de un intento de arresto por un robo a un banco que Ojeda Ríos supuestamente cometió en Connecticut. Por supuesto, Prieto sabía que Ojeda Ríos no era un ladrón de bancos común y corriente, sino el líder de Los Macheteros, un grupo militante independentista puertorriqueño que el gobierno de los Estados Unidos había declarado una organización terrorista. El robo del banco en sí tuvo más que ver con una protesta contra el colonialismo

que con tomar dinero. Su madre escribió una serie de apasionados artículos de opinión defendiendo aquella causa y de inmediato volvió
a interesar al FBI.

Ojeda Ríos finalmente fue absuelto por herir al agente del FBI,
pero se abstuvo del cargo de robo en 1990. Encontró refugio en las
colinas y bosques de Puerto Rico, dirigiendo su ejército paramilitar
secreto y de gran alcance, a través de los medios locales, con grabaciones a sus seguidores por el resto de la isla. Humillado, el FBI lanzó una cacería humana, desplegando cientos de agentes en busca de
Ojeda Ríos. En noviembre de ese mismo año volvieron a vigilar a la
madre de Prieto en San Juan, pero rápidamente desapareció, lo cual
llevó a los agentes a pensar que se había unido a Ojeda Ríos en las
colinas. Tenían razón. En 1993, reapareció para reclamar el mérito,
en nombre del ejército de Ojeda Ríos, de un atentado con bomba en
la casa del entonces gobernador electo de Puerto Rico. Había ganado con una plataforma de privatización y estadidad; la bomba deto-
nó en la víspera de su toma de posesión, dejando la casa en llamas.
Nadie había estado dentro de la casa en ese momento. Al igual que
su mentor, su madre evadió la detención y durante un tiempo el FBI
creyó que había escapado a Cuba. Luego, hace quince años, fue vista
en Chiapas, México, donde encontró refugio con los zapatistas. Ojeda Ríos, por su parte, se convirtió en una especie de héroe popular en
la isla, viviendo abiertamente en el campo puertorriqueño, evadien-
do la ley hasta 2005, cuando fue asesinado por el FBI. Había ocurrido
en el aniversario del Grito de Lares —el 23 de septiembre—, quince
años después del día en que había escapado. En la isla hubo un grito de indignación.

Al revisar el expediente, la fecha le llamó la atención a Prieto por
diferentes razones: el asesinato de Ojeda Ríos ocurrió apenas un día
después de la muerte de su propia abuela. Le había resultado difícil co-
nectar este homicidio político con una pérdida tan íntima en su propia vida y en la de su familia. Imaginó a su madre planificando un asesinato, mientras sus hijos observaban la muerte lenta de su padre. Se la
imaginó tramando una rebelión, mientras su exesposa daba a luz a su
hija. Mientras él lloraba por la muerte de su abuela, su hija derramaba

lágrimas por este revolucionario fracasado. Una sensación de abandono se apoderó de él y su visión de mundo se tornó bastante gris. Sus pensamientos se transformaron en una sensación de dolor sordo.

Cuando era joven y su padre era un zombi ambulante y su madre desaparecida, Prieto tuvo que tomar una decisión. ¿Los amaría o los odiaría? Eligió el amor. Pero a falta de madre ese amor se convirtió en algo más. Él la idolatraba, la adoraba. ¡Ella, que estaba tan comprometida con mejorar el mundo, abandonó a sus propios hijos! A la luz de esto, comenzó a moldear su vida para que reflejara los valores de esta exaltada figura. Para indicarle que, mientras ella estaba en el frente, él seguía luchando en casa. El soldado ideal. Descubrir que había dejado todo atrás —incluyéndolos a ellos— para seguir a una figura periférica en un movimiento independentista que nunca tendría éxito fue, para Prieto, un golpe pernicioso. Su expediente reformuló su abandono como inútil: su causa no solo era imposible, sino que también los medios eran una locura. ¿Qué decía esto de la mujer, su madre, que le había dedicado su vida? ¿Qué decía esto de él, cuyo propósito de vida había sido definido, no en pequeña medida, para complacer a una mujer así? Al reflexionar mucho en esta pregunta, Prieto termino en un terreno existencial oscuro, por lo cual volvió a guardar la información.

Su madre le había escrito sin cesar antes de la votación de PROMESA, advirtiéndole de las terribles consecuencias y la destrucción total que traería para el pueblo puertorriqueño. Pero había enfrentado una presión tremenda, tanto de sus pares como de la opinión pública —por no hablar de la presión de Lin-Manuel Miranda. Además, en su opinión, era un asunto de sentido común. Era la única opción real, así que votó a favor.

Bueno, más o menos. A decir verdad, aunque Prieto intentó olvidar la información que había visto en el expediente de su madre, a lo largo de los meses y años subsiguientes a menudo se sentía enojado con ella. Revisó y releyó todas sus cartas, comparando las fechas con los hitos de la vida de su familia. Le sorprendió por primera vez ver cuán ensimismada era, ver su decidida concentración en su visión particular de cómo debería ser el mundo, la falta de interés en sus vidas fuera de lo que ella consideraba importante. Si bien estas cartas alguna vez lo llenaron de calidez (recordatorios aleatorios de que no estaba huérfano de madre, sino que era amado), por primera vez comenzó a sentirse manipulado por sus correspondencias. Entonces, cuando ella comenzó a presionarlo sobre PROMESA, él no votó a favor de la ley como venganza, sino que no le dio a la aprobación de su madre la consideración que históricamente había recibido. No le importaba si ella se sentía decepcionada. Él se sentía decepcionado de ella.

Durante los días y semanas que siguieron a la votación, durante el nombramiento de la junta y la creación del plan de austeridad, contuvo la respiración. Esperaba la llegada de las cartas furiosas y regañonas de su madre que sabía que Olga recibía. Un desperdicio de su puesto; un desperdicio de su poder. Sin embargo, no llegó nada. Después de un tiempo, empezó a sentir que su madre estaba más que «un poco» molesta. Por supuesto, PROMESA pronto resultó ser humillante para todos los que la habían apoyado. No fue más que una apropiación de dinero por parte del sector privado. Cada vez que surgía el tema de PROMESA lo inundaba una ola de ansiedad, que tenía sus raíces en algo más que su preocupación por la isla. Prieto se encontró desesperado por la oportunidad de pedirle disculpas a su madre. No se había dado cuenta de cuánto su posición como «el bueno» le había puesto los pies sobre la tierra.

«EL PAQUETE EN sí era de una tienda de productos reciclados en eBay», le dijo el agente Bonilla a Prieto, mientras tomaban unas copas en Le Diplomate. «Pero pude localizar la dirección de la factura en el pedido: una tal Karen Price de la calle Cuarenta y nueve en Harlem.»

Después de pasar años ocultándose —su sexualidad, las adicciones de su padre, su posición comprometida con los Selby—, Prieto había perfeccionado su cara de póquer. Karen Price era su tía Karen, la primera y quizá la única verdadera amiga de su madre.

«Hmm. No reconozco ese nombre», dijo Prieto.

«Bueno, es una biografía interesante», respondió Bonilla, mientras tomaba un sorbo de su whisky. La barra estaba ruidosa, pero Bonilla tuvo cuidado de no alzar la voz. «No puedo encontrar un vínculo directo, pero no puedo evitar sentir que es socia de tu madre.»

«¿Eso piensas? ¿Qué te da esa impresión?»

El agente Bonilla procedió a guiar a Prieto paso a paso por la trayectoria de vida de la tía Karen, que tenía muchos «vínculos en común» con su madre, pero ningún vínculo directo. Por lo menos ninguno que Bonilla pudiera encontrar. Karen provenía de una familia dócil de clase media, se radicalizó en la universidad, se unió a las Black Panthers y se defendió en los tribunales por un cargo falso de terrorismo. Al igual que los padres de Prieto, ella estuvo involucrada en las protestas de CUNY. Al igual que la madre de Prieto, eventualmente se convirtió en una académica. Luego vivió un tiempo con un hombre en Liberia, donde publicó poemas subversivos sobre el sexo y la rebelión bajo un seudónimo. Nunca se casó, nunca tuvo hijos. En cambio, se convirtió en una defensora pública de los veteranos encarcelados del movimiento a quienes consideraba presos políticos. Fue una de las primeras defensoras públicas de #BlackLivesMatter y otros grupos activistas y cooperaba de forma privada con movimientos políticos más marginales.

Lo que Bonilla no sabía, y por supuesto Prieto sí sabía, era que la conexión de Karen con su madre y la radicalización precedían a todas estas cosas. En un esfuerzo por controlar la vena rebelde de su hija, Abuelita había enviado a Blanca a una escuela secundaria católica exclusivamente para niñas. «¿Y en vez de cambiar?» Abuelita lamentaba, «¿qué hizo? Conoció a La Karen». Siempre *la* Karen, como si fuera una fuerza y no una persona. Irónicamente, Karen había llegado a la escuela católica por razones similares a las de su madre. Su hermano mayor era un nacionalista negro y sus padres esperaban que las monjas pudieran vacunar a Karen contra este mismo camino izquierdista. En cambio, ella y la madre de Prieto se encontraron entre, como diría su madre, «un mar de niñas blancas con cabello rubio de pote» y formaron una unión en base a su conciencia mutua de las desigualdades sistémicas. Karen recibía libros de su hermano —*La autobiografía de Malcolm X*; *Piel negra, máscaras blancas*— y las compartía con Blanca, quien a su vez regresaría a casa y haría proselitismo con sus hermanos y su madre. Karen se unió a las Panthers, mientras que los padres de Prieto se unieron a los Lords. Pero incluso cuando los movimientos se desvanecieron, cuando el matrimonio de sus padres se desmoronó, el vínculo de su madre con Karen nunca desapareció. Cuando su madre se fue, para el disgusto de su abuela, solo La Karen sabía exactamente a dónde había huido, y solo La Karen tenía comunicación directa con ella. Si los gusanos vinieron de Karen Price, era solo porque ella actuaba como representante de la madre de Prieto. Para hacerle saber que lo veía como un traidor.

«No hemos podido vincularla con los Macheteros con los cuales se involucró tu madre», decía Bonilla, «pero en definitiva eso sería algo con lo cual se hubiese envuelto».

«Interesante.»

«¿Y no tienes idea por qué te enviaría algo como esto ahora?»

«No. Ninguna.»

«Viejos *hippies* locos», declaró Bonilla. «Quién sabe qué los desencadena. No les gusta cómo votas sobre un proyecto de ley y de pronto te enteras…»

Bonilla se rio y Prieto se unió a carcajadas.

«Estaremos atentos», añadió Bonilla y Prieto se limitó a tomar un sorbo de su bebida.

CUANDO REGRESÓ A Nueva York, Prieto decidió investigar. Su madre no podía simplemente esconderse de él de ese modo. Él merecía la oportunidad de explicar su decisión, para arreglar las cosas. La tía Karen no tenía teléfono, así que decidió visitarla. No sabía cuán seria había sido la intención de Bonilla de vigilar, pero no quería arriesgarse. Se puso su gorra de los Yankees, unos pantalones cortos y una camiseta, estacionó su carro en un garaje del centro de la ciudad y se subió al metro para hacer el largo viaje hasta Harlem. Como Prieto rara vez viajaba en el metro de Nueva York, lo encontraba agradable. En D.C. no podía entrar a un restaurante o a una tienda sin que lo reconocieran de la televisión, por lo que era relajante su capacidad para deslizarse hacia el anonimato, a pesar de su proximidad con los demás. Tan relajante que perdió su parada y terminó dando un paseo sinuoso por el Norte de Harlem. No había caminado por estas calles desde que era niño, cuando sus padres lo llevaban a una reunión política o cuando su madre visitaba a Karen. Le sorprendió cómo, al igual que su propio barrio, todo parecía tan metálico y nuevo. Las calles estaban llenas de padres —padres blancos. Empujaban cochecitos dentro y fuera de condominios de lujo. Subían y bajaban escalones de piedra rojiza. Cuando llegó al edificio de Karen, un lugar en el que no había estado en años, por instinto su mano se movió hacia el timbre. Era su memoria muscular. Contestó una voz que preguntó quién era por el intercomunicador. Se anunció y esperó a que ella le avisara para entrar, pero el timbre nunca llegó. Estaba seguro de que era ella; había reconocido su voz. Llamó una y otra vez. Se sintió frustrado, pero también nervioso. Pensó en la caja de lombrices. Su tía lo conocía desde que nació; no podía ignorarlo. Quizás simplemente no podía oírlo a través del intercomunicador. Era el final de un cálido día de finales de verano; sus ventanas estaban abiertas. Él se paró en el balcón y gritó.

«Tía Karen, ¡oye! No estaba seguro de me pudieras escuchar a través del intercomunicador. Soy yo, el hijo de Johnny y Blanca. ¿Puedes dejarme subir? ¡Solo tengo que preguntarte algo rapidito!»

Pasaron unos momentos antes de que escuchara el sonido de una cortina que se alzaba. Apareció el hermoso rostro oscuro de su tía, más mayor, pero todavía familiar. Lo miró fijamente a los ojos, pero la ternura que él siempre había conocido había desaparecido.

«Prieto, no tengo por qué dejarte subir. Por si acaso, el paquete dejó un mensaje claro: ella no tiene nada más que decirte, ni nada que quiera escuchar de ti.»

ABRIL DE 2002

5 de abril, 2002

Querida,

Últimamente me he encontrado pensando en el rol de las mujeres en el mundo y el importante papel que desempeñamos a la hora de liderar y forzar a que los poderosos generen cambios. Sin importar a dónde yo haya viajado, las mujeres, cuando se les ha dado espacio, se han destacado como organizadoras y mejorando a sus comunidades. Nacemos con barómetros en el vientre que nos hacen más sensibles al clima que nos rodea y, debido a que a menudo estamos en el peldaño más bajo de cualquier escalera, estamos naturalmente inclinadas a cuidar a los más vulnerables. Como también estamos agobiadas por las tareas domésticas, nos vemos obligadas a ser más eficientes. En el mundo de las mujeres, el tiempo es el bien más preciado y no lo podemos desperdiciar.

Por supuesto, el problema es que no vivimos en un mundo solo de mujeres. Los hombres no solo existen, sino que nos atraen y, por razones complejas, no atesoran el tiempo de la misma manera que nosotras. Puede que tenga que ver con una incapacidad para afrontar la mortalidad o con las necesidades del ego, o tal vez simplemente tenga que ver con el hecho de que no escuchan el tictac de un reloj biológico. Lo que puedo decir con certeza es que un hombre no tiene problema con perder el tiempo, en especial el de una mujer. Y logran hacerlo de maneras tan insidiosas que a menudo no nos damos cuenta de lo que está sucediendo hasta que ya es demasiado tarde.

A veces parece ser pasión: nos adoran, nos atesoran, quieren estar con nosotras por la mañana, todas las noches y los fines de semana. Nosotras, con el corazón abierto, deseosas de devolver ese amor y calentadas por la luz de su admiración, cumplimos. Nos ponemos a su disposición cuando les conviene, sin volver a pensar en lo que podríamos haber hecho con esos momentos, horas y días si no nos los hubieran pedido. Lo justificamos diciendo, ¿pero qué es más importante que el amor? Sin recordar nunca que cuando te piden tu tiempo, siempre es antes y después de haber logrado lo que querían hacer con su día.

A veces parece que nos apoyan —confían en nosotras, nos necesitan, sienten que los entendemos, creen que los hacemos mejores hombres. Nosotras, rebosantes de la capacidad de cuidar, halagadas de ser tan especiales, tan elegidas, tan intelectualmente compatibles y necesarias, volvemos a cumplir. Ponemos nuestra energía, nuestra tremenda energía, en diseñar estrategias para lograr sus sueños. En ayudarlos a realizar sus visiones. Sin darnos cuenta de que sus grandes ambiciones bloquean la luz y no nos permiten que veamos las nuestras.

A veces el amor parece ser un salvador —parecen estar perdidos, confundidos, sin dirección. Nosotras, siempre optimistas, creyentes en el cambio y en el poder del amor incondicional, volvemos a cumplir. Les damos orientación, les ofrecemos disciplina, llegamos incluso a prestarles nuestra visión hasta que encuentren la suya propia. Todo mientras nuestros propios sueños acumulan polvo.

Olguita, mi amor, me han contado que este hombre —este «músico»— quiere un compromiso. Te imploro que le des la espalda y cambies de dirección. ¡Mija, solo tienes veinticinco años! Tus propios sueños apenas están formados, y me preocupa que, con un hombre como ese, un hombre que parece estar tan perdido, te pases toda la vida apoyando sus ideas, su carrera y sus hijos.

El matrimonio, cuando yo era joven, era una hoja de permiso. La única manera, en aquel entonces, de que una mujer joven pudiera cruzar el umbral y hacerse adulta. Pero tú y tu generación tienen la oportunidad de liberarse verdaderamente y la verdadera liberación viene con librarse de las obligaciones. La obligación de calmar el ego de un marido o los llantos hambrientos de un bebé.

Tu padre fue brillante. Un soñador. Un idealista. Fue un amante maravilloso y un padre maravilloso. Lo amaba con locura. Sin embargo, al fin y al cabo, tuve que tomar una decisión con lo que me dio la vida: podía dedicarme a aliviar su soledad y su dolor, tratando de motivarlo para que regresara a su sendero, o podía dedicar mi tiempo a trabajar por la liberación de los pueblos oprimidos en todo el mundo. *Debes comprender que ambas son expresiones de amor. La decisión no necesariamente será fácil.*

Me preocupa que te dejes seducir por el dinero y la vida que representa este tipo. Me preocupa que hayas quedado hechizada por el poco protagonismo que obtienes al estar al lado de un hombre que es la verdadera estrella. ¿Has confundido el costo de los obsequios que quizá te dé con el valor que te ha atribuido? Tu papi solía decir que el mayor tonto es el hombre de color que define su éxito según el estándar del hombre blanco. A esto añadiré: si es un tonto, entonces hay que tener lástima de su esposa trofeo.

¡Estoy segura de que mi familia piensa que él es fantástico! ¡Estoy segura de que sus carros, sus destellos y un poco de fama les resultan muy encantadores! Pero a mí me rompe el corazón imaginar que te subestimas solo para poder ser la esposa de ese tipo. Ese maleante que dedica todo su tiempo a hacer música sobre nada. ¡No, no sobre nada! Por lo que he escuchado, él hace música sobre el dinero. Tenerlo. Robárselo. Cómo lo necesita para validarse a sí mismo. ¿Has olvidado que cuando el dinero es lo más importante para el alma de alguien, esa alma está hueca? Ese hombre está tan perdido que se avergüenza de su propia identidad —¡cambió su nombre para esconderse! Imagínate lo que habría dicho tu padre. Un hombre así de inseguro quiere casarse para marcarte como su propiedad, de la misma manera que un perro orina sobre un hidrante. Un hombre así de inseguro nunca te dará suficiente espacio para que encuentres tu propio camino, para que expreses tu propia voz.

De hecho, no puedo evitar sentir que desde que lo conociste, parece que ya has perdido el rumbo. ¿Qué pasó con tu pasión por la fotografía? ¿Cuáles son tus metas, más allá de pasar todo tu tiempo yendo a donde él quiere que vayas con la gente que él conoce?

No intentaré convencerte de que este tipo no es digno de ti. Recuerdo cuando era joven y pensaba que yo también entendía el amor. Pero tengo que hacerte ciertas preguntas, con la esperanza de que tú misma también te las hagas. ¿Cuáles son sus mayores ambiciones en la vida? ¿Cuándo fue la última vez que te preguntó por las tuyas? Además de tu apariencia, ¿valora tu mente? ¿Te pide tu opinión en público? ¿Apoya tu curiosidad de manera significativa? ¿Cuál es su visión para ti como esposa y madre? ¿Cuál es su visión de sí mismo como esposo y padre? ¿Te pregunta si quieres tener hijos o simplemente lo asume? ¿Sabe que el dinero puede comprar cosas, pero no la alegría? ¿Qué tienen en común, además de ser puertorriqueños?

Pa'lante,
Mami

SEPTIEMBRE DE 2017

BILINGÜE

Conseguirle a su hermano una invitación para la fiesta de Blumenthal había sido tan fácil, que Olga no podía creer lo difícil que había sido conseguir la suya propia. Por supuesto, Olga no era congresista y mucho menos alguien que estaba en el set de *Morning Joe* casi con la misma frecuencia que los mismos presentadores. Además de esto, Olga descubrió a través de la asistente de Dick, Charmaine, que la nueva señora Blumenthal se declaraba «fan» de su hermano. De hecho, una inmersión profunda en la cuenta de Instagram de la señora Blumenthal —@rrriottthespian— reveló que, de hecho, la señora Blumenthal ya había conocido a su hermano cuando compartieron escenario en la Marcha de las Mujeres en Washington. Lo más probable es que no haya sido un encuentro muy largo, pero sí lo bastante largo como para que se tomasen una *selfie* juntos, que la señora Blumenthal subtituló: *Excelentes políticas y agradable a la vista #marchademujeres #agradablealavistadesagradableconelsexismo emoji de fuego, emoji de fuego, emoji de fuego.*

Como había sospechado, Dick, un libertario feroz, se negó a desembolsar los $10 mil dólares para la entrada a la fiesta de recaudación de fondos y le envió a Prieto una nota para decirle que no era nada personal, pero que no le daría un solo dólar hasta que recortara el gasto público y apoyara la desregulación. Cuando Olga lo leyó, puso los ojos en blanco y casi declaró que, si él realmente quería una relación con ella, tendría que ir más allá de las políticas y apoyar a su hermano en todos los sentidos. Luego recordó que no quería tener una relación con Dick y que, por lo tanto, no le importaba en realidad lo que él creyera o apoyara. Además, el objetivo de esta obra, por diseño, era garantizar que ella y Dick no entraran juntos a la fiesta de Blumenthal, donde seguramente estaría un fotógrafo del *New York Social Diary*. En lugar de eso, entraba atada a la brillante estrella que era su hermano, lo que le permitía atraer la atención de la señora Blumenthal *y* robarle a Dick la engreída satisfacción de disminuirla a una acompañante decorativa para impresionar a algunos viejos blancos que se daban mutuamente palmadas en la espalda.

Olga había viajado en helicóptero con Dick el viernes por la tarde. Como a ella no le gustaban particularmente los Hamptons ni pasar la noche con otras personas, era la primera vez que visitaba su casa, una compra impulsiva de Dick tras su divorcio. Era un lujoso piso de soltero, con una sala de juegos y una sala de cine en el sótano y paredes de cristal que daban vista a la piscina infinita y al mar. La cocina era cómicamente masculina. Tenía paredes de gabinetes invisibles de color gris oscuro, una enorme nevera para vinos y una encimera de mármol tan larga y ancha que estaba segura de que Dick querría usarla para follar, solo por el hecho de que invitaba a una fantasía tan poco original. Era una casa «sexy», del mismo modo en que la pornografía es sexy —gritaba los deseos más básicos que tiene un hombre mientras parecía ignorar por completo el cómo y el qué podría darle placer a una mujer. Dick había comprado la casa, le había explicado, como un atractivo para sus hijos en crecimiento, con la esperanza de que encontraran el lugar lo suficientemente atractivo como para querer visitar con sus amigos y que no les importara que el «viejo» estuviera cerca. Hasta donde ella sabía, tampoco habían visitado mucho.

Para Olga esto era a la vez divertido y triste. Deseaba que su propia familia sintiera la necesidad de utilizar propiedades lujosas para atraerla. En cambio, nada más la atraía que la promesa de un pastel, el poder eterno de la culpa y, por supuesto, el amor. Se preguntó si era el dinero o el divorcio lo que había degenerado tanto a la familia de Dick. Mientras Dick parecía estar tan perdido y solo, el tío Richie de Olga, también divorciado y ahora casado de nuevo, había terminado con más que nunca. Siempre rodeado de sus hijos y, le gustara o no, de sus actuales y anteriores esposas. La suma total de la casa de los Hamptons y el lugar que ocupaba Dick en aquella estructura hicieron que Olga sintiera un vacío que ni siquiera el sexo de esa noche —que seguramente se daría en la encimera de la cocina— podía apaciguar. En todo caso, el sexo solo logró bañarla en una extraña ola de melancolía. Aquella velada la dejó sintiendo auténtica lástima por Dick y nada era menos estimulante que la lástima.

A la mañana siguiente, la sensación no había disminuido. De hecho, de la noche a la mañana se había fortalecido y mutado en algo más punzante y molesto: la culpa. Esto la sorprendió. Era la primera vez que se acostaba con Dick desde que había comenzado a tener relaciones con Matteo. No fue el sexo lo que evocó la culpa sino el marcado contraste entre cómo se sentía acerca del antes y el después. En ese momento, no había notado esto con Matteo, pero tan pronto regresó a la cama con Dick cristalizó su comprensión: había sido placentero, hasta un alivio, follar con alguien sin el aura de condescendencia mutua que circundaba el acto. Por primera vez, ciertamente con Dick, pero quizá en su memoria reciente, se le ocurrió que el sexo sin desdén podría ser algo bueno.

Necesitaba terminar su relación con Dick. Más temprano que tarde e, idealmente, bien.

Abrumada por la tristeza de la casa, le pidió al chofer de Dick que la llevara a pasear al mediodía, aunque el evento de beneficencia comenzaba hasta las dos. Dick, que se había inscrito en clases consecutivas de SoulCycle, no estaba allí para darse cuenta. Olga se sentó en una barra de la ciudad a tomarse una copa de vino y buscar en Google a los invitados que quería conocer en la fiesta de Blumenthal, hasta que la recogió su hermano y se dirigieron a Southampton.

⁓⋙⋘⁓

ERA UN DÍA perfecto y la fiesta se centró en la gran piscina de la finca, que la anfitriona, o más probablemente el ama de llaves, había decorado con grandes peonías flotantes rojas y blancas. Las mesas de cóctel estaban cubiertas con manteles de mezclilla y encima pequeños jarrones blancos llenos de peonías rojas. Todo el asunto tenía un aire casual americano, suponiendo que el telón de fondo de Americana fuera una propiedad frente al mar valorada en 20 millones de dólares. Dos de sus clientes anteriores estaban allí y Olga estaba realmente sorprendida por la cantidad de personas que la reconocían de *Good Morning, Later*. Pero, no nos equivoquemos, la estrella del espectáculo era su hermano, a quien Olga siempre había envidiado por su capacidad, cuando estaba con sus donantes o en la televisión, de transformarse en una persona blanca y agradable sin dejar de ser él mismo. No estaba cambiando de código, sino que logró, milagrosamente, hablar varios idiomas de forma simultánea, creando un criollo lingüístico de hip-hop, academia, jerga contemporánea y puntos políticos de alto nivel que maravillaron a Olga. Lo más sorprendente es que sabía exactamente cuándo y con quién perfeccionar qué aspecto de sí mismo, lo que resultó ser, conforme Olga observaba a su hermano, notablemente contraintuitivo. Saludó a uno de sus auspiciadores blancos principales y le dio una palmada en la espalda, y mientras se alejaba, Olga escuchó al hombre decirle a su esposa que Prieto podría ser el Obama latino. Llamó a la anfitriona del evento Ma, lo que Olga estaba segura que la ofendería, si no es que la confundía, pero en cambio se sonrojó y besó su mejilla. Sin embargo, fue lo bastante hábil como para saber que, al saludar a dos de sus principales auspiciadores negros —los eventos de Prieto casi siempre traían a gente de color adinerada—, los llamó señor y señora y les preguntó por sus hijos, lo cual fue inevitable que llevara a que sacaran un teléfono y, sorprendentemente, hicieran una llamada de FaceTime a sus hijos adultos que viajaban fuera del estado. Su hermano tenía personal para estos eventos, pero no utilizaba ningún intermediario y recordaba detalles —desde los más profundos hasta los más minúsculos— sobre sus auspiciadores y electores.

La propia Olga nunca había aprendido esa mezcla lingüística que su hermano había perfeccionado, esa capacidad de integrar todas las facetas de su persona a la misma vez. Siempre tenía que elegir qué

Olga sería en cada situación, en cada momento. De hecho, mientras lo observaba trabajar, se preguntó por qué él había sentido alguna vez que necesitaba que ella lo acompañara; la «escena» de Prieto existía en cualquier lugar donde estuviera Prieto.

El programa oficial comenzó con un discurso apasionado de su hermano sobre los esfuerzos bipartidistas para lograr la reforma de la justicia penal (aplausos leves), su trabajo para asegurar más fondos y transparencia de parte de la EPA para proteger las costas de Nueva York (aplausos más fuertes), la legalización de la marihuana (aplausos traviesos; un tema sorprendentemente destacado, pensó Olga), y finalmente, la *pièce de résistance*, su trabajo desarrollando y apoyando una ola de candidatos que estaban en la mitad de sus términos para ayudar a asegurar una mayoría en el próximo Congreso y mantener esta administración bajo control (gritos audibles). Aceptó preguntas y respuestas, que fueron relativamente benignas, aunque quizás reveladoras, de los intereses en conflicto de la élite financiera socialmente liberal: sentimientos sobre la desregulación, el peligro que representaban los socialistas que estaban entre nosotros, las preocupaciones sobre si las grandes farmacéuticas eran legalmente culpables de la epidemia de los opioides. Entonces, desde la parte de atrás llegó una voz de barítono que Olga reconoció de inmediato y sintió su cuerpo tensarse.

«Congresista Acevedo, reconozco que ningún hombre puede ser todo para todas las personas, sin embargo, como uno de —¿cuántos son ustedes?— cuatro representantes puertorriqueños en el Congreso y como líder del Caucus Latino del Congreso, ¿cómo puede explicar su decisión reciente de cancelar las vistas de supervisión de la junta que implementa las medidas de austeridad en Puerto Rico?»

La audiencia, completamente ignorante del tema, pero muy consciente de que el tono de la pregunta no era para nada amistoso, guardó silencio. Olga contuvo el aliento y despacio se retiró hacia el fondo del cuarto, acercándose al inquisidor, quien por supuesto sabía que era, sin tener que verlo, Reggie King.

«Bueno, primero, permítame decirle hola, señor King», comenzó su hermano. «Como siempre, es un gusto verlo. Como saben, he sido un firme partidario de un camino hacia la estadidad para Puerto Rico. Pero para responder a su pregunta, la verdad es que la junta directiva de PROMESA está compuesta por personas bipartidistas designadas por el presidente y nuestra supervisión es puramente ceremonial…»

«Pero seguramente», interrumpió Reggie, «incluso una audiencia ceremonial puede ayudar a crear conciencia sobre el estado neocolonial en el que PROMESA ha puesto a Puerto Rico. La gente está huyendo, las escuelas están cerrando y ahora mismo la gente está esperando que pase un huracán sin saber si la infraestructura de la isla podrá sobrevivir a la temporada».

«Con el debido respeto, Reggie, estoy muy consciente de lo que está pasando en mi isla.»

«Nuestra isla», añadió Reggie.

«¡Caballeros!». Olga gritó en voz alta para que la multitud la escuchara, con alegría inyectada en su voz. Deslizó su mano en el hueco del brazo de Reggie. «No hay nada que le daría más orgullo a mi abuela que ver a dos personas tan apasionadas por sus raíces puertorriqueñas. Para aquellos de ustedes que no conocen sobre la crisis fiscal en Puerto Rico, los animo a que tomen un momento para hablar con mi hermano al respecto», y saludó a su hermano, «o con el Sr. King, ya que ambos están bastante bien informados sobre el tema y con gusto les informarán al respecto durante el resto de la recepción».

La anfitriona le ofreció una sonrisa enorme a Olga, agradecida de que se evitara la discusión real sobre política en su evento de recaudación de fondos políticos. Su hermano le guiñó un ojo desde el otro lado de la piscina, donde ya estaba rodeado de donantes y ella se encontró cara a cara con Reggie. Por eso su hermano había querido que estuviera allí.

SE HABÍAN CONOCIDO en otra época, cuando los móviles eran una novedad y el correo electrónico era solo para el trabajo. Antes de que los aviones volaran contra las torres. Cuando todo parecía extremadamente posible, incluso la improbable posibilidad de ser una recién graduada de la universidad, ajetreada en su primer trabajo y que la llamara al VIP un tipo mayor y guapo que estaba detrás de innumerables canciones que ella había cantado como adolescente, en la universidad y en esa misma discoteca donde se conocieron. No intentó acostarse con ella, sino que fueron al Café Express a las dos de la madrugada y cenaron mejillones con papitas fritas —era la primera vez que ella los probaba— y hablaron hasta que llegó casi la hora de que se fuera al trabajo. La llevó a casa, ella se duchó rápidamente y luego la llevó a su oficina. A partir de aquel momento, durante casi dos años, fue así: eran más que amigos, pero tampoco estaban del todo comprometidos. Él perseguía su fortuna y Olga perseguía una sensación de satisfacción que siempre parecía evadirla.

Un día, él le dijo que quería que la relación fuese más seria. Estaba listo para sentar cabeza. Sabía que nunca encontraría a nadie como ella. Abuelita estaba encantada. Su madre, horrorizada. ¿Cuál fue el punto de toda esa educación, de toda esa perspicacia, simplemente para que se convirtiera en cómplice de un hombre tan perdido que oculta su propia cultura? Un hombre tan centrado en el dinero. Al final, Olga le dijo que no estaba preparada, que era demasiado joven y que tenía demasiadas cosas que quería hacer con su vida, aunque no estaba muy segura de qué. Fue el primer y último novio real que tuvo Olga.

El fin de la relación fue muy amistosa, sin una pizca de animosidad. Quedó sorprendida por la tristeza que la consumió cuando leyó el anuncio de la boda de Reggie un año después. Se sorprendió menos cuando, un par de años después, él apareció para dar su pésame en el funeral de Abuelita.

Aunque pertenecía a la realeza del hip-hop, la verdadera riqueza de Reggie no procedía de la música, sino de varias inversiones tempranas e inteligentes en empresas de biotecnología y parques eólicos. Y, por supuesto, su verdadero nombre no era Reggie King, sino Reggie Reyes. Lo había cambiado durante la época temprana de su carrera musical cuando hizo la transición de producir salsa y música de estilo libre, a pop y R&B más convencionales. En los últimos años, tal vez para enmendar el hecho de, no tanto ocultar su herencia puertorriqueña, pero sí mantenerla callada, se había convertido en un firme defensor de los esfuerzos de descolonización en la isla. Esto inicialmente dejó perplejos a los periódicos de farándula y los sitios web de chismes de hip-hop, que seguían de cerca sus movimientos, ya que la gente parecía estar confundida sobre el hecho de que uno pudiera ser negro y puertorriqueño al mismo tiempo. El resultado fue un extraño bombardeo mediático durante el cual Reggie apareció en varios podcasts, programas de entrevistas y segmentos de CNN explicando la identidad afrolatina a las masas, lo que a Olga le pareció surrealista. Se habían mantenido en contacto, principalmente a través de las redes sociales, a veces a través de mensajes de texto si ella lo veía en las noticias o él la veía en la televisión, solo para saludar o «elogiarse» o lo que fuera, pero habían pasado años desde que la última vez que se vieron de frente.

AHORA, ÉL ESTABA aquí delante de ella, de nuevo. En los Hamptons, de todos los lugares imaginables. Se veía mayor, más grande. Su rostro era oscuro y terso, con una barba canosa impecablemente arreglada. El atuendo del magnate del hip-hop de la década de 2000 fue reemplazado por un traje de lino de verano y una camisa con botones.

«Hola», dijo Olga mientras lo besaba en la mejilla.

«¡Ey!», él sonrió. «Te ves fantástica. Como siempre. No envejeces.»

Ella se rio. «¡Por favor! ¡Tengo más La Mer en esta cara que el que J.Lo usa en todo su cuerpo!

«¿Sabes que salí con ella una vez?»

«Ay, santo padre», puso los ojos en blanco, «¡siempre es lo mismo contigo! El alarde. ¿Crees que no sé que esa cita se dio cuando yo estaba en la secundaria y J.Lo todavía era una Fly Girl?»

«¡Pss! Ni siquiera sabes de qué estás hablando, nena. Para que sepas, salimos durante la era de *Out of Sight*.»

Ambos rieron.

«Mira, es bueno verte, pero… ¿Qué estás haciendo aquí? Además de buscar pelea con mi hermano.»

«Tu hermano está mal, Olga, y siempre lo he dicho.»

«Entonces, ¿el hecho de que seas consistente, hace que tu opinión sea cierta?»

«Es un incumplimiento del deber. Él es una de las pocas personas capaces de llamar la atención al desastre que está ocurriendo en nuestra isla!»

«Sí, Reggie, tú y mi hermano son muy graciosos. La única isla que deberías reclamar es City Island. Tu hogar es el Bronx. ¿Cuándo fue la última vez que estuviste en Puerto Rico?»

«Bueno, Olga, ahora tengo una casa enorme allí, así que…»

Ambos rieron. Cada uno siempre podía tomar lo que el otro decía a modo de vacilón.

«No, pero, en serio», continuó. «Vine hoy porque quiero asegurarme de que tu hermano sepa que nosotros lo estamos velando.»

«¿Y quiénes somos nosotros?»

«Solo algunas personas con ideas afines a las que les importa que nuestro pueblo —de ciudadanos estadounidenses— esté siendo erradicado sistemáticamente por el colonialismo y las políticas neoliberales, eso es todo.»

«Ah. Bueno. Namás eso.» Tomó un sorbo de champán. «Oye, ¿cuándo te volviste tan político con toda esta mierda?»

«Bueno, a decir verdad, despertaste algo en mí…»

«¿Yo?», Olga se señaló a sí misma.

«¡Sí! Cuando estábamos saliendo, no podía creer lo mucho que conocías sobre nuestra cultura. Me avergoncé de mi propia ignorancia. ¡Y yo solía hacer discos de salsa! De todos modos, comencé a leer, cada vez más. Luego, cuando Grace y yo tuvimos a Carlos y él estaba en la escuela, me di cuenta de que era muy pro-negro, pero no se consideraba puertorriqueño en absoluto. Había hecho todo este trabajo para conseguir todo este dinero y mi hijo estaba siendo criado de una manera completamente ajena a la cultura que yo había conocido. Toda era diferente entre nosotros. Desde el tipo de casa y las playas que visitaba, hasta los idiomas que hablaba, hasta cómo se veía a sí mismo. Y pensé que algo de esto era solo parte de la vida, pero algo de esto dependía de mí, ¿verdad?»

«Aja.» Olga pausó. Estaba mirando a su hermano, quien les hablaba a los demás asistentes y tenía las dunas de arena de fondo. «Entonces, ahora con todo ese conocimiento y sabiduría, ¿básicamente gastaste diez mil pesos solo para venir y regañar a Prieto?»

«Básicamente», él contestó. «Verte era un objetivo secundario. Hubiese gastado otros diez mil solo para eso.»

Olga se sonrió levemente. «Debería buscar a mi hermano. Tenemos otro compromiso.»

«¿Qué? ¿Vas a ir a esa fiesta de Blumenthal?»

«Sí. ¿Y tú?»

«Demasiadas personas asquerosas bajo una misma carpa para mi gusto, no gracias.»

Ella se inclinó para darle un beso en la mejilla. Él le susurró en el oído: «Olga, sé que lo amas, pero ten cuidado con tu hermano».

Olga se apartó. «Gracias Reggie, pero él y yo estamos bien», dijo, alejándose, mientras sus palabras la seguían como una estela.

EL DÍA NO MUY BUENO Y MUY MUY MALO
QUE TUVO DICK

Dick suspiró en la parte trasera de su vehículo todoterreno con chófer mientras se dirigía a casa. Solito. Estaba reflexionando sobre cuán increíblemente diferentes habían sido las actividades del día de la fantasía que desarrollo sobre ese día. En la fantasía, entraba en la normalmente insulsa fiesta de Blumenthal con Olga de brazo, inspiraba la envidia de sus colegas y competidores y luego flotando on ella de pareja en pareja para que los encantara con su ingenio y su belleza exótica. En cambio, lo dejaron en la entrada de la fiesta y, justo cuando arrancaba su conductor, se dio cuenta de que, cuando por principios políticos se había negado a asistir a la recaudación de fondos de su hermano, se había robado a sí mismo, a su vez, el momento que tanto había imaginado todas estas últimas semanas. ¿Cómo podría ser que tener convicciones resultaría en un castigo tal? No se iba a rendir tan fácilmente, así que decidió esperar, pero después de despedir a su conductor, no le quedaba dónde esconderse. Decidió llamar a su personal directivo para discutir asuntos urgentes que, hasta ahora, había querido abordar el lunes. Entre su frenesí fabricado, también le había estado enviando mensajes de texto y llamando a Olga, con un poco de insistencia, tendría que admitirlo, solo para ver qué tan rápido ella podía salirse de sus compromisos y venir a rescatarlo. Por treinta minutos caminó de un lado a otro, hablando en voz alta por teléfono y saludando tácitamente a los invitados que pasaban junto a él de camino al jolgorio. Hizo una pausa por un momento para respirar cuando apareció nada más ni menos que la asistente de Olga, acompañada por un joven musculoso, ambos sonrientes.

«¡Señor Eikenborn! ¡Qué lindo ver una cara familiar! No pensé que conocería a nadie aquí. Trip, él es Dick Eikenborn, de—»

Trip, el joven musculoso, la interrumpió y le tendió la mano a Dick. «¡Eikenborn e hijos, sí! Por supuesto. Qué honor conocerle, señor. Me impresionó mucho el trabajo que ha hecho M y A en México y el Caribe. Cómo ha ampliado la marca.»

«Ah, gracias…»

«Trip. Trip Davidson. Estoy en mi primer año en Blumenthal.»

La asistente, que estaba bastante alegre, intervino.

«Y yo soy su cita», lo miró a los ojos y dijo gentilmente, «Meegan. ¡Qué lindo estar del otro lado de una fiesta para variar! ¿Está esperando a alguien?»

«Bueno, en realidad», Dick se sintió incapaz de contenerse, «estoy esperando a Olga».

«¿Mi jefa, Olga?», dijo Meegan. «¿Ella viene? ¿Contigo?» Podía verla haciendo cálculos ante esta nueva información.

«¿Por qué? ¿Te parece extraño? ¿Que venga a una fiesta conmigo?» Dick podía escuchar la inseguridad en su propia voz y lamentó haber sido tan transparente. ¿Pero por qué no le había contado a esta chica sobre ellos? Charmaine sabía todo lo importante acerca de Dick.

«No», dijo Meegan. «¿Por qué no querría ella ir a una fiesta con usted, señor Eikenborn?» Si ella se sintiera así o no, Dick tomó una nota mental de que la muchacha había aprendido las habilidades sociopolíticas de Olga y se rio. Meegan continuó: «Me sorprende que nunca lo haya mencionado. Ella sabía que yo iba a venir… Lo único que había en el calendario era una fiesta para su hermano—»

«Sí, ella se reunirá conmigo aquí después de la otra fiesta. Pronto», dijo Dick.

«Bueno», intervino Trip, «no hay razón por la cual debería pasar todo el tiempo esperándola aquí, cuando puede entrar y esperarla con una bebida en la mano, ¿no le parece?»

Y así fue como, en lugar de hacer su gran entrada con Olga, entró con la asistente de Olga y su novio, un asociado de primer año en un fondo de inversión. A partir de ahí toda la noche se fue en declive. Tan pronto como un camarero les dio las bebidas, se encontraron en el campo visual de Blumenthal, con su nueva esposa, Laurel, a su lado.

«¡Eikenborn!», Carl Blumenthal gritó y se acercaron. Dick presentó con torpeza a sus dos nuevos compañeros, la humillación se vio agravada por el hecho de que Carl claramente nunca había visto a Trip antes, tan bajo estaba en el tótem de Carl. Entonces, justo cuando pensaba que se podía escapar, la nueva señora Blumenthal intervino.

«Pero Dick, ¿dónde están tu encantadora novia y su fabuloso hermano? Soy una gran admiradora suya, ¡una adicta total de *Good Morning, Later*! Pero, más que nada, ¡amo a ese hermano suyo! Me emocionó mucho saber que iba a venir.»

«Bueno, están en camino, Laurel.»

«¡Ah, sí! ¡Su evento de beneficencia! Si yo no fuera la anfitriona anfitriona, absolutamente habría estado allí. Él es tan… ¡real! Ah, pero, ¿por qué no estás allá, Dick?», preguntó Laurel, genuinamente confundida.

Dick no estaba seguro de cómo debería responder, ya que tuvo la clara impresión de que revelar ahora sus inclinaciones libertarias sería un error social. Por suerte, justo en su momento de vacilación, Laurel continuó compartiendo su admiración por el hermano de Olga.

«Realmente pienso que podría ser el Obama latino. ¿No te parece? Carl, ¿te acuerdas que te decía eso la otra noche?»

Y, justo en ese instante, llegó el mismísimo Obama latino. Mientras Dick se preguntaba si una versión hispana lo jodería con regulaciones como lo había hecho el Obama original, los Blumenthal y luego al parecer todo el mundo, rodearon a Olga y su hermano. No era un admirador de Prieto, cuyo nombre Dick encontraba ridículo y se rehusaba a utilizarlo. Dick no solo no estaba de acuerdo con su liberalismo de calcomanías de carro, sino que odiaba todo el acto «callejero» que Prieto preparaba para los noticieros, y el apodo, para él, era solo una extensión de una personalidad desagradable que Dick encontraba, francamente, peligrosa. ¿De qué les serviría a los jóvenes minoritarios ver a alguien en el Congreso usando jerga y citando la música rap, excepto para alentar más de lo mismo? ¿Y qué más podría hacerle eso al país, excepto resaltar las divisiones? Por amor a Cristo, este tipo había estudiado derecho en Columbia, así que no es que no supiera hablar como una persona normal. Su hermana ciertamente lo hacía. Lo que, por supuesto, agravó aún más aquellas frustraciones con su hermano.

Dick sorbió la bebida exclusiva que tenía en las manos. ¿Un mojito? Tiene un alto contenido de azúcar, pero era su día de libre de la rutina. Le entregó al camarero su copa vacía y cogió una bebida nueva. Se dirigió hacia la parte más alejada de la multitud de invitados, principalmente mujeres, que hacían fila para tomarse *selfies* con el hermano, y jaló suavemente del codo de Olga, tratando de llamar su atención. Ya estaba cautivada conversando con la señora Blumenthal, contándole todos los chismes sobre los presentadores de *Good Morning, Later*.

Sabía que esta reunión, esta misma relación, era la razón por la que Olga había aceptado acompañarlo a esta fiesta. Ahora que estaba en ciernes, le molestaba que ella hubiera encontrado sola el camino hasta la señora Blumenthal. Sin embargo, más que nada, le molestaba que acompañarlo a él no hubiera sido suficiente para ella.

«Cariño», dijo, mientras deslizaba una mano alrededor de su cintura, un poco más firmemente de lo que pretendía. La postura de Olga se puso rígida. «Hay tanta gente aquí que quiero que conozcas.»

Dick observó que Olga tenía una forma de reír en público que no era exactamente su risa privada. Era más redonda, subía y bajaba, como una canción que hubiera practicado. Ella se rio de esa manera en esta ocasión, mientras tocaba suavemente el hombro de la señora Blumenthal.

«Dick, ¿quién podría ser más importante que nuestra anfitriona?» Pausó y Dick tan solo la miró fijamente. «¡Prieto! Prieto», llamó a su hermano y él dejó lo que estaba haciendo y volvió su atención hacia ella, «ven acá. Le dije a Laurel que le contarías sobre tu plan para proteger los derechos reproductivos de las mujeres».

Dick notó la forma en que la señora Blumenthal miraba a Olga con asombro, admirando su capacidad para mandar a su poderoso hermano de esa manera.

«Usted, señor Eikenborn», le dijo a Dick, «¡es un hombre afortunado!»

«Lo sé», dijo mientras guiaba y alejaba a Olga y tomaba dos mojitos de una bandeja, uno para cada uno. Por un momento, un breve momento, sintió que el día había dado un giro.

Dick los guio hacia el área de las fotos oficiales, donde el fotógrafo de sociedad del *Times* les tomó una foto en la que él se aseguró de que Olga estuviera apretada contra él. (Sabía que era un acto patético, pero le encantaba saber que su exesposa vería esto mientras hojeaba la sección de Estilos dominicales.) Luego los dirigió hacia algunos de sus antiguos compañeros de clase de Exeter, pues sabía que tan pronto conocieran a Olga, estarían chismeando sobre él al menos durante el próximo mes. Olga estaba entablando una animada conversación con Nick Selby sobre el desarrollo futuro de su propiedad frente al mar en Brooklyn cuando hubo una gran conmoción y sobrevino la verdadera calamidad de la noche. Una bandeja de servicio salió volando de la nada, la mitad superior de una mesa de cóctel se separó de sus partes inferiores y, de repente, tirado en el suelo había un gran charco de mojitos y un hombre negro alto y espigado con zapatos muy poco prácticos. Todos voltearon a ver qué ocurría.

«¡Christian!», exclamó Olga.

«Querrás decir Cristo, querida», ofreció Nick Selby.

«Sé cómo maldecir, coño. Su nombre es Christian.»

Lo que siguió se desarrolló, al menos para Dick, en cámara lenta. Olga estaba vestida con un vestido veraniego y verde jade sensacional que abrazaba cada curva y unas elaboradas sandalias de tacón alto, pero se deslizó sin esfuerzo hacia este hombre negro en el suelo, se agachó y le tendió la mano para ayudarlo a levantarse. Luego, una vez de pie, se abrazaron por un momento. En realidad, más que un momento, porque Dick tuvo tiempo suficiente para verla hacerlo y luego ver cómo sus amigos de Exeter también la observaban. Le secó una lágrima del ojo al hombre, lo besó en la mejilla y lo dirigió a alguna parte. En lugar de dejarla sola —para contentarse con su acto de bondad— procedió a ir a la parte trasera de la tienda, de donde proveían las bebidas y la comida y él podía oírla, débilmente, ladrando órdenes. Reapareció con un pequeño ejército de personal, algunos con mapos, otros que simplemente recogían cosas. En el otro lado de la carpa, donde podía ver a Meegan, Trip y el Sr. Blumenthal (¡ese afortunado Trip debería agradecerle al universo que entró con Dick!), se dio cuenta de que nadie se había dado cuenta de que algo había ocurrido. La banda brasileña continuó tocando su Samba. (¡Ah! ¡Ese era el tema! ¡Brasil!) La gente seguía bebiendo. Pero en su rincón de la carpa, el único espectáculo que importaba era Olga que lidereaba el equipo de limpieza. En su rincón de la carpa estaban la señora Blumenthal y su hija. Quería evaporarse. Era un sentimiento que nunca antes había experimentado.

«Bueno», exclamó uno de sus amigos de Exeter, «ella sí que es diferente a la exseñora Eikenborn».

Se estaba dirigiendo hacia Olga para detener la humillación, pero Laurel y su hija lo interceptaron, portando sonrisas amplias.

«¡Olga!», exclamó Laurel. «¿Sabías que solía hacer actuaciones durante los veranos?»

Olga se veía confundida y negó con la cabeza.

«Bueno, nada nos enseña que el trabajo duro es el mejor compañero del talento natural que las actuaciones de verano. Sabía que tenías talento, pero tú, querida, ¡no le tienes miedo al T-R-A-B-A-J-O! Los amigos de mi marido son encantadores, pero no entienden a las chicas trabajadoras como nosotras, querida.»

Desde donde él estaba, podía ver a Olga, su Olga, reafirmarse, con los hombros echados hacia atrás y la cabeza en alto.

«Laurel, supongo que no pueden entenderlo. Ya sabes, veo un problema y me siento obligada a intentar resolverlo.»

«Bueno», intervino la hija de Laurel, «lo vimos y quedamos muy impresionadas. Si es así como solucionas un problema y eres solo una invitada…»

Dick caminó hacia ellas, no sin antes tomar un cóctel recién preparado de la bandeja de un camarero que pasaba. Olga tomó su mano libre y le apretó los dedos con fuerza. Quedó encantado por un instante. Solo por un instante. El resto de la tarde fue borrosa. Quizás estuvieron allí una hora más, o quizás fueron cuatro. Olga estaba a su lado, luego desapareció. Luego estuvieron juntos de nuevo. Luego estaban esperando el carro y pudo escuchar que la fiesta seguía en pleno apogeo.

«¿Por qué nos vamos?», le preguntó a ella.

«Porque si nos quedamos más tiempo, estarás borracho. O más borracho, debería decir.»

«Es mi día libre.»

Ella no dijo nada.

«¿Disfrutaste hablar con Nick? Él está muy interesado en Puerto Rico, ¿sabes?»

Olga se rio. «¿Sí? Parece estar más interesado en el dinero.»

«Bueno», dijo Dick, «¿quién no lo está?»

Ella no dijo nada.

«De todos modos», continuó Dick, «me alegré de que ustedes dos se conocieran porque él nos invitó a una especie de retiro el próximo fin de semana, para inversionistas interesados en la isla. Creo que sería maravilloso ir juntos a tu patria, ¿no te parece?»

«Mi patria», dijo categóricamente mientras miraba su teléfono, «es un vecindario en Brooklyn, que tu amigo Nick y su familia han comenzado a destruir poco a poco».

Dick se echó a reír.

«No seamos dramáticos, Bombón. De todos modos, podríamos pasar un rato juntos en la playa. Puedo enseñarte a surfear.» Intentó acariciarle el cuello con la nariz, pero ella no respondía. «Volaríamos el viernes, tal vez el jueves, si crees que puedes—»

«No puedo», respondió ella sin pensarlo dos veces. «Ese fin de semana tengo la boda de mi prima.»

«¿Tu prima se va a casar? ¿Cuál? ¿Por qué no me lo dijiste? No tengo que ir a esto con Nick, ¿sabes? Tiene estas pequeñas reuniones a cada rato.»

«No te lo dije», dijo Olga, con cierta distancia en su voz, «porque no te concierne».

«Pero te concierne *a ti*, así que a mí me preocupa. Quiero conocer a tu familia.»

Olga hizo una pausa momentánea. «No, Richard, realmente no los quieres conocer.»

Dick consideró esto por un momento. La verdad era que, si su familia se parecía en algo a su hermano, él no quería conocerlos, pero tampoco quería que ella se avergonzara de ellos.

«Olga.» Él tomó sus dos manos entre las suyas y la miró a los ojos. «Te amo. No hay nada que pueda descubrir sobre tu familia que me vaya a espantar.»

Olga lo miró y soltó una carcajada. No era su risa pública, pero tampoco la risa de cuando estaban en la cama. Sintió que era una risa cruel.

«Fantástico». Ella se liberó de sus manos. «Por supuesto que crees que me preocupa qué impresión tendrás de ellos. ¿Alguna vez se te ocurriría que me preocupa la impresión que tendrán de *ti*? ¿Sería posible que tú no le cayeras bien a alguien?»

A él le tomó un segundo registrar su sarcasmo, una confusión que era más que nada el resultado de los múltiples mojitos que había consumido y no porque la voz de ella no lo expresara lo suficiente. El carro de Dick se detuvo frente a ellos, pero ninguno se movió para entrar. No podía creer que después del día que había tenido, que ella le había hecho pasar, ahora lo estuviera insultando en la cara.

«Cambiemos de tema», dijo bruscamente. «¿Por qué hiciste eso hoy?»

«¿Hacer qué?»

«¿Por qué me avergonzaste?»

«¿Disculpa? ¿Te avergoncé?»

«Te traje aquí como mi invitada y estabas actuando como una sirvienta, al frente de todos mis amigos.»

«¿Como una sirvienta?»

«Sí. Aquí hubo gente muy destacada, gente que conozco y con quien hago negocios y estabas de rodillas ayudando a ese camarero a levantarse del suelo, dirigiendo a gente con mapos. Me hiciste pasar una vergüenza—»

«¿Eso te avergonzó? Eso te avergonzó. Qué bien. Bueno, ¿sabes a quién no le pareció vergonzoso? ¡A la anfitriona! No hay forma de que no me contraten para la boda de la hija de Laurel.»

«¡Bueno, ese es exactamente mi punto! Esto era una fiesta, no una audición. Actuaste como una sirvienta y ahora te contratarán como tal.»

«Entonces, ¿eso es lo que piensas de mí?», le contestó Olga.

De camino a su casa, Dick se dio cuenta de que este fue el momento en que su respuesta debió haber sido diferente. Tenía que haber dicho cualquier cosa menos lo que salió de su boca a continuación, pero no fue el caso.

«Solo veo lo que le presentas al mundo.»

«Richard», dijo con una calma impresionante, «y lo digo con toda sinceridad. Por favor, súbete a este vehículo, vete a tu casa y vete al mismísimo carajo».

OCTUBRE DE 2006

Querida Olga,

Cuando yo era niña, mi padre me dijo que me habían puesto el nombre de Blanca Canales, la revolucionaria, y que ella fue quien me dio mi espíritu de lucha. Entonces, cuando estaba embarazada de ti, tu padre y yo hicimos una lista de nombres que también te inculcarían el espíritu de tus antepasados. Fue tu papi quien sugirió que te pusiéramos el nombre de Olga Garriga, que nació en Brooklyn como tú, pero dedicó su vida a liberar a la Matria. Tuvo la sabiduría de comprender que, mientras la gente de la isla estuviera sujeta al dominio colonial, ningún puertorriqueño en ninguna parte de los Estados Unidos sería un ciudadano con los mismos derechos. Me gustó esta selección porque Olga Garriga pudo haber tenido una vida fácil, asimilándose como neoyorquina, casándose, criando a sus hijos y haciéndoles creer que ellos también eran americanos. Pero en cambio, eligió el camino difícil, porque era el camino correcto.

Aun así, no pude evitar pensar en otra boricua famosa llamada Olga. Una mucho menos admirable. Y esto me hizo reflexionar.

Cuando éramos jóvenes, tu papá y yo solíamos visitar a sus viejos amigos en Loisaida, donde él se crió. Esa zona estaba llena de artistas, escritores y poetas. Todos boricuas. Todos dedicados a elevar a nuestra gente. Una noche escuchamos a un hermano que leía un poema y me rompió el corazón. En sus versos escuché la vida de mi familia. Eran personajes —Juan, Miguel, Milagros, Olga, Manuel—, pero en lo que a mí concernía él podría haberlos llamado Isabel, Richie, JoJo y Lola, porque él —Pedro Pietri— capturó una imagen de mi familia. Todos ellos perseguían un sueño imposible: querían ser aceptados por una nación que los miraba con desprecio. Estaban muy dispuestos —casi ansiosos— por deshacerse de nuestra rica cultura a cambio de la emoción barata de ser vistos como «estadounidenses». Pensaban que si un día acumulaban suficientes cosas, si aprendían a actuar de la manera correcta, podrían deshacerse del «spic» y ser vistos como «iguales». Y como, por supuesto, los blancos estadounidenses nunca los verán como iguales, mueren poseyendo muchas cosas, pero habiéndose perdido a sí mismos.

Entonces, aunque admiraba mucho a Olga Garriga, había una parte de mí que se preocupaba de que este nombre pudiera ser desfavorable. Que en lugar de imbuirte el espíritu de luchadora, te haría como la otra Olga. Aquella cuyo obituario ya había sido escrito: destinada a pasar su vida persiguiendo un amor que nunca sería del todo suyo.

Mis amigos me contaron que estás en un reality show de televisión y ahora trabajas para gente blanca rica. Planificas fiestas para ellos. Como una secretaria. O, peor aún, ¡una criada! Alguien me envió la cinta y casi no quiero verla. ¿Esto cuenta como un negocio? ¿Esto es un trabajo? ¿O estás intentando ser famosa? ¿Por qué lo que el mundo necesita es ver a otra chica latina limpiándole el polvo de los zapatos a los blancos? Me cuesta entender cómo sucedió esto y qué fue lo que te atrajo de esta ruta.

A tu padre lo golpearon y lo encarcelaron por elevar a su pueblo. Sacrifiqué mi vida y mi familia para liberar a los oprimidos. Incluso tu hermano se ha comprometido con esta causa. Es difícil para mí entender cómo te has descarrilado tanto. Cuando ves a tu hermano ahí fuera, luchando por su pueblo, mientras agitas los brazos para conseguir unos cuantos pesos y un poco de atención, ¿cómo te sientes?

Mija, aún estás a tiempo para escoger a cuál de las dos Olgas piensas seguir.

Pa'lante,
Mami

SEPTIEMBRE DE 2017

EL ELEVADOR

«Gracias por volver», le dijo Olga a su hermano mientras subía a su camioneta.

Apenas esperó un momento antes de regresar a la autopista Montauk. Olga ni siquiera le había pedido que subiera por el camino de entrada; lo encontró al costado de la carretera, cerca de la finca Blumenthal.

«Escucha, hermana, no estoy seguro de por qué no pudiste llamar a un maldito Uber, pero soy tu hermano, así que llamas y no me queda otra que llegar. Incluso cuando ya llevo media hora fuera de esta maldita— ¡qué carajos! ¡Olga! Olga, ¿has estado llorando?

El sol del atardecer, de un brillo cegador, había iluminado los contornos salinos de las lágrimas secas un poco más allá de las orillas de las Ray-Ban con bordes dorados de Olga.

«¡Llorar!», dijo, mirando al frente. «¿Llorar? Prieto, no lloré cuando enterramos a nuestra abuela, ¿crees que voy a llorar por este puto pendejo? Estaba aburrida esperándote, así que fumé un poco de pasto con los valet.

Prieto se volteó para mirarla. A cambio, ella se bajó las gafas de sol y abrió los ojos bien grandes. Él hizo un gesto encogiendo sus hombros.

«Por favor», dijo Olga. «Si alguna vez vuelvo a llorar, prometo que será por algo más importante que alguna estupidez que haya dicho Dick Eikenborn.»

Prieto se limitó a encogerse los hombros de nuevo.

«Es el maldito Visine, ¿okay?», dijo Olga. Se volvió a poner las gafas de sol y miró fijamente hacia la carretera, sintiendo que su irritación comenzaba a aumentar con la misma rapidez con la cual la había apagado.

De hecho, había estado temblando de rabia después de su pelea con Dick. Apenas podía caminar por el camino de entrada después de que él se alejó. La adrenalina había provocado espasmos en sus músculos. Tuvo que detenerse un par de veces para calmarse lo suficiente como para continuar y, durante una de esas breves pausas, se sorprendió al encontrar agua goteando por su rostro. Las lágrimas habían sido involuntarias. Por eso ella no quiso admitir que había llorado. Además, eran lágrimas de ira, mientras pensaba una y otra vez: ¿quién carajos pensaba Dick que era, quien en realidad nunca se había ganado nada trabajando en toda su vida, y con qué derecho le hablaba de esa manera? Todo lo que había logrado hacer con su vida lo había tenido que hacer por su cuenta. Ir a una universidad de la Ivy League. Cada internado. Su primer trabajo. Reggie King la había ayudado a conseguir su segundo trabajo, pero, ¿a cuántas otras chicas había conocido Reggie con las que nunca volvió a hablar? Su negocio también era todo suyo. Ella diseñó el logo. Ella diseñó su primer sitio web. ¿Sus primeros clientes? Nadie llevó a esas personas a su puerta, ella las buscó. Ella cerró los putos tratos. Ella tuvo su propia oportunidad en la televisión. Ella lanzó su propia prensa. ¿Nadie la había ayudado a llegar a donde estaba, y aquí este cabrón cursi que no puede atarse los zapatos sin llamar a su asistente le estaba diciendo que se comportó como una maldita criada? ¿Porque estaba tratando de ser un ser humano decente? ¿Porque tiene unas verdaderas destrezas y sabe cómo hacer las cosas?

«¿Qué carajo estamos escuchando, Prieto?», soltó cuando la música de pronto atravesó sus pensamientos. «No puedo aguantar tres horas de tus viejos tiempos del *freestyle*, mi pana...»

«¿Qué pasa? ¿No te gusta Lisette Meléndez? Subió el volumen. «¿Dónde está tu orgullo, hermana? El *freestyle* es uno de los grandes géneros de arte puertorriqueño. Sabías que—»

«¿Qué la música *freestyle* es donde tuvo sus comienzos Marc Anthony? Sí. Me lo cuentas cada vez que escuchamos esta mierda.»

«Vamos, ¿no te gusta esta?» Su hermano puso otra canción, subió el volumen y comenzó a cantar «Dreamboy/Dreamgirl» a todo pulmón, hasta que Olga no pudo aguantarse la risa.

«¡Este debería ser tu próximo video de campaña! Congresista Acevedo: ¡Representando a la vieja escuela, representándote a TI!»

Ambos empezaron a reír a carcajadas y su hermano bajó el volumen y cambió la música a una vieja melodía de Brand Nubian.

«Hermana, hoy me hiciste un gran favor con Reggie, así que, como acto de agradecimiento, voy a poner un poco de música que es más de tu agrado.»

«Debería enojarme porque no me dijiste que él estaría allí. ¿Qué carajo?»

«No podía correr el riesgo de que no aparecieras.»

«¿Sabías que iba a atacarte así?», preguntó Olga.

«Lo sospechaba… después de esa columna de opinión, me habría sorprendido si no lo hacía. Mira, tiene todo el derecho a preguntar, pero como puedes ver a nadie en esa multitud de Hamptons le importa tres carajos de Puerto Rico.»

«Bueno, no sé si eso sea cierto. Richard ha invertido muchísimo dinero en poner tiendas allá y hoy mismo me estaba diciendo que al parecer Nick Selby…»

«Pérate, ¿Hablaste con Nick Selby?»

«Por como diez minutos en la fiesta, era más lo que me dijo Dick que—»

«Olga, aléjate de ese tipo. De él y de su hermano. Por favor. Les gusta meterse en unas cosas bien jodidas…»

«¿En serio? Nick me dio la impresión de que ustedes eran amigos.»

Observó cómo las manos de su hermano se ponían rígidas sobre el volante.

«La mitad de la ciudad de Nueva York cree que somos amigos, Olga. Pero las cosas no siempre son recíprocas. No es un buen tipo.»

«Bueno, hasta ahora y de lo que he podido observar, me parece exactamente igual que el resto de esos desarrolladores. Como sospechaba, él piensa que su maldito centro comercial es el mejor regalo para Sunset Park desde que abrió la piscina pública—»

«¡Coño! ¡Olga! Ya basta de este pendejo. ¿Qué más te tengo que decir para que dejes ya el tema?»

Pero no estaba siendo nada claro, pensó Olga. Literalmente, cientos de promotores, cabilderos, banqueros y financieros turbios intentaron ganarse el favor de su hermano cada semana. ¿Por qué su hermano encontraba tan desagradable a este tipo en particular? No eran solo sus palabras; todo su cuerpo se había tensado. Podía escuchar las palabras de despedida de Reggie retumbando en sus oídos. A través de sus gafas miró a su hermano y muy gentilmente le preguntó, «Prieto, ¿por qué no convocaste a las audiencias de la junta de PROMESA?»

«Es simplemente lo que le dije a Reggie: es una ceremonia, no tenemos autoridad real. ¿Cuál es el punto de hacerles perder el tiempo a todos solo para que nos hablen de la boca para afuera? El presidente nombró a estas personas y no podemos despedirlos. Puerto Rico quedó jodido con todo este asunto, pero, ¿qué opción teníamos realmente? Tenían esta enorme deuda. No podíamos dejar que incumplieran, por diversas razones de infraestructura; si no cumplían, iban a tener que cerrar la compañía eléctrica y literalmente no podríamos mantener las luces encendidas para la gente de allí. PROMESA y esta junta de control fiscal era la única estructura sobre la cual podían ponerse de acuerdo los demócratas y los republicanos.

«Por supuesto, la gente en la isla y gente como tú y como yo, y supongo que Reggie también, ya que ahora le importa la raza, sabemos que este lío es el resultado de políticas coloniales jodidas que dejan víctimas de los caprichos de la metrópolis. Pero, ¿al resto de los Estados Unidos? Parece como si los puertorriqueños simplemente no podemos manejar el poco gobierno que se nos ha dado. Entonces, no sentí que ayudara a nuestra causa permitir que esta figura decorativa se presentara frente a mi comité solo para hacernos ver como si no pudiéramos manejar nuestros proyectos de ley sin ayuda. Y, como sabes, la óptica es la que triunfa, ¿verdad?»

La conducta de su hermano se había relajado a lo largo de su respuesta. Sus nudillos blancos de hacía unos momentos desaparecieron del volante. Estaba pensativo y su argumento era lúcido. Pero Olga notó que él nunca apartó los ojos de la carretera mientras pronunciaba su soliloquio.

«Entonces, mira. ¿Mabel ha dicho que supuestamente después de la boda ella y Julio piensan mudarse?», preguntó Olga, cambiando de tema. Tenía otro punto que quería discutir con su hermano y parecía un buen momento.

«Sí. Ya sabes cómo es Mabel. Ella ha estado pagando, ¿qué? Como cuatrocientos dólares mensuales durante los últimos cinco años. Se ha ido a viajes con todo el dinero que ha estado ahorrando, compró todas las carteras Coach que pudo conseguir y, ahora que se va a casar, cree que es demasiado buena como para vivir ahí. Dice que Julio y ella no pueden vivir en un apartamento de mierda en Sunset Park.»

«¡Esa pendeja ni siquiera ha pagado el alquiler con el precio del mercado!» Olga lanzó una carcajada. «Déjame adivinar. ¿Se está mudando a Long Island.»

«¡Así mismo! Bayshore. "Tiene clase, Prieto. Hay muchas pequeñas barras y salones, no como aquí".»

«Ah, bueno, por lo menos es predecible.»

Los hermanos rieron a carcajadas.

«De todos modos», continuó Olga, «supongo que eso significa que el apartamento está disponible nuevamente».

«¿Por qué?» Prieto preguntó: «¿Quieres regresar? Porque pensé que Tony iba a pedirlo».

«¿Yo?», preguntó Olga, un poco melancólica ante la idea. «No. Me gusta donde estoy, pero hoy vi a un amigo mío y está en una situación un poco difícil. Me gustaría hacerle el favor y darle un sitio donde pueda recuperarse por lo menos por un año.»

«¿Ah sí?», preguntó Prieto. «¿A qué amigo viste hoy? Porque sé que Reggie no está buscando un piso de dos dormitorios sin ascensor en Sunset.»

«¿Recuerdas a mi amigo Jan? ¿Lo conociste en mi cumpleaños el año pasado?»

«Um, no lo sé. Conozco a tanta gente. ¿Polaco?»

«Sí. Ese. Bueno, no quiero ser morbosa, pero murió y pues, tenía un novio desde hacía mucho tiempo, un tipo llamado Christian—»

«¿Qué carajo? ¿Ese tipo murió?»

«¿Jan? Sí. Viste que sí lo recuerdas», señaló Olga. «Fue en verdad impactante. Entonces, debería haber pensado en esto, pero básicamente Christian ha estado tratando de pagar—»

«Espera, Olga. Este tipo murió. ¿De la nada?»

Olga miró a su hermano por el rabillo del ojo. Estaba agitado.

«Jesús», dijo. «Cálmate. Solo lo conociste por cinco minutos.»

«Es un chico joven, Olga. De mi edad.» Estaba hablando con rapidez. «¿Se murió de la nada? Sí, es un poco impactante. Esas cosas no suceden sin motivo.»

«Bueno, eso es cierto.» Ella hizo una pausa por un segundo. Esto claramente había tocado un tema sensible. «Entonces, uf. Es tan triste. No quiero empeorar la historia, pero dio positivo a VIH y supongo…»

«¿Se murió de maldito SIDA?», Prieto golpeó el volante.

«¡Prieto! ¿Por qué estás tan alterado? ¡Déjame terminar la cabrona historia!»

«Es que era… era tan joven, Olga.»

Olga miró a su hermano, tratando de evaluar esta respuesta que la tomó por sorpresa.

«Era un tipo súper gracioso», ofreció Prieto mientras miraba la carretera. Ya estaba anocheciendo, el cielo nocturno se había transformado de rosa a malva, las farolas de la autopista LIE se iluminaron contra ese trasfondo. «Tenía un sentido del humor tan agudo. No puedo creer que se haya muerto del cabrón SIDA.»

«¡Coño!» dijo Olga. «Sé que estás traumatizado por Papi y esa mierda, pero eres un funcionario electo. Edúcate un poco. No sé si te enteraste, Prieto, ya nadie se muere de SIDA. Al menos no en los Estados Unidos. Simplemente te quedas atascado tomando un montón de medicamentos que podrían dejarte arruinado económicamente y no sentirte muy bien, pero literalmente puede ser indetectable. Déjame terminar mi historia antes de que empieces con rumores.»

Prieto hizo una pausa. «Entonces, ¿cómo murió? ¿Si no murió de SIDA?»

«Se suicidó», dijo Olga. Su hermano volvió a golpear el volante. «Se ahorcó en su puto armario cuando se enteró. ¿Puedes creerlo?»

Prieto se quedó mirando el camino, en silencio.

Aquí, Olga vio una ventana que se había cerrado hacía mucho tiempo y decidió que ahora era un buen momento para intentar abrirla.

«Es una locura porque, a pesar de que vivió con otro hombre durante casi dos décadas, todavía estaba en el clóset. ¿Puedes creerlo? Cuando fui a su funeral, nadie en su familia "sabía" que era gay.»

«¿Por qué lo dices así?», dijo Prieto. «Con tus manos así. No lo "sabían".»

«Porque, Prieto», y ahora giró todo su cuerpo hacia su hermano y con franqueza dijo, «todo el mundo siempre lo sabe. Simplemente nunca dicen nada. Es posible que todos quieran comerse el cuento para siempre, si tuvieran la oportunidad, pero si les dijeran la verdad, nunca se sorprenderían. ¿No crees?»

Su hermano la miró. Hubo un largo silencio. La ventana permanecería cerrada y ella siguió hablando.

«Ni modo, estás comportándote de manera tan loca que me hiciste olvidar el punto de la historia.»

«¿Cuándo ocurrió?»

«¿Hace cinco o seis semanas?», Olga continuó con rapidez para no descarrilarse de su objetivo. «Su novio Christian se da cuenta, después del funeral y la celebración de la vida y de que todo se asienta, de que la única manera de que las cuentas en su vida —el apartamento, los trabajos que tiene, su Obamacare, todo eso— la única forma en que puede pagarlo todo es si hay dos ingresos en la casa y ahora él se ha quedado con solo uno. Entonces, llamó al viejo jefe de Jan para ver si podía hacer un par de turnos, pero el tipo es una reina del servicio cara a cara —quiero decir, ha hecho algunos trabajos ligeros de contabilidad y recepción—, pero no estaba hecho para esa vida de camarero. Le dieron una oportunidad y te puedo decir que fue la primera y la última porque hoy estaba trabajando en la fiesta y se cayó de cara mientras llevaba una bandeja de caipiriñas.»

Olga miró a su hermano, que parecía estar perdido en sus pensamientos. Pensó que haría la sugerencia ahora, mientras él parecía estar distraído, para ver cómo reaccionaba.

«De todos modos, él estaba tan angustiado que sentí que tenía que tratar de ayudarlo y la forma más fácil de hacerlo era encontrarle un sitio más barato donde pueda vivir, así que le ofrecí el apartamento del segundo piso tan pronto como Mabel se mude. Podemos darle una nueva capa de pintura, ¿no crees?»

Hubo una pausa y Olga estaba a punto de pasar a otro tema, dándose palmaditas en la espalda por la fluidez de la conversación, cuando Prieto apagó la música.

«Olga, eso no está nada bien. Siempre dijimos que ese era nuestro apartamento familiar.»

«Sí, para cuando nuestra familia esté necesitada, Prieto y, gracias a Dios, ahora mismo todos estamos bien. Puede que Tony quiera el lugar, pero aun así lo querrá el año que viene. Dios sabe que no conseguirá un lugar para vivir por su cuenta antes de entonces. No hay forma de que Christian quiera vivir en Sunset durante más de un año y—

«Y en esa casa vive mi hija, Olga. Y él es un extraño.» Olga sintió que se le hacía un nudo en la garganta.

«Él es un extraño para *ti*. Y es un cabrón apartamento aparte, Prieto, con sus propias puertas y sus propias cerraduras. Él tiene su propia vida y, aunque amo muchísimo a Lourdes, no creo que andar con una niña de once años sea lo suyo, ¿sabes?»

Hubo un silencio tenso. Su deseo de hacer una buena acción se oponía ahora a los miedos de su hermano. Olga podía sentir cómo su ira se aceleraba y cómo la irritación se apoderaba de su mente racional. Intentó calmarse antes de jugar la carta que ambos sabían que ella tenía en el bolsillo trasero.

❧

AUNQUE OLGA NORMALMENTE disfrutaba de las ventajas, esta era una que la incomodaba: saber que la casa, el epicentro del clan Ortiz, no se la habían dejado, como uno habría pensado, a todos los niños, o incluso a todos los hijos, o a todos los nietos, o incluso solo a los dos nietos que habían vivido en la pequeña piedra caliza de la calle Cincuenta y tres toda su vida. En cambio, Abuelita había decidido que la mejor manera de mantener intacta la casa y por tanto a la familia, era dejarla en manos de una sola persona y esa persona era Olga.

Su tía Lola había sido la albacea del testamento, una decisión acertada por parte de Abuelita. Ella, entre todos, no solo no necesitaba nada de lo que Abuelita tenía, sino que además tenía un temperamento similar y por eso entendía el pensamiento de su madre. Además, Lola era lo bastante conocedora de la política de la familia Ortiz como para saber cuándo era apropiada una mentira piadosa. Al evaluar el testamento, llamó a Olga y Prieto a un lado al mismo tiempo y razonó que, si querían paz en la casa y en la familia, tendrían que mantener esta conversación privada. Explicó que este era el tipo de cosas que podrían separar a otros hermanos, pero que ella y Abuelita esperaban más de ellos. Lola tenía claro que, de todos, Olga, al estar soltera, tendría la mayor probabilidad de necesitar la casa. En otras palabras, ella era la que tenía menos probabilidades de venderla. Prieto, que en ese entonces estaba casado con Ada, asintió cortésmente. Olga, aterrorizada de que esta carga pudiera abrir una brecha entre ellos, la abandonó. Prieto, le había dicho ella, puede que yo sea la dueña, pero la casa es tuya y la parte de arriba está para lo que necesite la familia. Esta, le había dicho su tía más tarde, era exactamente la razón por la que Abuelita se lo había dado. Tía Lola le dijo a la familia que la casa ahora pertenecía al «Patrimonio», lo cual hizo que todos se sintieran lo bastante elegantes como para no hacer demasiadas preguntas. Richie, el habitual alborotador, estaba demasiado afligido para causar problemas y ni Prieto ni Olga habían vuelto a hablar sobre la verdadera propiedad de la casa. Olga sabía que mencionarlo con ira causaría el tipo de herida que no se cura fácilmente. Esperaba que su hermano no la incitara.

«OLGA, EL PUNTO es que no quiero que ningún pato viva en mi casa.» Para Olga, este comentario confirmó más sobre la sexualidad de su

hermano que cualquier confesión abierta. Y fue este comentario lo
que la cegó del disgusto, que rápido se transformó en furia. Furia por
el autodesprecio de su hermano, repulsión por su egoísmo y animosidad hacia el carácter débil que esta conversación le había dejado al
descubierto. Se olvidó de la casa. Su boca se abrió de golpe y escupió:
«¿Porque temes lo que él hará o lo que querrás hacer tú, hermano?»

Por varios minutos Prieto no hizo nada, finalmente volvió a poner la música, cada vez más fuerte hasta que el ruido sordo del bajo
no dejó lugar para pensar. Afuera, el LIE se topó con Queens y se cur-
vó de tal manera que todo Manhattan quedó expuesto ante ellos, bri-
llando. Para quien lo quiera.

¿Y TUS AMIGOS?

Debido a que su lista de conocidos, contactos, colegas y clientes era tan extensa, Olga tardó mucho en darse cuenta de que no tenía ningún amigo real. Al menos no como lo define Webster: vínculos o afecto mutuo con individuos, que excluyen vínculos familiares. De hecho, el único extraño con quien Olga había compartido sus pensamientos y sentimientos íntimos había sido Reggie King. Más allá de él, las personas más cercanas en la vida de Olga habían sido su abuela, su prima Mabel y, por supuesto, su hermano. En general, Olga no era una persona ansiosa; su profesión había eliminado gran parte de eso de su sistema. Pero, en raros momentos como este, cuando ella y su hermano se encontraban con una brecha cavernosa entre ellos, la ansiedad existencial se apoderaba de ella con fuerza. Mientras conducían en silencio, ella tuvo que luchar contra su impulso inmediato de reconciliarse rápidamente.

Trató de descubrir cómo había sucedido esto —cómo llegó a encontrarse inundada de invitaciones a fiestas y citas para tomar algo, pero sin relaciones íntimas reales. No siempre fue así. Cuando era más joven, ella y Mabel corrían con un gran grupo de niños del vecindario, entrando y saliendo de casas, todos metidos en los asuntos de los demás. Como una gran familia. Cuando su madre se fue y su padre estaba recorriendo las calles, Olga era consciente de que sin duda ella era objeto de chismes del vecindario, pero en su grupo nunca se enteró de ello. Una vez, estaban reunidos en el bloque de Mabel

y un niño trató de hacer una broma sobre su padre y Mabel lo repri-
mió tan rápido, tan cruelmente, que nadie jamás volvió a hablar mal
de Olga, Mabel o nadie en el clan Ortiz/Acevedo. Al menos no cuando estaban presentes.

Pero cuando llegó la secundaria, todos fueron a una de las dos
escuelas locales, excepto Olga, que se había dedicado a la fotografía
y terminó en LaGuardia en Manhattan. El viaje a la escuela era largo y pasaba las tardes en el cuarto oscuro, por lo que se perdía todas
las excursiones después de la escuela al Fulton Mall o las cervezas de
malta en Shore Road. Sabía, porque Mabel se lo dijo, que sus amigos
del vecindario pensaban que ahora ella era engreída. Que pensaba
que era mejor que todos los demás porque estudiaba en Manhattan.
A Olga solo le importaba un poco. Prieto ya estaba en la universidad y
Olga estaba demasiado concentrada en cómo ella también podría salir del barrio. Su casa estaba más vacía que nunca, pero se sentía asfixiada por su corta vida.

LaGuardia era una escuela pública, pero Olga se sorprendió al
encontrar que el alumnado era bastante diferente al de las escuelas de
su vecindario en Sunset. Le sorprendió saber cuántos niños del programa de arte vivían en Manhattan. Cuyos padres no eran ricos, pero
sí profesionales: defensores públicos, profesores universitarios, funcionarios gubernamentales. Se sentía demasiado avergonzada como
para dejarle saber a alguien lo jodidos que estaban sus padres. Era
bastante fácil de evitar, ya que la mayor parte de la socialización fuera
de la escuela la pasaban yendo a los *raves* o colándose en el Limelight.
Locales donde la música ahogaba la necesidad de una conversación
íntima.

OLGA ESPERABA QUE la universidad fuera una forma de reinventar-
se a sí misma bajo sus propios términos. No estaba preparada para el
choque cultural. El lugar era inverosímilmente blanco e inverosímilmente rico. La mayoría de los estudiantes intentaban ocultar su riqueza, lo que, para Olga, solo lograba que las revelaciones fuesen aún

más discordantes. Como cuando su compañera de salón, que vestía suéteres con agujeros y una vez le pidió a Olga que le comprara falafel porque estaba «en quiebra», mencionó casualmente que su padre la llevaría a París en el avión familiar durante el fin de semana.

Había tan pocos estudiantes minoritarios que se agruparon y, ante tal dominio cultural blanco, intentaban competir por quien era más «calle» por cualquier medio necesario. No sabía si era una actuación para su beneficio —porque en aquel entonces decir que eras de Brooklyn tenía cierta implicación de que venías de un lugar duro— o si era tan solo una exploración de identidad generalizada, pero aquí también se encontró con una especie de duplicidad. La chica que fingió salir con un miembro de los Crips resultó ser una niña de Jack y Jill cuyos padres poseían diez McDonalds. El tipo que contó una historia sobre cómo su mejor amigo «lo había cachao» por vender drogas —una historia que Olga reconoció de inmediato como una paráfraseo de «One Love», de Nas— era un alumno de Phillips Andover, un lugar del que Olga nunca había oído hablar hasta que llegó al recinto. Cuando Olga le preguntó al respecto, él la enfrentó y le dijo: «¡No conoces mi vida! ¡Hice Prep for Prep!» Un fin de semana, Mabel, curiosa por saber cómo era ir a la escuela, fue a visitarla. Le encantaba el recinto y la librería, e incluso asistió a una conferencia de sociología —el tema de ese día era la infidelidad— y quedó fascinada. Pero cuando Olga la llevó a una fiesta en una casa fuera del recinto que BSU patrocinaba, echó un vistazo a su alrededor y declaró: «Esta gente es súper cursi. Vámonos». Olga se sintió validada. Terminaron en un club de hip-hop en el centro donde Mabel llamó la atención, como de costumbre, en la pista de baile. Era irónico lo cercanas que eran ella y Mabel durante sus años universitarios, dadas las millas físicas y el costo de las llamadas de larga distancia, pero para Olga, que se sentía perdida en medio de todas las actitudes, la autenticidad de Mabel fue una piedra de toque.

A su hermano le había encantado tanto su experiencia griega que Olga consideró brevemente comprometerse —había una sección de la sororidad hermana en el campus—, pero su primer evento de reclutamiento fue la proyección de una película sobre los Young Lords y Olga decidió que ya había sido adoctrinada lo suficiente al respecto y se fue. Después de no encontrar un lugar seguro entre los estudiantes de color, Olga empezó a salir con los muchachos internacionales. Le pareció irónico, entonces, que los estudiantes minoritarios la tildaran de «vendida» por esto. Lo que quería decir, pero nunca dijo, era que ya había sacrificado más por la «comunidad» de lo que ellos posiblemente podrían entender. Ella los ignoró. A Olga le agradaban los estudiantes internacionales. Eran las únicas personas para quienes el recinto era igual de extraño como lo era para ella. A Olga le pareció reconfortante que quienes eran ricos lo fueran sin pedir disculpas: conducían coches de lujo, colocaban cuadros al óleo en los dormitorios, contrataban chefs personales para cocinar elaboradas cenas de cumpleaños llenas de vino y discusiones sobre el cine y la literatura. Olga sentía que esto era lo que se suponía que se hiciera con el dinero. Las amistades nunca fueron particularmente profundas, pero la ayudaron a disfrutar de su tiempo allí y ampliaron su mundo.

Cuando terminó la universidad, Olga volvió a luchar por encontrar su camino. Flotó entre el mundo de Mabel y las cenas Eurotrash —que ahora se celebraban en *pied-à-terres* de Manhattan— disfrutando de ambos, pero sin sentir nunca que pertenecía por completo a ninguno de los dos lugares. Mabel, que se había quedado en Brooklyn, tenía una amplia red de amistades y contactos con clubes de la escuela y el trabajo que aprovechó para su prima. Olga se dio cuenta de que también ayudó a Mabel. Tener una prima que era «artística» y «cool» le ofrecía un punto de diferenciación, aunque, en aquellos días, Mabel estaba tan buena, tan hermosa, que se diferenciaba bastante bien sin necesitar ayuda de nadie.

De hecho, había salido con Mabel cuando conoció a Reggie King y, por varias razones, Mabel era una fan suya. Primero, Mabel siempre había sido una gran seguidora del *freestyle*, por lo que ya era una admiradora de su trabajo, pero también el brillo de Reggie iba en gran medida con el estilo de Mabel. Y el sentido del humor de Mabel estaba a la altura del de Reggie. Además, a Mabel le encantó el acceso VIP que la relación de Olga le otorgaba por extensión; la noche en que se conocieron, Mabel terminó acostándose con uno de los *hype men* de

Mobb Deep. Cuando Olga rompió con Reggie, Mabel se puso furiosa. Estaba tan enojada como si hubiera sido la prima de Reggie. Su enojo irritó a Olga, quien sintió que la estaba animando a quedarse con Reggie para mantener su estatus VIP, lo que hizo que Mabel la maldijera y gritara que una pendeja como Olga no merecía la felicidad. Y aunque, con la intervención de Abuelita, finalmente pusieron fin a la riña, después de eso la relación nunca volvió a ser igual.

Hubo momentos de cercanía, aquí y allá. Cuando Prieto se casó. Cuando nació Lourdes. Cuando murió su abuela. Pero en términos generales, cuando Olga perdió a Reggie, también perdió a Mabel. Deseaba poder llamar a su prima ahora, pero las cosas habían sido demasiado extrañas durante demasiado tiempo como para confiarle información tan sensible sobre su hermano. Días como hoy la hacían sentirse muy sola.

Cogió su teléfono y le envió un mensaje de texto a Matteo.

PRIETO LA DEJÓ en un bar donde dijo que iba a «encontrarse con una amiga». «Olga», le dijo a través de la ventana, con una sonrisa cansada. «No tienes amigas.»

«Lo sé. Por eso odio cuando peleamos.»

«Al final y al cabo, es tu casa.»

Ella caminó hacia el lado del conductor y se inclinó. «Al fin y al cabo, es la casa de la familia, pero no se la habría ofrecido si no la necesitara, Prieto.»

Él puso una mano sobre su cabeza.

«No sé de quién tienes más, si de Abuelita o de Mami», dijo antes de alejarse en su carro.

ESCALERAS

Olga entró a una bodega tambaleándose y cogió un paquete de seis cervezas, desesperada por salir de sus tacos incómodos. Una chica blanca, pensó, simplemente caminaría descalza media cuadra hasta la casa de Matteo. Las había visto, a las nenas, descalzas caminando sobre las aceras sucias. Su abuela se revolcaría en su tumba. Él había quería encontrarse con ella en un bar, pero ella le había enviado un mensaje de texto diciéndole que después del día que había tenido realmente no quería hablar con nadie, ni siquiera con un barista. Después de presionar enviar, se dio cuenta de que eso implicaba que no lo consideraba «nadie», pero estaba demasiado cansada para pensarlo mucho.

Él la estaba esperando en la entrada, también con un six-pack y un pequeño altavoz al lado sonando una vieja melodía de los Spinners. Se sintió feliz cuando lo vio de una manera nueva para ella. Era tranquilizador. Como los amarillitos. Se sonrieron en silencio mientras ella subía los escalones de piedra marrón hasta el escalón más alto, se sentó, se recargó contra la barandilla y recostó sus piernas sobre el regazo de Matteo. Él le desabrochó las sandalias mientras ella abría una botella de cerveza, apretando cada pie mientras lo hacía.

«Esta es una buena canción», dijo.

«Ah, la mejor. ¿Pero sabes qué?»

«¿Qué?»

«Suena mejor en vinilo.»

«Bueno, claro», dijo, «¿qué no?»

«Bueno punto.»

Un anciano flaco con una camiseta sin mangas y pantalones cortos de baloncesto les pasó por el lado empujando un carrito de compras reapropiado de IKEA repleto de sus pertenencias —arte enmarcado, bolsas de ropa, una silla plegable, un estéreo de la vieja escuela— por la calle. Saludó a Matteo.

«¡Oye! ¡Mi pana! ¿Tienes algo que puedas contribuir a mi fondo de baterías? No tengo jugo.» Hizo un gesto hacia el equipo de sonido.

Matteo se deslizó y bajó las escaleras saltando, pasándole un billete al tipo. Rápidamente retomó su posición como reposapiés de ella.

«¿Crees que realmente usará el dinero para comprar baterías?», preguntó Olga. El hombre le había recordado a su padre durante sus últimos años y la melancolía del viaje en el carro la envolvió de nuevo, espesa como el aire del verano.

«¿Freddie? Sí. Le encanta ese maldito equipo de sonido. Se quedará todo el día frente a la bodega con esa mierda a todo volumen. Es inofensivo, pero ya sabes, a los nuevos blanquitos... les asusta un poco».

«Sí. Mi papá, en un momento dado, era un poco así.» Olga podía sentir la atención de Matteo recaer sobre ella. Continuó: «Pero él definitivamente no hubiera usado el dinero para baterías; por más que amara la música». Se rio, aunque el recuerdo no le daba gracia.

«¿Te dije que mi papá era un tecato cuando murió?», preguntó, sabiendo muy bien que había evitado el tema hábilmente hasta ahora. «Era adicto al *crack* también. Una larga caída desde sus días de Young Lords.»

«¿Sobredosis?», Matteo preguntó en voz baja.

«No. La gente no se moría de sobredosis en aquel entonces tanto como ahora. Sin embargo, el SIDA era una historia diferente. Una sentencia de muerte. Mi papá fue un adicto funcional durante mucho tiempo. Mantuvo un trabajo, todavía venía a vernos, como de costumbre. Pero luego, ya sabes, la misma historia de siempre. Empezó a faltar turnos, perdió su empleo, comenzó a llegar bajo la nota, luego empeñaba mierda, luego robaba mierda para empeñar. ¡Pero! ¡En todo ese tiempo, lo único que nunca vendió fueron sus discos! De todos modos, una mañana, Abuelita encontró todos los álbumes en cajas en el patio frente a nuestra casa. Su casero se enteró de que estaba enfermo y lo echó. Papi sacó sus discos y el propietario quemó todo lo demás en el patio. Magic Johnson ya había jugado en las putas olimpiadas con VIH, pero este tipo le tenía miedo a un colchón. Coño. Después de aquel día, durante un par de meses no pudimos encontrarlo. Entonces recibimos una llamada del hospital.»

«¿Era el noventa y cuatro? Las personas que seguían muriéndose eran en su mayoría como Papi: adictos. Adictos morenos y negros. Algunos hombres homosexuales, chicas trans. Pero en ese entonces, ellos también eran todos negros y morenos. No sé cómo era en los años ochenta, pero los médicos y las enfermeras los trataban bien —es una mierda que, para mucha gente, por desgracia, los hospitales eran más estables que sus hogares. Pero esta gente se sentía jodidamente sola. Nadie los visitaba. Los hospitales eran como pueblos fantasmas. Pero íbamos religiosamente a ver a Papi. Mi tía Lola le llevaba comida, aunque para entonces ya no podía comer. Mi abuela le daba baños de esponja. Incluso iban mis tíos —cosa que, sinceramente, tengo que recordarme a mí misma a menudo estos días, porque mi tío Richie se ha convertido en una de esas personas ridículas de Make America Great Again, con las que no puedo ni bregar. De todos modos, mi hermano nunca fue. Ni una sola vez. Al principio pensé que era por mi madre. Pero luego comencé a pensar que era otra cosa.»

Olga podía sentir el peso de sus palabras en el aire, pero sintió que una pesadez se alejaba un poco de su pecho. Le sonrió a Matteo muy débilmente y sintió cómo sus mejillas se sonrojaban.

«¿Qué te hace pensar que tu mamá no quería que él visitara a tu papá?»

«Supuse que ella le envió una carta como la que me envió a mí. Ella adoptó la actitud de "no dejes que te arrastre con su mierda". ¿Pero mi hermano y yo? Pensamos que ella estaba enojada. Realmente encojoná. A su modo de ver, se había enamorado de un poderoso activista que quería cambiar el mundo junto a ella y luego él se convirtió en otra trágica estadística puertorriqueña.»

«¿Y cómo lo veías tú?». preguntó él, mientras le frotaba las piernas. Ella se hizo la loca.

«Prieto nunca fue al hospital y le decía a mi abuela y a cualquiera que estuviera escuchando que solo trataba de preservar sus buenos recuerdos de Papi. Sabía que ese era el consejo de mami. Pero en el fondo siempre me pregunté si no fue porque tenía miedo.»

«¿Del SIDA?», preguntó Matteo.

«De joderlo todo», dijo Olga, sacudiendo la cabeza con incredulidad. Ella se enderezó. «Tuvimos una pelea grande hoy—»

«¿Acerca de su recaudación de fondos?»

«No, sobre un favor que quería hacerle a un amigo. Es una historia larga...»

«¿Me ves tratando de irme a algún otro lugar?», preguntó Matteo.

Olga suspiró. «Bueno. ¿Alguna vez has estado hablando con alguien sobre, aparentemente, una cosa pequeña y específica, pero las implicaciones de la conversación replantean la forma en que percibes todo lo que vino antes y después?»

«Absolutamente», ofreció Matteo decidido. «Cuando el médico me dijo que mi madre se estaba muriendo. Estábamos conversando, pero en mi mente estaba recordando cómo me llevaba a la escuela por primera vez, cómo trato de cortarme el pelo en casa, cómo me llevó a ver universidades. En cuestión de segundos, también me estaba imaginando su funeral y hacer el Shiv'ah y lo imposible que sería hacer todo eso.»

Olga se sentó y apoyó la cabeza sobre los hombros de Matteo, tomando una de sus manos entre las suyas. Se quedaron en silencio por un momento.

«No estaba tratando de acaparar la conversación ni nada, es solo que sabía lo que querías decir. Por favor continúa.»

Olga nunca antes había contado asuntos familiares a un extraño, pero su único confidente en la vida real era, en ese momento, la persona con la que no podía hablar. Respiró hondo.

«Lo que pasa es que a mi hermano le importa mucho lo que piensen los demás. Quiere agradar tanto a todos. Es una característica de su personalidad que me ha irritado desde que éramos niños. Siempre pensé que mi hermano quizá era gay. Pensé que era una estupidez de su parte no decir simplemente quién es, en especial hoy día, pero, como dije, le importa muchísimo su imagen y bueno, está como encerrado en este personaje. Hoy estábamos volviendo a casa, ¿no? Y le pido este favor —tenemos una unidad de alquiler en nuestra casa, está a punto de quedar vacía y quiero ofrecérsela a un amigo que está pasando por una situación complicada. De todos modos, en esa conversación, mi hermano básicamente confirmó que sí, que es gay y que no quiere asumirlo abiertamente.»

«Qué fuerte», intervino Matteo.

«Ni siquiera es eso con lo que en realidad me molesta. Mira, en el fondo, Prieto es una persona intensamente compasiva. Las cosas que hizo por mi padre, la forma en que lo cuidaba cuando estaba incluso drogado, fueron extraordinarias. Pero él también es así con los extraños. Todas las personas del barrio que tienen una historia triste acuden a él porque saben lo tierno que es. Si el apoyo suplementario de una madre no llega por la razón que sea, él le compra leche y huevos para que pueda aguantar. Entonces, aquí está mi amigo, el novio de mi amigo que se suicidó. Mi hermano lo ha conocido antes, el pobre está de luto, está sin chavos, necesita un apartamento barato. Ayudarlo no le cuesta nada a mi hermano. Y yo pensé, maldita sea, esta es la primera vez que mi hermano le da la espalda a alguien con una historia triste.»

«¿Porque no quería un chico gay en su casa?»

Olga asintió. «Más o menos. Perdí el control y básicamente le dije que sabía que era gay. Se puso feo. Pero mira lo que pasó: si bien me pareció fuera de lo común para Prieto, también me resultó familiar. De repente, recuerdo estar en el hospital con mi padre, sentirme enojada con mi hermano porque no aparecía y ver a todas esas personas solitarias allí, muriéndose. Y todo de repente quedó tan claro para mí, que mi hermano tenía miedo. Asustado de que, si lo viéramos allí, cerca de todos estos tipos homosexuales, reconoceríamos algo de él en ellos. Lo cual es irracional y loco, lo sé, pero siempre he pensado que por eso nunca fue a verlo.»

«Ni tan loco nah», ofreció Matteo. «¿Cuántos cristianos funda-mentalistas homófobos que ni siquiera quieren comprarle un bizco-cho de bodas a alguien gay terminan saliendo del clóset? Miedo, au-todesprecio. Todo eso.»

«Sí. Entonces, la pregunta que me hago ahora es: si la necesidad de mi hermano de proteger este secreto es tan intensa que le daría la espalda a su propio padre moribundo, ¿qué más haría? Siempre pen-sé que la bondad de mi hermano lo definía, pero, ¿y si en realidad es su miedo? ¿Si proteger su imagen eclipsa su impulso de hacer el bien? ¿Qué me dice eso sobre mi hermano?»

«Lo que significa, Olga», y esto lo dijo Matteo con una sonrisa irónica, «que tu hermano es como todos los demás políticos».

«Diablo… que mierda», dijo Olga, y se dio otro trago de cerveza.

SE AMABLE, REBOBINA LA CINTA

«Necesito orinar», declaró Olga después de un par de cervezas más. «¿Dónde está tu baño?»

Matteo se enderezó. Olga se dirigió hacia la puerta principal y Matteo se apresuró a bloquearla.

«Salgamos a comer», ofreció. «Hay un gran lugar peruano literalmente a la vuelta de la esquina. Puedes usar el baño allí.»

Olga lo miró con curiosidad por un momento. Sus ojos, redondos y marrones, brillaban y estaban muy abiertos y ella vio el miedo que cargaban. El acaparamiento. Su compañía hizo que fuera tan fácil olvidarlo. Había sido un día largo y desplomó su cuerpo contra el marco de la puerta.

«Matteo, intelectualmente sé que quizá deberíamos tener una conversación formal sobre tu… problema, pero la verdad es que estoy demasiado cansada y necesito orinar con demasiada urgencia para hacerlo ahora mismo. Por favor, déjame entrar.»

Matteo la miró fijamente, un tanto implorante. Se giró y apoyó la cabeza contra la puerta, sacando despacio un juego de llaves de su bolsillo y luego abrió un lado de las pesadas puertas dobles de roble y vidrio.

«Espera aquí un segundo», dijo, con más fuerza de la que ella esperaba. Agarró las cervezas y el altavoz, entró y Olga pudo ver varias luces parpadeantes, un cálido resplandor emergiendo del vestíbulo. Olga cerró los ojos y de repente se le hundió el estómago, como lo hacen los estómagos cuando uno teme la llegada de las malas noticias. Entendió el miedo en los ojos de Matteo y ahora también lo sintió. ¿Cuánto tiempo había pasado desde que se sentía tan cómoda con alguien que no era un familiar? ¿Cuándo, si alguna vez, había hablado tan abiertamente de sí misma con alguien y mucho menos con alguien con quien se estaba acostando? Debería resultar incómodo, incluso aterrador, pero con Matteo era un alivio. En su presencia, sintió que el espiral de sí misma se relajaba, física y mentalmente. El equivalente humano del maravilloso ron que habían bebido juntos en casa de Sylvia. Olga no era de las que se privaban de los placeres sensoriales —sexo, comida, bebida, viajes. Sin embargo, en lo emocional llevaba mucho tiempo desnutrida. El tiempo que pasó con Matteo fue tremendamente indulgente. Una deliciosa comida de seis platos en Le-Bernardin. Pero ahora surgieron aspectos prácticos. Las cosas prácticas, incluso tan mundanas como aliviar la vejiga, tienen una forma de cambiar las indulgencias llevadas a cabo durante demasiado tiempo. Había un umbral entre su creencia de que nada tan bonito podría durar jamás y su esperanza de que tal vez estaba equivocada.

«Está bien», dijo Matteo, asomando la cabeza por la puerta. «Entra.»

Olga se dio cuenta de que la luz cálida era el resultado de los cuatro o cinco accesorios lumínicos que Matteo había colgado sobre el espacio: uno era una lámpara de araña de cristal, los otros eran una mezcolanza de varias épocas que claramente había manipulado. La luz se reflejaba en una colección de espejos y marcos de cuadros de varios tamaños, la mayoría vacíos, otros no, que se alineaban en la entrada a un lado y continuaban por la pared a lo largo de un tramo de escaleras hasta el segundo piso. Al otro lado, las paredes se abrían en puertas corredizas, a lo que normalmente sería, en una casa como esta, la sala. Aquí, Matteo había organizado, lo mejor que pudo, un museo improvisado de muebles. Las paredes estaban flanqueadas, desde el suelo hasta el techo de trece pies de altura, con distintas sillas adicionales y sillas de comedor colgadas cuidadosamente de ganchos de pared, que variaban en estilo desde el victoriano hasta el Bauhaus. Echó un vistazo a dos o tres viñetas de muebles con sofás y mesas auxiliares, pero apenas pudo distinguir más antes de

que Matteo la llamara y la dirigiera a un pequeño medio baño debajo de la escalera. Lo había conservado de otra época, una ampliación
o redecoración de finales de los años setenta, con su lavabo de porce-
lana de color amarillo brillante y su inodoro a juego. Un papel tapiz
cuadriculado se estaba despegando ligeramente en los bordes, notó
mientras orinaba. Aquí las paredes estaban sorprendentemente desnudas. En un rincón había una gran pila de revistas *New Yorker,* aunque Olga notó que apenas había más que las que cualquier suscriptor
normal tenía en su casa. Se sonrojó, se lavó las manos y notó que las
toallas de mano estaban limpias. Cuando no encontró a Matteo esperándola al otro lado de la puerta, se arriesgó y cruzó el pasillo hasta
donde, tradicionalmente, estaría el comedor. Matteo lo había reutilizado para convertirlo en una especie de sala de música. La pared más
grande, la que conectaba con el salón, estaba revestida estante tras estante de discos, incluso había reutilizado la chimenea para almacenar
discos. Contra las ventanas, que sabía que quizá daban al patio trasero, había, por supuesto, un tocadiscos, así como una serie de mecanis-
mos casi extintos para reproducir música grabada. Un reproductor de
ocho pistas, reproductores de CD, platinas de casetes y, por supuesto,
altavoces de diversas formas y tamaños. Olga acababa de voltear para
contemplar el resto de la habitación —estantería de almacenamien-
to para dichas cintas de ocho pistas, CD y casetes— cuando apareció
Matteo, con dos cervezas en la mano. Ella se sobresaltó.

«Bueno», dijo, «ya que aún no has salido huyendo de aquí, pensé
que al menos debería ofrecerte una bebida».

«Esto es… irreal. ¿Así se ve el resto de la casa?»

«Um, más o menos», ofreció con timidez. «A mí, um, me gusta
mantener las cosas categorizadas, supongo. Esto es… música. Arriba,
tengo una sala de lámparas —para mí es difícil ignorar las lámparas,
personalmente, y um, bueno, sé que dije que no guardo papeles y esas
cosas, pero eso no es del todo cierto. Abajo hay cómics y revistas, pero
lo que considero como material bueno, ¿sabes? Tengo dos décadas de
Rolling Stone y todos los números de *Vibe.*»

Su timidez comenzó a disminuir mientras hablaba sobre sus distintas salas, su entusiasmo por sus contenidos brillaba claramente.

En vez de encontrar esto repulsivo, a Olga le sorprendió el hecho de que sentía cariño por él. Quería saber el tamaño y la forma del agujero que había quedado expuesto en su corazón y que requería tantos objetos. Sintió envidia de que él hubiera identificado algo con qué llenarlo.

«Los televisores… están en mi habitación», continuó, «quiero decir, no veo mucha televisión, pero tengo muchos. Diferentes modelos y así, por el estilo. Todos funcionan. Simplemente los dejo ahí y, a veces, la luz puede ser reconfortante para dormir o para ver una película vieja. Y también tengo un salón navideño, pero es pequeño…»

«Pensé que eras judío.»

«Sí, pero, ¿a quién no le gusta la Navidad, verdad? Por ejemplo, si estás teniendo un día cabronamente malo, ¿qué es mejor que sentarte cerca de un árbol de Navidad y escuchar algunos villancicos? En realidad, hay más discos ahí arriba, porque no mezclo la música navideña.»

Estaban a unos metros de distancia. Se hizo el silencio entre ellos.

«Nadie más que yo ha estado en esta casa en los últimos ocho años, Olga.»

Le ofreció las palabras, cargadas de significado como estaban. Y ella las aceptó con gentil cuidado. El miedo y el afecto burbujeaban cálidamente en su pecho. Una sensación de intimidad inervó su cuerpo desde la raíz de su sexo hasta la raíz de su cabello. Quería decirle que se sentía honrada de que fuera ella. Que estaba feliz de que él hubiera hablado con ella en aquel triste día en la barra. Que pensaba que la casa en realidad era bastante *fucking* genial, incluso si tal vez no fuera psicológicamente saludable. Quería decirle que lamentaba que su madre hubiera muerto, que lamentaba que él se hubiera sentido tan perdido. Que ella entendía ese dolor. Que, para ella, en lugar de llenar su casa, se había ido desnudando poco a poco, hasta que no quedara nada. Pero estaba demasiado fuera de la práctica de amar, en ese momento, para decir esas cosas.

«Gracias por dejarme usar tu baño», dijo con una sonrisa, frustrada por su propia insuficiencia y desesperadamente esperanzada de que él comprendiera.

Matteo acortó la distancia entre ellos, la besó en la mejilla y se alejó con una sonrisa.

«Chica, ¡tengo un disco que te dejará boquiabierta! Déjame encontrar esa pendejá.»

Rápidamente se dirigió a un lugar entre los numerosos estantes de discos y, con ligera presunción, hizo alarde de su hallazgo.

«¡Así es! Fania All Stars, San Juan setenta y tres!»

«¡Coño!», dijo, con genuino deleite.

Puso la aguja sobre el disco y Olga reconoció de inmediato la apertura de piano en «Mi debilidad». Matteo movió una mesa de café del centro de la habitación y comenzaron a bailar.

«Tú siempre serás mi debilidad», le cantó.

«¡Ja! ¿Sabes lo que estás diciendo?»

«Mami, hablo español con mucha, mucha fluidez. A que mi español es mejor que el tuyo.»

Olga sonrió, sabiendo que tal vez eso era cierto. La canción cambió y ella se desplomó en el sofá. Matteo se acostó a su lado y ella apoyó la cabeza en su pecho mientras la música los inundaba.

«A Papi le encantaba este disco. Solíamos tener estas increíbles fiestas de baile cuando era pequeña. Era solo mi familia reuniéndose, pero yo era una niña, así que parecían fiestas. Mi papá ponía música, tal vez sacaba sus congas. En serio, fue la mejor parte de mi niñez. Antes de que todo cambiara.»

«¿Qué pasó con los discos?»

«¿Por qué?». preguntó en broma, «¿estás añadiéndole a tu colección?»

Le pellizcó el estómago ligeramente. «Ja, ja. No, solo quise decir que él los dejó, pero, ¿qué hiciste con ellos?»

Había estado trazando el estómago de Matteo con su mano, pero ahora se detuvo.

«Los rompí», dijo, respirando hondo. «Después de que él los dejó, Abuelita los puso en el sótano. Nadie tenía muchas ganas de tocar música en aquel entonces. Pero cuando murió, después del funeral, lo extrañé mucho. Seguí pensando en todas las veces que lo veía en la calle, drogado, y cruzaba para que él no me viera. Me sentí tan avergonzada por eso. Y enojada porque no pude volver a verlo. ¿Me preguntaste cómo me sentía por que mi padre fuera un tecato? Supongo que yo también sentí rabia por eso. Con él por ser usuario, con mi mamá por rendirse y abandonarnos. Con mi hermano por ser un facilitador.

«Así que bajé las escaleras para escuchar y recordar. Y al principio estaba llorando, pero luego sentí… furia. Y saqué el disco de su tocadiscos —era *Still Bill*— y lo tiré al otro lado de la habitación.»

«Diablo, le hiciste eso a Bill.»

«Se sintió tan bien romper algo. Nunca podría herirlo a él ni a sus sentimientos —era demasiado gentil—, pero se sentía bien herir las cosas que él amaba. Y así, seguí y seguí. Simplemente rompiéndolos a todos. Mi abuela me escuchó y bajó para intentar detenerme, pero la tía Lola la detuvo. Creo que mi abuela estaba enojada. En realidad, sé que lo estaba. Estas fueron las únicas cosas que mi padre nunca vendió a cambio de drogas. Y las destruí.»

«Los discos no se rompen, ¿sabes? Simplemente se quiebran en grandes pedazos. Entonces, después, miré todas estas piezas y recordé que a él le gustaba tal canción o que a mi madre le encantaba la otra. Y me di cuenta de que no podría volver a visitar esos recuerdos, porque los destruí. Y ahora estaba aún más rabiosa, pero conmigo misma. Lloré hasta que me dolió por dentro y golpeé el suelo del sótano con los puños hasta que comencé a sangrar. Supongo que finalmente me cansé. En realidad, no lo recuerdo. Solo sé que nunca volví a llorar. No entonces. Había llorado las lágrimas de toda una vida.»

Matteo se puso de costado para mirarla y le acarició la cara. Se quedó en silencio por un momento.

«¿Sabes qué?», ofreció suavemente. «Apuesto a que tengo mucho de lo que él tenía aquí. Dime los títulos y te los sacaré. Tengo al menos otro tocadiscos. Podemos llevarlo todo a tu casa y podrás sentarte y recordar cuando quieras.»

Olga reflexionó sobre esto por un segundo, mientras el calor llenaba sus entrañas.

«Bueno.» Ella se sentó y sonrió. «Te diré títulos, pero, ¿sabes qué? Dejémoslos aquí. Esta es una sala bonita para escuchar música.»

«¿Oh sí?», preguntó Matteo.

Ella asintió. Por el resto de la noche, hasta el amanecer, ella gritó los títulos de discos y él los encontró en sus estanterías y se los puso. Algunos los escuchaban en silencio, ante otros les surgía una historia o un recuerdo demasiado grande para no compartirlo. A veces simplemente bailaban.

«Tengo que decirte», ofreció Olga durante *Earth, Wind, and Fire*, «¡realmente eres un buen bailarín!»

«¿Acaso miento?», ofreció él, riéndose.

Por un momento imaginó cómo sería pasar una noche entera bailando con él. Presentarse a un encuentro familiar con una cita real. Tener a alguien con quien sentarse y con quien ella realmente quisiera hablar sin arrancarle la cabeza. Alguien que realmente pudiera hacerla reír. Eso fue lo que se preguntó en aquel apartamento.

«Oye», dijo mientras la canción terminaba, «¿tienes un traje formal?»

«¡Uf! Eso duele», dijo, llevándose la mano al corazón. «Acumulo cosas, pero no soy un animal, chica. De hecho, ¡tengo muchos trajes! Y tampoco son de Men's Warehouse. Zegna es lo que me gusta, para tu información. A veces me pongo uno para los cierres…»

«¡Lo siento! ¡Mi error! Por supuesto que tienes un traje. Si trabajaste en Wall Street, carajo.» Inhaló. «Me preguntaba porque, uf, bueno, ¿te mencioné a mi prima Mabel?»

«La que no te cae bien.»

«¿No me cae bien?», preguntó Olga, tanto a sí misma como a Matteo. «Ella me saca de quicio, ¿sabes? Entonces, a veces la evito y a veces me gusta molestarla. Típica mierda familiar. Pero crecimos juntas. Realmente crecimos juntas. Y ahora se va a casar.»

«¿Te cae bien el tipo?», preguntó Matteo.

Olga pensó en su pregunta. Nunca antes se había planteado si le gustaba Julio, simplemente él existía. «Él está bien. Es perezoso. Pero ella está feliz, así que me alegro por ella. Más que nada, hace tiempo que no hacemos una fiesta familiar. Nos vemos todo el tiempo y siempre es un poco loco, la gente se pone un poco alborotosa, pero ya no hacemos esto —como acabamos de hacer. Me he estado haciendo la indiferente al respecto, pero estoy emocionada por la boda de Mabel.»

«¿Y? Necesito un traje porque…»

«¡Coño! ¿Vas a hacer que te lo pida? ¿Así, formal?»

«Sí.» Él sonrió y parecía disfrutar el juego.

«Matteo, ¿irías conmigo a la boda de mi prima Mabel el fin de semana que viene?»

«Por supuesto, mami.»

ENERO DE 1994

Mijo,

Me entristeció saber que regresaste a casa de Abuelita para terminar tus estudios. Supongo que fue algo lindo que estuvieras ahí para apoyar a tu hermana. Pero no creo en convertirnos en corderos sacrificiales para nuestras familias. En hacernos más pequeños. Me alegra que hayas encontrado cosas que te mantengan comprometido, formas de ayudar a los demás, pero me temo que esta movida sienta un precedente peligroso.

Cuando conocí a tu papi, él tenía apenas veintiún años, igual que tú ahora. Era guapo, como tú, con una cara tan joven que no podía creer que ya hubiera estado en la guerra. Yo solo tenía diecisiete años y, aunque estaba en contra de Vietnam, él se había alistado y me pareció valiente. Me apasionaban la inequidad y la opresión, pero tu padre ya estaba poniendo estas cosas en práctica. Recuerdo que la noche que nos conocimos fuimos a caminar a Sunset Park. Estaba estudiando educación en el Brooklyn College y tenía grandes ambiciones. Para él, los libros de historia habían borrado nuestra existencia y quería cambiar eso. Quería cambiar los prontuarios y conseguir que más maestros negros y morenos estuvieran en nuestras aulas. Quería cambiar la forma en que los niños negros y morenos veían a sus educadores; cómo se veían a sí mismos. Su visión era a la vez práctica y expansiva. Estaba emocionado y asombrado y estuvimos juntos desde ese día en adelante. Y gracias a sus sueños comencé a tener los míos propios. De nosotros juntos. Lado a lado. Cambiando el mundo.

Pero, Prieto, yo era joven e ingenua y estaba completamente absorbida por la energía de tu padre. Era incapaz de ver el problema que se presentaba ante mí. Vietnam le había ofrecido a tu papi la oportunidad de escapar de su posición en la vida, pero también lo ató a un terrible demonio. Como muchos otros, regresó adicto a la heroína. Ocultó bien sus problemas. Pasaron meses antes de que lo descubriera y entonces ya estaba tan enamorada que ni podía concebir de la idea de que nos separáramos. Me dolía físicamente. Él pensó que yo podía sanarlo y yo también lo pensé. Pensé que, si creía lo suficiente en él, entonces podría superar esto y vivir todas esas grandes ambiciones que tenía para sí mismo.

Cuando encontró a los Lords me sentí muy agradecida. Lo ayudaron a que se quitara de las drogas. Le brindaron la camaradería y la disciplina que a tu padre le encantaba del ejército. Aquellos años fueron muy emocionantes. Para nosotros. Para nuestro pueblo. Para el mundo. Trabajamos duro y logramos hacer una diferencia. Ocupamos hospitales, protestamos ante la ONU. Estábamos llamando la atención a los asuntos de salud pública, al colonialismo y, lo más importante, estábamos educando y despertando a nuestra comunidad. Pensé que de esto se trataría la vida con Johnny Acevedo.

Sin embargo, con el tiempo el movimiento colapsó; en realidad, quedó destrozado. Cuando naciste, ya había dejado a los Lords, pues sentía que habían perdido el rumbo. Estaba frustrada con lo que se había convertido esta gran organización. Tu padre no estuvo de acuerdo. Querían que sus miembros aceptaran trabajos en las fábricas —para trabajar directo con el proletariado— y él lo hizo. Fui a Bush Terminal y conseguí un trabajo en una fábrica de plásticos allí. Y vi cómo su mundo se hacía un poco más pequeño. De repente tuvimos dos hijos y su mundo se redujo aún más. Las personas con grandes visiones, Prieto, no están hechas para encogerse.

Tu padre no descubrió las drogas en aquel entonces, simplemente revisitó hábitos que yo creía que habían desaparecido hace mucho tiempo. Era una forma familiar de ampliar su mundo interior una vez que decidió reducir el mundo físico. Había estado libre de drogas durante años, pero para mí, cuando renunció a sus sueños, perdió la disciplina. Empezó a salir de fiesta. Empezó con el crack y luego volvió a la heroína. Perdió la fuerza para decirle no a las tentaciones. Y ahora, debido a esta debilidad, está siendo devorado por esta enfermedad.

Durante años, mientras esto sucedía, sacrifiqué mis propios objetivos y prioridades para intentar salvar los de él. En realidad, debí haberme ido de inmediato. En aquel entonces no comprendía del todo que la única persona que puede trazar tu rumbo eres tú. Ningún individuo puede salvar a otro, ciertamente nadie que no quiera su propia salvación. Entonces, sí, es lindo que estés allí, cerca de la casa, para apoyar a tu papá y a tu hermana —pero ese sacrificio tuyo no cambiará nada. Tu papi es un adicto y tiene SIDA. No es rico; no es blanco; no es Magic Johnson. Ninguna cura lo alcanzará y menos aún a tiempo.

Cuando escucho todo lo que estás haciendo en Sunset Park, para la comunidad —para el pueblo puertorriqueño, para los trabajadores— recuerdo lo mejor de tu padre. Ese espíritu de querer levantar a todos. Debes tener cuidado de no permitir que nadie, ni tu familia —ni tu propio padre moribundo— te distraiga de tus grandes ambiciones. Eres una persona con un gran potencial, ya estás encaminado, no te reduzcas para nadie.

Prieto, tu verdadero papi murió hace varios años. Lo que queda ahora es solo un cuerpo que se muere de esta enfermedad de pato. No hagas que su vergüenza sea tu vergüenza. Levanta un muro entre tu ser y sus días finales, aunque solo sea para protegerte. Para preservar tus propios sueños. Mantén lo mejor de él cerca de tu corazón. Recuerda las lecciones que aprendiste cuando él predicaba con el ejemplo y bota estos días, estos últimos años de su vida, en un zafacón. Préndeles fuego para que no puedas volver a visitarlos.

Debes recordar, mijo, que incluso las personas que alguna vez fueron tus velas pueden convertirse en tus anclas.

Pa'lante,
Mami

SEPTIEMBRE DE 2017

CALLE SHORE

Cuando amaneció y se iluminó el dormitorio, el abanico de techo que giraba sobre Prieto le ofreció dónde descansar los ojos —era una mejoría notable después de varias horas mirando, sin rumbo fijo, a la oscuridad. Ninguna sombra podía reclamar su atención, por lo que sus ojos revoloteaban aquí y allá, reflejando su mente y dejándolo exhausto. Ahora, yacía desnudo y boca arriba, contando las rotaciones del abanico, sintiendo que se le ponía la piel de gallina en el aire fresco de la mañana. Instintivamente apoyó su mano sobre su pene pensando que masturbarse podría calmar sus nervios agitados, pero su mente de inmediato pasó de Jan a la enfermedad y luego a su hija. ¿Qué carajo le diría? Su pene seguía siendo un suave saco de piel y su cuerpo, en lugar de sentirse liberado, estaba, una vez más, bombeando miedo e ira.

¿Dónde, pensó, podría ir a hacerse la prueba del VIH sin que nadie lo reconociera? Podría acudir a la oficina del médico tratante, bajo la excusa de un examen físico general, pero, ¿y si el resultado fuera positivo? ¿En quién podía confiar allí para que no se filtrara? Ni siquiera tenía médico en Nueva York. E incluso si lo hacía, ¿cómo podía confiar en que ese —o cualquier médico— no serían atacados por uno de los matones de los hermanos Selby? Un arma más en su arsenal.

Tener SIDA, pensó, sería el legado más miserable, hijo de puta y de *fucking* mierda que pudiera imaginar. Después de todo lo que había soportado en su vida, todo lo que había logrado, todo lo que había resistido, quedar marcado con la misma mancha con la que había terminado su maldito padre drogadicto sería simplemente demasiado. Lógicamente sabía que su hermana tenía razón. Ahora la gente vivía largas vidas con el VIH. Pero de todos modos sintió miedo. Y vergüenza. Amaba a su padre, pero cómo terminó no le inspiraba orgullo a Prieto. Y ahora, aquí estaba él, al borde de lo mismo.

Pensó en Jan.

«¡Vete pal carajo, Jan, jódete!», dijo en voz alta, a nadie en particular. El apartamento estaba vacío, Lourdes estaba con su exesposa, Mabel y su jodido prometido gordo estaban durmiendo arriba. «¿Te das cuenta de que no necesito toda esta mierda?»

Jan había sido intensamente sexy. Olga siempre había estado rodeada de mariquitas, desde la escuela primaria, cuando defendía a los niños femeninos que eran hostigados por los niños rudos en el patio de la escuela. Él nunca se había permitido fijarse en aquellos muchachos, ni siquiera cuando envejecían y se hacían hombres, a menudo guapos. Era un territorio demasiado arriesgado, demasiado peligroso para él entrar, pero de alguna manera Jan lo había atraído. Se habían conocido en la fiesta de cumpleaños de Olga. Jan había estado allí con su novio, pero por la forma en que Jan empezó a coquetear con él, Prieto supo que debían tener algún acuerdo. Al principio, Prieto había pensado que lo estaba jodiendo cuando comenzó a preguntarle qué estaba haciendo Prieto por sus electores *queer*. Prieto había dado una especie de respuesta sencilla acerca de haber apoyado la legislación sobre el matrimonio entre personas del mismo sexo y luego Jan preguntó muy directamente: «¿Pero qué pasa con todos esos hombres que viven una doble vida? ¿Cuál es la jerga callejera para eso?» Había arqueado las cejas con picardía y Prieto supo que lo había leído. Esto lo asustó, pero también lo emocionó y, lo más clandestinamente posible, intercambiaron información y se encontraron al día siguiente. Después de acostarse, permanecieron en la cama hablando por mucho tiempo; Jan era muy divertido y brillante. Prieto se había imaginado cómo sería si esto fuera la vida real: ir a un bar, ver a alguien, conocerlo y simplemente estar. Juntos. Tener a alguien así en su vida todos los días.

Se sonrió ahora, pensando en las maquinaciones por las que había pasado a lo largo de todos estos años para mantener su secreto cuando su cabrona hermana lo había sabido todo el tiempo.

Decidió salir a dar una vuelta.

EN SU CARRO, el sonido del estéreo a todo volumen rompía el silencio de la madrugada. Sabía que era una jugada de cabrón hacer esto en domingo, pero en este instante, por primera vez, no le importaba. Mientras conducía hacia la Cuarta Avenida, Prieto pensó que en ningún momento de su vida recordaba que alguien en su familia dijera algo explícitamente malo sobre las personas gay. Tal vez alguna observación ocasional sobre la forma de caminar del hijo de un vecino o las especulaciones sobre cierto primo lejano que todavía era soltero. Si tenían una sospecha, ciertamente no intentaron avergonzarlo y encerrarlo en un clóset. No de forma explícita. No, él mismo se quedó encerrado, no porque le dijeran que sus sentimientos estaban equivocados, sino porque comprendió que no eran exactamente adecuados. Eso le quedó claro en formas grandes y pequeñas desde que tuvo uso de razón. Su abuela no podía hablar de lo guapo que era sin predecir de inmediato que seguro «volvería locas a las nenas» cuando fuera grande. Estaba apenas en primer grado cuando sus tíos y tías empezaron a preguntarle si tenía «novias» en la escuela. Incluso su madre, la ardiente feminista, no pudo evitar intentar presionar a las hijas de sus amigas activistas. Entonces, aunque nadie dijo que «ser gay es malo», lo que invariablemente escuchó de todos era lo bueno de que le gustaran las nenas. La afirmación del afecto femenino era una manera de probarse a sí mismo ante su familia, una manera de estar a la altura de su ideal de quién era.

Odiaba decepcionar a la gente. Por razones más complejas que su sexualidad. Solo tenía unos diez años cuando su madre comenzó a viajar —a conferencias, a protestas y dar discursos públicos. Su padre ya se había mudado, dejando a Abuelita como su cuidadora principal. Se sintió agradecido por la sensación de seguridad que ella le brindaba, pero también culpable de que él y su hermana fueran una carga para una mujer cuya vida ya había sido difícil. Por eso, se esforzó por hacerla lo más feliz posible. Para demostrarle que valía la pena el sacrificio. Obtuvo buenas notas en la escuela, vigiló a su hermana, vigiló a su padre. Cuanto más lo hacía, más ella lo idolatraba, echándoselas del joven fuerte en el que se estaba convirtiendo ante cualquiera que quisiera escucharla. Cuanto más ella alardeaba —ante los vecinos, ante la familia— más él se sentía obligado a no decepcionarla nunca, ni a ella ni a nadie más.

Por supuesto, la parte racional de su cerebro, cuando recordaba todo esto, la parte que ahora era su padre, reconocía que las decepciones —grandes o pequeñas— no erradican ese tipo de amor. ¿Qué podría decirle Lourdes sobre sí misma que provocaría que él la amara menos? Nada. Se preguntó si ella sabía eso.

SE DETUVO EN la tienda de *bagels* de la calle Sesenta y nueve, sorprendido de tener hambre. La chica que trabajaba detrás del mostrador lo reconoció por las noticias, le pidió una *selfie* y trató de darle su panecillo y su café a cambio de nada. Su peinado y vestimenta eran obviamente diferentes, pero le sorprendió lo similar que era en sus gestos y forma de hablar con el tipo de chicas con las que había crecido. Las chicas que solían coquetear de forma abierta con él en el patio de su escuela secundaria, quienes fingía que le agradaban, sabiendo muy bien que no eran las que le provocaban esa sensación de mariposas que a veces sentía. Siempre se aseguraba de tener el nombre de una chica de su clase listo en la punta de la lengua para cuando sus compañeros le preguntaran quién pensaba que era atractiva. Mantenía el interés de las nenas de la escuela secundaria lo suficiente como para garantizar que siempre llamaran a la casa, para que las profecías de Abuelita parecieran ser ciertas.

Si había albergado alguna fantasía de ser más abierto y honesto consigo mismo, dos cosas la sofocaron: su tía Lola y, más dramáticamente, la enfermedad.

Cuando Prieto tomó conciencia de su propia sexualidad y de sus esfuerzos posteriores por evitar sospechas y ser detectado, comenzó a reevaluar a su tía. Incluso desde muy joven sintió que ellos, su familia, solo estaban viendo una parte de ella. Que ella escondía la otra parte. A medida que crecía y escuchaba a la gente decir la palabra «lesbiana» —de manera burlona o de otro modo— vio aspectos de su tía en las mujeres que describían. Entonces reconoció claramente que todo lo que ella le ocultaba a su familia era porque se sentía obligada a hacerlo. Entendió el sentimiento y reafirmó sus propios instintos. Ahora se preguntaba si su tía también había percibido su verdad.

Pero eso fue un mero modelar de la conducta. Más que nada, durante años, en realidad, fue la enfermedad lo que hizo imposible la idea de llamarse gay o *queer* o bi o cualquiera de esas cosas. Acababa de enamorarse por primera vez —de un chico llamado Anthony que vivía en la cuadra— cuando de repente todo el mundo hablaba del SIDA. Pero no se llamaba solo SIDA, se llamaba la enfermedad gay. Estaban muriéndose, estaban muriéndose solos y la gente parecía sentir que se lo merecían. Cuando los famosos empezaron a morirse, recordó que sus tíos y tías lo discutían: «¿Puedes creer que fulano de tal era gay todo este tiempo?» Se estaba muriendo gente completamente ordinaria y él escuchaba los chismes: «¿Quién diría que jugaba para los dos equipos…?» Recordó cómo, cuando se corrió la voz sobre el diagnóstico de su padre, hizo todo lo posible para decirle a la gente que su padre había sido un tecato. ¿Como si de alguna manera eso fuera mejor que pensar que era gay?

La enfermedad le hizo sentir miedo y vergüenza, todo al mismo tiempo. Y, sin embargo, también se puso imprudente.

La noche en que se enteró de que su padre tenía SIDA, la primera noche en que se permitió ir a los Muelles a conocer a alguien, fue Prieto quien estuvo dispuesto a tener relaciones sexuales sin protección. No hicieron mucho, por lo menos, no aquella noche. Pero, con el paso de los años, en determinadas ocasiones, a pesar de sus miedos o quizás a causa de ellos, asumió riesgos que desafiaban la lógica. Fue en una de esas noches que se encontró con Jan.

❧

Estacionó el coche en la Calle Shore, cogió el *bagel* y el café y cruzó el paso peatonal elevado hasta el paseo marítimo. Recordó por un momento cómo cruzó ese mismo puente una noche con su amigo Diego. Fue ese verano cuando se dio cuenta de que Papi se iba a morir. El verano antes de comenzar la universidad. Él y Diego habían fumado un poco de pasto frente al agua y estaban cruzando de regreso a casa, jugando a pelear. No sabía si era la marihuana o qué, pero sintió que el sentimiento detrás de su juego cambiaba y en un breve momento se sintió tan libre que se inclinó y besó a Diego y Diego le devolvió el beso. Cuando se alejó y abrió los ojos, pudo ver los carros abajo en Belt Parkway; las luces delanteras brillaban a través del recinto encadenado del puente hacia sus ojos. Con qué velocidad su euforia se convirtió en terror de que alguien pudiera haber visto lo que habían hecho. Él y Diego nunca volvieron a hablar de ese beso. Prieto se preguntó qué le había pasado.

El muelle ahora estaba vacío, salvo algunos corredores y pescadores de ojos brillantes. Staten Island todavía estaba oculta por un poco de niebla que salía de Narrows. Mirar el agua a menudo le distraía, pero ahora se encontró buscando su teléfono. Necesitaba saber dónde estaba. Fue a buscar clínicas fuera del estado —tal vez en algún lugar de camino de regreso a D.C.— cuando se le ocurrió una idea. Una que supo de inmediato resolvería su dilema y tal vez produciría un teatro político bastante bueno, del cual no había tenido mucho últimamente. Patrocinaría un evento de bienestar masculino en su distrito —centrado en los hombres de color y el VIH, la presión arterial y la diabetes. Haría un gran espectáculo sobre hacerse las pruebas. Hablaría sobre cómo no se trata de ser gay o heterosexual, sino de conocer tu propio estado de salud. Sí, todavía podía recibir malas noticias, pero ahora llegarían con una ola de simpatía pública. Estaba contemplando el peor de los casos y su peor declaración pública, cuando llegó un mensaje de texto de Alex.

Tocó tierra el huracán Irma. Daños leves, pero se fue la luz en P.R.; ¿Probablemente deberías hacer una declaración/tuitear? Las fotos de Cuba no se ven bien. ¿Enviar oraciones?

Miró por encima los artículos que Alex había enviado y escribió una respuesta.

Por favor corrige gramática —Oramos por el pueblo de Cuba; agradecidos que P.R. se ha salvado de lo peor, pero mientras 70% de la isla permanece a oscuras, Irma revela cómo el gobierno le sigue fallado a Borinquen una y otra vez. La privatización no es la solución.

La mera mención de las islas lo hizo pensar en su madre y en la madre de su madre. Pensó en lo que había dicho su hermana. Cómo todo el mundo siempre lo sabe. Si eso era cierto, se preguntó por qué ninguno de ellos le había dicho nunca que estaba bien. Que estaba bien que fuera así. Quería llamar a su hermana y preguntarle. No se atrevía a levantar el teléfono.

Antes él y Olga venían mucho aquí juntos. Cuando era más joven, la llevaba a ella y a Mabel a Ceasar's Bay Bazaar, donde hojeaba mezclas de *freestyle*, mientras ella y Mabel coqueteaban con el tipo que dirigía el quiosco de Sergio Tacchini. Después, siempre compraban un helado y se sentaban junto al agua, ligándose a los patinadores un rato antes de que él las llevara a casa. Después de la muerte de Papi, vinieron aquí juntos, él y Olga, con dos cervezas Heineken de cuarenta y se contaron todo lo bueno que recordaban de su padre para que el otro tuviera sus propios recuerdos y algo más. Olga solo tenía dieciséis años y se emborrachó tanto que Prieto tuvo que cargarla de vuelta hasta el carro.

Se sintió expuesto con ella. Enojado con ella por exponerlo. Pero, más que nada, estaba enojado porque ella lo había sabido todo este tiempo y simplemente lo había dejado sufrir solo con ese secreto.

Tomó un sorbo de café mientras contemplaba el agua plácida.

La niebla se había disipado.

SUEÑOS DE CHAMPÁN

El lunes por la mañana, Olga se despertó y se encontró no solo to-davía en casa de Matteo, sino también reacia a irse. Él le llevó café a la cama mientras veían los informes sobre la estela del huracán Irma: las calles inundadas en Cuba, los puertos destruidos en las Islas Vírgenes. En Puerto Rico, los daños fueron mínimos, pero su frágil sistema eléctrico colapsó rápidamente y la isla ahora quedó a oscu-ras. Podría tardar semanas en restablecerse el suministro eléctrico, se-gún las noticias.

«¿Cuánto tiempo crees que dejarían a Rhode Island o Virginia en la oscuridad?», Matteo preguntó retóricamente.

Afuera el clima era tan sombrío como las noticias, pero Olga se sentía más animada de lo que se había sentido en mucho tiempo. La primera noche que se quedó a dormir, se despertó con un ataque de pánico, incrédula de haberle revelado tanto de sí misma, de su vida, a la persona que yacía a su lado. Ella quería irse lo antes posible y, de la manera más gentil, Matteo no se lo permitió. Preparó dos tortillas y café, cogió el periódico del balcón y leyeron el *Times* en uno de los sofás de la sala. Más tarde esa misma mañana, cuando tuvieron sexo, ella lo reconoció como una experiencia completamente nueva, ate-rradora, pero estimulante; una forma de intimidad física con alguien a quien realmente decidió que podía dejar entrar. Conocerla. Por el contrario, reconoció que acostarse con Dick nunca se había tratado de sentimientos, ni siquiera de placer, sino más bien de un intento repetitivo de utilizar el sexo para intentar demostrar que ella, de hecho, era digna. No se había dado cuenta del peso que había estado cargando y del que se sentía aliviada de deshacerse. El lunes por la mañana estaba tan contenta que perdió la noción del tiempo y llegó tarde a comenzar el día.

Aunque faltaba menos de una semana para la boda de Mabel, Olga no solo no había conseguido que le cambiaran el vestido de dama de honor, sino que aún no lo había reclamado en el salón de novias de Midtown donde Mabel había encargado los vestidos. Esta mañana, le habían explicado, era su última oportunidad para venir y medírselo de forma adecuada. Antes de eso, sin embargo, tenía que ir a la oficina para su intercambio trimestral de champán con Igor. Cuando finalmente llegó apresurada por la calle Chelsea en la que se encontraba su oficina, él ya estaba esperando con impaciencia afuera del edificio con dos chicos que no había visto antes.

«¿Quiénes son?», ella preguntó.

«Estos», dijo Igor, «son mis OTBs —recién llegados al país. Acaban de llegar de Ucrania hace unas semanas. Casi no saben hablar inglés, pero hacen cualquier tipo de trabajo que necesite. Son muy útiles para cosas como esta».

Olga los miró. Eran más fornidos que sus últimos ayudantes, pero de algún modo daban el aire típico de los aspirantes a gángsters ruso-ucranianos a los que estaba acostumbrada que Igor trajera. Usaban camisetas negras ajustadas, pantalones de traje, zapatos Oxford de cuero puntiagudos que se negaban a reconocer el trabajo manual que se les pedía, como si su calzado vislumbrara un futuro en el que no estarían empujando carretillas llenas de champán robado, sino más bien sentados en un café en Brighton 6, tomando las decisiones. O, al menos, estaría conscientes de quién sí tomaba las decisiones.

Olga había conocido a Igor hacía siete años, cuando se contrataron sus servicios para producir las elaboradas nupcias de la hija de un oligarca ruso. Tenía una comprensión limitada de cómo la familia ganaba dinero en Rusia —el vago término «energía» se usaba bastante—, pero en los Estados Unidos, Olga no tardó mucho en observar que claramente se habían diversificado. Las reuniones familiares en torno a la boda eran interrumpidas todo el tiempo por «socios comerciales», desde dueños de restaurantes hasta empresarios de servicios de salud domiciliaria y que a menudo llevaban regalos. Aunque tenían un apartamento en el Four Seasons, cuando estaban en Nueva York se reunían sobre todo en un restaurante ruso exteriormente olvidable, pero lujoso en el interior, junto a la avenida Coney Island. Cada reunión era una ocasión que implicaba grandes cantidades de salmón, caviar, pelmeni y vodka y cantidades equivalentes de familiares. Igor, que se desempeñaba como una especie de jefe de personal, siempre estaba ahí. Aunque fue astuta durante la negociación del contrato, Olga encontró a la familia cálida y amable tan pronto la planificación se ponía en marcha. No escatimaban en gastos para lo que querían, trataban a los trabajadores de manera justa, daban propinas generosas y tenían un fuerte sentido de su propio estilo. Sobre todo, querían que la gente la pasara bien. Olga no había disfrutado tanto de su trabajo antes ni después de trabajar para ellos.

Había conseguido aquel trabajo durante sus años en los *reality shows*, es decir, el período en el que estaba más ocupada tratando de ser más famosa que rica. Lo cual significaba que dirigía su negocio de forma honesta, transparente y con pocos beneficios. El oligarca quedó encantado con la forma en que ella negoció con sagacidad sus contratos y desconcertado por lo mucho que protegió el dinero que él felizmente gastaba. Abusó cálidamente de ella por lo que llamó «su miserable sentido de negocios». Después de la boda, Igor vino a la oficina para dejarle una propina —$9 mil dólares en efectivo, un reloj Chanel nuevo y diez cajas de champán Veuve Clicquot.

«El jefe dijo que disfrutaras esto como quisieras, pero si estuviera en tu posición, se quedaría con el reloj, invertiría el dinero y vendería el champán a uno de tus clientes WASP.»

Olga decidió que eso era justo lo que iba a hacer —aunque en realidad parte del efectivo estaba guardado en la cuenta de ahorros para la universidad de Lourdes. No se sorprendió, pero sí estuvo muy consciente de lo que ganó vendiendo el champán. Había podido presentarlo al cliente como un producto con descuento, cuando para ella todo era ganancia. Sus ruedas empezaron a girar. Parecía una forma inofensiva de ganar unos dólares adicionales y a todos sus clientes les encantaba el buen vino y el champán. A medida que realizaba los pedidos de champán de sus clientes, Olga empezó a hacer pedidos excesivos, un poco al principio y luego cada vez más. Luego, cuando había acumulado suficiente inventario para cubrir toda una fiesta, ofrecía el producto a sus clientes con descuento.

Un par de años más tarde, cuando la hija del oligarca celebró su fiesta de *babyshower*, Olga lo planificó con mucho gusto y de forma gratuita. Estaba agradecida por la nueva fuente de ingresos que le habían abierto. Igor sugirió más formas de trabajar juntos, ya que los restaurantes familiares a veces se encontraban con productos de sobra —caviar, vodka, whiskies caros— pero a veces se quedaban cortos de otras extravagancias, como vinos difíciles de encontrar. Aunque Olga estaba un poco aprensiva acerca de forjar una alianza en curso con la mafia rusa, la oportunidad parecía demasiado buena para rechazarla. De esta manera comenzaron sus intercambios. Olga agregaba a los pedidos de licores de sus clientes algunas cajas adicionales de champán, pero también una caja adicional de Stag's Leap Cask 23 de vez en cuando, otras veces una caja de Penfold's Grange 2013. A su vez, Igor entregaría cajas de vodkas rusos y Johnnie Walker Blue Label a bajo costo, que Olga podría luego, por supuesto, revender. Una vez cada dos meses intercambiaban productos y dinero en efectivo, ya que la relación resultó simbiótica para todas las partes.

Si se hubiera detenido a pensar en ello desde una perspectiva puramente catequística, era claro que la empresa del vino era una forma de robo. Moral y tal vez criminalmente incorrecto. Pero Olga no se detuvo a pensar de esta manera, sino que lo vio como un regalo de valor incalculable que le habían hecho el oligarca e Igor. Antes de conocerlos, Olga se ganaba la vida a duras penas, creyendo, por error, que si brindaba servicios de calidad, lo del dinero eventualmente le saldría bien. Le dieron un nuevo lente para ver sus operaciones diarias: cómo aplicar el pensamiento de las grandes empresas a su empresa familiar.

◦◦∞◦

«Sabes», le dijo Igor hoy, «hay mucha gente en mi profesión que hace bodas, fiestas de cumpleaños, todo lo que haces tú, Olga. Tienen dinero, no tanto para gastar, sino para… bueno, lavar. Simon piensa, ¿por qué no matamos dos pájaros de un tiro trabajando con una chica agradable como tú, que entiende cómo funciona el mundo? ¿Entiendes a lo que me refiero?»

Aunque era amante tanto del riesgo como del dinero en efectivo, el instinto de Olga le dijo que aquello sí que era demasiado peligroso. Intercambiar productos era una cosa, limpiar el dinero de las personas rápidamente podía convertir a los amigos en enemigos. No quería convertirse en enemiga del oligarca.

«Igor, por favor dile a Simon que aprecio que piense en mí, de verdad, pero las cosas están mejorando para mí en estos días y, bueno, el dinero en efectivo es complicado. El IRS y todo eso.»

«¿Qué sé yo del IRS?», dijo, mirándola con leve desdén, como si la hubiera considerado admirable y ahora necesitara reevaluarla no solo a ella, sino también a su propio juicio. «Si cambias de opinión, sabes dónde encontrarme.»

Y con eso, Igor y sus dos OTB, con sus carretillas de mano cargadas con varias cajas de Cakebread, salieron por la puerta, pasando por el lado de Meegan mientras esta entraba.

«¿Quiénes eran esos tipos, Olga?», Meegan preguntó mientras soltaba su cartera.

Olga suspiró. Había sido un fin de semana largo y esta mañana estaba demasiado cansada para bregar con Meegan.

«Los mafiosos rusos vienen a comprar productos de moda para revenderlos en el mercado negro de Moscú, Meegan.»

Olga volteó hacia su computadora. Hubo un momento de silencio y Meegan se echó a reír.

«¿Qué te parece tan gracioso?», preguntó Olga.

«¡Dijiste eso sobre esos tipos como si pudiera ser cierto!» Algo en su intento fallido de ser honesta le hizo reír a Olga y pronto ambas mujeres estaban secándose las lágrimas de la cara. El momento hizo que Olga sintiera algo de ternura hacia Meegan, al menos por un instante.

«¿La pasaste bien en la fiesta?», le preguntó a Meegan.

Meegan titubeó.

«Al principio, supongo.» Meegan suspiró. «Pero luego Trip terminó entre una manada de sus sudorosos compañeros de trabajo bebiendo tragos de una escultura de hielo, y me quedé atrapada conversando con todas las demás novias.»

Olga sonrió, más con familiaridad que con malicia.

«"No es la vida que elegí, es la vida que me eligió a mí"», dijo.

«¿Qué?», Meegan preguntó con seriedad.

«Es de una letra de rap. Pero el punto es, en mi opinión, ¿cuándo es que se trata de hombres y relaciones? Todos nacemos con nuestras vidas encaminadas en ciertas vías. En tu vía, a menos que hagas un esfuerzo por ir en contra de las convenciones, te encontrarás con Trip tras Trip, siempre en las afueras de un círculo de tragos con las otras novias, quienes eventualmente se convertirán en esposas y luego en madres. Donde estarán hablando boberías o, como tú lo llamaste, "conversando"».

«Qué evaluación tan notablemente cínica», dijo Meegan, mientras se desplomaba en el sofá de la oficina.

«Déjalo marinar por un minuto, mira a ver si te parece y luego me cuentas. O dentro de unos años.» Olga sonrió. De hecho, no lo había dicho con cinismo en absoluto.

«Bueno, entonces, ¿qué pasa con tu "vía"?», Meegan dijo con una sonrisa maliciosa. «Claramente tiene al señor Eikenborn ahí.»

Olga miró a Meegan por un momento, con el rostro deliberadamente desprovisto de expresión alguna, antes de volver con tranquilidad a su correo electrónico sin decir una palabra. Solo fue vagamente consciente de que Meegan se levantaba del sofá y golpeaba de forma ruidosa los gabinetes, mientras preparaba café antes de abrir su computadora portátil con un fuerte resoplido.

«Entonces», pronunció Meegan, «he trabajado aquí durante más de un año y tengo que preguntar. ¿Por qué carajo haces esto? Este trabajo, quiero decir. No tienes ni un solo hueso realmente romántico en tu cuerpo. Pareces tener poco respeto por el matrimonio y, por lo que puedo deducir, solo un respeto pasajero por los sentimientos de un hombre que parece tan vulnerable como el señor Eikenborn».

Olga se detuvo un segundo para observar a su presa. Con facilidad podría destripar a Meegan diciéndole que había visto demasiada televisión cuando era niña y que, históricamente, el matrimonio nunca ha sido un asunto romántico. Podría destruir su argumento intelectual explicando que respetar el matrimonio y planificar bodas no tenían nada que ver el uno con el otro y que la compadecía por no captar la diferencia. Podría arruinar su sensación de optimismo explicándole que Dick era simplemente Trip, pero viejo, y que las payasadas del vodka serían reemplazadas por los círculos de autocomplacencia por hacer crecer su riqueza heredada. Que se había retorcido durante años para encontrar una «vía» que le permitiera conocer a esos mismos hombres, solo para hacer ese horrible descubrimiento. Pero antes de que pudiera responder, sintió que se le aflojaba la lengua en la boca, suavizada por la pregunta inicial y por la chica ingenua que la había hecho. Meegan, que desde el punto de vista de Olga había luchado por nada más que seguir viendo el mundo de color de rosa, estaba haciendo la pregunta que Olga no se había atrevido a plantearse: ¿por qué carajo estaba haciendo este trabajo?

Había sido una fotógrafa talentosa. Quizás no lo bastante buena para ser una artista a tiempo completo, pero seguro podría haberse convertido en galerista o asistente de curaduría. ¿Qué habría pasado si no hubiera tenido tanto miedo de no poder hacer los pagos de su préstamo estudiantil? ¿Si hubiera sido un poco más valiente y segura de sí misma? En cambio, aceptó un trabajo con un buen sueldo en el departamento de comunicaciones de una agencia de publicidad. Ni siquiera hacía los anuncios. No, ella hacía promociones para los anuncios, lo cual, incluso sin los recordatorios de su madre, era tan «meta» que parecía inútil. Pero pagaba bien. Finalmente, después de conocer a Reggie, intentó hacer relaciones públicas reales. Fue entonces, cuando una de sus clientas famosas se iba a casar y apreció su capacidad para gestionar bien los eventos, cuando le pidieron que organizara su primera boda.

Después de la muerte de su abuela, sin ese amor incondicional, Olga no sabía quién volvería a amarla ni qué la haría sentirse digna de ser amada. Entonces llegó a sentir que las bodas podrían lograr esto. Razonó que hacer realidad los sueños de otras personas le brindaría innumerables oportunidades de ser adorada, valorada y sentirse importante. Ahora, con Meegan delante de ella, reflexionó sobre la evaluación tan sorprendente que había hecho esta. Con rapidez descubrió que las bodas tenían que ver con todo menos con la salud de la relación de pareja. Eran montajes teatrales sociales, cuya finalidad variaba de una familia a otra. Y eran competitivas. Los clientes querían parecer más elegantes, más únicos y más extravagantes que los anfitriones de todas las demás bodas a las que habían asistido anteriormente. Por lo tanto, el éxito de Olga en el trabajo no se evaluaba en función de cuántos de los sueños de sus clientes podía hacer realidad, sino en función de decenas de cálculos emocionales que ella no podía controlar. Era el ejemplo máximo de amor condicional. Se dio cuenta de que había llegado a resentir el ciclo constante.

«No estoy evitando tu pregunta, Meegan», respondió Olga, «pero tengo curiosidad por saber por qué *tú* crees que alguien debería estar en esta profesión».

Meegan sonrió. Olga rara vez le ofrecía la oportunidad de compartir sus opiniones personales.

«Bueno, supongo que la razón principal es que este mundo es muy rápido y está muy abarrotado de gente. Todos hacemos cien cosas al día y también publicamos fotos de todo. ¿Pero las bodas? Todavía te hacen respirar y asimilarlo todo. La gente no las olvida. Nadie dice, "¿La boda de Tim y Tina? ¡A esa no la recuerdo!" Siempre la recuerdan. Entonces, en esta época en la que los recuerdos son tan difíciles de conservar porque nuestras vidas son muy ocupadas y muy desechables, las bodas perduran. Y ayudamos a crear recuerdos que perduran para estas personas. Y eso se siente realmente especial. Y realmente importante.»

Olga miró el reloj. La tienda de novias abriría pronto. Otro día podría recordarle a Meegan que los musulmanes estaban siendo expulsados del país y que los niños estaban siendo asesinados a tiros en las escuelas y tal vez eso debería ocupar un poco más de espacio mental que un centro de mesa dramático. O podría señalar que muchas personas, como su prima Mabel, organizaban bodas todo el tiempo sin ayuda profesional alguna, por un minúsculo fragmento del presupuesto de sus clientes, y que esas fiestas eran igual de memorables.

Pero hoy, quizás un poco suavizada por los acontecimientos del fin de semana, Olga se sintió conmovida por su seriedad. ¿Por qué envenenar la felicidad de Meegan con su propia insatisfacción?

Olga cerró su computadora portátil, agarró su cartera y miró a Meegan a los ojos.

«Meegan, estás en esto por todas las razones correctas. Llegarás lejos.»

Meegan sonrió y fue a inclinarse para darle un abrazo a Olga y Olga salió corriendo hacia la puerta.

En el ascensor, apoyó la cabeza contra el metal frío y pensó: ¿Qué carajo estoy haciendo con mi vida?

LOS PAÑUELOS NEGROS

Aunque apenas comenzaba a nublarse cuando llegó a la oficina —un espacio meticulosamente diseñado para ocultar el hecho de que había pocas ventanas—, mientras Olga salió del ascensor y entró en el vestíbulo pudo ver el aguacero caer. Por supuesto, no tenía sombrilla ni ganas de volver a subir las escaleras y ver de nuevo el rostro serio de Meegan, así que se quedó de pie un momento calculando cuánto se dañaría su alisado si corría hacia la Sexta Avenida, donde seguro estaría el tipo sudanés que vendía sombrillas. Deberían ponerte en la televisión, le había dicho ella unas semanas atrás, cuando lo vio haciendo negocios con rapidez después de que un día soleado diera una vuelta como un carro de carreras y los cielos se abrieran. Dijo que había aprendido a oler la lluvia en su país natal y Olga bromeó diciendo que su único instinto olfativo aprendido era qué vagones del metro debía evitar. Pensó en el viaje en metro hasta llegar al salón de novias. Debería ser solo un tramo rápido en el tren 2/3 hacia el norte de la ciudad, pero ahora, con la lluvia, quién sabía cómo o cuándo llegaría allí. Nueva York tenía una forma sorprendente de caer en una espiral de caos cada vez que se topaba con la precipitación, como si toda su infraestructura estuviera hecha de azúcar y el agua provocara su disolución. Podría llamar a un carro, pero eso no solo tomaría más tiempo, sino que le costaría una fortuna. Para los vestidos de sus damas de honor, Mabel había seleccionado un estilo de conjunto; Olga estaba segura de que le habían asignado a propósito la más fea de las variaciones de estilo de las que costaban $450 dólares antes de ser modificadas, Olga se negó a gastar ni un centavo adicional en este vestido. Decidida a seguir con su plan original, Olga se puso la cartera sobre la cabeza en un intento simbólico de preservar su cabello y salió corriendo por la puerta lo más rápido posible, corriendo de inmediato con toda su fuerza hacia una montaña de hombre que sostenía una sombrilla enorme.

Debajo de su ajustado traje negro, su cuerpo era puro músculo, y Olga rebotó de tal manera que él tuvo que usar su único brazo libre para estabilizarla. En su confusión, ella levantó la vista, preparada para disculparse, pero él comenzó a hablar antes de que ella pudiera abrir la boca.

«¿Señora Acevedo?»

«Sí», dijo ella, sorprendida.

«Lamento que la haya asustado, pero al Sr. Reyes le gustaría hablar con usted.»

«¿Reggie?», preguntó, tan sorprendida por el uso del nombre legal de este como por su aparición repentina.

«Sí, señora. Está esperándola en el coche, en la calle de arriba. Entonces, si no le molestaría seguirme…»

El nombre del hombre montañoso resultó ser Clyde. Olga aprendió muchísimo acerca de él durante su relativamente corta caminata. Había sido apoyador en Howard, el *alma mater* de Reggie, antes de ser enviado a la línea de banda por una lesión y perder su beca. Estaba trabajando en el equipo de seguridad de Reggie para pagar la matrícula, aunque lo disfrutaba tanto que no estaba seguro de querer volver al deporte. Cuando el conductor al fin abrió la puerta del SUV de lujo de grado militar de Reggie, Olga ya se sentía profundamente comprometida con su futuro.

«Clyde, tienes que volver a la escuela, ¿de acuerdo?», dijo mientras se deslizaba y entraba en la parte trasera del vehículo.

Desde debajo de la sombrilla, Clyde sonrió. «Definitivamente lo pensaré, señora Acevedo.»

El conductor le cerró la puerta y Olga centró su atención en Reggie. No estaba segura qué quería él, pero estaba bastante segura de que tenía más que decir acerca de su hermano, en especial con los daños causados por el huracán Irma en Puerto Rico. Aun así, no era propio de él usarla a ella, o a cualquier otra persona, como intermediaria. El estilo de Reggie era más combativo: denunciar a alguien en las redes sociales o simplemente llegar a la oficina del Congreso de su hermano escoltado con un equipo de camarógrafos. ¿Qué diablos podría querer de ella?

«Clyde es dulce», dijo mientras daba la vuelta para darle la cara a Reggie. Se sorprendió al encontrar que no estaba hablando por teléfono, sino sentado completamente erguido, con su atención centrada en ella.

«Es un buen chico.»

«Tienes que pagarle los estudios para que vuelva a la escuela; su matrícula es como cinco dólares para ti.»

Reggie se rio.

«Actúas como una cabrona todo el tiempo, pero tienes un corazón de oro, Olga. Por supuesto, voy a pagar su matrícula, pero no es malo dejarlo que trabaje un poco, ¿verdad?»

Olga se encogió de hombros. «¿Cómo es que solo los morenos y negros tienen que aprender a trabajar para todo? ¿Por qué no podemos recibir algunas cosas de gratis de vez en cuando?»

«Ese es un buen punto», admitió.

Hubo un silencio.

«Entonces», ofreció Olga, con sospecha, «¿por qué tanta vigilancia… señor Reyes?»

Reggie se rio entre dientes. «Bueno, señora Acevedo, da la casualidad de que hoy día estoy usando mi nombre gubernamental en un contexto interpersonal. También estoy considerando cambiarlo profesionalmente.»

«Eso sería malo para tu marca», ofreció Olga.

«Pero es bueno para mi gente —nuestra gente— ver que un hombre negro, un hombre afrolatino, hizo todo esto». Reggie señaló el carro, que —solo entonces fue que Olga se dio cuenta— era intensamente lujoso, espacioso, con incrustaciones de nácar y un interior de cuero cuya textura no podía identificar. Tocó los asientos.

«Si te estás preguntando de qué está hecho, es de penes de ballena.»

«Qué asco, Reggie», dijo Olga mientras saltaba de su asiento.

Reggie se rio con fuerza.

«No, estoy bromeando. Estoy bromeando. ¡Sin embargo, el Dartz original sí los tenía! En serio. A los jeques les gustaba. También tenía diamantes y rubíes en los indicadores. Eso me sonó demasiado excesivo, incluso para mí, pero Dios, ¡cómo amo esta maldita camioneta! A prueba de balas. Entera, las ventanas, los lados. Más seguro que Limo One».

«Es muy sutil», ofreció Olga con una sonrisa.

«¡Igual que yo, mami, igual que yo! De todos modos, lo único que digo es que cuando comencé a usar "King", estaba pensando en mí mismo y cómo podía avanzar lo mío. Ahora mi atención se centra en ayudar a avanzar a mi pueblo: a los puertorriqueños, a los latinos en general y, por supuesto, a la gente negra. No puedes serlo si no puedes verlo. Entonces, quiero que la gente vea que, mientras este payaso en D.C. intenta cercarnos y congelarnos, un hombre llamado Reyes podría comprar y vender a ese hijo de puta.»

Olga miró por la ventana y se dio cuenta de que, incluso bajo la lluvia, la gente —principalmente los adolescentes— se había detenido a tomar fotos de la monstruosidad. Recordaba haber visto fotos de Reggie y sus hijos saliendo de ese mismo auto en una de las cuentas de chismes de hip-hop. Estos niños quizá también lo vieron. Ahora estaban sufriendo bajo la lluvia solo para tomar una foto de su auto. Ni siquiera él. Era un magnate y se parecía a ellos. Reggie no había tenido a nadie a quien admirar. Su pomposidad no había cambiado; su ego era, en todo caso, más grande que nunca. Pero su sinceridad la conmovió.

«Te apoyo con todo esto», pronunció Olga. «Pero también necesito seguir con mi maldito día, Reggie, así que, ¿quieres decirme qué es tan importante que tenga que verte dos veces en una misma semana? De hecho, mejor aún, llévame al centro de una vez.»

Reggie bajó la ventana divisoria y le indicó al conductor que se pusiera en marcha y el vehículo del tamaño de un tanque comenzó a salir de su enorme espacio de estacionamiento. Cuando Clyde desapareció de la vista, Reggie comenzó a hablar de nuevo.

«Olga, primero quiero decirte que vengo con una buena noticia. Es la única razón por la que me acerqué a ti de esta manera.»

Olga intentó imaginar qué buenas noticias podría Reggie, entre todas las personas, tener para ella.

«¿Estás renovando tus votos y vas a contratarme para planificarlo todo?»

Reggie se rio.

«Qué graciosa. En primer lugar, no, no estamos renovando nada. En segundo lugar, si lo fuéramos a hacer, nunca te contrataría porque sería demasiado incómodo.»

«Si estás pagando con dinero, no hay nada incómodo, Reggie. Soy una profesional.»

«Escucha», dijo Reggie, su tono se volvió más serio. «El asunto es que antes de poder contarte las buenas noticias, necesito una garantía de esto será confidencia.l Porque la información que estoy a punto de compartir contigo realmente podría arruinar la vida de muchas personas, incluso la mía, ¿de acuerdo?»

Olga lo miró fijamente con una curiosidad intensa. Su estómago se revolcó. Observó la escena fuera del auto.

«Vamos por el camino equivocado», dijo. «Necesito ir al centro de la ciudad.»

«Olga, tienes que irte a casa, así que te vamos a llevar—»

«¿Reggie? ¿Qué carajo? Olga interrumpió, levantando las manos inconscientemente para ilustrar su enojo. Reggie las agarró con suavidad entre las suyas.

«Y una vez que llegues allí, te quedarás en casa el resto del día y mañana irás a trabajar, como si todo fuera normal.»

«Todo está normal, Reggie», dijo Olga, aunque desde hacía unos días la vida era todo menos normal.

«¿Te dijo tu hermano que había ido a ver a tu tía Karen hace unas semanas?»

La adrenalina inundó a Olga. Estaba tratando de reconciliar mentalmente a Reggie, su tía Karen y su hermano de una manera que tuviera sentido.

«¿Qué? No. No hemos visto a la tía Karen en años.»

«*Tú* no». Reggie se burló. «Pero deberías preguntarle al respecto y ver qué dice.»

Olga asimiló esto. ¿Por qué Prieto iría a verla? ¿Y por qué no se lo mencionaría a Olga?

«¿Cómo es que sabes esto?»

«Karen me lo dijo, y cuando me enteré pensé que sería demasiado marica para decírtelo.»

«¿Por qué mi tía te habla? ¿Cómo es que ella siquiera te conoce?»

«Entraré en ello, pero primero necesito que me prometas que esta conversación no saldrá de este auto.»

«No puedo prometer eso sin saber de qué estamos hablando.»

«Esa es la única manera de prometer. Queda entre tú y yo. Y te hablaré de esto cuando quieras, de día o de noche, eso te lo prometo. Pero debes jurar sobre la tumba de tu abuela que no hablarás de esto con tu familia y menos aún con tu hermano.»

Olga hizo una pausa. Con las manos todavía en las manos de Reggie, notó que ahora estaban temblando. Asintió.

«Olga, tu madre me envió aquí para que hablara contigo hoy.»

Su boca se abrió.

«Cómo—»

Comenzó a formular una pregunta, pero Reggie la paró poniendo un dedo sobre sus labios y ahora había girado su cuerpo por completo y se estaban mirando de frente.

«Tu madre es una figura muy importante para un grupo de patriotas que aspiran a reclamar de nuevo la dignidad para Borikén, y todos nosotros—»

Todo el cuerpo de Olga ahora temblaba. Se liberó de las manos de Reggie.

«¡Me importa un carajo Borikén ahora mismo Reggie! ¿Dónde carajo está mi madre y por qué carajo sabes *tú* dónde ella está, cuando mi puto hermano y yo no lo sabemos?

«Estoy tratando de decirte, Olga—»

«Necesito que me lo digas sin la maldita retórica política, ¿de acuerdo?»

Reggie puso sus manos sobre los brazos de Olga para tratar de evitar que su cuerpo temblara, pero ella había perdido el control sobre sí misma. Se sintió asqueada en lo más profundo de su estómago. Quería llorar, pero las lágrimas no salían. ¿Qué era lo que sentía? ¿Desesperación? ¿Traición? Ciertamente sintió rechazo. Su madre, tan lejos de ella, una Oz tan grande y poderosa, pero plenamente visible ante… ¿Reggie? Reggie, a quien había despreciado tanto. A quien ella misma le había aconsejado a Olga que evitara. No tenía sentido.

«Tranquila, tranquila, tranquila», empezó a susurrar. Su abuela siempre la calmaba así en las noches posteriores a la partida de su madre, cuando se despertaba llorando. Abuelita entraba y se acostaba a su lado, le acariciaba el pelo y susurraba las mismas palabras. ¿Le había dicho eso alguna vez a Reggie? Encontró que su cuerpo respondía a su orden y poco a poco se calmó. Cuando dejó de temblar, Reggie le quitó las manos de los hombros. Aunque aún no eran las diez de la mañana, se inclinó hacia adelante y sacó de un gabinete dos pesados vasos de cristal y los llenó cada uno con un buen trago de ron. Le entregó uno a Olga y, fijando sus ojos oscuros en los de ella, chocó su vaso.

«¡Salud! Esto nos hará sentirnos mejor a ambos.»

Ella tomó un sorbo, pero él tomó un trago.

«Unas semanas después de que terminaste nuestra relación, recibí un paquete por correo. No tenía remitente—»

«Mi madre.»

«Sí. No era una carta muy larga, pero me sorprendió recibirla. Me habías contado unas cuantas cosas sobre ella pero, honestamente, el hecho de que ella me localizara, me desconcertó. Aun así, la carta fue muy conmovedora. Nadie me había hablado así antes. Empezó diciéndome que ella no sentía que yo era apropiado para ti, porque eras una mente brillante que había sido criada para la liberación, mientras que yo, como tantos puertorriqueños antes que yo, era un ancla para nuestro pueblo. Mi mente había sido colonizada. Continuó expresando lo que pensaba que alguien como yo, que claramente tenía la capacidad de visualizar futuros que parecen imposibles, podría hacer si pudiera mirar más allá de los objetivos del Hombre Blanco. No dijo nada más al respecto, pero incluyó tres libros. Uno era una colección de ensayos de Hostos, el segundo era una biografía del Che Guevara y el tercero era una colección con poemas de Julia de Burgos y Pedro Pietri.

«Unas semanas más tarde, recibí otra carta. Tenía curiosidad por saber qué pensaba sobre los libros y me invitó a escribirle. Me dio el nombre y la dirección de una persona —no recuerdo quién ni dónde, porque siempre cambiaba—, pero tenía personas dispuestas a recibir correo a nombre de ella. Me indicó que no usara una dirección con remitente y que marcara el sobre con un pequeño triángulo negro, para que esta persona supiera que la carta era para ella»

«¿Y entonces le escribiste?», preguntó Olga sin emoción.

«Le escribí. Me sentí realmente conmovido por su carta, por los ensayos y, sobre todo, por los poemas. Leí el *Obituario puertorriqueño* al menos cien veces y me dio vergüenza verme en él. Odiaba cómo vivíamos cuando era niño, amontonados en un apartamento jodido en el Bronx, recogiendo la basura de la gente, cómo las únicas cosas que recibíamos a cambio eran los boletos raspados de la lotería, cómo todos seguíamos soñando con volver a la isla que yo apenas conocía. Quería el sueño americano. Quería la casa en Long Island, quería estar en un vecindario exclusivamente blanco. No me di cuenta de que me estaba rechazando a mí mismo, a mi propia herencia.

«Le escribí todo esto y ella me envió más libros y las cartas y esas cosas continuaron durante un tiempo —durante años, en realidad.»

«¿Entonces se hicieron amigos por correspondencia? Tú y mi madre.»

«Al principio. Luego, después de que pasó todo eso y comencé a reclamar más públicamente mi herencia, ella me envió una nota. Sintió que era hora de que yo fuera más allá de mi educación general y fuera más proactivo. Me dijo que me comunicara con Karen.»

«¿Mi tía Karen?»

«Sí. De ahí conozco a Karen. Fui a visitarla y en efecto fue Karen quien me habló de los Pañuelos Negros y me invitó a unirme.» Tomó otro sorbo del ron, pero Olga lo detuvo antes de que comenzara a hablar de nuevo.

«¿Qué carajo es eso? ¿Los Pañuelos negros?» Olga sacudió la cabeza, pero no levantó la voz.

«Bueno, dijiste que no querías que me pusiera político al hablar de esto.»

«Solo quería que me hablaras como a una maldita persona, cuya vida esto afecta, no como si estuvieras tratando de reclutarme para una revolución.»

Él la miró y se encogió de hombros.

«Lo mismo, ¿no?»

«Reggie, solo dime qué es esto.»

«Los medios quieren que todos, en especial la gente de la isla, piensen que un Puerto Rico independiente es una fantasía marginal a la que solo los radicales se suscriben. Que la verdadera fuerza está detrás de los centristas que quieren la estadidad.»

Olga estaba al límite de su paciencia, pero se prometió a sí misma que no iba interrumpir hasta que Reggie terminara.

«Y con razón. En los años ochenta y noventa, el gobierno, en conjunto con los traidores puertorriqueños cómplices de la isla, obstaculizó sistemáticamente un movimiento independentista fuerte y creciente. Encarcelaron a todos los dirigentes, los tildaron de organizaciones terroristas y llevaron a la gente a la clandestinidad. A los que no pudieron encarcelar, los obligaron a esconderse en las montañas de la isla. Pero, como ya sabes, Olga, los ricos y poderosos son vagos y piensan que, si algo no se ve, no existe. Allá por 2005, los federales finalmente lograron asesinar a Filiberto Ojeda Ríos, el revolucionario más visible que Borikén había conocido en los años más recientes. Había evadido ser capturado durante casi quince años, quedándose en pueblitos, en las montañas y, a veces, en las ciudades más grandes. Con su asesinato, ya quedaban muertos o encarcelados todos los líderes de cada movimiento público por la independencia, o por lo menos eso era lo que pensaba el gobierno. Y sin una resistencia visible, pudieron seguir saqueando y vendiendo nuestra isla al mejor postor.

Este fue el defecto fatal del Hombre Blanco. Asesinaron a Ojeda Ríos, pensando que la idea de la revolución vivía dentro de *un solo hombre*, sin siquiera detenerse a considerar *cómo* los había evadido por tanto tiempo. ¿Entiendes lo que quiero decir?»

«La gente», dijo Olga. «La gente lo ayudó a esconderse.»

«Los jíbaros. La gente común del campo, durante años, se encogía de hombros cuando los agentes venían preguntando por ese hombre. "No sé, no sé", decían. Lo adoraban, se enorgullecían de su capacidad para evadir la ley, porque sabían que era una ley extranjera la que lo buscaba. Entendieron que él los estaba defendiendo, incluso si no podían expresarlo. No tenía que ver con él ni con su personalidad, tenía que ver con una idea.»

El argumento de Reggie había vuelto a la abstracción; Olga estaba a punto de perder la paciencia.

«La gente que siguió a Ojeda Ríos quedó devastada por su pérdida y todo Puerto Rico estaba de luto. Estábamos demasiado cegados por el dolor y la ira para ver que el espíritu revolucionario ya había echado raíces en la isla. Pero no tu madre. Tu madre vio la oportunidad allí y, a pesar de ponerse en riesgo ante la ley, regresó a Puerto Rico para ayudar a su pueblo. La revolución, en el pasado, estaba destinada a ser armada. Actos de guerra y protesta reivindicados por una organización —FALN, el Ejército Popular Boricua. Tu madre, sin embargo, entendió que esa organización pública solo nos expondría y que la revolución en la era digital podría ser diferente. Así nacieron los Pañuelos Negros.

«Nuestro nombre proviene de los pañuelos que usamos cada vez que estamos en público. En realidad, ni siquiera queremos saber quiénes son nuestros propios miembros. Quizás tu madre sea la única que conoce a todos los miembros de nuestro movimiento.»

«Entonces, si no son violentos, ¿qué hacen?»

«No dije que no seamos violentos, Olga. Solo dije que la revolución es diferente ahora.»

Pausó.

«Tu madre reorganizó a todos los partidarios de todos los demás grupos independentistas —tanto los abiertos como los clandestinos. En silencio empezó a reclutar gente como yo para su causa: gente fuerte con influencia que no había prestado atención a lo que le estaba sucediendo a nuestra gente. Buscó a los estudiantes —los enfurecidos y los descontentos, los químicos ingenieros brillantes y los programadores informáticos que se vieron obligados a abandonar la isla porque ya no existían trabajos para ellos en su país. Calladamente, durante la última década, tu madre ha reunido una organización descentralizada en toda la diáspora, con hambre de revolución, esperando el momento adecuado para levantarse y derrocar ciento diecinueve años de dominio colonial estadounidense y recuperar nuestra tierra.»

Olga tomó un sorbo de ron y luego comenzó a reírse. La risita se convirtió en risa y la risa la invadió hasta que se dobló en su asiento. Reggie no se unió.

«Reggie, guau.» Finalmente se calmó lo suficiente como para hablar. «Sé que no te estás inventando esto, pero vaya, mi madre sí que te sabe manipular como una marioneta si te convenció de que, ¿de alguna manera ha reunido un ejército revolucionario clandestino que se está preparando para la independencia? ¡El hombre de negocios racional que hay dentro ti debe saber lo jodidamente loco que suena esto! Si hay tanta gente interesada en un Puerto Rico libre, ¿por qué carajos esas mismas personas no votaron por la independencia en las últimas elecciones? ¿Cuándo fue el plebiscito? ¿Mayo? ¿Dónde estaban esos "revolucionarios" en las urnas?»

«Olga, la revolución no se va a dar bajo los términos del opresor. La idea del plebiscito en sí es errónea.»

«Entonces, ¿cuándo es el momento para la revolución, Reggie? Dime. Porque la última vez que verifiqué toda la isla estaba a oscuras.»

Reggie le sonrió. «Exactamente, Olga. Nuestra red de Pañuelos Negros es amplia, su compromiso profundo, pero como ocurre con todo en nuestra historia, nada pasa sin el jíbaro. Ahora mismo, los yanquis están haciendo el trabajo que nosotros, los líderes de la revolución, nunca podríamos hacer con tanta eficacia. Le están haciendo saber al jíbaro que lo ven como un pedazo de basura, prescindible. Entre la austeridad de PROMESA y la AEE que deja a todos sentados en la oscuridad, la isla finalmente está reconociendo lo que los yanquis piensan sobre ellos. Los yanqui han contado con que estemos dormidos durante años, pero su abandono y la explotación poco a poco van despertando a todo Borikén y cuando se levanten de su siesta, allí estaremos.»

Se habían detenido frente al edificio de Olga. La lluvia caía a cántaros sobre el carro. Olga miró a Reggie y una sonrisa se apoderó de su rostro.

«¿Por qué ahora? Desde que yo tenía trece años no he recibido más que algunas malditas cartas moralistas. Literalmente, nada más que conversaciones unidireccionales. Ella nunca me envió una dirección para *yo* poder escribirle. Nunca sentí, durante todos estos años, que necesitara saber todo esto. Entonces, ¿por qué te envía ahora?»

«Olga, tienes que entender, la revolución—»

«¿Requiere valor y sacrificio? Ay, Reggie, lo sé. Lo que no sé es, ¿por qué ahora?»

«Porque tu madre te necesita.»

Olga sintió un tirón en el pecho ante sus palabras. Ella debería sentir indignación por esto. Rabia, incluso. Que esta mujer que era una extraña para ella, que no conocía la diferencia entre misivas y maternidad, tuviera la audacia de acercarse a ella por primera vez en décadas con una necesidad. Pedirle algo. Presentarse así ante Olga. Claro que debería sentirse así, pero no era el caso. En cambio, sintió un afecto durante mucho tiempo latente que burbujeaba claramente en su pecho: la idea de tener un valor para su madre le calentaba las entrañas.

«¿Que necesita?», preguntó Olga.

«Ella te lo hará saber», dijo Reggie. «Si ella quisiera que yo lo supiera ahora, me lo habría dicho.»

Olga negó con la cabeza. «No puedo ocultarle esto a mi hermano.»

Reggie vaciló. «Si tu madre hubiera querido que Prieto estuviera involucrado, me habría enviado a mí a verlo a él.»

Esto la molestó. «Reggie, sé que mi mamá es como tu mejor amiga en la lucha ahora mismo, pero no olvides que cuando ella se desapareció, fue mi hermano quien ayudó a cuidarme. Él merece saber lo que está pasando.»

«No te sugiero que rompas la confianza de tu madre.»

Una oleada de ira recorrió el cuerpo de Olga. Iba a salirse del coche, pero el seguro estaba puesto.

«Abre la maldita puerta, quiero salirme de aquí».

«Olga, deja que Clyde te acompañe, ¡está lloviendo!» Reggie empezó a bajar la ventanilla para pedirle ayuda a Clyde, pero Olga se movió con más rapidez, abrió la puerta y se puso a correr bajo la lluvia, mientras el constante chorro de agua liberaba sus rizos del alisado.

PAGOS FINALES

Desde que murió Abuelita, el Día de las Madres era una tortura casi insoportable para Olga. Normalmente, pasaban días, semanas y, a veces, incluso meses, en los que, salvo recibir una de sus cartas, Olga podía, más o menos, encerrar a su madre y su ausencia dentro de una caja fuerte mental profundamente enterrada. Una donde el dolor que ella causó no podía contaminar los demás aspectos de la vida de Olga. El Día de las Madres, sin embargo, era un recordatorio inevitable y sin Abuelita, sobre la cual antes derramaba ese afecto, la «celebración» la dejaba con pensamientos ociosos y nerviosos desenfrenados, infectando sus percepciones de todos los demás aspectos de su vida. Suponiendo que Prieto sentía lo mismo, se habían reunido unas cuantes veces al principio, pero por alguna razón estar con su hermano la hacía sentirse aún más huérfana de madre. Su estado de orfandad era acentuado por la presencia del otro. Así que, cada año, pasaba ese día aislándose y bebiendo hasta que ya no podía tener pensamientos coherentes sobre esta mujer que apenas conocía, ni sentir vergüenza por haber sido abandonada por ella. Esto es lo que hizo Olga justo después de dejar a Reggie King y al día siguiente fingió ante Meegan que estaba «trabajando desde casa», cuando en realidad estaba borracha frente a su televisor. No fue hasta el miércoles antes de la boda de Mabel, cuando Tía Lola la llamó con insistencia, que Olga se vio obligada a recuperarse.

«Entonces, mira», comenzó Lola, sin molestarse por ser formal, «Mabel se metió en un lío con la sala de fiestas…» Su voz se apagó, pero Olga ya sabía por dónde iba esto.

«¿Cuánto necesita?»

«Si tú, tu hermano y yo contribuimos tres cada uno, ella debería estar bien.»

«¡Coño! ¿Le faltan nueve mil? Que pas—»

«Ay, diez, mija. Pero mi hermano JoJo, Dios lo bendiga, tenía un poco de dinero que le iba a dar como regalo de bodas. Entonces, ¿puedes venir conmigo más tarde para recogerlo?»

«¿Recoger qué?»

«¡El dinero en efectivo! Ese es todo el dilema. El último pago es en efectivo y se suponía que Julio se haría cargo de ello, ya que a él le pagan sobre todo en efectivo, pero», y aquí su tía bajó la voz, «parece que lo despidieron hace dos meses y nunca dijo nada. Mabel se enteró anoche. El lugar llamó buscando su dinero y ella lo tuvo que confrontar al respecto».

Olga suspiró. Qué joyita se ganó mi prima, pensó para sí misma. Miró su reloj.

«Iré al banco. Ven a buscarme cuando salgas del trabajo.»

Olga sabía que en Nueva York, incluso una boda con un catering económico como la que celebraba su prima podía costarle a una pareja cuarenta, cincuenta o sesenta mil dólares. Olga también sabía, por supuesto, que el espacio no podía ser el último pago que le tocaba a Mabel. Peinado y maquillaje, el DJ y quién sabe a quién más se le debía el saldo final el día de la boda. Eso sin discutir las propinas, que todos esperaban (y merecían). Sabía que Mabel había pagado su luna de miel, más el primer pago, el último y la seguridad de su nuevo apartamento en Bayshore, además de todos los depósitos de todos los vendedores. Y aunque sí, si bien su prima tenía un trabajo decente en Con Ed, también gastaba mucho dinero y, como sabía Olga, perdía demasiado tiempo en los juegos tragamonedas cuando iba a los casinos a ver espectáculos de *freestyle*. De hecho, fue allí donde Mabel conoció a Julio por primera vez. Trabajaba como portero para los espectáculos de nostalgia en Atlantic City; maravillas de un solo éxito del género *dance* bailaban ante una audiencia fiel. Mabel era, según todos, una excelente bailarina que llamaba la atención en la pista de baile. Entonces, cuando Julio salió a pedirle a Timmy T que le cediera el escenario a Judy Torres, vio a Mabel de inmediato. Según Mabel, se miraron a los ojos desde el otro lado de la habitación y salieron fuegos artificiales. Aunque todo terminó para Julio y ese concierto particular. Timmy T entró en su tercera interpretación de «One More Try» y Judy, conocida por ser un poco diva, se quejó con el promotor de que le había restado tiempo en el escenario. El trabajo fracasó, pero la relación floreció.

Hacía muy feliz a Mabel. De hecho, era incluso irritante. Pero Olga no fue la única que notó que siempre era Mabel quien pagaba las cuentas de las escapadas románticas que Julio planificaba. Su hermana Isabel, Tony el Gordo, Prieto, Tía Lola, todos contribuyeron con sus pequeños comentarios. Tampoco se les escapó el hecho de que su propuesta de matrimonio, con un anillo que Olga estaba casi segura que era una circonita, llegó justo después del ascenso de Mabel, que incluía mejores beneficios y un plan de pensiones. Si Mabel se dio cuenta, estaba demasiado asustada para darle oxígeno a sus pensamientos, pero Olga sabía que su prima no era tonta. También sabía que Mabel preferiría morirse antes que dejar que el resto de la familia se enterara de esta última situación y que el dinero para la sala no sería suficiente para lograr el día que ella había organizado. Olga retiró $3 mil adicionales, que le entregó a su tía Lola cuando subió al auto esa misma tarde.

«Querida, eres pura dulzura.»

Olga se encogió de hombros. «Nadie es puramente nada, Tía.»

Sintió los ojos de su tía fijos sobre ella. Olga había estado intrigada ante la perspectiva de pasar tiempo con su tía; su mente se rebosaba con pensamientos y preguntas sobre su familia que nunca antes había considerado plantear.

«Pero», continuó su tía, «es lindo, Olga, estar ahí para tu familia. Somos nuestro único apoyo».

Olga sintió que se había abierto una oportunidad y decidió probar la temperatura del agua.

«¿Así omo estuviste allí para mis padres?»

Su tía se llevó una mano al corazón e hizo una mueca por un segundo.

«Pues sí, mija. Fue duro lo que le pasó a Johnny. Todos estábamos felices de poder ayudar. Estoy segura de que cosas como una boda hacen que lo extrañes. Sé que yo lo extraño…»

Nadie en su familia habló jamás de la desaparición de su madre. (El abandono, lo había llamado Matteo, una expresión que hizo que Olga se estremeciera.) Sí, rezaban por su madre, a veces contaban historias sobre ella, exclamaban sobre algún rasgo que Olga o su hermano obviamente habían heredado de ella —desde la nariz hasta un gesto de la mano o sus problemas de actitud—, pero las circunstancias que rodearon su partida y las consecuencias de esa decisión nunca se discutieron. Al notar eso ahora, se molestó y, en su irritación, encontró la valentía para seguir indagando.

«Pero, ¿qué pasa con mi mamá? Papi estaba enfermo, pero ella simplemente se fue. Abuelita hacía la mayor parte del trabajo, pero tú también te quedaste lidiando con todo, Tía. La ropa, los viajes escolares, el pago de los libros de texto, los materiales de arte.»

Ya estaban en la autopista y su tía guardó silencio por un segundo.

«Escúchame, Olga», dijo dulcemente. «Cuando nací, las mujeres tenían muy pocas opciones. Si te gustaban los chicos, te casabas. Entonces podrías salir de casa. Luego tenías bebés. Creo que es difícil de entender porque las cosas han cambiado muy rápido. Pero, cuando yo era más joven, no me era posible vivir la vida que quería y además ser madre. Al menos, no con nuestra familia y nuestras costumbres. Incluso tus padres, a pesar de lo antisistema que eran, se casaron en la iglesia. Entonces, aunque sabía que no quería ser la esposa de un hombre, eso no significaba que no quisiera ser madre. Cuando tu mami se fue, sinceramente pensé que me había ganado la lotería. Podría cocinar para ti y tu hermano, llevarte a lugares, abrazarte y besarte cuando lo necesitaras. Pero también seguí siendo yo. Viví como yo quería vivir. Entonces, te digo todo esto porque nunca sentí que me quedé atrapada con una responsabilidad, porque me sentí bendecida por Dios de tener la oportunidad de ser tan necesitada.»

Desde su conversación con Reggie King, Olga había descubierto que las lágrimas, que durante tanto tiempo la habían eludido, ahora aparecían en ciclos interminables. Sacó las gafas de sol de su cartera y se las puso, respirando profundamente mientras lo hacía. Se sintió abrumada por el amor y la gratitud por su tía, pero también sentía tristeza por ella. E ira. Consigo misma, con su familia, por hacerla sentir que tenía que vivir así. Si miraba a su tía, no podría contener las lágrimas, así que puso una mano sobre su hombro.

«Titi, ¿por qué nunca nos dijiste eso?»

«¿Qué hubiera cambiado en mi vida, mija? Realmente nunca me escondí, nunca fingí ser nadie más. No te ofendas, pero ustedes, los jóvenes, piensan que solo porque no saben algo, es un secreto. Las mujeres que yo quería que lo supieran, lo sabían. Así es la confianza.» Y aquí ella se rio. «Mi generación simplemente no es como ustedes, los jóvenes, que quieren que todos hablen sobre cada aspecto de sí mismos todo el tiempo. En el Facebook. Es tan estúpido.»

Olga se rio. «Tía, tengo cuarenta años. No soy tan joven.»

«¡Tú tampoco eres vieja!» Su Tía sonrió con cautela. Hubo una pausa. La estación de música vieja estaba sintonizada y Olga se dio cuenta de que tocaba música de su adolescencia y que Jade le cantaba a su amado para que no se alejara.

«Sabes, mija, como dije, las cosas son muy diferentes ahora. Aún no es demasiado tarde para que tengas un bebé, ¿sabes?»

«Tía, no creo que eso sea parte de mi futuro. Lo único que hago es trabajar—»

«Pues consíguete un trabajo diferente. Eres inteligente. Estás en la televisión. Conoces gente. Olga, ya ni siquiera necesitas un hombre. ¡Es increíble!»

Ambas se rieron.

«Titi, ¿puedo preguntarte algo?», dijo Olga, con una voz muy seria. «¿Crees que yo sería una buena madre?»

«Absolutamente. Sé cómo son los buenos y los malos. A mi padre, ese hijo de puta, no le importaba nada más que beber y perseguir mujeres, incluso cuando estaba en casa. Pero mi madre, mi madre habría muerto por nosotros. Tu padre, en mi opinión sí, terminó teniendo todos sus problemas con las drogas, pero, ¡Dios mío, le encantaba ser padre! ¡Qué, qué! Sabía lograr que tú y tu hermano se sintieran bien y amados. Le encantaba enseñarles sobre el mundo y pasar tiempo con la familia.»

«¿Y mi madre?», preguntó Olga.

«¿Mi hermana? Mire, ella los amaba a ambos —y dondequiera que esté, los ama a ambos—, no me malinterpretes. Pero desde el primer día, el mundo giraba en torno a ella y a cómo veía las cosas. Es egoísta.»

«Recuerdo cuando mi madre le estaba comprando la casa al señor Olsen, todos los problemas que causó tu madre. Mira, el señor Olsen amaba a nuestra mamá y amaba a nuestra familia: nos compró regalos de Navidad y nos dejó buscar huevos de Pascua en su patio. Pero en general no era fanático de los puertorriqueños. Sintió que estaban expulsando a personas como él de su vecindario. Obviamente, Mami nos crio para ser educados, para ser respetuosos. Pero cualquier cosa que hiciéramos —desde sostener la puerta, hasta traerle el correo— siempre armaba un gran escándalo y decía: «¡Si tan solo todos los puertorriqueños fueran como tu familia!» Esto volvió loca a tu madre. Ella entraba a nuestro apartamento hablando y hablando de cómo él nos odia, de que era un insulto disfrazado de cumplido. Y entonces, un día, tu madre simplemente explotó. "¿Quién carajo se creía que era?" y "¿Sabes que descendemos de los taínos?" Todo ese tipo de mierda. Nunca supe cómo mami arregló la cosa… Lo loco es que ella no estaba equivocada, mija. El señor Olsen sí tenía prejuicios. Pero mi madre vio una oportunidad que sería buena para su familia a largo plazo. ¿Tu madre? Quería probar un punto y nunca estaría feliz a menos que el resto de nosotros estuviéramos de acuerdo con ella. Ella nunca superó eso. Incluso cuando tú y tu hermano eran pequeños, si no le contestabas como papagayo, ella encontraba defectos. No existía el espacio para que tú fueras tu propia persona. En mi opinión, eso no es ser una buena madre.»

Olga quedó impactada por la franqueza de tía Lola. De repente, las compuertas se abrieron de par en par. La tía Lola continuó: «Tienes que entender, Olga, no sé cómo recuerdas las cosas, pero en los últimos años ella apenas estuvo. Siempre estaba viajando. Cuando se fue, pensamos que iba a Panamá, a dar un discurso. ¡La esperábamos de regreso! Pasaron los días, dos, tres, finalmente una semana, luego dos. Nos estábamos volviendo locos preocupándonos. Entonces, al fin, llegó la carta. A tu padre. Diciendo que no volvería. Sin dirección, nada. Mi hermano Richie quería llamar al FBI para localizarla y traerla de regreso. Las madres no pueden hacer este tipo de cosas, seguía diciendo. ¿Pero los padres pueden? Yo le pregunté. Al fin y al cabo, mi madre fue a buscar a La Karen. Sabía que Karen sabría cómo comunicarse con tu mami. No sé si mi madre logró hablar con Blanca, pero cuando llegó a la casa dijo que tal vez era lo mejor, Blanca no tenía el gen maternal.

«Ese es mi punto, Olga. Tienes ese gen en ti. Te preocupas por la gente. Tú los ves. Ves sus defectos, pero puedes aceptarlos como son.»

PENSÓ EN MATTEO. Él la había estado llamando durante los últimos dos días y ella estaba demasiado borracha, triste y confundida para contestar. No estaba segura de cómo explicar su estado sin explicar lo que ahora sabía. Lo había dejado colgando durante casi tres días. Estaba mal y se sentía mal. Sacó su teléfono y le envió un mensaje de texto para disculparse, haciéndole saber que se explicaría, aunque no estaba completamente segura de cómo.

«¿Y a quién le estás enviando mensajes de texto?», preguntó Tía Lola. Era una bochinchera de ligas menores. «¿Quizás alguien con quien quieras tener un bebé? Te ganas la vida bien, no necesitas que se queden, ¿eh? ¡Es más barato que la ciencia!»

«¡Titi! ¡Estás bien loca!»

El teléfono sonó. Matteo la estaba llamando.

«¡Ey!», dijo, aliviada de que todo estuviera bien.

«Ey», él contestó serio y el rostro de ella se descompuso. «Escucha, te estoy llamando porque no quería hacer esto por mensaje de texto, pero, en serio, ¿qué carajo?» No alzó la voz, pero se escuchaba tensa. Bajó el volumen para que fuera menos probable que su tía escuchara la conversación.

«Lo sé.» Un pánico brotó en su pecho. Ella no estaba acostumbrada a ser confrontada. «Como dije, lo siento mucho. Surgieron unas cosas y me sentí abrumada y no debería haberme desaparecido de ese modo.»

«Te envié un mensaje de texto. Te llamé. ¿No pudiste responder? ¿Ni siquiera para decirme simplemente que estabas bien? Porque al principio estaba preocupado.»

«Ah», dijo ella. No se le había ocurrido que él estaría preocupado. Había pasado tanto tiempo desde que había intentado tener algo parecido a una relación real que no se le había ocurrido rendir cuentas.

«Pero luego, después de que pasó el segundo día, decidí que me había equivocado contigo y que no eras más que una cabrona.»

Empezó a sentirse enojada o tal vez frustrada. «No soy una cabrona. Han estado sucediendo algunas cosas realmente locas. Te dije que tuve esa pelea…» Se autocensuró, no fuera a tener que darle explicaciones a su tía, que fingía desinterés. Sin lograrlo.

«Mira. Te dije cuando te dejé entrar a mi casa que nadie había estado allí durante ocho años. ¿Sabes cómo que se siente abrirte a alguien y que luego desaparezcan a propósito?»

«No desaparecí a propósito.» Ella hizo una pausa. «Nunca pensé que no íbamos a volver a hablar.»

Hubo un momento de silencio.

«Sabes, Olga, no eres la única persona que tiene herida de abandono. ¿Sabes? Mi papá también se fue. Pensé que tú, más que nadie, entenderías lo jodido que se siente. Estar sentado esperando pegado al teléfono.»

Olga se sintió muy mal. Ella sabía. Demasiado bien. Simplemente no lo había pensado así. De repente quiso llorar.

«Matteo. No sé qué decir. No te llamé porque no sabía ni por dónde empezar. No porque no esté interesada en ti. Y te prometo que cuando te vea te explicaré todo hasta donde pueda.»

Esperó a que él dijera algo. Estaba en la calle. Podía oír el tráfico y su respiración.

«Olga, en verdad me gustas. Obviamente lo sabes. No he intentado ocultarlo. Pero no sé si tengo energía para esto.»

«¿Para qué?» dijo, genuinamente sorprendida.

«No sé si mentalmente puedo soportar un dolor como ese. Tienes que entender. Pensé que podía intentarlo, pero esto me hizo repensarlo...»

«¿Pero y el sábado?» El tono alto de su voz la sorprendió. Incluso la tía Lola no pudo seguir fingiendo que no escuchaba y bajó el volumen de la radio.

«La boda de Mabel», dijo Matteo, con un pequeño suspiro. «Mira, Olga, no soy el tipo de persona que aparece y conoce a la familia de una chica si no estoy tratando de tener algo serio. ¿Pero cómo puedo tomarte en serio si me tratas como si fuera desechable?»

Su estómago se convirtió en una bola de plomo que cayó al asiento del coche. Se sintió enferma y tonta al pensar que esto no sería gran cosa. Que ella simplemente podría pedirle perdón y que él simplemente lo aceptaría. Esto se trataba más que de solo perder un acompañante para la boda. Tenía miedo de perder esta oportunidad de tener algo. Con alguien real. Estaba tan enojada consigo misma.»

«Nunca volveré a hacerte esto», espetó. «Estoy muy, muy fuera de práctica. Por favor, ten paciencia conmigo. Puedo hacer esto. Te tomo en serio.»

Matteo se quedó callado y en ese momento Olga se recompuso, su cerebro táctico tomó el mando.

«Mira, Matteo», continuó, suavemente. «Eres un hombre adulto. Te conoces a ti mismo. Y tienes razón, esto estuvo cabrón. Pero, por otro lado, si esto es algo real, ¿una cagada debería significar la perdición total? No te comprometas en este momento. No decidas durante esta llamada. Te enviaré un mensaje de texto con la información y si crees que puedo mejorar —que voy a mejorar— vienes. ¿Te parece?»

«Está bien», respondió al final y ambos esperaron un segundo, antes de colgar.

Una pesadez llenó el coche. Olga miró al frente y subió el volumen de la radio, pero su tía rápido se inclinó hacia delante y volvió a bajarlo.

«¿Y quién es?», preguntó, conociendo a su sobrina lo bastante bien como para evitar el contacto visual mientras se enteraba.

«Este chico que… que me gusta. Iba a traerlo a la boda, pero creo que la cagué.»

Su tía arqueo las cejas y le dio unas palmaditas en la rodilla a Olga. «Bueno… Bueno, nena, todos nos equivocamos a veces. Estoy segura de que te dará otra oportunidad. Puedes ser muy persuasiva.»

Olga suspiró. Ahora estaban en Belt Parkway y la vista de la bahía era reconfortante. Bajó la ventana para inhalar la brisa salina, con la esperanza de que su tía tuviera la razón.

EL ROLLS ROYCE

Un grupo de chicas con vestidos turquesa coordinados, pero no idénticos, salieron de una limosina blanca Escalade SUV y subieron las escaleras hasta la Catedral principal de Nuestra Señora del Perpetuo Socorro, trayendo consigo una cacofonía de risas, chismes y pavera. La propia Olga se mantuvo lejos, buscando nerviosamente por la Quinta Avenida el clásico Rolls-Royce blanco que traería a la novia, Mabel, y sus padres. El trayecto desde su casa en la calle Cincuenta y tres hasta la iglesia fue corto, casi imposible de arruinar, en realidad. Sin embargo, Olga contuvo la respiración hasta que vio el vehículo acercarse.

El vehículo era del tío Richie. Siempre emprendedor, tenía una serie de guisos secundarios, incluido el alquiler de autos antiguos para bodas y rodajes de películas. Había gran alarde de prestarle a Mabel el Rolls para ese día como regalo de bodas —un regalo bastante barato, en primer lugar, pensó Olga—, pero luego el conductor, que no tenía un teléfono celular que funcionara y nunca antes había conducido por Brooklyn, llegó tarde a recoger a Tío JoJo. Cuando JoJo llamó a Mabel para decirle que llegaba tarde, Tía ChaCha, que se había estado preparando con todas las chicas en la calle Cincuenta y tres, estaba muy feliz de lanzarse a una diatriba acerca de que esto era la típica mierda mediocre de Richie y cómo a Mabel le habría ido mejor si hubiera pagado esto ella misma. Esto, por supuesto, enfureció a Mabel. Ella preguntó qué sabía ChaCha sobre pagar bodas, ya que ella nunca había hecho nada más que ir a la alcaldía. ChaCha, que no es alguien que se toma las cosas con calma, comentó que tal vez Mabel no estaría tan estresada si Julio cargara con su propio gran peso y Mabel no sintiera que tuviera que hacer un show.

Desde que era niña, antes de que Mabel comenzara a llorar, empezaba a sudar. Primero a lo largo del puente de la nariz y luego alrededor de las sienes. Entonces, cuando Olga miró y vio que los pelos de bebé de su prima comenzaban a brillar por la humedad, supo que las lágrimas estaban en camino. Intervino antes de que su prima destrozara por completo su maquillaje y sugirió que Tía ChaCha debería llevar los programas a la iglesia; podría venirle bien un paseo.

«Olga, ven acá.» Cuando ChaCha se fue, Mabel le pidió a su prima que fuera a donde la peluquera estaba arreglando su tiara y el velo en su tocado. Miró hacia el espejo e hizo contacto visual con su prima. «Gracias. Por todo.»

Olga sabía que lo decía en serio. Por mucho más que sacar a ChaCha de la habitación. Nunca hablaron del dinero, pero Mabel sacó el dinero para pagar el peinado y el maquillaje del sobre del banco de Olga. Entonces sintió una profunda cercanía con su prima que no había sentido en años. Incluso desde que eran niñas. Antes de que el aparato de la sociedad comenzara a clasificarlas y ubicarlas en vías diferentes. Una considerada inteligente, la otra grosera; a una la ungieron bonita, a la otra le dijeron que se mantuviera alejada del sol. Olga se dio cuenta de que una y otra vez les habían dicho estas cosas de diferentes maneras, tanto los maestros como los familiares —de forma implícita, que una era un poco mejor que la otra— y, al final, habían llegado a creerlo y a resentirse. Mientras miraba a su prima en el espejo, podía sentir el calor feliz de Abuelita sobre ellas. Olga quería que este momento durara. Quería abrazar a su prima y besar su rostro perfectamente maquillado y retocado, pero podía ver de nuevo las gotas de sudor formándose en la frente de Mabel.

«¡Ay, Mabel! ¡Te vas a levantar toda la cara si no te detienes!»

Mabel se rio y se presionó con los dedos debajo de los ojos para detener las lágrimas.

Aunque la primera parte del día había sido tranquila y animada, llena de risas, música, chisme y mimosas, la familia estaba, sin duda, nerviosa, ya que los acontecimientos de la semana habían agravado las emociones intensas que siempre provocan los días de boda. Tanto Tía ChaCha como la madre de Mabel todavía tenían familiares en Puerto Rico sin electricidad por el huracán Irma. Quizás una hora antes de que JoJo llamara para informarles del problema con el conductor, los teléfonos de todos habían sonado con alertas noticieras. Se acercaba una nueva tormenta llamada María y Puerto Rico estaba nuevamente en el punto de mira de la naturaleza. ChaCha había intentado en vano comunicarse con su madre en Ponce, mientras la mamá de Mabel se arrodillaba para orar. Gracias a las garantías de Reggie de que su madre estaba más segura que el noventa y nueve por ciento de la gente en la isla, se alivió de sus preocupaciones. Al menos en lo que respecta a la tormenta. Durante la mayor parte del día, su mente había estado ocupada por Matteo.

No tenía idea de cómo hacer las paces con un hombre. No es que nunca hubiera peleado con Reggie, ni con Dick. Simplemente nunca había querido o necesitado hacer trabajo alguno para arreglarlo. Con el tiempo, se darían cuenta. Esta vez, sin embargo, no estaba tan segura. Ella le había enviado todos los detalles de la ceremonia y él tan solo le había respondido que lo había recibido. Presa del pánico, le envió una docena de rosas. Le envió un mensaje de texto agradeciéndolo. Llamó y dejó largos mensajes de voz diciendo que esperaba que él le diera una segunda oportunidad. No recibió nada a cambio. No estaba segura si él había decidido venir y la estaba haciendo sudar, dándole una prueba de su propia medicina, o si simplemente había decidido que ella no valía la pena. Intentó mantenerse ocupada ayudando para no ahogarse en la ansiedad de preguntarse cuál de los dos era el caso.

La mañana de Mabel estuvo cargada de preocupaciones más materiales. Olga observó cómo revisaba repetidamente el sobre del banco lleno de dinero en efectivo, haciendo cálculos mentales. Tía Lola le dijo que dejara de preocuparse, eso solo arruinaría las fotos, recordándole que siempre podía echar mano de los sobres de regalo si era necesario. Esto parecía relajarla. Mabel se levantó, se bebió una mimosa y se proclamó lista para casarse.

❧

En la limosina, las otras damas de honor —unas primas y un par de chicas de Con Edison— se tomaron *selfies* y las publicaron en Instagram. Olga, con su sobrina en su regazo, pensó que este era otro hito familiar que su propia madre extrañaría. Se preguntó a sí misma si alguna vez ella se casaría o, igualmente improbable, tendría un bebé, ¿serían esos acontecimientos lo bastante importantes como para atraer a su madre a que viniera a visitarla? Entonces Olga recordó que Prieto, el favorito de su madre, había vivido esos mismos momentos sin su presencia ni apoyo. Ya tenía su respuesta. Era tonto, incluso irracional, que, a pesar de ser consciente de esta negligencia, una pequeña parte de Olga se preguntara ansiosamente si su madre se acercaría de nuevo a ella y, en el caso de que lo hiciera, cuándo.

La limosina de Mabel finalmente se acercó. Olga quería que este día fuera perfecto para ella. Ayudó a su Tío y a su Tía a salir del auto y cuando Mabel salió con su vestido de princesa sin tirantes de Vera Wang para David's Bridal, Olga cargó la cola desmontable mientras subían las escaleras. Mientras Mabel esperaba su gran entrada, la que había estado esperando durante la mayor parte de su vida adulta, Olga esponjó y colocó la cola contra los pisos de mármol del vestíbulo. Se cubrió la cara con el velo de su prima y le dijo que se veía hermosa, lo cual era cierto. Luego Olga se ajustó el vestido de dama de honor turquesa que no le quedaba bien —nunca lo modificó— y se dirigió hacia el altar.

De camino, vio a Matteo, sentado en un asiento del pasillo del lado de la novia, luciendo guapo con un traje negro que le quedaba perfectamente ajustado. Se había recortado y afeitado. Verlo la electrificó. La llenó de alivio y alegría. Por primera vez en mucho tiempo estaba emocionada. De que iba a bailar con él. De presentarlo a la gente. De chismear sobre quién bebía demasiado y quién hablaba de quién en los baños. De que le haya dado una segunda oportunidad.

Él la vio y, contra todo pronóstico, sacó una cámara desechable antigua. Ella sonrió ampliamente y se disparó el *flash*.

REPÓRTESE A LA PISTA DE BAILE

«¡Perate!», Matteo exclamó mientras entraban a la sala de recepción. «¿Tu prima consiguió que Fatman Scoop fuera el DJ de su boda?»

«¿Ese tipo?», respondió Olga. «No. Ese tipo no es más que un imitador de Fatman Scoop. Solo se parece a él y entusiasmará a la audiencia, ¿sabes? Fue un complemento que ofrecía el DJ. También tenían una opción Funkmaster Flex, que, personalmente, es la que yo hubiese escogido, ya que Fatman Scoop ni siquiera era DJ, pero bueno, a Mabel le gustaba.»

Los novios estaban tomando fotos y los invitados apenas habían comenzado a encontrar sus asientos en la sala de recepción, pero ya un pequeño grupo había ocupado su lugar en la pista de baile.

¿Cuál es tu signo zodiacal? ¿Cuál es tu signo zodiacal?, preguntó el doble de Fatman Scoop desde el pequeño escenario.

«¡Virgo!», Tía ChaCha siguió gritando, moviendo sus caderas al ritmo de la música.

«Siempre me gustó Fatman Scoop», ofreció Matteo, «tenía algo para todos. Pelo largo, pelo corto, billetes de cien, billetes de diez. Muy inclusivo».

«¡Qué gracioso, eso es justo lo que dijo Mabel! También contrató músicos de conga para luego.»

Fauxman Scoop estaba pidiendo un *Ooo-oo* y un ¿Qué? ¿Qué? Y Tía ChaCha estaba demasiado ansiosa por cumplir. Llevaba un ceñido vestido de lentejuelas doradas con tirantes finos y tacones de aguja altísimos y Olga podía ver a su Tío Richie junto a la barra, mirándola con lascivia y bebiendo ron con Coca-Cola. Mientras Olga dirigía la atención de Matteo hacia su tío y el drama que potencialmente estaba a punto de desencadenarse, Prieto se dirigió a la mesa y se sentó junto a Olga.

«¡Esto está a punto de ser un desastre!», dijo: «Yo mismo le compré dos tragos a la hora del cóctel y la noche es joven.»

Olga sonrió levemente. Había estado evitando las llamadas y los mensajes de texto de su hermano durante toda la semana y, por fortuna, había estado lo bastante ocupada con el caos del día como para evitar una interacción real con él. Sin embargo, ahora estaban sentados en la misma mesa por el resto de la noche y ella no estaba muy segura de cómo debería comportarse. Todavía analizaba la pelea del fin de semana anterior, sin saber cómo reconciliar las grietas en el carácter de su hermano que la discusión había revelado. Sin embargo, todo esto pasó a un segundo plano frente a la culpa que la atenazaba por ocultar lo que había aprendido sobre su madre. Cuando salió del coche de Reggie, una parte de Olga había pensado: Se pueden ir pa'l carajo. ¿Esconder este secreto de mi hermano? Esta es mi familia. Su hermano no solo merecía saberlo, sino que él era la única persona que podía entender todo lo que ella sentía. La ira, la traición, la confusión y, francamente, el anhelo por esta presencia fantasmal. Sin embargo, algo le impedía llamarlo: un miedo palpable.

Estaba preocupada, dada su posición pública, de que compartir este tipo de información con Prieto pudiera comprometerlo de alguna forma. Menos preocupante era el miedo a su propio hermano. Aunque era claro que Reggie tenía reservas sobre la confiabilidad de Prieto, que al parecer compartía su madre, a fin de cuentas, Olga creía que, sin importar de los secretos y mentiras que guardara Prieto, el corazón de su hermano era incapaz de infligir daño intencional. Excepto tal vez sobre sí mismo. No, el temor más grande y pronunciado de Olga eran los propios Pañuelos Negros y, por extensión, su madre. En el pasado, los grupos de liberación como las FALN no temían emplear la violencia en su búsqueda de la independencia de la isla. Lo que Reggie describió, estos Pañuelos Negros, no le pareció muy diferente. Si él o su madre se enteraban de que Olga había traicionado su confianza, tenía que admitir que no estaba segura de dónde recaería su lealtad. Si, de alguna manera, su hermano ahora había perdido su simpatía, Olga ciertamente no quería sentirse responsable de ampliar la brecha aún más.

Todo esto lo consideraba ahora mientras su hermano intentaba entablar una pequeña conversación. Como Olga no respondió de inmediato, Prieto continuó.

«Hola hombre», dijo, mientras se inclinaba para ofrecerle la mano a Matteo. «Lamento que no nos hayamos visto antes. Prieto Acevedo, hermano de Olga.»

«¡Oye, sí, hombre! ¡No sería un fiel espectador de New York 1 si no supiera quién eres! Yo soy—»

En ese mismo momento, Matteo fue interrumpido por Fauxman Scoop, quien hizo sonar una bocina mientras el anticuado salón de baile se quedaba a oscuras. Segundos después, las luces LED bañaron de color azul turquesa a los invitados. «Despacito» retumbó en los altoparlantes, mientras las puertas dobles se abrían y un reguero de camareros y camareras vestidos con chalecos negros de poliéster y pajaritas con clip entraron a la sala, reuniéndose en dos filas enfrentadas, cada una sosteniendo lo que parecía ser una bengala enorme.

Y ahora, damas y caballeros, declaró Fauxman Scoop, *quiero que todos se pongan de pie porque es el momento que todos estaban esperando. ¡Alza tus servilletas en el aire y agítalas como si no te importara nada! Los has conocido como Mabel y Julio, pero ahora te los presento por primera vez como marido y mujer...*

Justo cuando Luis Fonsi comenzaba el primer estribillo de la canción, los camareros encendieron sus bengalas, más o menos simultáneamente y las levantaron en el aire, formando un arco en llamas a través del cual, Olga se dio cuenta, los recién casados pretendían caminar.

¡El Sr. y la Sra. Julio Colón! ¡Alcen esas servilletas! ¡Álcenlas!

Mabel y Julio, sonrientes y tomados de la mano, ahora entraron bailando en el salón, la luz los seguía, y apretaron sus cuerpos bastante corpulentos a través del arco humano. Julio golpeó su cadera con una de las camareras más pequeñas, casi derribándola.

«Esto parece peligroso», murmuró Prieto.

«Nunca antes había visto esto hecho en un espacio interior», respondió Olga.

A su alrededor, el resto de los invitados no compartían sus inquietudes, ya que todos, hasta Matteo, hacían agitaban sus servilletas —sus hermosas servilletas de lino con vainica— en el aire, animando a la pareja o cantando la canción. Los camareros despejaron la pista de baile y, de repente, Mabel y Julio se vieron rodeados por el cortejo nupcial, Lourdes y Tía Lola, quienes se pusieron en formación detrás de los recién casados y comenzaron a recrear, con notable precisión, la coreografía exacta del video de «Despacito».

¡Una ronda de aplausos para la fiesta nupcial! Vamos, que es hora de cantar:

> «Pasito a pasito, suave suavecito,
> nos vamos pegando, poquito a poquito.»

Prieto, que como todos había estado cantando, se volteó hacia su hermana. «Espérate. Eres una dama de honor. ¿Por qué no estás ahí arriba? ¿Qué pasa, eres demasiado superior para hacer la coreografía?»

«¡No! ¡Mano, Mabel me echó! Me perdí demasiadas prácticas. Ella le dio mi lugar a Lola.»

El frío entre los hermanos se disipó un poco mientras se reían de los estrictos esfuerzos de control de calidad de su prima.

Ahora mismo, ¿quién aquí está listo para hacer ruido?

A Olga le pareció una pregunta estúpida, ya que la respuesta claramente era que todos. Sin embargo, se divirtió cuando todo el mundo aplaudió como respuesta y, después de tocar otra trompeta, comenzó «Let's Get Loud». Olga lo sabía, esta canción complacía incluso a los invitados de los eventos WASP más tensos, pero aquí, en este entorno, se convertía en un puro caos. Invitados de todas las edades apartaron las sillas de banquete cubiertas de satén mientras invadían la pista de baile.

Aunque, de hecho, hacía mucho ruido en la sala, Matteo prosiguió con la conversación como si nunca se hubiese interrumpido, inclinándose por encima de Olga y ofreciéndole la mano a Prieto.

«Matteo Jones, el amorcito de Olga.»

Prieto sonrió y arqueó las cejas, mirando para ver cómo reaccionaba su hermana, pero ella solo pudo sonrojarse y beber de su copa de vino.

«¡Ponle nombre y reclámalo, hombre!», Prieto se rio, obviamente divertido por la incomodidad de Olga. «No te preocupes por mi hermana. No ha traído a nadie a conocer a nuestra familia desde la administración Bush.»

Ahora, le pedimos a todos que busquen sus asientos para servirles el primer plato.

«Que conste», intervino Olga, «fue Bush número dos, no el primero, ¿vale?»

«Bien, bien. Bush dos. De todos modos, algo debes estar haciendo bien si ella ha decidido mostrarte el circo completo.»

Un camarero pasó y tomó su orden de bebidas, justo cuando Tía Lola y Tía Ana se dirigían a la mesa.

«Antes de que a alguien se le ocurra alguna ideíta, ¡ese centro de mesa es mío!», proclamó Lola.

Tía Ana se desplomó sobre una silla de banquete.

«¡Ay! ¡No puedo seguirle el ritmo a su Tío Richie, muchachos! ¡Todavía puede bailar como si tuviera treinta años!» Agarró al camarero, pidió un cóctel y sin pensarlo colocó su servilleta en la falda, cuando se detuvo de repente para evaluar el trozo de tela. «¡Qué elegante, Olga!» dijo mientras levantaba las cejas. «Siempre sabes cuál es el toque correcto.»

Cuando la sonrisa de Olga se amplió hasta convertirse en una sonrisa de gato, el rostro de su tía decayó. Olga siguió su mirada hacia la pista de baile, de la que se habían despejado todos los cuerpos, excepto dos: el Tío Richie y la Tía ChaCha, que bailaban salsa con una vieja canción de La India. Esto no era nada nuevo en las fiestas familiares. Los excónyuges discutían en un abrir y cerrar de ojos, pero en la pista de baile no podían mantenerse alejados, horrorizando a la pobre Tía Ana. Olga pudo ver a su tía moviéndose para buscar a su marido, lo cual sabía que acabaría con una escena escandalosa.

«Titi, no. La canción ya casi terminó, sabes que es inofensivo.»

«¿Lo sé, Olga?», Ana respondió con voz tensa. «Estoy cansada de esta mierda. ¡Si le gusta tanto su forma de bailar, puede volver con ella! Comenzó a levantarse.»

«¡Ana, siéntate!», Lola dijo en voz baja mientras agarraba el antebrazo de su cuñada.

Matteo, que había estado callado observando, susurró «Discúlpame», y se levantó de la mesa. Los ojos de todos lo siguieron mientras caminaba casualmente hacia la pista de baile y pedía bailar con la tía. Richie le dio paso, dejando a su exesposa bailando con Matteo, mientras él encontraba su asiento junto a su esposa actual. La besó en la mejilla al sentarse y, dejándose llevar por la sonrisa en el rostro de Ana, todos exhalaron sabiendo que las nubes amenazantes ya habían pasado, al menos por ahora.

«Eso fue elegante», declaró Prieto.

«Y», intervino Titi Lola, «¡mira! Es un buen bailarín».

Titi tenía razón. En la pista de baile, Matteo guio a ChaCha sin esfuerzo en un dile-que-no con un doble giro interior, seguido de una copa.

«Ya sabes lo que dicen sobre los buenos bailarines…» Lola se rio con picardía. «Te dije que estaría bien, nena.»

«Entonces, ¿qué tiene de malo, hermana?», preguntó Prieto.

Olga suspiró. «Bueno, tantas cosas. Creo que por eso podría ser perfecto.»

Durante el resto de la noche —que fue una mezcla borrosa de hip-hop de la época dorada, *freestyle*, salsa gorda, Motown y música disco—, Olga apenas tuvo la oportunidad de bailar con su cita, tal era la demanda de sus habilidades entre las tías y primas. No solo en su familia, sino también en la de Julio.

¡Este es para los amantes! ¿Podrían acercarse todos *los amantes que estén presentes en el día de hoy?*

Olga estaba en la barra charlando con una de las damas de honor y pudo ver a Matteo buscándola desde la pista de baile, mientras intentaba alejarse de Isabel, la hermana de Mabel. Hicieron contacto visual justo cuando Luther comenzaba a cantar «Here and Now» y Olga se acercaba para unirse a él.

«¡Maldita sea, nena, he estado esperando mi oportunidad de bailar lento contigo toda la noche!»

«Bueno, ¡no puedes evitarlo si estás tan solicitados!», Olga rio.

«Todo el mundo es bien chévere. Me han hecho sentirme feliz por haber venido.»

«Entonces», preguntó ella con un poco de temor, «¿estamos bien? ¿No seguimos peleados?»

«¿No me escuchaste decir que yo era tu amorcito?», preguntó.

Olga se rio. «Sí. Y me hizo feliz. Y aliviada de que no te asusté.»

«Las flores fueron un buen toque. Además, ¿cómo podría huir de todo esto?» Él la señaló, lo que los hizo reír a ambos, ya que ni siquiera Matteo pudo fingir que el vestido de dama de honor le quedaba bien.

«Bueno, o sea, yo sé lo que hay *debajo* de este vestido, ¿verdad?»

Ella se rio y, mientras la canción se desvanecía en «Off the Wall», Prieto se acercó a ellos.

«Hola hermana, ¿puedo hablar contigo un minuto?», preguntó Prieto. Olga se preguntaba cuándo sucedería esto. De todos modos, Mabel ya había llegado a la pista de baile —esta era una de sus canciones favoritas— y estaba muy ansiosa por tener la oportunidad de bailar con Matteo, prácticamente alejándolo de Olga.

«Claro», dijo ella. Cada uno tomó una copa del bar y atravesaron el vestíbulo con espejos que formaba parte de la sala de *catering* hasta llegar al estacionamiento, que daba a Sheepshead Bay. Se sentaron en los escalones de la entrada, fuera del alcance de los valets. El aparcamiento estaba muy iluminado y, por primera vez, pudo ver el mal aspecto de su hermano. Sus ojos se habían oscurecido por el cansancio, la emoción había desaparecido de su rostro. Olga comprendió de inmediato que su alegría del día había terminado. Había sido solo un espectáculo para todos los demás.

«Prieto. ¿Qué pasa?»

Su hermano hundió el rostro entre las manos.

«Olga. Mierda. Ni siquiera sé por dónde comenzar. Sé que todavía estás enojada conmigo por lo del fin de semana pasado, pero, coño. Mierda. Tengo otro problema y no sé con quién hablarlo porque no puedo hablar con nadie sobre esto.»

Cualquier sentimiento de recelo que hubiera tenido hacia Prieto ahora fue disipado por el sentimiento de contrición que había estado sintiendo desde su pelea. A decir verdad, después de su conversación con tía Lola, reevaluó y lamentó la dureza con la que había juzgado las decisiones personales de su hermano. Pensó en la hermana de Jan en el funeral. Al fin y al cabo, todo lo que su hermano quisiera revelar sobre su sexualidad era decisión suya, y ella lo apoyaría.

«Mira», dijo, «sobre lo del otro día. La verdad es que no importa quién seas—»

«Olga, me preocupa tener SIDA.» Volvió a enterrar su rostro entre sus manos y ella pudo verlo estremecerse.

«Prieto. ¿Qué pasó?» Aunque de inmediato le quedó claro. Su reacción ante la muerte de Jan había sido extraña. Desproporcionada. Simplemente no podía imaginar cuándo se habrían juntado.

Su hermano la miró.

«Fue solo una vez. Después de tu fiesta de cumpleaños.»

«¿Fue sin protección?», ella preguntó.

Prieto asintió.

«Ay, bendito, yo ciertamente no soy quién para juzgar, porque he tomado mis riesgos, pero para un chico que intenta permanecer en el clóset…»

«Por favor, no hagas eso.»

«Lo siento. Lo lamento.» Puso su mano sobre la rodilla de su hermano y le dio unas palmaditas. «¿Ya te hiciste una prueba?»

Sacudió la cabeza de nuevo.

«Tengo miedo. De que alguien se entere. No sé en quién pueda confiar.»

«Está bien», respondió Olga en voz baja, mientras pensaba en soluciones.

«Se me ocurrió, eh, una idea. Por ejemplo, de hacer un día de salud pública en Sunset. Tipo "conoce tu estado y—"»

«¡Prieto, déjate de eso! No puedes hacer algo como esto en ¡público! Esa es una de las ideas más locas que he escuchado en mi vida.»

«Pues, ¡coño! ¿Qué debería hacer entonces?»

Olga guardó silencio por un momento.

«Le pediré a mi ginecóloga que lo haga. Es una vieja clienta y nos va a ayudar.» Él suspiró y la rodeó con el brazo, acercándola y besándola en la cabeza.

«Pero tenemos que ocuparnos de eso esta semana, ¿me oyes?»

«Sí.» Él hizo una pausa. «Mierda.»

En ese momento todo lo que Olga quería hacer era sofocar los miedos de su hermano. Estar ahí para acompañarlo en todo. Para hacer eso, se dio cuenta, primero tenía que despejar la niebla de dudas que Reggie había arrojado sobre él.

«Prieto», dijo Olga suavemente. «Tengo que preguntarte algo. ¿Cuándo fue la última vez que viste a la tía Karen?»

Él la miró a los ojos por un momento sin decir nada.

«¿Cómo te enteraste de eso?»

Olga no estaba muy segura cómo iba a responder o cuánto debería revelar. Antes de que pudiera, sin embargo, Prieto continuó: «Mami ha estado enojada conmigo desde la votación de PROMESA. Ella estuvo presionando mucho para que yo votara para derrocarlo. Pensé que estaría molesta, pero…», su voz comenzó a quebrarse por la emoción, «No había sabido nada de ella desde hacía más de un año. Entonces, ya sabes, cancelé esa audiencia por la cual Reggie había estado en pie de guerra. Después, recibí esta cajita por correo. De todos modos, obviamente era de Mami. No de forma directa, sino indirecta, ¿sabes?»

«¿Espera? No. ¿Qué había en la caja?»

Prieto se rio a secas y sacudió la cabeza. «Gusanos. Me envió una maldita caja de gusanos. A veces me pregunto si tal vez solo está bien jodidamente loca…»

Dejó escapar una risa un poco amarga, pero su hermana no pudo unirse a él porque le había invadido un escalofrío. La sensación de miedo que había estado persistiendo en el fondo de su mente acerca de Los Pañuelos regresó, ahora como algo concreto. Lombriz. Ella sabía, tan bien como su hermano, lo que significaban los gusanos. No sabía por qué, pero esta información enmarcó todo lo demás —la presencia de Reggie en la recaudación de fondos, el momento del acercamiento de su madre, la exigencia de que fuese un secreto— de manera mucho más siniestra.

«De todos modos», continuó Prieto, «estaba más frustrado que asustado. No lo sé, tal vez quería una manera de compensar a Mami… Todo estaban tan jodido. Así que fui a ver a Karen solo para ver si podía comunicarme con ella de alguna manera.»

«¿Y?», preguntó Olga con cautela.

«Karen ni siquiera quería verme. La rabia de Mami está fuera de control.»

A Prieto le brotaban lágrimas y Olga puso su mano encima de la espalda de su hermano y se la frotó como solía hacer Abuelita. Sintió una sensación de alivio. Prieto había demostrado que Reggie estaba equivocado. Ella le preguntó por Karen y él se lo contó. ¿Y por qué no lo haría? Después de todo lo que habían pasado juntos. Ellos dos solitos. Ahora, decidió estar ahí para apoyar a su hermano en este momento, plenamente. Su hermano, que ayudó a criarla, que le compró el vestido de graduación, que la ayudo a mudarse dentro y fuera de todos los dormitorios universitarios en los que había vivido, que a los veinticinco años la llevó a abortar y no le hizo ninguna pregunta. Su hermano, que era, ella sabía, su único y verdadero amigo. Olga resentía a su madre profundamente por insertar esta brecha de secretismo entre ellos. Quería contarle todo lo que sabía, con la esperanza de que juntos pudieran encontrarle algún sentido y, tal vez egoístamente, desahogarse un poco. Se le formó un nudo en la garganta. En cambio, dijo: «Mami va a estar bien. Lo superará. Pensaremos en algún gran gesto para que se le quite el enojo. Así que no te preocupes por eso. Vamos a conseguirte esta prueba, ¿te parece?»

Era una mentira, lo sabía. Pero ahora mismo ella necesitaba esta mentira. Para proteger a su hermano del miedo: a la enfermedad, a perder el amor de su madre, quizás a algo más nefasto. Para protegerse a sí misma también. De qué exactamente, ella no lo sabía. Sin embargo, lo que sentía en el fondo era que, por ahora, cuanto menos supiera él, mejor.

Había más cosas que ella quería decir, pero fueron interrumpidos por los sonidos de las risas que salían del salón de recepción. Tío Richie, Mabel, Julio, Fat Tony, Matteo, Titi Lola, Tío JoJo y Titi ChaCha iban saliendo, con bebidas y cigarros en mano, ya encendidos antes de estar fuera. Cha-Cha tenía su brazo alrededor de la amplia cintura de Tío Richie y Prieto golpeó el brazo de su hermana porque sabía la pelea que se iba a producir en el estacionamiento cuando Ana se diera cuenta de que ambos no estaban en el salón de baile. Olga le levantó una ceja a Matteo, quien tan solo se encogió de hombros con una sonrisa. Olga se encaminó hacia él cuando Mabel la agarró del brazo y la apartó para un lado. Ella había estado bailando toda la noche y Olga quedó impresionada con lo bien que había quedado el maquillaje aerógrafo.

«Trajiste esas servilletas, ¿verdad?», preguntó Mabel.

Olga no iba a mentir, pero al mismo tiempo, después del intercambio de esta mañana, no sentía la alegría que había pensado que le proporcionaría este momento. Olga suspiró. «Sí, lo hice, Mabel. Pero…»

Pero fue demasiado tarde.

«Escucha, puta, no soy tonta. Te conozco. Hiciste esto para intentar presumir ante la familia, pero, ¿sabes qué? ¡Todo lo que hiciste fue joderte a ti misma! ¡Mi suegra quedó tan impresionada con esas malditas servilletas! Y como no tiene idea de quién carajo eres, pensó que era yo. Me dijo: "¡Qué buen gusto tienes, Mabel! Ni siquiera dejan pelusa. Este es el verdadero estilo europeo, Mabel". Sabes bien que ella es italiana y piensa que es jodidamente mejor que todos.»

Olga suspiró, arrepentida de haber arruinado ya la tregua. «Mabel, tengo muchas ganas de empezar una nueva—»

«Prima, escucha, está todo bien. Pero con el ánimo de hacer borrón y cuenta nueva, solo necesitaba que supieras que vi lo que estabas tratando de hacer y dejarte saber que el tiro te salió por la culata, ¿okey? ¡Querías ponerme en ridículo y, en lugar de eso, quedé como una campeona!»

Las primas se miraron en silencio por un momento y Mabel se dio una cachada de su cigarro.

«Entonces», continuó, «ahora lo que pasó, pasó. Borrón y cuenta nueva. Pero, Olga». Le hizo un gesto a su prima para que se acercara a ella y le susurró: «Lo que realmente quiero saber es sobre tu nuevo macho. Quiero decir, ahora soy una mujer casada, pero una chica no puede evitar darse cuenta…»

Las puertas del pasillo se abrieron y pudieron escuchar a Fauxman Scoop llamándolas desde adentro.

Bieeeen, voy a necesitar que todas mis chicas solteras y todos mis chicos solteros se presenten en la pista de baile. ¡Preséntense a la pista de baile!

Olga agarró el brazo de Matteo.

«Nos habla a nosotros; vamos.»

TRAGAR

El miércoles después de la boda, Olga se despertó sobresaltada de un sueño. Volvía a ser una niña y tomaba la mano de su padre mientras salían del metro. La estaba llevando al circo, no al cursi del Madison Square Garden que le gustaba a Prieto, sino al bueno. El que está detrás del Lincoln Center. Salieron del tren y pasaron junto a la fuente y cuando pudo ver la carpa de rayas rojas y blancas iluminada ante ellos, lanzó un grito y miró a su padre con deleite. Dentro de la tienda había una arena tradicional, la multitud estaba sentada en gradas alrededor del anillo azul brillante, con una gran estrella blanca irradiando desde su centro. Olga y su padre encontraron sus asientos y la tienda quedó a oscuras por un momento antes de que un único foco brillara a un lado del ring, revelando, en una jaula dorada, un león. El león golpeó los barrotes y rugió, molesto por su situación de cautiverio. Al otro lado estaba un segundo foco. Una mujer vestida con frac rojo y sombrero de copa, leotardo negro y botas hasta las rodillas, una de las cuales descansaba casualmente sobre un pequeño taburete negro, estaba iluminada. En una mano sostenía un látigo. La otra mano descansaba cómodamente sobre su cadera. Sonrió a la multitud y el oro de su arete reflejó la luz, dando la impresión de que ella brillaba. Era su madre.

«¡Si alguien puede domar un león, Olguita, esa es tu mami!», le susurró su padre. Olga sonrió y su madre hizo restallar el látigo en el suelo mientras se acercaba al león, que rugió irritado y dio vueltas antes de que ella abriera su jaula. La multitud contuvo la respiración colectiva mientras ella dirigía a la majestuosa bestia hacia el taburete increíblemente pequeño. El León la amenazó enseñándole los dientes. La madre de Olga volvió a hacer restallar el látigo, repitiendo su orden. El gran felino bajó la cabeza por un momento antes de galopar hacia el taburete, asumiendo una posición incómoda. La multitud aplaudió. Alguien le entregó a su madre una antorcha, que ella blandió ante la multitud, y el león la recibió con un golpe al aire de sus grandes garras antes de alejarse de la llama. Con una floritura, la madre de Olga prendió fuego a un anillo de metal y la multitud volvió a jadear. Hizo restallar su látigo. El león permanecía inmóvil como una estatua y la multitud guardaba silencio. Esperando. Luego, con un solo movimiento saltó del taburete, saltó al suelo y saltó a través del anillo, ileso. La multitud se volvió loca: la gente se puso de pie, hasta su padre, y las palomitas de maíz se derramaron por la emoción. Su madre ordenó al león que volviera al taburete y se acercó a la bestia con estilazo. Le guiñó un ojo y le ofreció la mano al león, haciéndole un gesto para que le diera la pata. El león obedeció, inclinando con timidez su majestuosa cabeza. El público se rio. Ahora su madre sonrió tímidamente a la multitud, como si estuviera diciendo: miren esto. Levantó su látigo en el aire, haciéndolo bailar sobre la cabeza del león, chasqueando los dedos de su mano libre al ritmo de la música de fondo. Despacio, el león se levantó sobre sus patas traseras y, como la multitud se dio cuenta con deleite, comenzó a moverse al ritmo de la madre de Olga. La multitud se unió y aplaudió mientras el león bailaba. Su madre hizo el gesto de blandir y cortar el aire con su mano. Para. Y lo hicieron. Un *ooooh* de asombro emanó de la multitud. Le hizo un gesto al león para que saludara. Él obedeció y el público estalló en un arrullo de *aaaahs*. Luego, su madre comenzó a hacer una reverencia, se inclinó el sombrero y se volvió para dirigirse a cada rincón de la audiencia. Luego, justo cuando su espectáculo estaba llegando a su fin, la madre de Olga hizo restallar su látigo por última vez, suavemente, e hizo una seña al león para que le diera un beso.

Se la tragó entera de un bocado.

Olga se incorporó de golpe, despertándose con el nombre de su madre en la lengua. Revisó su teléfono. Eran poco antes de las cinco de la mañana. María había tocado tierra en Puerto Rico. Se levantó de la cama, con cuidado de no despertar a Matteo, y revisó las redes sociales mientras preparaba su café. La gente, ya sea incapaz de creer lo que estaban viendo o segura de que más tarde dudarían de ellos, publicaba videos de la furia de la tormenta. En uno, una mujer en Utuado gritaba mientras María arrancaba el techo de su casa y al fondo el viento arrancaba las coronas de sus palmas reales. En otro, una familia de Humacao se refugiaba en una bañera mientras María, con la ferocidad de un amante vengativo, golpeaba la puerta de cristal del patio decidida a entrar, indiferente a los cristales rotos que finalmente dejaba a su paso. Los lugares variaban —el salón de baile de un hotel en San Juan, una calle inundada en Guayama—, pero, ¿el elemento constante en todos? El temblor de las manos de los camarógrafos, la manifestación física del miedo en toda la isla. La estrella del espectáculo era el viento, que rugía como un vacío amenazador, absorbiendo hojas, árboles, casas, coches, vidas. Luego María derribó las torres de telefonía celular, por lo que los videos se detuvieron, pero Olga sabía que el terror no. Olga solo había estado en Puerto Rico una vez, durante un largo fin de semana cuando salía con Reggie King. De hecho, Reggie nació allí, pero se fue cuando tenía dos años. Cuando era niño, había vuelto a la casa de su abuela un par de veces durante el verano, cuando su madre había estado demasiado ocupada. Pero él no había regresado como adulto y, como siempre había enfatizado, no había vuelto como rico. En aquella época era solo un poco rico, pero claramente significaba algo para él regresar con todas sus cosas en una maleta Louis Vuitton en lugar de una bolsa de compras, quedarse en una suite del Ritz de San Juan en lugar de una casa de concreto de tres habitaciones en el campo. Si bien a Olga le daba placer ver que él disfrutaba de esto, tampoco pudo evitar ver que, aunque ese era «su hogar», no encajaban exactamente en él. Olga se dio cuenta de que lo que ella había pensado que se veía proveniente de «Nueva York», allá abajo parecía «estadounidense». Su español no era el mejor, por lo que cada vez que se sentaban a comer o beberse un trago, los camareros escuchaban una palabra de su boca y cambiaban al inglés. A Reggie le encantaba esto, por supuesto, porque le gustaba hacer un gran espectáculo hablando español —sorprendiéndolos de que él era uno de ellos y no un afroamericano— y luego volvían a cambiar. No debería haberle sorprendido saber que él había construido una casa allí, porque incluso en aquel entonces él disfrutó el viaje mucho más que ella.

Sin embargo, lo que a Olga le encantaba era la música. En todos lados. Salsa, plena y bomba. Fueron a un espectáculo callejero y el círculo de bomba tenía alrededor de treinta barrileros. El primer bailarín era un tipo tan grande que Reggie bromeó diciendo que podría haber sido la reencarnación del fallecido gran Biggie Smalls. Mujeres, cuyo color de piel iba desde el interior de una almendra hasta el exterior de un grano de café, cada una más bella que la anterior, bailaban con unas fantásticas faldas blancas. Coqueteaban con los barrileros con la tela y sus caderas. Gozando de su propia existencia. Sintió el latido de la bomba en su pecho, más grande que el de su propio corazón. Tan grande como toda la isla.

Ahora se le ocurrió que durante ese viaje ella y su madre quizá estaban a pocos kilómetros de distancia la una de la otra. Juntas en esa isla pequeña. ¿Sabía su madre que ella estaba allí? Sentía por su madre lo mismo que sentía por Puerto Rico: que eran entidades misteriosas y desconocidas. Su única certeza sobre cualquiera de los dos era que, de alguna manera, ambas eran parte de Olga.

CUANTO MÁS TIEMPO tenía Olga para recontextualizar a Reggie King con la información que le había dado su hermano, más incómoda se sentía. Aun así, él era su único conducto para obtener información. Le envió un mensaje de texto con una serie de signos de interrogación. Reggie envió un *nada por ahora* como respuesta. Esto la irritó. No por la falta de respuestas, sino por el hecho de que ella dependía de él. Descubrir que su madre le había dado a Reggie una línea de comunicación —algo que sus propios hijos habían anhelado con desesperación— la había destrozado en silencio. Le entristecía que la mujer más importante de su vida fuera en efecto una extraña. Para Olga, pero no para todos.

Cuando Matteo despertó, Olga estaba sentada en su sofá, paralizada viendo la noticia. Aunque la tormenta apenas había comenzado su viaje a través de la isla, en todos los programas matutinos que escucharon —Gayle King, Matt Lauer, Pat Kiernan e incluso Rosanna Scotto— todos decían lo mismo: Puerto Rico «probablemente fue destruido», la frase se sentía como un disparo en el corazón cada vez que lo escuchaba. Una extraña sensación de espanto brotó de su pecho.

Durante muchos años su madre existió como una entidad flotante, cuya única ubicación estaba dentro de los numerosos sobres que llegaban de destinos desconocidos. Ahora Olga pudo fijarla con firmeza en un lugar. Imaginarla con su entorno, como una persona real en un cuerpo físico. Un cuerpo que inevitablemente había envejecido. Un cuerpo que podría ser arrastrado por las aguas de una inundación o golpeado por la caída de un árbol o… Era una sensación nueva no solo tener a su madre como parte tan activa de sus pensamientos, sino también como tema que la preocupaba.

«¿Estás bien?», preguntó Matteo.

«No lo sé», dijo rotundamente. «Mi madre está ahí.»

«¿Qué?», dijo Matteo, sorprendido. «Pensé que tu—»

«Es… Es información bastante nueva. Bueno, por lo menos para mí.»

Después de su reconciliación en la boda, Matteo no había insistido demasiado en saber por qué ella se había desaparecido esos días anteriores. Tomó al pie de la letra su afirmación de que no sería un error que se repitiera. En ese momento, Olga se sintió llena de alivio. Pero ahora, la consumía la sensación abrumadora y reconoció que necesitaba ayuda para desenmarañar todo lo que había sucedido. Bailó cuidadosamente alrededor de los detalles.

«Uno de los… socios de mi madre vino a verme la semana pasada. En mi oficina.»

«Bueno. ¿Y eso es normal?»

«Para nada. Al parecer mi madre necesitaba mi ayuda.»

«¿Se encuentra bien? ¿Físicamente?»

Olga se rio. «Es decir, no sé cómo esté mentalmente, pero sí, no necesita un riñón ni nada parecido, si a eso te refieres.»

«Entonces, desaparece por varias décadas y luego aparece buscando un favor. Espero que le hayas dicho que se vaya al carajo.»

Aunque Matteo verbalizó un pensamiento que la propia Olga había tenido, ella de todas formas se molestó.

«Sigue siendo mi madre», dijo a la defensiva, «no voy a decirle simplemente que se vaya a la mierda si viene a buscar mi ayuda en específico. Al menos voy a escucharla».

Matteo se acercó a donde ella estaba sentada en el sofá y se inclinó para besarla en la cabeza.

«Mira, Olga», le susurró al oído, «es tu mamá, lo entiendo, es complicado. Me enojo cuando pienso en que te esfuerzas por una mujer que nunca hizo lo mismo por ti».

Hubo un silencio entre ellos.

«¿Qué piensa tu hermano?»

«No he tenido la oportunidad de decírselo», respondió a la defensiva. «Además, ni siquiera importa. No me dijeron qué quería ella, fuera lo que fuera. Tal vez ahora sea irrelevante.»

PARA LOS DEMÁS, Olga imaginaba que su hermano parecía afortunado.

La gente a menudo confundía la fama con la fortuna, sin comprender que incluso aquellos con cierto renombre son vulnerables a las miserias. Olga sintió que Prieto había nacido bajo una estrella difícil. Demasiado pronto para sentirse con derecho a ser él mismo en la sociedad. Demasiado afectado por la influencia de sus padres para ser avaricioso. Tenía una niña a la que cuidar y proteger. Enemigos conocidos y otros que sabía que apenas podía imaginar. Recordó que el análisis de sangre de su hermano fue esa mañana. Si sus instintos eran correctos y los resultados positivos, la constitución de su hermano la preocupaba. No veía manera de que él mantuviera su vida intacta sin una honestidad audaz y no estaba segura de que tuviera la valentía necesaria para ello.

Se encontraron en la sala de espera del consultorio de su ginecólogo. CNN sonaba en un televisor en la esquina de la habitación, alertando a cualquiera que prestara atención que se había vuelto a ir la luz en Puerto Rico, aunque cualquiera que prestara atención sabía que eso había sido inevitable.

«Esto será peor que Katrina», dijo Prieto.

Ella asintió. «Louisiana es un estado.»

El huracán solo había amplificado la incomodidad de Olga porque no le revelaron el paradero de su madre, pero no se atrevía a aumentar la carga de su hermano, que ya tenía muchos problemas. No tenía nada que ofrecer más que la preocupación y él ya estaba lleno de preocupaciones. Tan pronto como le extrajeron sangre a Prieto, sonó su teléfono. Era la oficina del gobernador. Estaban tratando de negociar un viaje el viernes para llevar suministros, evaluar los daños y ver qué ayuda podían proporcionar a nivel estatal. Querían que Prieto subiera al avión y él estaba ansioso por ayudar. Luego se vio envuelto en un protocolo de intervención —con su personal, sus colegas, sus contactos. Olga podía oírlo: buscando agua, medicinas, baterías, linternas, radios. Sus preparativos la pusieron ansiosa. Estaban buscando cosas que, para sorpresa de Olga, FEMA nunca había implementado. Le preocupaba que la gente dependiera de una colecta de bienes *ad hoc* que se realizaba desde el teléfono celular de Prieto en el consultorio de su ginecóloga.

ESA NOCHE, CUANDO estaba de vuelta en su casa, las noticias mostraron una antena de la isla en la oscuridad y predijeron que pasarían meses —tal vez años— antes de que volvieran a tener electricidad. A la luz del día siguiente, surgieron más videos: carreteras derrumbadas, casas inundadas, deslizamientos de tierra. Se le llenaron los ojos de lágrimas. Ella no podía dejar de mirar. También recordaba cómo le pasó lo mismo después del 11 de septiembre. Su abuela le dijo que saliera, que se alejara de las noticias, pero no pudo. Vio los cuerpos saltando entonces del edificio, ahora las personas atrapadas en fosos por el agua de la inundación. Esto solo podría empeorar.

La ruptura de Olga con Dick solo tuvo un efecto verdaderamente persistente —había perdido todo el entusiasmo por su carrera, reconociendo, supuso, que su comentario no le habría dolido tanto si ella, en parte, no estuviera de acuerdo con él. María sirvió como la excusa perfecta para abandonar el trabajo y hundirse en la miseria televisada. Durante los días siguientes, mientras su hermano atendía a la gente real, Olga estaba en su sofá, observando, en cámara lenta, todas las formas en que la isla ahora estaba realmente jodida. No había electricidad, no había agua, el sol había vuelto a salir y la gente tenía calor. Los enfermos no tenían medicinas. La comida se estaba echando a perder. La gente pasaría hambre. La gente entraría en pánico.

En todas las horas de metraje que Olga vio, pudo contar la cantidad de veces que vio a un soldado o a un oficial federal. ¿Dónde estaban? En línea, el presidente se ocupaba del patriotismo de los atletas profesionales y de reunir multitudes en torno a un pedófilo. Fue necesario que su oponente político le recordara, nada menos que en las redes sociales, que había un buque completo de la Armada destinado a apoyar crisis como esta, si tan solo lo desplegara. Las ciudades quedaron atrapadas dentro de sí mismas —las carreteras estaban bloqueadas por árboles caídos o líneas eléctricas, o simplemente habían desaparecido. Cedieron bajo el peso de las inundaciones después de tantas décadas de negligencia por parte del gobierno. Sin embargo, ¿cómo supo esto Olga? Los equipos de noticias, con sus helicópteros, lograron llegar a cada rincón de la isla, algo que por alguna razón FEMA no había conseguido. Mientras un día se convertía en dos, en tres y en cuatro, en cada pueblo se oía el mismo estribillo: Necesitamos ayuda, ¿dónde está la ayuda? Somos ciudadanos americanos.

«Los van a dejar morir», le dijo finalmente a Matteo el sábado por la noche, tres días después de que María se fuera. «Es impresionante.»

«¿Qué cosa?»

«Han descubierto cómo cometer genocidio sin ensuciarse las manos.»

«Nena», dijo Matteo con cautela. «Tenemos que sacarte de este apartamento.»

De hecho, ese mismo día la había sacado del apartamento y no había ido muy bien la aventura. Matteo la convenció de caminar hasta el Atlantic Center para comprar suministros para enviar, pero cuando miró la lista de necesidades y se encontró llenando el carrito con pañales, toallitas húmedas y fórmula, rompió a llorar en medio de la tienda. Los llantos fantasmales de los bebés que esperaban fórmula y pañales limpios resonaban en sus oídos, sabiendo que a nadie a cargo le importaba si los recibían.

«¡Si fuesen bebés blancos hubiesen recibido pañales ayer!», ella lloró.

«Está bien, está bien», dijo Matteo, tratando de consolarla.

«Pero si tiene razón», ofreció una mujer negra que pasaba junto a ellos empujando un carrito.

«El gobierno nunca tiene prisa por ayudar a nadie como nosotros, por lo que dependemos de que nosotros nos ayudemos los unos a los otros.»

Olga notó que su carrito también estaba lleno con las necesidades aleatorias de las víctimas del desastre.

«¿Puertorriqueña?», preguntó Olga.

«Niña, no necesito ser puertorriqueña para querer ayudar. Ese es el problema hoy día. La gente piensa que solo es responsable de personas que son como ellos. Yo no me siento así. Dejaron morir a mi gente después de Katrina. Es lo mismo. Como dije, depende de nosotros que nos apoyemos.» Y la mujer y su carrito siguieron su camino.

EL DOMINGO SE encontró acurrucada en casa de Matteo, firmemente sentada en el sofá. Matteo no la había convencido de que saliera sino de que cambiara su ubicación y ahora, ante la insistencia de Olga, estaban viendo las noticias en casa de Matteo.

«Mira eso», dijo. «Esta gente dijo: "Que se joda el gobierno, vamos a arreglar esto nosotros".» En la pantalla del televisor, Olga los vio, hombres y mujeres con machetes, cortando el árbol caído y despejando sus propias carreteras. Pudo ver que algunos de ellos —los que estaban organizando a los demás— llevaban pañuelos negros en la cara. Todo lo que podías ver eran sus ojos. En otro canal, un grupo se había reunido alrededor de una pequeña lámpara solar —una mujer con una estufita rescató arroz y frijoles y logró cocinar para todo el vecindario. Luego otro video corto: en la plaza de un pueblo, entre las ramas aún caídas, se había formado un círculo de bomba y, tomando un descanso de la espera de la llegada de la gasolina y el agua, la gente se había detenido a bailar. En su pecho sintió brotar un orgullo, un orgullo conectado a algo antiguo programado para sobrevivir. Por primera vez en días, sintió algo más que la profunda e interminable tristeza.

༺∞༻

Su teléfono vibró. Era Reggie.

«¡Pa'lante!»

Y supo que su madre, firme y sin miedo, se había enfrentado a María.

SIEMPRE PA'LANTE

El viernes después del paso de María, la delegación del gobernador de Nueva York se dirigió a San Juan. Cuando el avión comenzó a descender, Prieto miró por la ventana y se quedó sin aliento. La isla, normalmente una losa de exuberante malaquita flotando en un claro mar color aguamarina, ahora era una costra marrón en un abismo gris y sombrío. Los árboles quedaron desnudos, el follaje fue víctima de la ira de María. Sintió que se le desgarraba un poco el corazón al imaginar el arduo viaje de la naturaleza para devolverle el color a la isla. Solo cuando aterrizó comprendió las implicaciones prácticas del verdor perdido de la isla. Sin las sombras de las palmeras y el verde fresco de las plantas de hibisco, el sol quemaba la tierra y a las personas que intentaban salvarse de sus rayos.

La primera vez que Prieto fue a Puerto Rico fue para la convención nacional de su fraternidad cuando era estudiante. Eran mediados de los años noventa y una inyección de capital de empresas estadounidenses había provocado un auge en San Juan y sus alrededores. Hubo un banquete para los aproximadamente trescientos hermanos que se habían reunido desde ciudades de toda la costa este. Fueron recibidos por vástagos de la industria local: jefes de compañías farmacéuticas que hablaban sobre la creación de empleos por y para los puertorriqueños, hoteleros que discutían la capacidad del turismo para unificar a la diáspora. El discurso de apertura lo dio el gobernador recién instalado, el mismo hombre cuyo hijo era gobernador ahora. Pronunció un amplio discurso sobre la próxima fase de Borinquen y cómo la privatización de los municipios de la isla abriría el camino hacia la estadidad.

Prieto recordó haberlo disfrutado en ese momento —dándole al chico una gran ovación y esperando, ansiosamente, estrecharle la mano y tomarse una foto con él después. No tenía idea de que en tres cortos años el presidente Clinton pondría fin a los incentivos fiscales que habían llevado a esas empresas a Puerto Rico y que, junto con las exenciones fiscales, desaparecerían los empleos. Todavía no entendía que las empresas estadounidenses ya no estaban motivadas por crear trabajo significativo para nadie, y menos aún para los puertorriqueños. Desde entonces, cada vez que Prieto regresaba a la isla —y a lo largo de sus años como funcionario público de Nueva York, sus viajes fueron muchos— notó que San Juan era un poco menos brillante y la sensación de posibilidad menos exuberante de lo que había visto ese primer viaje.

En ese primer viaje, Prieto se había apartado del grupo de la convención y se dirigió a una dirección en La Perla, justo frente al mar en el Viejo San Juan. Su español, entonces torpe, le ayudó a abrirse paso por las calles estrechas. Al llegar, pudo escuchar a una madre gritarle a su hijo que limpiara lo que ensuciaba. Llamó a la puerta, sin estar seguro de si sus habilidades lingüísticas eran lo bastante buenas como para explicar lo que lo había traído aquí: que su padre, Juan Acevedo, había vivido en esta casa antes de que él se fuera a Nueva York. Había traído una foto de su padre, con su uniforme militar, solo para ver si eso podría despertar un recuerdo y ver si todavía tenía familiares por ahí cerca. No fue el caso. Pero la mujer, Magdalena, quedó tan conmovida por este pobre nuyorican tan interesado en conocer a su familia que no lo dejó ir sin alimentarlo y presentarlo a sus hijos y vecinos. Después de comer, lo llevó a conocer a todos los Acevedo que conocía en el área, por si acaso el nombre y la historia de su padre le sonaran a alguien.

Pensó en ella ahora, mientras vislumbraba La Perla a través de la ventanilla de su vehículo de escolta militar.

«¿Podemos detenernos aquí por un segundo?»

«Congresista, lo siento, pero no podemos llevarlo allí. La Perla es un desastre y tenemos que traerlo de regreso para el recorrido en helicóptero.»

«Estaremos bien», ofreció con firmeza.

No pudieron llegar al barrio en automóvil, ya que su camino estaba bloqueado por una línea telefónica caída. Mientras los miembros de la Guardia Nacional evaluaban el camino, Prieto saltó y se abrió paso por un sendero inclinado cubierto de hojas y escombros hacia la antigua casa de Magdalena y su padre. Si hubiera estado en casa durante la tormenta, seguramente no podría estar ahí ahora. El techo fue arrancado, las ventanas volaron y la mitad del segundo piso se había derrumbado. Calle abajo vio a un anciano con delantal de bodeguero que salía de su edificio con una escoba. Dado el estado de la calle —ramas caídas, hojas esparcidas, ventanillas de coches quebradas, escombros de edificios—, la escoba parecía una herramienta ridícula. Sin embargo, el hombre empezó a barrer. Desde lo alto de las escaleras, uno de los guardias nacionales le hacía señas a Prieto para que regresara al auto, por lo que llamó al hombre en español:

«¿Magdalena todavía vive aquí?»

«Sí, pero sus hijos se la llevaron a las montañas antes de la tormenta. A los Pañuelos Negros.»

Prieto no estaba seguro de qué significaba eso. Los guardias nacionales se acercaban y gritaban su nombre.

«Si regresa, dígale que Prieto vino a ver cómo estaba.» El hombre asintió y levantó el pulgar.

«Pa'lante», gritó Prieto.

«Siempre pa'lante», respondió el hombre.

⚮

Dos días antes, Prieto no creía que nada, ni siquiera un huracán catastrófico de categoría 5, pudiera hacerle olvidar su prueba de VIH.

Desde el momento en que permitió que su hermana programara la cita, esta fue su obsesión casi singular. Lo atormentaba la idea de dejar a Lourdes sin su padre, infligiendo un dolor en su vida que él conocía muy bien. Sabía que pensar en la muerte era irracional, pero se encontró incapaz de dejar de vagar por esos callejones oscuros. La noche anterior no había podido dormir. Estaba muy nervioso cuando llegó al consultorio del médico. Sintió como si la enfermera le hubiera mirado mal cuando se levantó para seguir a Olga a la sala de examen. Su corazón había estado acelerado, confiado en que se trataba de una idea terrible.

Al principio, ciertamente así lo parecía. Su hermana le había dicho que a la doctora que le parecía bien su plan, que era un simple favor. Pero pronto se dio cuenta que Olga no le había contado una mierda a nadie. Primero, la enfermera intentó tomarle sangre a Olga, lo que hizo que su hermana insistiera en ver a la doctora en persona, lo que luego, comprensiblemente, hizo que la enfermera se sintiera insultada.

Prieto podía oírla murmurar a las otras enfermeras acerca de que la doctora quizá no le había extraído sangre desde la escuela de medicina, pero Olga no estaba prestando atención y, al fin y al cabo, no era el brazo de Olga el que estaba a punto de ser puyado.

«No puedo creer que ya se hayan quedado sin electricidad», dijo, mientras miraba su celular.

«¿En serio? La mayor parte de la isla se quedó sin electricidad después de Irma…»

«¿Qué va a pasar?»

«Ya estaban jodidos, ahora estarán jodidos en la oscuridad.»

«¡Coño, Prieto! ¡Qué manera de deprimir a uno!»

Parpadeó mientras evaluaba a su hermana. ¿Acaso ella pensaba que momentos antes de hacerse una maldita prueba de SIDA él reuniría energía para interpretar al Sr. Optimista? Estaba cansado de jugar ese papel. Antes de que pudiera responder, entró la doctora. Prieto observó cómo ella absorbía su presencia y se dio cuenta de que no tenía idea del favor que estaban a punto de pedirle. Si bien se le había ocurrido que tal vez este plan de Olga violaba algún tipo de código ético, de repente se le ocurrió que la Dra. Gallagher podría ser el tipo de persona que se sentiría ofendida por la solicitud. Él y su hermana bien podrían ser expulsados en cuestión de segundos y él volvería al punto de partida.

«¡Congresista Acevedo!», exclamó la Dra. Gallagher. Su expresión se transformó en una sonrisa. «Es un verdadero placer, una sorpresa, pero un placer. Olga, ¡creo que no había establecido la conexión de que tú y nuestro excelente congresista estuvieran relacionados!»

Olga le guiñó un ojo a su hermano desde su posición en la camilla. Puta. Él sabía que este favor era para él, pero odiaba la manera en que ella siempre lograba salirse con la suya. Prieto le estrechó la mano a la doctora.

«Bueno, Marilyn, sabes, no me gusta andar alardeando, pero créeme, ¡estoy muy orgullosa de mi hermano!»

La Dra. Gallagher hizo una pausa. Prieto se dio cuenta de que era una mujer inteligente, más allá de los libros de medicina. «Entonces», comenzó, «y no me malinterpretes, soy una adicta a la política, así que es un placer conocerte, pero es… es poco común que un hermano acompañe a su hermana al ginecólogo».

Olga respondió antes de que él pudiera pensar en una explicación.

«Bueno, Marilyn, como mencioné en mi correo electrónico… Recientemente surgieron algunas cosas que me hicieron pensar que sería bueno que me hiciera una prueba completa de VIH/ETS.»

Se sintió aliviado, pero molesto, de que Olga siempre tuviera una respuesta para todo.

«Vale», respondió la Dra. Gallagher lentamente, sabiendo que había más.

«Pero no solo soy yo quien necesita hacerse la prueba…»

Hubo una pausa. Prieto miró sus zapatos y las losetas vinilo beige de mármol.

«Soy yo», dijo Prieto, levantando la mano. «Yo, um, estuve involucrado en actividad sexual riesgosa con alguien que ahora sé que contrajo una ETS y solo quiero, de manera *confidencial*, que me revisen. Realmente no tengo un médico personal en quien confíe.»

«¿Sabes qué tipo de ETS?, preguntó Marilyn.

El tragó saliva. «VIH.»

«Sabe, congresista, hay pruebas caseras que usted puede enviar por correo, son completamente confidenciales. Totalmente anónimas.»

«¿Marilyn?» Olga ahora intervino: «¿Dejarías que tu hermano se hiciera una prueba de SIDA por correspondencia?»

Marilyn negó con la cabeza. Hubo un silencio; Prieto se preguntó si el sentido de las reglas y regulaciones de la doctora era tan gris como el de su hermana.

«Seis de noviembre. Siete de la tarde en El hotel Bowery. Ahí te espero.»

«¿Disculpe?», preguntó Prieto.

«Mi esposo y yo copresidimos una gala para una red de escuelas particulares subvencionadas que apoyamos. Necesitamos un orador de alto calibre.»

Coño, pensó Prieto, realmente todo el mundo tiene un precio. Después de tres intentos de obtener su sangre, la Dra. Gallagher al fin encontró la vena.

«Ahora, Olga, el laboratorio se comunicará con ustedes por teléfono en unos cuantos días—»

«¡Espera!», interrumpió Prieto. «Yo, eh, había leído sobre estas pruebas rápidas de VIH. Ya sabes, donde te lo dicen de inmediato. ¿Pensaba que quizás pudiéramos hacer una de esas?»

«Congresista», ofreció la Dra. Gallagher, «lamento decepcionarlo, pero mi consultorio no está equipado para realizar la prueba rápida. Esto podría ser un descuido de nuestra parte; es solo que esa prueba de VIH… Mis pacientes se preocupan sobre todo por perder peso y por los especialistas en fertilidad. Tendré que enviar los resultados al laboratorio.»

Prieto suspiró y la doctora continuó.

«Olga, no ignores los números desconocidos, porque no dejan mensaje y no me envían los resultados. Es verdaderamente confidencial.»

Él estaba sentado en una silla, completamente atento a las losetas, con una mano en la cabeza y la otra presionando el lugar de donde le extrajeron la sangre, tratando de no hiperventilar.

«Congresista», dijo la doctora mientras se agachaba para estar a la altura de sus ojos. Como hacía el pediatra de Lourdes. «Quizá te estás preocupando más de lo necesario. Pero solo quiero recordarte que ahora existen muchos recursos y que las personas con VIH viven vidas muy largas y plenas. En especial, si no te importa que sea tan franca, personas con cierto acceso y ciertas conexiones. No pases demasiado tiempo volviéndote loco, ¿de acuerdo?»

Quería decirle que no lo haría, que apreciaba su favor, aunque se oponía fundamentalmente a las escuelas particulares subvencionadas, pero se le hizo un nudo en la garganta. Ella le dio unas palmaditas en el hombro y justo cuando él pensó que podría tener un ataque de pánico, su teléfono empezó a sonar. Era el gobernador.

No hacía falta ser un experto en gestión de crisis para comprender que el gobierno federal había optado por ignorar el problema a la hora de prepararse para la llegada de María. Abundaban las excusas: FEMA estaba demasiado abrumada con la recuperación de Irma y Harvey para ayudar preventivamente a P.R. La Marina estaba preocupada por los barcos hospital que resistían la tormenta en la Bahía de San Juan. Pero para Prieto, la prueba definitiva de que se trataba de un caso de negligencia deliberada fue el hecho de que no activaron la Guardia Nacional antes de la tormenta. Siendo siempre la primera línea de defensa en casos de emergencia nacional, de los ocho mil guardias activaron a quinientos. En una isla que ya sufría un apagón. Estaba claro que Puerto Rico estaba abandonado a la merced de Dios. Este era un estado familiar en el que los Estados Unidos abandonaba a la isla, pero de alguna manera, esta vez se sentía más siniestro. Prieto no pudo deshacerse del recuerdo del reciente interés de los hermanos Selby por lo que sucedía allí abajo.

Prieto había estado presente después de desastres anteriores —el 11 de septiembre, la súper tormenta Sandy—, pero no estaba preparado para la destrucción y el desorden que los esperaba en San Juan. Habían dividido a la comitiva del gobernador en tres pequeños grupos, cada uno de los cuales fue trasladado en helicóptero a una zona diferente de la isla para inspeccionar y entregar agua potable y suministros críticos: fórmula para bebé, insulina y respiradores operados con baterías. Prieto se encontró en Maunabo, una ciudad que, después de años de vertidos químicos corporativos, la EPA había nombrado un sitio Superfund. Aun en el mejor de los días, su agua corría el riesgo de estar contaminada. La gente allí hablaba de María como si fuese un monstruo, apenas aguantando el llanto mientras esperaban los galones de agua. Con el apagón y las torres telefónicas destruidas, su ansiedad solo había aumentado al estar aislados del mundo exterior. Los miembros del séquito de Pietro fueron los primeros funcionarios que la gente en la ciudad había visto desde la tormenta y expresaron alivio al ser «encontrados». Sintiendo el calor y su propia sed, Prieto evaluó las provisiones.

«¿Esta es toda el agua que tenemos?», le preguntó a uno de los asistentes del Congreso de su grupo.

«¿Están diciendo que FEMA llegará en más o menos un día?»

«Esta gente necesita agua ahora. Reparte todo lo que tenemos aquí; volveremos por más. No podemos permitir que la gente se muera de sed. Seguimos estando en América.»

«¿Honestamente? Si se tratara de un país extranjero, tal vez estaríamos haciendo más», respondió el asistente.

A lo lejos, Prieto escuchó un alboroto. En las afueras de su larga línea de distribución, la gente charlaba y, familia tras familia, se alejaban en dirección opuesta. Él los siguió. En una calle lateral había una camioneta. En la plataforma había dos hombres con fusiles AK-47 en las manos. Otros dos distribuían jarras de agua de un galón a la creciente multitud. Los cuatro tenían la cara cubierta con pañuelos negros. Uno de los pistoleros lo vio y llamó la atención de los demás. Prieto se detuvo y asintió con la cabeza en su dirección. Levantaron sus rifles y, mientras Prieto se giraba despacio para alejarse, podía sentir como le apuntaban en la espalda.

Se suponía que la comitiva solo se quedaría unas horas antes de regresar a Nueva York, pero cuando terminó su gira Prieto se sintió incapaz de irse. Era difícil imaginar regresar, dormir en la comodidad de su hogar, con aire acondicionado y agua potable, comida refrigerada, acceso a servicio telefónico e internet, sabiendo que, a un corto vuelo de distancia, había ciudadanos americanos que se parecían a él, sin ninguna de esas cosas. A diferencia de cuando Sandy cortó la electricidad en Nueva York o cuando Dallas se inundó después de Harvey o cuando los incendios quemaron las casas de Sonoma, esta gente no tenía a quién acudir. No tenían voz real en el gobierno. Pagaron impuestos, sirvieron en las guerras de los Estados Unidos, pero no había nadie con poder real cuyo trabajo fuera luchar por ellos. Nadie que los representara y exigiera acciones. En el mejor de los días, Prieto no confiaba en que esta administración no jodiera a nadie que no fuera parte de su «base». Solo podía imaginar el cruel abandono al que someterían a toda una isla de personas morenas y negras privadas de sus derechos. Estaba sucediendo en vivo. Quería quedarse para ayudar, sí, pero también para que nadie pudiera negar lo que él mismo estaba viendo. Nadie podría manipular y decir que las imágenes eran peores que la situación. Necesitaba dar testimonio.

Durante los dos días siguientes, Prieto se incorporó a un equipo de noticias con sede en los Estados Unidos que había sido enviado a cubrir la tormenta. Prieto confió en ellos y no en el gobierno para que le dieran acceso sin filtros a lo que en realidad estaba sucediendo. El primer día, sábado —tres días después de la tormenta— se dirigieron a Toa Baja, donde aún continuaba la búsqueda y rescate de personas atrapadas en casas inundadas. Sam, el reportero, y su camarógrafo, Jeff, documentaron a las personas varadas en los tejados y las casas sumergidas en el agua. Prieto caminó por calles inundadas ayudando a colocar a los enfermos y ancianos en dispositivos de flotación, llevándolos hasta hospitales que apenas funcionaban. Le sorprendió que, en lugar de expresar miedo, aquellos a quienes rescataron los recibieran con gratitud. Gratitud por haber sobrevivido. Gratitud porque no había sido peor. Gratitud porque sus hermanos no los habían abandonado.

Prieto se dio cuenta de que la ironía era que, para Borinquen, sobrevivir a la tormenta era solo el comienzo. Cada hora parecía traer nuevas reverberaciones del impacto de María. Los deslizamientos de tierra en las montañas derribaban lo que quedaba de las casas que habían sobrevivido. Incluso si podías navegar tu carro por las carreteras bloqueadas y derrumbadas, había escasez de gasolina. Aunque pudieras encontrar gasolina, debido a la pérdida de energía eléctrica, la única manera de comprarla era si tenías dinero en efectivo. El sábado por la tarde, de regreso en San Juan, vieron un cable que serpenteaba rodeando una cuadra y descubrieron que conducía a un cajero automático alimentado por uno de los pocos generadores que funcionaban en la isla. Sam y su camarógrafo hablaban con las personas que esperaban y que estaban siendo disecadas por el sol. La mirada de Prieto se centró en un hombre sentado en la acera. Era delgado y su largo cabello gris contrastaba con su tez oscura. Su cabeza descansaba entre sus manos. Prieto pudo ver cómo sus hombros temblaban por los sollozos. Caminó y se sentó a su lado.

«Señor», dijo Prieto, tocándole el hombro mientras se presentaba. Cuando el hombre se dio cuenta de que estaba con un funcionario electo, se alisó el cabello y se volvió a colocar la gorra POW*MIA en la cabeza.

«¿Estuviste en Vietnam?», preguntó Prieto.

«Ya, eso es así. Di dos giras por mi país.»

«Mi papá también.»

El hombre lo miró y parpadeó. «Mi nieta está embarazada. Nos quedamos sin agua. Me he quedado sin efectivo. Yo solo… Yo solo…»

El hombre hundió la cabeza entre las manos.

Prieto sacó su cartera y le dio 60 dólares. El hombre tomó el dinero y se santiguó, dándole a Prieto una bendición y se levantó para ir a buscar y esperar en la siguiente fila.

☙

ESA NOCHE, ACURRUCADOS alrededor de unas cuantas linternas solares en el estacionamiento de Telemundo, Prieto se sentó con Sam y algunos otros periodistas, tratando de darle sentido a todo lo que habían visto. Se pasaron una botella de ron.

«¿Sabes lo que no puedo superar?», dijo Prieto. «Que nadie espera que llegue ayuda.»

Una periodista local llamada Mercedes respondió: «¿Qué evidencia teníamos de que sería todo lo contrario? Eso estaba claro antes de que llegara esta tormenta».

«¿Nunca te sientes mal?», preguntó Prieto.

«¿Por?», respondió Jeff.

«Puedes recorrer toda la isla, pero lo único que haces es sostener tu cámara. ¿Alguna vez te has sentido mal por no estar ayudando físicamente?»

«Súper gracioso, mi pana», dijo Sam, molesto.

«No quise ofender», dijo Prieto. En verdad esa no fue su intención. Genuinamente, se preguntaba cómo se sentía documentar y no intervenir. Por su parte, Prieto se sintió, extrañamente, mejor de lo que se había sentido en meses, aunque solo fuera porque sabía que estaba ayudando en realidad y de forma directa a la gente.

«No me ofendo, Prieto», dijo Jeff, «pero si no estuviéramos aquí, ¿crees que alguien estaría pensando en esta gente y en este lugar?»

Hubo un momento de silencio. Incluso los coquíes se habían quedado en silencio, solo el zumbido de la estación de radio AM local informaba sobre los registros de los distintos municipios. Se habían instalado teléfonos satelitales en los centros urbanos más grandes de la isla, pero el servicio celular aún no funcionaba. La radio era su única fuente noticiera sobre el resto de la isla. Así que todos escucharon. Atentamente.

«Espera», dijo Prieto, «¿qué acaban de decir?» Su español era bueno, pero el locutor hablaba con rapidez.

«Puñeta», ofreció Sam. «¿Dicen que ha habido una fuga de la prisión en Guaynabo?»

«No», ofreció Mercedes, «dicen que los liberaron, vino un grupo y liberó a los prisioneros».

«Qué mierda», dijo Sam. «Si está mal aquí, ¿te imaginas lo jodida que está la gente en la cárcel?»

Prieto recordó los treinta días que pasó encerrado en el MDC por protestar contra la ocupación militar de Vieques. Sí. Podía empezar a imaginar lo jodidos que estaban esos presos.»

«El asunto es», dijo Mercedes, «yo soy de por ahí. Eso no es realmente una cárcel. Es como para niños, ¿sabes? ¿Cómo los llaman en inglés?»

«Centro juvenil», ofreció Sam.

«¿Entra un grupo y libera a todos los niños malos perseguidos?», ofreció Jeff. «No existe ningún verdadero misterio. Son los Pañuelos Negros.»

«Espera», interrumpió Prieto, «¿te refieres a los tipos con bandanas negras? ¿Eso qué es? Escuché de ellos en La Perla y los vi el viernes cuando estábamos en Maunabo repartiendo agua».

«Bueno», dijo Mercedes, «es más una leyenda que un hecho, pero…» Y procedió a hablarle de un grupo de rebeldes que algunos dicen que descendieron de los macheteros de la generación anterior, bajo un nuevo liderazgo. Había rumores de que pretendían ser los zapatistas de Puerto Rico, ir a la guerra con el gobierno, crear un estado dentro de otro estado, pero todo era especulación. Todos los relatos los ubicaban en las montañas, en una granja autosuficiente que se rumoreaba que tenía su propio suministro de energía, comida y jóvenes reclutas de toda la isla.

Prieto durmió esa noche en un catre en la redacción de Telemundo, pensando en los Pañuelos Negros. Tan pronto como Mercedes empezó a hablar del tema, Prieto supo que su madre estaba involucrada. El momento, el objetivo, todo coincidía con lo que había visto en su expediente del FBI. Necesitaba pruebas y, sobre todo, encontrarla. Repartir agua era una cosa; hacerlo con rifles era otra. Las prisiones liberadoras—juveniles o no—aterrizaban a otro nivel. Cuando finalmente se durmió, soñó con gusanos. Se despertó empapado de sudor.

❦

PRIETO CONTEMPLÓ PERDER su vuelo de regreso a casa. Sintió, por segunda vez en su vida, que el destino lo había puesto en el lugar correcto en el momento correcto para generar un cambio positivo. Esa parte de su destino estaba ligada a proteger esta isla —su isla— de la explotación. Tan solo no sabía exactamente qué forma tomaría. Al final, sin embargo, lo que alejó a Prieto de San Juan fue un espectáculo de talentos en la escuela secundaria. Cuando lo recordó, su primer pensamiento fue: ¡Pero estoy haciendo cosas importantes aquí! Luego pensó en su madre. Cuántas cosas había considerado más importantes que su rol como madre. Qué secundarios siempre había sabido que eran él y su hermana respecto de cualquier causa del momento. Muchas cosas en la vida de Prieto, sobre todo últimamente, estaban fuera de su control. Sin embargo, el tipo de padre que escogía ser para Lourdes no era una de ellas. Se dirigió al aeropuerto.

Mientras regresaba a casa desde el JFK, reflexionó sobre su existencia en los últimos años; se sintió como si hubiera perdido el ritmo de una canción que había escrito. Cuanto más amplia se había vuelto su vida pública, más abstracta se había vuelto su existencia personal. Cuanto más había en juego, más disminuían los resultados positivos de su carrera. Se había sentido como una muñeca matrioshka, su verdadero yo enterrado y ofuscado bajo niveles de compromisos y compromisos. Solo con su hija se sentía profundamente comprometido. Hasta estos días más recientes. Mientras estuvo en Puerto Rico había florecido un sentido de utilidad que había eludido durante años. Comprendió que, en la isla, esa franja de tierra devastada, estaba el mapa de la persona que había perdido de vista.

Era la tarde del lunes 25 de septiembre de 2017, cuando su carro se detuvo frente a su casa. Vio a su hermana sentada en las escaleras, con el rostro inundado de preocupación. Supo de inmediato que había dado positivo.

BUENOS DÍAS, MÁS TARDE

A Olga se le ocurrió que tal vez estaba sufriendo un ataque de ansiedad. Las últimas semanas la habían desgastado hasta quedar hecha una bola de nervios, mientras soportaba un torrente de hechos que erosionaron su armadura y desahogaron emociones cuidadosamente confinadas. Por la forma en que la enfermera confirmó por teléfono su número de paciente, se dio cuenta de que los resultados de Prieto eran positivos. La mujer comenzó a explicarle opciones de recursos de seguimiento, pero Olga simplemente le colgó. Ella no estaba reteniendo ninguna información. Su hermano había estado fuera de contacto, sin servicio telefónico, desde que se fue a Puerto Rico el viernes, pero ella había visto algunas imágenes de él en las noticias —hasta las rodillas en el barro, repartiendo agua al sol— que le recordaron por qué ella había puesto a su hermano en su pedestal hacía mucho tiempo.

No había una buena manera de decírselo. Tan pronto como viera su rostro lo iba a saber. Entonces, en lugar de sorprenderlo, pensó que se sentaría afuera para que él pudiera verla primero y decidir cómo quería reaccionar. Ella quería darle ese momento. Anticipándose a lo peor, le pidió a la madre de Lourdes que se quedara con ella una noche más para tener algo de espacio. A pesar de saber que se trataba de una enfermedad completamente tratable y soportable, la desgastada sensación de inquietud que había experimentado cuando su padre enfermó se materializó de nuevo ahora. Sabía que su hermano también tendría que soportar esas viejas angustias.

Cuando su carro se detuvo, Prieto se sentó en él por un minuto. Luego salió y levantó las manos —como si estuviera bajo arresto— y siguió diciendo: «Está bien, está bien. Estoy bien, estoy bien». Lo cual causó que Olga perdiera el control por completo. Lo cual se dio cuenta de que era lo contrario del punto.

Tan pronto estuvieron dentro, se sentaron en la cocina, en la misma mesa en la que se habían sentado toda su vida. Lo recordaba espigado y delgado, cuando ocupaba mucho menos espacio en el mundo. Ahora hizo que la mesa pareciera miniatura. Parecía tan sólido. Tan saludable.

«Mira», dijo su hermano tan pronto estuvieron dentro, «si hubiera recibido esta noticia antes de ir a Puerto Rico, no te voy a mentir, creo que se hubiese convertido en un jodido desastre. Y no me malinterpretes, estoy jodidamente asustado. Estoy jodidamente asustado...» Empezó a llorar. «Es difícil no pensar en Papi, ¿sabes?»

Habían cenado con su padre innumerables veces en la misma mesa. Esta mesa donde ponía sus discos y encantaba a toda su familia. Donde les enseñaría sus lecciones de historia. Donde se sentaron juntos y lloraron después de su muerte.

«Lo sé», dijo, con los ojos llenos de lágrimas.

«No me atrevía a ir a verlo, Olga. Cuando estaba muriéndose. Estaba tan avergonzado.» Ahora estaba sollozando. «¿Crees que esta es su venganza?»

«¿La venganza de papá?», ella preguntó. Su hermano asintió.

La pregunta era tan fuera de lugar para su hermano y su padre, que Olga se echó a reír.

«¡Espérate! ¿Tú crees que Papi, que literalmente dejaba salir a los insectos de la casa en vez de matarlos, se ha convertido en un fantasma oscuro y vengativo? ¿Atacando a su propio hijo, a quien adoraba, con enfermedades? Ahora, tal vez eso sea una mierda que nuestra madre haría, pero, ¿Papi? ¡Vamos! ¡Eso ni siquiera suena propio de él, Prieto!»

No podía dejar de reírse y tan pronto lo dijo en voz alta, su hermano también lo encontró gracioso y pronto ambos tenían pavera.

«Estaba pensando en lo triste que me puso como terminó Papi. Mami me dijo que lo dejara, que intentara olvidar a la persona en la que se había convertido—»

«Sí», dijo Olga, «ella también me dijo esa mierda».

«Y lo intenté, pero no se puede olvidar, ¿verdad? No deberías olvidarlo —eso fue parte de su vida. De todos modos, estaba pensando en Lourdes y en que, si esta mierda me mata, quiero morir luchando. Así que su recuerdo de mí sería tan bueno, si no mejor, que el del padre que ha tenido hasta ahora.

«Este viaje me hizo darme cuenta de cuánto tengo que trabajar conmigo mismo. Para mi hija, para nuestra familia. Pero también, ahora mismo, por nuestro pueblo, Olga. Cuando estaba allí en Puerto Rico decidí que, sin importar cómo saliera la prueba, iba a animarme y seguir pa'lante. Mejor que antes. Estoy entusiasmado. Si no luchamos, van a dejar que Puerto Rico se desaparezca.»

Sus palabras regaron una semilla de preocupación que ya había sido sembrada en la mente de Olga.

«Prieto, tenemos que hablar. Sobre mami. Karen se acercó mientras estabas de viaje. Mami está en P.R. Está a salvo, pero está ahí.»

Prieto ni siquiera pareció estar sorprendido. «Lo sé.»

«¿Lo sabes?»

«Bueno, debería decir que no lo sabía, lo sospechaba. Hay un grupo en la isla sobre el cual había oído algunos rumores. Radicales de la liberación. Casi de inmediato supe que ella estaba envuelta.»

Hubo una pausa antes de que él preguntara, un poco desesperado. «¿Dijo algo sobre mí? Karen, quiero decir.»

«No», mintió Olga de nuevo, lo cual parecía más fácil que involucrarlo en la verdad. «Fue una conversación muy rápida.»

Se quedaron despiertos durante horas, bebiendo juntos, recordando a su padre, hablando de los próximos pasos de Prieto en cuanto a su salud médica, su viaje a Puerto Rico. Finalmente, cuando ambos estaban un poco borrachos, Olga mencionó lo inmencionable.

«¿Cuándo se lo vas a decir a Lourdes?», esto era, en esencia, lo mismo que preguntar cuándo iba a hacerlo público, porque no podían pedirle a Lourdes que no se lo dijera a su madre, y Olga sabía que tan pronto esto saliera más allá de ellos dos y tal vez de Titi Lola, era solo una cuestión de tiempo que saliera para el mundo entero.

«Yo, eh, aún no lo he decidido.»

«He pensado mucho en esto y si quieres tener la oportunidad de conservar tu puesto, tienes que ser abierto acerca de todo, de inmediato. Ganarás mucha simpatía y luego tendrás hasta la mitad del período electoral para establecerte como algo más que el tipo que había estado en el clóset con VIH.»

Su hermano se quedó en silencio por un momento.

«¿Pero qué pasa si las cosas no suceden así?», preguntó. «¿Qué pasa si se convierte en una controversia y necesito renunciar? No puedo irme de mi puesto. No ahora. No con este presidente y no con lo que vi en Puerto Rico. Tengo que volver. No puedo permitir que esto sea una distracción.»

EL DIAGNÓSTICO DE su hermano la sacudió por completo. La parte racional de ella sabía que él viviría una vida larga y maravillosa. Pero se sentía poco racional y no podía dejar de imaginar lo peor. Una vida sin su hermano le parecía insoportable. Desarraigada. Sin embargo, reconocer esto solo hizo que Olga fuera más consciente de cuán desorientada ya estaba su existencia. A diferencia de su hermano, que incluso ahora, ante esta enfermedad, se guiaba por un propósito mayor: su lucha por los demás. Esto le proporcionó un faro, una forma de reorientarse. Olga sintió que había estado remando durante años sin dirección visible, excepto alejarse de su miedo a no ser suficiente.

Cuando era niña, cuando la gente se enteraba de que Olga había sido «abandonada», podía ver con qué rapidez se convertía en víctima ante sus ojos. Sentía su lástima y eso la hizo sentirse destrozada. Dañada. Su abuela observó astutamente que cualquier debilidad o tropiezo en la escuela se atribuiría, con un aire de inevitabilidad, al hecho de que no tenía padres. Cualquier logro de Olga se atribuiría, con aire de incredulidad, a su «resiliencia». Desde muy temprana edad, Olga y su abuela calcularon que, si podían elegir entre esas dos opciones, el camino más fácil para Olga sería el éxito.

Esta estrategia funcionó bien al principio: obtener buenas notas en la escuela, sobresalir con cualquier un talento, verse bonita, hacer reír a la gente, resolver los problemas por cuenta propia, no molestar a nadie y, cuando fuera posible, ser útil. El éxito, entonces, parecía tan simple como escaparse: del caos que sus padres habían dejado a su paso, hacia la «oportunidad». Sin embargo, después de la secundaria, con su abuela mal equipada para guiarla a través del nuevo terreno de la Ivy League, el objetivo comenzó a verse menos claro y su caja de herramientas menos adecuada. Como resultado, Olga buscó a tientas en la oscuridad, tratando de seguir un camino que conducía a un destino confuso conocido simplemente como el «éxito». En la universidad, se convenció de que eso significaba la afirmación de los poderes institucionales. Después de la universidad, pensó que debería luchar por la fama y su proximidad. Solo en la edad adulta fue que se dio cuenta de que no, que era el dinero lo que la protegería de sentirse inferior.

Por supuesto, sus padres siempre habían considerado el éxito como una construcción del hombre blanco. Su madre usaba sus cartas para recordarle esto continuamente a Olga para enfatizar la inutilidad de sus objetivos. Su madre, sin embargo, no sabía lo que era ser considerada lo menos importante. Menos importante que las drogas, menos importante que una causa. Su madre no entendía lo que tenía que hacer para quitarse de encima esa etiqueta —«menos»— para demostrarle al mundo que estaba equivocado. Un mundo que, a pesar de cómo a sus padres les gustaba ver las cosas, valoraba tu apariencia, el tipo de ropa que usabas, los lugares a los que ibas a la escuela, las personas a las que podías acceder e influenciar. Incluso su hermano, arraigado en su postura de hacer bien, comprendió todo esto. Olga formó sus ambiciones como una reacción a la ausencia de su madre, pero seguramente las calcificó en rebelión contra los mismos valores que llevaron a que su madre los abandonara. Basar su identidad en el ámbito material le parecía la venganza perfecta.

Hasta que un día no fue así.

Después de *Spice It Up* y la Gran Recesión, Olga comenzó a notar que sus clientes se volvían cada vez más ricos, mientras que las personas que hacían el trabajo recibían la misma compensación. Incluso los ricos parecían menos satisfechos que antes. El simple hecho de existir les parecía una carga inmensa. Su riqueza les permitió comprar casas que eran «agotadoras» y vacaciones que eran «abrumador» planificar. Lo que se requería para complacerlos, para hacerlos sentir alegría en su día de mayor felicidad, se volvió cada vez más imposible de lograr. Olga subió los precios, infló las facturas y aumentó los márgenes. Pero el dinero no hizo que nada se la hiciera sentirse mejor. Al principio, poco a poco, empezó a encontrar tedioso y estúpido no solo su trabajo diario, sino también todo el proyecto de su vida. Para esa misma época, Olga notó que las notas de su madre ya no la llenaban, ni siquiera por un momento, de satisfacción vanidosa.

Comenzó a preguntarse si la única persona de la que se estaba vengando era de sí misma.

A veces, como ahora, la invadía una sensación de malestar que duraba días, una extraña especie de melancolía sin punto de partida ni final definitivo. Un terapista al que se vio obligada a ver cuando era estudiante en la elegante universidad le dijo que este sentimiento quizá era un anhelo por su madre, sugerencia que Olga rechazó al salir furiosa de la habitación. Pero con el paso de los años, Olga revisó esta presunción, preguntándose en silencio cómo sería su vida si su madre la hubiera considerado digna de su tiempo y afecto. ¿Qué habría hecho ella, Olga, con toda la energía que había gastado en convencer a todos de que, a pesar de esta carencia, no estaba rota? Entonces, aunque Olga sabía muy bien que el afecto de su madre era voluble, cuando Reggie dijo que la necesitaba, Olga apenas pudo evitar preguntarse si el terapista tenía razón. ¿Qué pasaría si ella pudiera satisfacer ese anhelo? ¿Qué sensación de paz y propósito podría encontrar para sí misma si tuviera la oportunidad de ganarse la admiración de su madre?

Por su estado, Olga sabía que no debía decirle que sí al productor de *Good Morning, Later*, quien sugirió que hiciera un segmento en vivo. Estaba esperando que el laboratorio se comunicara con ella para informarle los resultados de las pruebas de su hermano cuando la llamaron. Ella no reconoció el número y lo contestó por reflejo.

«Las noticias han sido tan deprimentes últimamente», dijo el productor, «pensamos que sería genial hacer un segmento de boda agradable y feliz. Las bodas hacen que la gente se sienta bien. Y *Good Morning* ofrece noticias, pero en *Good Morning, Later*, nuestro objetivo es hacer que nuestros espectadores se sientan bien, ¿sabes?»

«Sí», dijo Olga. «¿Cuál es la estrategia?» Siempre había una estrategia con estas cosas —combatir el calor, bodas navideñas, novias de junio, lo que se debe y no se debe hacer.

«Bueno, Tammy se comprometió hace poco, así que estábamos pensando que podríamos hacer un episodio de "pon en marcha tu planificación" con ella. ¿Suena bien?»

No sonaba bien. Pero era más fácil aceptar que explicar y por eso, entonces, Olga accedió.

«Bien, excelente. Alguien de mi equipo se comunicará contigo para decirte la hora del llamado y para revisar tus artículos de demostración, pero esperamos verla el miércoles por la mañana.»

«La idea de ir a un estudio de televisión para plancharme el pelo y aplicarme una máscara de felicidad maquillada en la cara me parece más que desagradable en este momento», gritó Olga a Matteo, que estaba terminando de cenar en la cocina mientras ella miraba el techo de su sala de música. Era el martes por la noche. Grababan a *Good Morning, Later* en tan solo unas horas.

Matteo había preparado pasta y ahora le trajo un plato.

«¿Por qué no le pediste a ME-Gahn que lo hiciera por ti?»

«Dios mío, ojalá pudiera. Ojalá pudiera darle todo el maldito negocio y nunca volver.»

«Entonces, ¿por qué no lo haces?», preguntó.

«Porque», comenzó Olga, sin estar segura de a dónde quería ir con eso. «¿Porque supongo que no sé cómo me mantendría? No sé para qué más estoy calificada.»

«¿Tú?», preguntó Matteo, genuinamente incrédulo. «Tú, niña, podrías hacer cualquier cosa. Podrías volver fácilmente a Puerto Rico.»

«¡Pero, Matteo, quiero vivir en América!», dijo bromeando. «No, en serio, si no voy a hacer esto, quiero hacer algo significativo.»

«Bueno», dijo Matteo, «si tu hermano decide postularse para la reelección, ¿podrías dirigir su campaña?» Olga le había contado a Matteo sobre su hermano. Sabía que había roto el círculo, pero confiaba en él. Completamente. Y, además, después de verla llorar durante tantos días, le preocupaba que él iba a internarla en un psiquiátrico si al menos no intentaba explicarse.

«Matteo», le arrojó un cojín, «¡dije que quería hacer algo significativo!»

Ambos se rieron.

«Es curioso, cuando iba a la universidad y mi madre estaba enojada porque me perdí entre burgueses, no vi ningún problema, porque había tocado el santo grial. La Ivy League.»

«¡La meta de la sociedad!», Matteo intervino.

«¡Ese es el problema! Para *mí* fue como una línea de meta, porque sabía lo que hacía falta para llegar allí y sobrevivir. ¿Pero a todos los demás? ¿Los niños cuyos padres y abuelos habían ido allí antes que ellos? Para ellos esa era solo su línea de partida. A algo más grande. Algo que ni siquiera podía imaginar. Siento que desde entonces he pasado todo este tiempo tratando de descubrir hacia dónde se suponía que debía dirigirme. ¿Qué cosa podría lograr que me hiciera sentirme… suficiente?»

Matteo dejó su cuenco y le dio toda su atención.

«Olga», dijo Matteo, «si no hicieras nada importante durante el resto de tu vida, serías más que suficiente».

No sabía cómo recibir tal amabilidad y si realmente creía que era cierto.

«¿Te dije alguna vez que me pusieron el nombre de Olga Garriga? Nativa de Brooklyn, nacionalista puertorriqueña y prisionera política arrestada por protestar contra la Ley Cincuenta y Tres.»

«¿Ah sí?», preguntó Matteo.

«Sí, mi papá lo escogió. Quería hacerme "ambiciosa". Pero a mi madre le preocupaba que me pareciera a la Olga del *Obituario puertorriqueño*. Aquella Olga se avergonzó de su identidad y murió soñando con dinero y siendo todo, menos ella misma.»

Matteo arqueó las cejas. «¿Piñero?»

«Cerca. Pedro Pietri.»

Matteo se levantó y fue a una sección de su colección de discos. «Maldita sea. Admito que no soy muy bueno con las palabras.»

«Está bien. Quiero decir, me lo sé de memoria.»

«Entonces», dijo Matteo, abrazándola ahora, «recítamelo».

Y así lo hizo. El poema completo. Y Matteo le dio una gran ovación. «¡Bravo!»

Olga hizo una reverencia.

«Pero, ¿te das cuenta de que la solución al dilema de Olga está en el poema?»

«Espera», Olga preguntó, «¿qué quieres decir?»

«Quiero decir, es una historia de la cual puedes aprender. Se trata de no perseguir un ideal externo, de no tratar de adaptarte a la visión que otra persona tiene de ti y, en cambio, construir con la comunidad de personas que simplemente te aceptan como eres.»

«Tengo la impresión que eso no fue lo que mi madre interpretó del poema.»

OLGA ESTABA EN el salón verde esperando que la llamaran para su segmento, esperando que terminara rápido. Los monitores reproducían la transmisión en silencio desde el estudio al final del pasillo. Olga pudo ver que los presentadores de *Good Morning*, dos versiones un poco más serias de los presentadores de *Good Morning, Later,* apenas estaban finalizando el programa. La cámara estaba enfocada en Nina, la copresentadora, peinada a la perfección.

Olga leyó los subtítulos. *Esta mañana compartimos algunas de las imágenes absolutamente desgarradoras de Puerto Rico, donde hoy hace justo una semana, el huracán María tocó tierra y destrozó por completo la isla.*

En la pantalla había una presentación de diapositivas de la angustia. Tomas aéreas de casas arrasadas, personas caminando a través de agua sucia hacia gasolineras, filas serpenteantes de personas esperando comida, vagones languideciendo en un puerto, médicos evacuando a bebés enfermos en un helicóptero, enfermeras trabajando en el hospital a oscuras. La imagen final: niños bebiendo del agua de lluvia marrón que habían recolectado en una piscina.

Es simplemente devastador, Nina. La cámara había brincado ahora a John, su coanfitrión, que lucía solemne. *Si desea saber cómo puede ayudar al pueblo de Puerto Rico, visite goodmorning.com/maria.* Hizo una pausa por una fracción de segundo, el tiempo suficiente para reemplazar su expresión seria con una amplia sonrisa. ¡Y ahora, nuestra sección favorita con las locas *señoras más queridas de América en la mañana!*

La cámara mostró a Tammy y Toni, que ya estaban conversando.

¡Gracias John!, dijo Tammy con una amplia sonrisa, las palabras en la pantalla seguían ligeramente el movimiento de sus labios. *Bueno, no sé tú, Toni, pero, ¡estoy emocionada por nuestro programa de hoy!*

Sin sonido, pensó Olga, este espectáculo era una pantomima grotesca.

¡Estás emocionada porque hoy hablaremos de SOLO DE BODAS! ¡Espero que no tengamos aquí a Tammy, la Bridezilla!

¿Yo?, Tammy reaccionó de manera exagerada. ¡Nunca!

Casi había terminado el programa. Olga ya había guiado a la muy entusiasta Tammy por una lista de verificación para comenzar a planificar su boda («Porque es un viaje, Tammy», había improvisado Olga. «¡Tú y Glenn se llegarán a conocer de maneras completamente nuevas!»). Habían hablado sobre la importancia de un presupuesto («Esa nunca ha sido tu palabra favorita, Tammy», había bromeado Toni) y cómo hacer tu lista de invitados («Lo único que me preocupa es herir los sentimientos de las personas», lamentó Tammy). Luego, llegaron al último tema, las preguntas que se deben hacer al buscar posibles sedes.

«Bueno, debes estar segura de que comprendes su aforo. Te sorprendería saber cuántas personas reservan un lugar del que se enamoran y no se dan cuenta de que simplemente las personas no van a caber.»

«¡Oh, Dios mío! ¿Te imaginas? ¡Qué pesadilla!», ofreció Toni.

«Lo sé», continuó Olga. «Y, por supuesto, si hay un componente al aire libre, debes preguntar sobre tu plan de contingencia en caso de contratiempos.»

«Ah, sí», asintió Tammy. «¡Sobre todo hoy en día! ¡Todas estas tormentas horribles!»

«Es simplemente terrible, Tammy», coincidió Toni. «¡Esa pobre gente de Puerto Rico! ¿Te imaginas?»

Olga asintió, con una tensa sonrisa de preocupación dibujada sobre su rostro —la preocupación de que intentarían vincular este segmento sobre nada con una crisis humanitaria. Solo Tammy, pensó Olga, podría devolver este segmento al camino frívolo que le correspondía.

«¡Ay, no!», Tammy exclamó de repente. Hizo una pausa. «Olga, me acabo de acordar. Eres de ascendencia puertorriqueña, ¿no?»

«Sí», dijo Olga asintiendo, solemne. Internamente, gritó: Puñeta. ¡Coño! ¡Tammy!

«¿Y tu familia de allá está bien?», Preguntó Tammy, apoyando con suavidad su mano sobre los hombros de Olga. «Las imágenes se ven simplemente horribles.»

«Bueno, Tammy», comenzó Olga, y tan pronto abrió la boca supo que no les iba a dar la versión de *Good Morning, Later* de esta conversación que ellas querían. Ni siquiera iba a darles la versión de *Good Morning* de esta conversación, «las imágenes se ven horribles, porque *es* horrible. Esta mañana, justo antes de entrar al estudio, vi fotos de niños ciudadanos americanos bebiendo agua de lluvia porque su suministro de agua ha sido contaminado por el vertido de desechos tóxicos por parte de corporaciones estadounidenses por toda la isla—»

«Sí, Olga», intentó interrumpir Toni, «es realmente difícil—»

«No, Toni, Tammy me preguntó cómo está mi familia, así que quiero contarles. Mi prima no puede localizar a su abuela enferma porque no tienen servicio celular y en el improbable caso de que haya llegado a un hospital, quizá ya esté muerta porque los hospitales no tienen suficiente combustible para los generadores. Pero ella no será la única. Cuando esto termine, recuerda mis palabras, miles de personas habrán muerto, porque esto es solo el comienzo, y quiero dejar muy claro aquí—»

Tammy intentó intervenir, pero Olga la apartó de un manotazo antes de que una palabra pudiera salir de su boca. Pudo ver que la luz roja de la cámara todavía estaba encendida. Los productores iban a dejarla seguir hablando. Pal'carajo, pensó.

«Estas muertes ensuciarán con su sangre las manos de este presidente, las manos de esta administración. Pueden intentar echarle la culpa a la deuda puertorriqueña; pueden culpar a su lacayo —el gobernador de allí—, pero él no es más que una figura decorativa. Al fin y al cabo, esto no fue un terremoto, fue un huracán. Un huracán que el gobierno supo que vendría durante toda una semana, sin hacer preparativos algunos. Lo que estamos presenciando es la destrucción sistémica del pueblo puertorriqueño a manos del gobierno, en beneficio de los intereses corporativos privados y ultrarricos.»

Toni se rio con torpeza. «Oh, Olga, eso suena un poco conspirativo, ¿no?»

«Si suena así, Toni, es porque no estás informada. No es tu culpa. Nuestras escuelas encubren la historia. Entonces, déjame explicarlo. Los puertorriqueños son estadounidenses, pero no tienen representación electa en el Congreso o en el Senado y, como tampoco son un estado, su gobernador no tiene la autoridad para hacer cosas que otros gobernadores pueden hacer, como llamar a la Guardia Nacional. Solo el presidente puede hacer eso. Solo el presidente puede exigir responsabilidad de FEMA. ¿Cincuenta por ciento de la isla no tenía electricidad *antes* de María, pero de alguna manera el gobierno no quiso llamar al USS *Comfort* hasta este fin de semana? ¿Sabían antes de la tormenta que la infraestructura de la isla era frágil y que perderían toda comunicación, pero solo enviaron dos helicópteros Black Hawk? Mi hermano, un congresista estadounidense, viajó con el gobernador de Nueva York a Puerto Rico dos días—*dos días*—después de que María tocara tierra. ¿Y el gobierno federal esperó hasta el lunes para enviar a alguien?

«Mira, el interés privado ha estado tratando de tomar el control total de Puerto Rico —la tierra, las agencias— durante años. El gobierno siempre ha sido su cómplice. Mientras estamos aquí hablando, ¡esta administración todavía no ha derrocado la Ley Jones! La gente está sufriendo —con hambre—, ¡pero sigue siendo penalizada con impuestos sobre los productos agrícolas y otros bienes solo por vivir en una isla que el gobierno de los Estados Unidos les arrebató! ¡Eso es criminal! No debería ser ley. Van a privar al pueblo puertorriqueño de recursos y apoyo y, debido a que hay un límite a lo que la gente puede aguantar —sin electricidad, sin agua potable, sin escuelas, sin empleos—, en la práctica expulsarán a la gente de la isla, y luego, entonces llegarán los buitres. Ya están dando vueltas.»

Olga se detuvo y notó que Tammy rotaba con rapidez entre variaciones de una sonrisa: una máscara de simpatía, perplejidad y tal vez incluso una mueca de miedo, cruzaron su rostro mientras intentaba encontrar la expresión adecuada en el léxico de las respuestas televisivas matutinas. Toni tenía la mano en el auricular.

«Bueno, Olga», dijo Toni, «está muy claro lo apasionada que te sientes por la recuperación de María. Vamos a tener que tomar una pausa comercial, pero antes de irnos, ¿alguna última palabra para el presidente? ¡Es un ávido televidente!»

Olga se sorprendió un poco de que la dejaran hablar de nuevo.

«Sí. Sí, quisiera decir algo.» Hizo una pausa para considerar exactamente qué quería hacer con esta oportunidad. «Señor presidente, espero que los fantasmas de cada puertorriqueño que murió gracias a usted en esta catástrofe invadan sus sueños cada noche y bailen en una fiesta de salsa que dure toda la noche dentro de su mente retorcida.»

❧

Acabada de tomar un taxi para regresar a casa cuando Matteo la llamó.

«¡Eso es lo que yo llamo tirarse un Kanye!», dijo Matteo.

«Lo positivo de todo esto», dijo Olga, «es que ya no tengo que encontrar una manera de salirme del negocio de las bodas».

«Te veías tan rica.»

Ella se rio. «Fue medio psicótico. Simplemente piensas que me veía rica porque te gusto.»

«Porque te amo.»

Y entonces Olga supo que ella también lo amaba.

LLEGÓ TODO EL CORILLO

A pesar de que las diez tiendas minoristas de Eikenborn & Sons en Puerto Rico habían sufrido daños millonarios, Dick se encontró con el corazón lleno y feliz cuando su avión comenzó a descender hacia una pista de aterrizaje privada cerca de San Juan. Miró a su hija, Victoria, sentada frente a él y estirando el cuello para contemplar la vista aérea.

«Diablo», dijo, «es como si viniera un gigante y lo pisoteara todo hasta hacerlo escombros».

Dick ahora también miró por la ventana. Ella tenía razón. Las tiendas habían abierto hacía dos días y muchos trabajadores no habían llegado a sus turnos. Ahora tenía una idea de por qué. La isla que alguna vez fue verde ahora era una colcha de retazos de azul eléctrico. Había carpas de FEMA donde alguna vez existieron techos.

«¿Te preocupa el daño, papá?»

Dick no quiso sonreír, pero lo hizo. Este era el primer mínimo de interés o preocupación que Victoria le mostraba desde que él y su madre se habían separado. Había estado trabajando en una ONG centrada en la salud de la mujer y cuando se enteró, a través de sus hermanos, de que su padre vendría, pidió acompañarlo. No todos los días vemos condiciones de tercer mundo en un país de primer mundo, había dicho ella.

«Hmm», respondió Dick ahora, «un poco. Más a nivel operativo. El seguro se hará cargo del resto. Aunque estoy un poco preocupado por ti. No sé si lo sabes, pero esas tiendas de campaña para voluntarios no tendrán aire acondicionado».

Ella le puso los ojos en blanco.

«Trabajo con ayuda humanitaria, papá. Puedo vivir unos días sin ciertas comodidades.»

«¡Bueno, no me siento igual yo!», él dijo. «Si Nick no me hubiera asegurado que su casa está completamente funcional, no habría manera de que me quedara todo el fin de semana.»

«¿Cómo así?», preguntó Victoria.

«Tiene su propia red solar. Al parecer la propiedad sufrió algunos daños, pero en general todo es cosmético. Dice que apenas ha perdido el ritmo».

Tan pronto aterrizaron, Dick hizo arreglos para que Victoria fuera llevada de manera segura en la sede de FEMA para seguir a algunos trabajadores, mientras él abordaba un helicóptero para recorrer sus instalaciones. Dado que la mayoría de los empleados locales no podían llegar al trabajo debido a la falta de gasolina, las carreteras bloqueadas o sus propias tragedias, el jefe de ventas minoristas de Dick había comenzado a traer gerentes y subgerentes de todo el continente tan pronto los aeropuertos reabrieron. Varios lugares habían sufrido significativos daños por inundaciones, lo que dejó una gran parte del equipo y la madera en condiciones cuestionables para la venta. Habían considerado tan solo regalar los suministros «irregulares», pero su asesor general decidió que era una responsabilidad excesiva, por lo que estaban reabasteciendo estas localidades. Por supuesto, para poder cobrar el seguro sobre los bienes dañados sería necesario destruirlos, pero el equipo de comunicaciones decidió que había que esperar por temor a la mala prensa. No importaba. Esta no era la primera tormenta que capeaba Eikenborn & Sons. De hecho, esta temporada había sido tan mala que habían establecido un centro de comando de emergencia en Austin para dar servicio a la costa del Golfo y Dick se inclinaba, dada la trayectoria del clima, a hacerlo permanente. Si había algo que Dick sabía era que las tormentas como esta perjudicaban sus resultados a corto plazo, pero acumulaban dinero en el banco a largo plazo. Sus tiendas de Nueva Orleans nunca fueron más rentables que en los años inmediatamente posteriores a Katrina. Los ingresos brutos de sus ubicaciones en Texas ya eran más altos que nunca después de Harvey. Entonces, esto era malo ahora, pero en última instancia, era un problema logístico que tendrían que superar. De hecho, en las tiendas que operaban a toda su capacidad, ya había largas colas de personas buscando generadores, luces alimentadas por energía solar y baterías. Construirían más y mejor. Si el mercado local podía sostenerlo, esta podría ser una oportunidad para Eikenborn Green Solutions. Una oportunidad masiva. Al menos eso era lo que había dicho Nick Selby.

Nick había estado planificando este retiro durante algunas semanas y lo describió como una «reunión informal frente a la playa entre varios individuos interesados en el futuro y las posibilidades de Puerto Rico». Primero fue retrasado por Irma y, por supuesto, con el impacto catastrófico de María, nadie imaginaba que todavía estaba sucediendo. En efecto, Dick se sorprendió cuando recibió un mensaje de texto de Nick diciendo que todavía se llevaría a cabo. La casa era estupenda, la playa no, pero esta reunión era ahora más importante que nunca. Además, Nick preguntó si Dick podía traer algunos filetes de Peter Luger si lograba llevarlos a Teterboro antes de despegar.

Y así, después de recorrer sus tiendas homónimas, diez días después de que María tocara tierra, el helicóptero de Dick Eikenborn aterrizó en la grama de la finca puertorriqueña de Nick Selby, con su maleta de fin de semana y una hielera llena de cortes *porterhouse* sobre hielo seco. Los árboles fueron derribados y los arbustos quedaron desnudos, pero le sorprendió lo poco que se había afectado este pedazo de paraíso en comparación con lo que había visto en el resto de la isla.

«¡Dick!», Nick gritó por encima de las hélices del helicóptero, «veo que te tenemos a ti y a los filetes. ¡Qué bien, hombre!» Le dio una palmada en la espalda. Un chico del personal le quitó la hielera y la bolsa a Dick y todos entraron a la casa.

Afuera había estado húmedo y nublado, pero por dentro estaba fresco y seco. Los Rolling Stones sonaban en el sistema de sonido. Dick se maravilló de lo intacto que parecía todo.

«Vidrio irrompible», ofreció Nick, pareciendo leer la mente de Dick. «Eso y la red solar. Las mejores inversiones. ¿Escocés? ¿Ron?»

«¡Ron!», dijo Dick. Últimamente no estaba bebiendo mucho. Estaba entrenando para un triatlón. Pero decidió tomarse el fin de semana libre.

«¿Como has estado?», preguntó Nick. «No te he visto desde que tu noviecita picante estaba organizando a los ayudantes de camarero en la fiesta de Blumenthal.»

Dick no quiso poner una expresión de puchero en su rostro, pero fue por reflejo.

«En realidad, rompimos.»

«Fue lo mejor, Richard.»

«¿Por qué dices eso?», Dick preguntó con sinceridad. Porque tenía muchas ganas de volver con Olga. Hizo algunas insinuaciones —le pidió a Charmaine que le enviara flores a su oficina, le enviara un libro de poemas de amor—, pero no recibió respuesta. Tuvo la sensación de que era mejor no presionarla. Ella volvería en el momento debido, le había asegurado Charmaine.

«Bueno», ofreció Nick ahora, «digamos que ella no necesariamente proviene de la mejor… calaña.»

Dick puso los ojos en blanco. «Soy muy consciente de quién es su hermano. No he podido encender mi televisor en ningún otro canal que no sea Fox sin ver su cara durante esta última semana.»

Nick se rio. «Dick, su hermano está de nuestro lado, te lo aseguro. Pero todo se revelará pronto.»

Tras un par de horas y unos cuantos tragos más, Dick se encontró terminando la cena con un grupo intrigante de, como los llamó Nick, «partes interesadas en el Nuevo Puerto Rico». Hubo un subsecretario de energía que pidió ser llamado solo por el nombre de Manny; había dos miembros de la Junta, de PROMESA; una ejecutiva llamada Linda de una de las principales aerolíneas —que nunca fue nombrada; un hombre llamado Pedro, de PREPA, la empresa eléctrica quebrada; una mujer llamada Carmen de la compañía de agua; y luego la gente de puros chavos: Dieter, que representaba a los mineros de criptomonedas; Dennis, que representaba a los intereses financieros que compraban y cobraban los bonos de la deuda que el gobierno les había vendido; un hombre llamado Kirk, que dijo que representaba una sociedad global de Ayn Rand, sea lo que sea que eso signifique; y, por supuesto, el hermano mayor de Nick, Arthur.

«Bueno, caballeros y damas», ofreció Nick, «este es un momento de gravedad. Pero también, para nosotros, los entusiastas del libre mercado, es un momento de grandes oportunidades. Los he invitado a venir este fin de semana porque durante mucho tiempo esta isla ha sido una de mis pasiones y también la de Dieter. Entonces, primero, quiero brindar por la Ley Veinte y, por mí personalmente, por la Ley Veintidós, ¡que me ha convertido en un auténtico puertorriqueño! ¿Quién no reclamaría una identidad que le permita pagar cero impuestos sobre ganancias de capital, intereses o dividendos? Puerto Rico representa una oportunidad de vivir el sueño americano como fue concebido: la libertad de alcanzar nuestro máximo potencial sin tener que apoyar un estado benefactor. Esta isla es una oportunidad en un microcosmos, para vivir una idea que antes pensábamos que era una fantasía: una oportunidad de crear una sociedad sin estado donde podamos liberarnos del dominio del estatuto y permitir que los mercados y contratos libres diseñen el orden social.

«Entonces, lo que veo aquí ahora, después de esta tragedia, es una oportunidad ilimitada. Mi hermano y yo tenemos un plan para esta isla, un plan que los enriquecerá a todos ustedes y a los electores que representan. O, debería decir, ¡los hará más ricos! Bueno, ¡tal vez excepto tú, Manny! ¡Esto los hará ricos a usted y al gobernador, pero no a las personas que votaron por ustedes!» Pausó. Manny se rio. «¡Eres buena onda, Manny!»

«Para los no iniciados, podría parecer que tenemos intereses que compiten, pero les aseguro que, si nos centramos en los objetivos más amplios, a largo plazo, todos los que estamos aquí nos beneficiaremos. Además, quiero dejar claro que nuestros planes cuentan con el apoyo total y absoluto de la actual administración estadounidense. Puerto Rico es efectivamente nuestro patio de recreo, siempre y cuando no nos opongamos a que le otorguen el contrato a PREPA para que reconstruya la red eléctrica. Al parecer eso no es negociable. Se lo prometieron al sobrino de un donante importante, pero es literalmente solo una empresa fantasma, Pedro, así que dudo que tengas que lidiar mucho con ellos.»

«Espera un segundo, Nick», intervino Dick. «Sin ofender, Pedro, pero PREPA apenas parecía estar haciendo el trabajo antes de María. ¿Por qué les dejaríamos supervisar su propia reconstrucción y además con una empresa fantasma? Para mí, este parece el momento perfecto para la energía solar privada.»

«¡Richard, qué sabio eres!», Nick dijo mientras tomaba un sorbo de su copa de vino. «Sí, no te ofendas, pero Pedro, tú y Manny han hecho un trabajo absolutamente abismal aquí. Todo el lugar está a oscuras y no hay esperanzas de arreglarlo pronto. Pero, Richard, la verdad es que *sus* clientes no son tus clientes. Yo soy tu futuro cliente. Kirk, Dieter y Linda son tus futuros clientes y, si mi plan funciona, dentro de cinco años esta isla estará inundada de gente como nosotros. Los hoteles, las propiedades privadas, todo eso podría ser tuyo, Dick, para suministrarles energía solar. Tal vez trabajando con PREPA, ¿verdad, Manny?»

Manny asintió con un bocado de su filete Luger a medio masticar.

«Pero Nick», ofreció Dick, «¿no debería la gente de aquí tener otra opción que PREPA? Veo que aquí se puede hacer un gran esfuerzo por comercializar la energía solar entre la población en general. Yo tengo las fábricas; tengo los equipos. Es bueno para el medio ambiente.»

«Richard, Manny y sus amigos están dispuestos a trabajar contigo para que valga la pena limitar tu trabajo a propiedades privadas como la mía. ¿No es así, Manny?»

Manny asintió de nuevo. Richard notó lo poco que había escuchado la voz de Manny durante la cena o después.

«La energía solar podría ser una gran victoria para Puerto Rico, Nick. Parece que podría recatarlos desde abajo de este mierdero.»

«Dick, lo que creo que quizás no hayas tenido la oportunidad de asimilar es que para Manny esta es una jugada a corto plazo, pero para ti es una conquista a largo plazo. ¿Ves a todos, a FEMA? ¿A la reconstrucción? Bueno, será un camino largo, si sabes a qué me refiero. Quienes no puedan aguantar se irán. Rápidamente. Y habrá más Puerto Rico para el resto de nosotros.»

Esto, al parecer, hizo que Linda, de la aerolínea, se sintiera incómoda. «¡No es culpa nuestra que seamos las únicas personas que corren directamente a Atlanta y Nueva York! ¡Luché por esas rutas para esta gente! ¡No estaba tratando de destruir a nadie!

«Linda», interrumpió Arthur, «Linda, cálmate. No estás haciendo nada malo. No es tu culpa que la gente se vaya. Eres solo una espectadora aquí para que estés al tanto de lo que está sucediendo. Ya te has puesto manos a la obra, ¿vale?»

Linda sorbió su vino con ansiedad.

«Lo que estaba tratando de expresar», continuó Nick, «es que habrá gente con familia en los Estados Unidos. ¿Quién sabe cuándo abrirán las escuelas aquí? ¿Cuándo se van a reabastecer los supermercados? No conseguimos estos filetes localmente, déjame decirlo. Quiero decir, si tuvieras otra opción, ¿no te irías? Se liberarán muchas tierras. En mi opinión, dada la demografía de la isla, se liberarán muchas tierras costeras. Y las personas con menos opciones se quedarán y gente como nosotros encontrará una fuerza laboral muy agradecida. Y entonces—»

Arthur intervino: «Haciendo muy poco podemos hacer mucho para promover nuestros intereses».

Dick se rio a carcajadas. «Caballeros, estoy seguro de que tienen amigos en el nivel más alto de esta administración—»

«Richard, detesto llamar amigos a esas personas, son más bien matones comunes y corrientes, pero sí hemos llegado a un acuerdo.»

Todos se rieron.

«Pero», continuó Dick, «lo que quiero decir es que todo esto está sujeto a la supervisión del Congreso. De FEMA, de PROMESA. Esto no vive en el vacío. Y sé con certeza que hay ciertos miembros del Congreso—»

«Uno cuya hermana te estabas clavando», ofreció Nick.

«¡Ay, Nicholas! ¡Qué grosero!», exclamó Arthur.

Dick puso los ojos en blanco. «El punto es que Acevedo no va a permitir que todo avance sin traer cincuenta equipos noticieros mientras él investiga, convoca una sesión y hace las acrobacias por las que es conocido. Este es *su* tema distintivo.»

«Richard», respondió Arthur, «tenemos algunas ventajas sobre el congresista Acevedo que creemos que resultarán persuasivas».

«Espero», dijo uno de los funcionarios de PROMESA, «que sea algo más que el hecho de que él sea gay, porque algunos reporteros locales pasaron algún tiempo con él y dijeron que es más o menos un secreto a voces».

Arthur miró a Nick con preocupación, lo que Nick disfrutó con una sonrisa.

«A todos, les aseguro que Acevedo no será un problema.»

«Bueno», respondió Dick, «quiero dejar constancia de que todavía no estoy convencido».

«Richard.» Nick suspiró. «Casi todas las personas importantes están en nómina y nuestra influencia sobre el congresista Acevedo es mucho más personal que su sexualidad. Elisa, ¿podrías hacer pasar a nuestro invitado? Sospecho que convencerá a Richard para que se sume al proyecto.» Nick le hizo un gesto a una de las amas de llaves.

Entró un caballero bien vestido con una gran carpeta de papel manila bajo el brazo.

«Agente Bonilla», ofreció Nick, «¿puedo traerle un ron? Todos, el Agente Bonilla tiene información muy interesante para compartir con ustedes sobre las raíces del Congresista Acevedo. Una información muy intrigante, por cierto».

PONLO EN LA BOLSA

En solo cuestión de horas, un negocio que Olga había construido durante casi doce años se derrumbó a raíz de lo que algunos en las redes sociales habían llamado una «crisis épica de AM». Fue, aparte de conocer a Matteo, lo mejor que le había pasado a Olga en años.

El video de *Good Morning, Later* se había vuelto viral, algo que ella había imaginado que sería una posibilidad tan pronto los productores permitieron que continuara su perorata. Salirse del guion solo era permisible si, por supuesto, conducía a clics. Inmediatamente después, mientras salía del set y se dirigía a casa, se sintió mareada y con un poco de náuseas, como si se hubiera bebido muy rápido una botella de champán. Pero, después de más o menos una hora, se sintió notablemente bien. Como si hubiera llegado al final de un episodio de *Scooby-Doo* y se hubiera quitado su propia máscara, revelando que todo este tiempo había estado interpretando el papel de la Planificadora-Fresita-Feliz cuando en realidad era la aterradora Mujer Educada de Color. Sus clientes fueron lo bastante educados como para esperar hasta la tarde para comenzar sus incómodas llamadas para decir que no querían terminar con *el negocio*, per se, pero que les preocupaba que Olga pudiera «llamar demasiado la atención a sí misma» en la boda o que su presencia podría «molestar» a algunos de sus invitados más conservadores. Una de las madres llegó incluso a redactar un extenso correo electrónico en el que decía lo «traicionada» que se sentía por el «pequeño discurso» de Olga, que Olga había «mordido la mano que la alimentaba» al «convertir a los ricos en villanos» cuando estaban «simplemente viviendo el sueño americano», del cual «lamentaba que los puertorriqueños no hayan tratado de aprovecharlo más». Olga respondió para decir que siempre supo que era una del cincuenta y tres por ciento de mujeres blancas que habían puesto a ese imbécil en la Casa Blanca, por lo que esperaba que los fantasmas de los puertorriqueños muertos también bailaran en su cabeza por las noches. Pero, aparte de ese incidente, Olga había adoptado un tacto muy conciliador.

Meegan al principio estaba angustiada, luego nerviosa y finalmente emocionada por cómo este momento podría ser su golpe de suerte.

«Esto es lo que te estoy ofreciendo», dijo Olga, en un esfuerzo por calmar la histeria de Meegan por las molestas llamadas que habían estado llegando a la oficina. «Para todos nuestros clientes que ya tienen contrato, tú te harás cargo de ellos y recibirás el resto del dinero que nos deben. El nombre de mi empresa está destrozado, así que inicia tu propio LLC. Puedes conservar todas las fotos para tu portafolio y cualquier recomendación que aún te pueda llegar. De todos modos, es hora de que te independices.»

«¿Cuánto me costará?», preguntó Meegan, con escepticismo.

La verdad es que Olga quería simplemente alejarse de todo el asunto y no volver a pensar en ello. La capacidad de deshacerse de toda esa personalidad parecía, en ese momento, invaluable. Pero ella no podía ser estúpida. Sus gastos mensuales eran elevados y sus ahorros era patéticos. Necesitaba tener tiempo para descubrirse a sí misma.

«Digamos que es un veinte por ciento de todo lo que reserves para el próximo año.»

«¡Guau!» Meegan dijo alegremente. «Sabes, Olga, has sido una mentora increíble para mí. He aprendido mucho. A menudo, antes de tomar una decisión, me pregunto: "¿Cómo manejaría esto Olga?"»

«Eso es dulce.»

«Y cierto. Incluso ahora me pregunto eso y pienso, ¡guau! Si alguien con prácticas contables bastante dudosas y un almacén lleno de licores, caviar y servilletas de lino posiblemente robados le pidiera a

Olga un veinte por ciento de descuento sobre sus ingresos durante un año, ¿qué diría Olga? Tal vez les diría que se fueran a la mierda y luego llamaría a Page Six. En definitiva, eso es lo que haría Olga. ¿Estoy en lo correcto?»

Olga se rio. Había subestimado a Meegan. Casi sintió que le debía una disculpa a su discípula. Casi.

Suspiró en el teléfono. «Entonces te he enseñado bien, Saltamontes. Bueno. ¿Qué tal esto? ¿Asume el contrato de arrendamiento de la oficina, paga mi seguro médico por un año y dalo por terminado? De hecho, te agradeceré que me quites esto de encima y no enfades totalmente a estas familias.»

«Eso», dijo Meegan, con la alegría de la conquista en su voz, «suena razonable».

«Entonces tenemos un trato. Llamaré a mi abogado para asegurarme de que todo esté en orden.»

«¡Espera!», Meegan dijo justo cuando Olga estaba a punto de colgar, «¿Y Laurel?»

Hacía dos días, Laurel Blumenthal le había solicitado un contrato, pero como Olga le informó ahora a Meegan, ella había sido la primera en llamar a Olga para informarle que lo lamentaba, pero que «simplemente no iba a funcionar». Olga se sorprendió dado lo defensora de las causas liberales que Laurel había afirmado ser.

«Olga, quiero que sepas que estoy totalmente contigo *en espíritu*», había dicho Laurel por teléfono, «pero en *la práctica* estás un poco muy a la izquierda del centro para el gusto de Chuck y, al fin y al cabo.»

Olga le dijo que no se preocupara, ella lo entendía perfecto. Laurel le aseguró que, para demostrar lo mucho que estaba con ella *en espíritu*, ella y Chuck estaban abasteciendo el avión de Bethenny Frankel con suministros para la isla. Olga le agradeció su generosidad. Y lo dijo sin ironía alguna.

⌁

POR MÁS FELIZ que estuviera, Olga todavía tenía algunos problemas muy prácticos entre manos, sobre todo su falta de ingresos. Por supuesto, había una solución sencilla disponible: renunciar al contrato de arrendamiento de su apartamento de Fort Greene y regresar a la calle Cincuenta y tres, donde podría vivir de sus miserables ahorros, sin pagar alquiler, mientras se las arreglaba. Pero ella se lo había prometido a Christian, había hablado con Prieto al respecto, le había pedido a Matteo que la ayudara a pintar y había reemplazado los gabinetes de la cocina para él y todo. Su palabra debería significar algo, ¿no?

Además, nadie en su familia sabía que su negocio se había disuelto; su papel era estar ahí para buscar soluciones, no presentarse con problemas. Con la excepción de su tío Richie —que sentía que ella y el resto de los liberales debían ser más respetuosos con el presidente—, su familia pensaba que su arrebato y su viralidad habían sido a la vez «geniales», «valientes» y, como dijo su hermano, «absolutamente necesarios para interrumpir el ruido de los lugares comunes sobre desastres». Sus primos, tías y tíos vieron el video en The Shade Room, tuiteado por Don Lemon, comentado en *The Breakfast Club* y reproducido con subtítulos en ¡Despierta, *América!* y no vieron ningún inconveniente. No podían ver que había un universo mediático tras bastidores y separado donde la habían posicionado como una villana, una traidora, una radical. Sabía, con excepción de su hermano, que ninguno de ellos podría concebir jamás que decir la verdad pudiera tener consecuencias negativas. Tampoco entendían lo precario que era su ecosistema financiero, cómo su personalidad y sus puntos de vista personales solo podían existir mientras estuvieran al servicio de las ideas e ideales de sus clientes.

El único que pareció entender las implicaciones fiscales del incidente, a pesar de sentirse ligeramente divertido porque se desarrolló en tiempo real, fue Matteo, cuya ocupación también involucraba los caprichos y deseos de otros.

«¡Eres la historia principal de Fox News!», dijo esa noche en casa de Olga.

«¡Embuste!», dijo Olga, acercándose al televisor.

Y ahí estaba: la presentadora de uno de los programas de opinión poniendo el video. Hablando acerca de lo desquiciada que estaba. Lo irresponsable que le parecía *Good Morning, Later* por transmitir sus teorías de conspiración locas. Cómo, tras una investigación básica, descubrieron que ella se había ganado la vida trabajando exactamente con el tipo de familias a las que ahora estaba implicando en algún tipo de «complot» para destruir una isla de gente que había aumentado su propia deuda, se habían demostrado incapaces de gobernarse a sí mismos y estaban completamente a merced de nuestra benevolencia estadounidense para reconstruir su isla. Luego, dijo que si a Olga no le gustaba la forma en que hacían las cosas en los Estados Unidos debería regresar a Puerto Rico.

«¡Puerto Rico es los Estados Unidos, malditos idiotas! ¡Y yo soy del cabrón Brooklyn! ¡Dios santo!», le gritó a la televisión.

Matteo lo apagó y se volteó hacia ella.

«Bueno, no hay paso atrás ahora. ¡Eres oficialmente parte de la izquierda radical!» Se rio. «Hablando en serio, Olga, ¿eres buena con el dinero?»

«¿Por qué, riquitín», bromeó, «¿me vas a mantener?»

«Bueno, lo haría si fuese necesario. Incluso si es solo para darte un respiro.»

Olga no estaba segura por qué Matteo se sentía tan seguro de su propio estado financiero o de la capacidad de Olga para reorganizarse. Tenía algo de dinero del que podía vivir. Por un tiempo. Había pasado toda su vida adulta sin depender de nadie para recibir ayuda fiscal, y mucho menos de un hombre y esta era una de las pocas cosas de las cuales estaba personalmente orgullosa. Caería de pie.

«Ni siquiera sabes cuánto te aprecio», dijo ella, arrastrándose acurrucándose con él en el sofá, «pero no, gracias. Voy a estar bien».

Dos semanas más tarde se encontraba en un pequeño restaurante en Brighton Beach, debajo del tren elevado B, comiendo borscht con Igor.

«Con crema sabe mejor», dijo Igor, señalando un pequeño cuenco de crema agria que había sobre el mantel de plástico. Sobre su cabeza, en un pequeño televisor tocaba RU. El restaurante estaba completamente alicatado y con sillas con respaldo plateado. Un establecimiento informal y de estilo familiar.

Olga obedeció y puso una cucharada en su sopa de color rojo brillante.

«Entonces, ¿qué necesitan exactamente?» preguntó Olga. Habían estado charlando durante los últimos quince minutos y, aunque a ella le gustaba Igor, ya quería comenzar. Al darse cuenta de que no era apta para un trabajo de nueve a cinco, sopesó sus opciones y, con mucha inquietud, cogió el teléfono para hacerle saber a Igor que finalmente había «cambiado de opinión». Le encantaría ayudar a sus amigos con sus problemas.

«Necesitan que les hagas una pequeña fiesta, para el primer cumpleaños de la hija. En algún lugar lindo, como la Plaza o algo así. Ya sabes, Eloise.»

«¿Bueno, y?»

«Haz que parezca que costó, digamos, medio millón.»

Olga se rio. «¿Para una fiesta infantil?»

Igor le puso los ojos en blanco.

«Haz que parezca así en el papeleo», dijo rotundamente. «Y lo bastante agradable como para que, si alguien viera las fotos, se lo creería.»

Olga asintió. «¿Y cuánto se supone que debo gastar realmente?»

«Digamos que a nuestros amigos les gustaría recuperar unos cuatrocientos mil.»

«¿Y si no llego a esos número? ¿Qué me pasa?»

Ígor se rio. «¿Olga? ¿No somos amigos? ¿Por qué te preocupas tanto? Nunca antes hemos tenido problemas con que tú cumplas con tu parte del trato.»

«*Nosotros*», dijo Olga, «es decir, tú y yo somos amigos. Pero no sé quiénes son esas otras personas y ellas no me conocen—»

Igor la interrumpió. «Por supuesto, recibirías tu tarifa normal por este tipo de cosas, en efectivo. Además, ya sabes, un bono.»

Sacó un bolso deportivo del asiento vacío junto al suyo y se lo entregó. Se lo puso en el regazo y lo abrió lo suficiente para echar un vistazo al interior. Había dinero en efectivo y una caja de terciopelo.

«Son quince mil y un bonito collar que pensé que podría ser tuyo… o podrías vender. Tú eliges, pero el jefe pensó que te quedaría bien.» Sonrió. «Ya sabes, si vuelves a la televisión.»

Olga lo miró con cautela. «¿Tú también viste eso?»

Ígor se rió. «¡Pero por supuesto! ¡Tengo Twitter!»

Olga se rió levemente.

«Sabes, Olga, a mi gente le gusta mucho tu presidente. Él es lo que nosotros llamamos un idiota útil. Entonces, sobre ese asunto, tendremos que aceptar que estaremos en desacuerdo.»

MAYO DE 2016

Prieto,

*Borikén, el nombre original de la isla de la que descendemos tú y
yo, significa Tierra del Noble Señor. Este nombre fue dado por los
taínos, los nativos. Durante siglos, los taínos vivieron en comunidades
pequeñas y organizadas, hasta 1508, cuando llegó un hombre llamado
Ponce de León. En poco tiempo, robó y estafó a los taínos de su tierra
y su libertad, dejándolos súbditos y esclavos de los españoles. Después
de que los españoles saquearon la isla de sus metales y minerales,
reclamaron tierras que antes no pertenecían a nadie y robaron
cuerpos africanos para trabajar en ellas. Con el tiempo, estos actos
de horror llevaron al nacimiento del pueblo puertorriqueño tal como
lo conocemos hoy: una mezcla de sangre taína, española y africana.
Nuestra nación nació, dirían algunos, del dolor del colonialismo. Yo,
sin embargo, elijo ver a nuestro pueblo como uno nacido en la Tierra
del Noble Señor.*

*Creo esto porque durante casi todo el tiempo que Puerto Rico ha
existido como un lugar oprimido, hemos luchado por liberarnos. El
año 1527 vio nuestra primera rebelión de esclavos. En 1848, nuestra
primera revuelta abierta. Y por supuesto, en 1868, El Grito de Lares.
Cada rebelión socavó de la misma manera. Traidores puertorriqueños.
Individuos de mente débil, llenos de desprecio por sí mismos. Que no
creyeron en el poder de su sangre taína, en la fuerza de sus ancestros
africanos. Individuos que solo podían escuchar la voz del colonizador,
susurrándoles que sin una nación dominante blanca, nosotros,
Borikén, fracasaríamos.*

*En 1898, después de cuatrocientos años de dominio
español, Puerto Rico tuvo su primera elección libre como nación
independiente. No sabíamos que mientras dábamos este paso hacia
la autodeterminación, uno de los nuestros, un verdadero lombriz
llamado Dr. Julio Henna —se estaba reuniendo con senadores
estadounidenses, convenciéndolos del tesoro que obtendrían si
anexaban a Puerto Rico. Su nación —América—, estaba inquieta*

*después del colapso de la esclavitud. Los supremacistas blancos
estaban desesperados por tener nuevos cuerpos morenos para
dominar; los capitalistas salivaban por tener nuevas tierras para
explotar. Y así comenzó la destrucción de Puerto Rico.*

*Al año siguiente, 1899, la naturaleza ayudó. Un gran huracán
llegó a la isla, mató a miles de personas, dejó a una cuarta parte
de la población sin hogar y arrasó con todos los cultivos de café que
los jíbaros habían estado cultivando. Con nuestro pueblo arruinado
y hambriento, vinieron los gringos y robaron lo que quedaba. Los
americanos se apoderaron de las tierras de cultivo, gravaron las
exportaciones de cultivos y, en el golpe más duro, se apoderaron
de nuestras escuelas y de nuestro idioma. Nos impusieron una
ciudadanía de segunda clase, una en la que podríamos ser reclutados
para sus guerras, segregados por su racismo, pero sin permitirnos tener
voz en nuestro propio gobierno.*

*Pero nunca dejamos de rebelarnos. Algunos se negaron a
convertirse en ciudadanos, se negaron a completar sus formularios
del censo, se negaron a identificarse como una raza cuando siempre
fuimos mezcla de multitudes. Insistimos en nuestro idioma,
insistimos en enarbolar nuestra antigua bandera. Nos rebelamos
en formas grandes y pequeñas. Boricuas como Pedro Albizu
Campos comenzaron a organizar a nuestro pueblo. Comenzamos
a levantarnos, pero con la misma rapidez las serpientes traidoras
nos venderían, le contarían a la policía nuestros planes y acciones y
provocarían que asesinaran a los nacionalistas en las calles.*

*Los funcionarios electos son los secuaces favoritos de esta
democracia americana de marioneta. En 1937, meses después de
ordenar la masacre de los independentistas en Ponce, un gobernador
boricua legalizó la esterilización de nuestras mujeres. Si no podían
matarnos en las calles, detendrían nuestro crecimiento en el útero. En
1948, los funcionarios lombriz aprobaron la Ley de la Mordaza: en
el escenario mundial los Estados Unidos se jactaban de la libertad de
expresión, mientras que, en Puerto Rico, nosotros, los «ciudadanos»,
fuimos encarcelados por enarbolar nuestras banderas, cantar
canciones patrióticas, expresar en voz alta la creencia de que nosotros,*

los hijos de Borikén, podíamos existir independientemente de un amo americano. Gobernadores como Luis Muñoz Marín o Pedro Rosselló o este pendejo actual, García Padilla. Nos distraen con retórica, embolsándose dinero con una mano y apretando nuestras cadenas con la otra.

Prieto, esta bota ha estado presionando el cuello de Puerto Rico durante demasiado tiempo, mantenida por políticos de entre los nuestros. Me enorgullecía el hecho de que tú, hijo mío, fueras diferente. Que estabas intentando quitarnos la bota de encima. Que eras «nuestro campeón» en el corazón del imperio. Ahora ya no me siento tan segura.

Durante meses te he estado escribiendo para exponer las razones por las cuales no puedes apoyar a PROMESA. Sin embargo, no veo ninguna declaración pública tuya, solo el silencio. Todavía te falta indicar cómo votarás. Nada de artículos de opinión, nada de declaraciones oficiales contra esta porquería de legislación. ¿Esta es una señal de indecisión? ¿O es una traición?

Esta será mi última súplica. ¿Este proyecto de ley sobre el cual te toca votar, PROMESA? No es una promesa, sino una sentencia de muerte para nuestro pueblo. La última presión que finalmente nos romperá el cuello. Está diseñado para empeorar la vida de nuestra gente y al mismo tiempo llenar las arcas de los banqueros. Obliga a los puertorriqueños a pagar una factura acumulada por los gringos y nuestros compatriotas cómplices. Todo lo que este gobierno estadounidense siente que le debemos lo pagamos, en su totalidad, con la tierra, los cultivos y las vidas que su imperialismo ya nos ha robado.

Y entonces esperaré. Para ver si serás mi hijo de la Tierra Noble o simplemente un hijo de puta.

Pa'lante,
Mami

OCTUBRE DE 2017

EN LAS MONTAÑAS

Aunque tenía los ojos vendados por un pedazo de tela humedecido por su propio sudor, por el desnivel del camino Prieto supo que se dirigían hacia las montañas; el peso de su propio cuerpo lo empujaba contra el respaldo caliente del asiento del carro. El viaje fue lento. Se detenían con frecuencia para, por lo que parecía, despejar escombros de las carreteras. Periódicamente uno de los Pañuelos Negros amartillaba su pistola, apretándola en la nuca de Prieto o Mercedes, recordándoles que no se tocaran las vendas. La primera vez que esto sucedió, Mercedes agarró los dedos de la mano de Prieto y él le devolvió el apretón. La tercera se vez mantuvieron agarrados de las manos para consolarse.

PRIETO NO HABÍA pensado regresar a Puerto Rico tan pronto, pero cuando Mercedes se acercó para decirle que estaba siguiendo una noticia que le preocupaba, compró el primer vuelo que su agenda le permitía. Le había sorprendido saber de ella. Habían entablado una amistad, pero dado lo difícil que era hacer llamadas desde la isla —incluso con los globos celulares impulsados por energía solar que Google había desplegado—, supo que debía ser importante.

Quedaron de encontrarse para tomar una cerveza en un bar de Condado y, mientras Prieto se dirigía al café, observó el estado surrealista de la capital. Este era su tercer viaje desde que la tormenta azotó hacía casi cinco semanas y el caos de la recuperación había desarrollado su propio ritmo. Abandonó el aire acondicionado de su hotel —ahora alimentado mediante generadores de tamaño industrial— y caminó por las calles calcinadas por el sol donde, sin la ayuda de FEMA ni de nadie más, los residentes habían asumido la ardua tarea de la limpieza: eliminaron el agua estancada, recogieron escombros, cortaron los restos de madera. Los semáforos todavía no funcionaban, pero se había desarrollado un sistema autorregulado que de alguna manera mantenía el orden. Todavía había colas —para comida, agua, un trozo de cielo donde tu teléfono pudiera recibir servicio—, pero un aire de determinación de algún modo había abierto camino en la desesperación. Pasó por un parque, donde una pequeña multitud se reunió alrededor de un grupo de pleneros y sonrió mientras absorbía la letra de la canción:

> *Con su pelo rojo vino a burlarse de nosotros,*
> *vuelve a la Casa Blanca, déjanos en paz.*

El café estaba abarrotado. La gente bebía cócteles, tocaba una banda de salsa y las operaciones estaban en pleno apogeo, mientras en el edificio contiguo, un equipo de trabajo reparaba un techo. Al otro lado de la calle, un grupo de hombres —civiles, no empleados de PREPA— intentaban reparar un poste de electricidad roto, mientras los noticieros grababan en primer plano.

«¿No te parece una locura», dijo Mercedes cuando llegó, «lo rápido que puede moverse la gente cuando se trata de dinero?»

Prieto le levantó una ceja.

«El ritmo de la recuperación aquí es el más acelerado de toda la isla, impulsado completamente por los desarrolladores que renuevan esta zona. ¿No te has dado cuenta de la cantidad de gringos que hay aquí?

De hecho, Prieto sí se había dado cuenta. El área estaba marcada por varios rascacielos que parecían tan lujosos como cualquier cosa que hubiera visto construida en el «nuevo» Brooklyn y sospechaba que estaban interrelacionados.

«Los Puertopians. Han estado viniendo por las exenciones fiscales. Seguro que nadie quiere hacerles esperar demasiado para tener aire acondicionado», afirmó ella con una risa sarcástica.

Pidieron bebidas y Prieto se maravilló de lo compuesta que parecía Mercedes, a pesar del estrés de documentar un desastre que ella misma había estado viviendo.

«¿Esto no te deprime?»

«Por supuesto, pero vivir aquí era kafkiano antes de María, ¿entonces?» Se encogió de hombros y levantó su copa. «Entonces, tenemos que seguir riéndonos, bebiendo y bailando cuando podamos, ¿verdad?»

Prieto brindó por ella y Mercedes continuó: «Además, aquí en San Juan mi familia y yo somos afortunados. En el campo… la gente lava su ropa en arroyos y raciona el agua. Hablé con una mujer que está viviendo completamente sin techo; cada vez que llueve, camina a través del agua. Es surrealista. Más que nada la gente está huyendo, pero eso lo sabes».

Prieto sí lo sabía; un éxodo de más de doscientos mil ya se había trasladado a Florida, Nueva York y Massachusetts. ¿Quién podría culparlos? En especial los estudiantes universitarios, las personas con hijos en la escuela. Estaban sin luz, las escuelas estaban cerradas y no había forma de saber cuándo volverían a abrir.

«Entonces, cuéntame», dijo Mercedes mientras se inclinaba, «por qué estás aquí. Estaba realmente intrigada por lo que viste aquel día en Maunabo—»

«Acerca de los Pan—»

«Sí», interrumpió ella y Prieto entendió lo que se debía y lo que no se debía decir. «Como he estado viajando por la isla reportando, he ido haciendo algunas averiguaciones, de manera más seria. Por lo que entiendo, han construido un complejo—»

«Espera, ¿es real? La última vez que hablamos dijiste que era una leyenda.»

«La última vez que hablamos no había pasado tanto tiempo en el monte. No había visto los grafitis.»

Mercedes sacó su celular y miró algunas fotos antes de entregárselo. Prieto se quedó sin aliento. La imagen era un esténcil pintado con spray negro del rostro de una mujer, con una boina en la cabeza y el rostro ocultado por un pañuelo grande, pero a Prieto le tomó solo un segundo reconocer los ojos, incluso tal como estaban representados en la imagen rudimentaria. Los acababa de ver el día antes de partir en Olga. Su hermana, que los había heredado de su madre.

«¿Qué es esto?», preguntó Prieto.

«Bueno, es su marca. Lo han ido dejando en todos los pueblos rurales donde han entregado suministros. Principalmente agua, pero también arroz, habichuelas, productos secos que, con el agua, la gente puede utilizar para sustentarse. Han logrado llegar a muchos sitios a los que FEMA todavía no ha llegado.»

«Pero, ¿quién es esta?», dijo con más insistencia de lo que quería, señalando el rostro de la mujer de la imagen.

«No sé con exactitud, pero me puse en contacto con un miembro que dice que es su líder. Lo cual, debo decir, es bien cabronamente impresionante en una cultura machista como la nuestra.» Mercedes hizo una pausa para tomar un sorbo de su bebida. «Entonces, más o menos una semana después de que logré convencer a este... miembro de que hablara conmigo, recibo una carta en la oficina del periódico, sin remitente y que no llegó por correo, donde me ofrecían llevarme a su complejo para escuchar de qué se trata e informarle a la gente que no viven en el monte.»

«¿En serio?», dijo Prieto, tratando de enmascarar la energía nerviosa que había comenzado a burbujear dentro de él.

«Se establecieron una serie de condiciones. Tendría que aceptar que me vendaran los ojos, que me confiscaran el teléfono durante el viaje, que tendré que usar solo uno de sus dispositivos si siento la necesidad de grabar y, la condición más rara de todas, que tendría que llevarte a ti.»

«¿A mí? ¿Específicamente?»

«Muy específicamente.» Ahora sacó la carta de su bolso y la leyó en voz alta: «"Y, por supuesto, esperamos que haga arreglos para traer a su amigo, el Honorable Pedro Acevedo, conocido alguna vez como el campeón del pueblo en la diáspora"». Le enseñó la carta. Prieto reconoció la letra de inmediato; tenía la palabra «alguna» triplemente subrayada. Su madre. Tan sutil.

«Hmm», ofreció Prieto.

«Entonces, ¿lo harás?»

Su madre, el enigma de su vida, lo estaba atrayendo, pero aún no estaba seguro si era una trampa u otra cosa. Ahora se dio cuenta de que su energía nerviosa no era de excitación, sino de temor.

«Sí. Por supuesto. ¿Cuándo vamos?»

Dos días después se encontraron en el estacionamiento de la oficina de Mercedes unas horas antes del amanecer, una hazaña desafiante dado el toque de queda aún vigente. De hecho, fue un escolta policial el que inicialmente se acercó a ellos en el lote vacío. Se había inventado una historia en caso de que ocurriera algo así, pero cuando el vehículo se acercó, vieron que los rostros de ambos pasajeros estaban protegidos por pañuelos negros y que tenían las armas apuntadas hacia ellos. La historia era innecesaria. Levantaron las manos en señal de rendición.

CUANDO LLEGARON A su destino y les dijeron que podían quitarse las vendas de los ojos, el sol ya estaba en un punto alto en el cielo. Del coche de policía los trasladaron a un helicóptero. Después del helicóptero, a un todoterreno. No tenía idea de cuánto tiempo había durado el viaje. Mercedes, como su representante, había aceptado todas las condiciones de los Pañuelos para la reunión, pero había ofrecido solo una de las suyas —que estarían de regreso en el estacionamiento no más de veintitrés horas después de su partida. Solo tenían la palabra de los Pañuelos de que cumplirían esa concesión y Prieto ahora era plenamente consciente de cuán insegura era su posición.

Solo después de que les ordenaron que salieran del camión, fue que la preocupación dio paso al asombro. Allí, a menos de cien metros de distancia, rodeada de ceibas desnudas y arbustos pelados, había una gran estructura de dos pisos, pintada de verde jungla, con grandes ventanas abiertas a través de las cuales podían ver enormes ventiladores de techo, con aspas que giraban. Electricidad. En medio del bosque. Por un momento, Prieto supuso que era un generador, hasta que notó los paneles solares en el techo y, a lo lejos, una gran turbina eólica, los cuales de alguna manera sobrevivieron a la tormenta.

Un joven llamado Tirso se acercó al vehículo. Llevaba una camisa de Brooks Brothers con las mangas arremangadas y sin pañuelo. Mientras los saludaba por sus nombres, les ofreció lo que les aseguró que era agua fresca filtrada y toallas húmedas y frescas. Su bienvenida rivalizó con la llegada a Fantasy Island, si le restaban los tres Pañuelos armados que estaban parados detrás de ellos. Tirso les informó que les daría un breve recorrido por el complejo antes de llevarlos a que conocieran, en sus palabras, al «Liderato».

«A ella no le gusta ese término, ya que pretendemos ser una organización descentralizada, pero, para efectos prácticos, las etiquetas pueden ser útiles, ¿no?», preguntó. Ellos asintieron antes de ser registrados por seguridad una vez más y antes de que las armas, finalmente, fuesen guardadas.

El edificio que habían visto cuando llegaron era, en su recorrido, tan solo un paso. Más allá se encontraba el patio de un complejo mucho más grande, construido en un claro del bosque ahora devastado por la tormenta. Cada uno de los edificios de la serie de pequeños edificios estaba adornado con murales: Pedro Albizu Campos, Che, Zapata, Ojeda Ríos y, para su incredulidad, su propia madre. En todas partes había gente trabajando: algunos estaban reparando tejados dañados, otros acarreaban agua.

«En el edificio principal», explicó Tirso, «tenemos nuestro salón de clases, para los niños de nuestros miembros, así como para los estudios culturales y, según sea necesario, oportunidades de aprendizaje para los miembros que previamente han sido privados de su derecho a una educación adecuada, ya sea por prácticas discriminatorias económicas o sistémicas».

«¿Como estar encerrado en un centro de detención juvenil?», ofreció Prieto.

«Algunos sí», ofreció Tirso con una sonrisa; la sonrisa nunca flaqueó. Continuó: «El edificio principal también alberga nuestras oficinas administrativas y algunos espacios para dormitorios. Al otro lado del patio está nuestro edificio médico, que actualmente se utiliza para empaquetar suministros para su distribución por toda la isla —insulina, anticonceptivos, inhaladores para el asma y otras necesidades médicas básicas que actualmente escasean gracias a María. A la derecha está nuestra comisaría y el almacén de productos secos —nuevamente, está dando servicio al complejo, pero también se está utilizando como área de preparación para distribuir arroz, habichuelas y otros alimentos a los pueblos más remotos que quedaron aislados por la tormenta. Nuestro invernadero, que se puede ver a la derecha, sufrió daños significativos, al igual que los jardines al aire libre que pueden ver allá a lo lejos, pero logramos salvar y preservar lo que pudimos rápidamente y ya estamos comenzando a volver a sembrar. Lo más significativo es que justo después del edificio médico se encuentra nuestro sistema de recolección y purificación de agua. Desde hace cinco años dependemos del agua y de la energía del complejo. Nuestras reservas de agua son tan abundantes que nos han permitido embotellar y distribuir nuestro propio suministro de agua a muchas de los pueblos vecinos—

«Donde FEMA no ha llegado», intervino Mercedes.

«Donde FEMA no ha intentado llegar», corrigió Tirso, con una sonrisa aún radiante. «Pero la gente ve que nosotros, otros puertorriqueños, les estamos llegando, con agua de nuestra isla, filtrada por un sistema diseñado por ingenieros formados en nuestra isla. Ven que la mayoría de nuestros problemas pueden resolverse con la cooperación del pueblo de Puerto Rico, sin la ayuda de los Estados Unidos.»

«¿Y los problemas que no puedes resolver aquí?», preguntó Mercedes.

«Bueno, eso es solo una cuestión de tiempo», ofreció Tirso.

Tirso tenía un refinamiento que a Prieto le resultaba familiar, pero fuera de lugar para un complejo militante radical. Apestaba a salas de politiquería y a cabilderos.

«¿Y hace cuánto tiempo», preguntó Prieto, «estás aquí?»

«¿Yo?», Tirso se rio. «Un poco menos de un año. Tu m— líder había estado en contacto conmigo hace ya bastante tiempo, me invitó a visitar, pero honestamente no fue hasta después de las elecciones que me di cuenta de que ya no podía usar mis talentos para apoyar un sistema que no me tenía en cuenta a mí ni a los míos.»

«¿Puedo preguntarte qué estabas haciendo antes de esto?»

«Estaba dirigiendo comunicaciones de crisis en los medios en español para Facebook.»

Un niño se acercó corriendo desde el edificio principal del complejo, con una nota en la mano para Tirso.

«El liderato está listo para verte ahora, Mercedes.»

A Prieto se le volcó el estómago y el corazón y se sobresaltó por sus emociones conflictivas. Mercedes lo miró a los ojos. Él también podía sentir su sorpresa.

«¿Y yo?», ofreció, intentando parecer indiferente.

«Han preguntado solo por ella, por ahora. Pero me dijeron que puedes explorar. Estamos orgullosos de lo que hemos hecho aquí; en realidad, no tenemos nada que ocultar.»

Y dicho esto, se marcharon.

Prieto deambuló por el amplio patio del complejo de su madre y se sintió a la vez impresionado y perturbado por la escala. Fácilmente podía ver entre cuarenta y cincuenta personas, todas ocupadas trabajando y solo Dios sabe a cuántas no podía ver.

Es imposible que todo esto estuviera aquí durante la época de Ojeda Ríos. El FBI lo hubiese cerrado. Lo hubiese quemado. No, su madre había construido esto. Todo esto, escondido a plena vista. ¿Pero de dónde había salido el dinero? ¿Quién financiaba todo esto? Entró en el edificio médico —una sencilla estructura de concreto tal vez lo bastante grande como para albergar media docena de camillas y un par de consultorios, pero ahora estaba llena de mesas plegables donde una docena de Pañuelos había formado cadenas de montaje, empaquetando medicinas para su distribución. Ocupados trabajando, en la intimidad del complejo, estaban vestidos de negro, pero sin los pañuelos tapándoles las caras. Eran casi todos niños —adolescentes, estudiantes universitarios, tanto niños como niñas.

Bad Bunny sonaba a todo volumen y ellos rapeaban: «Tú no metes cabra, saramambiche». Apenas reconocieron su presencia en el lugar.

Prieto les hizo un gesto con la cabeza mientras se dirigía hacia una de las mesas repletas de cajas de insulina, todas marcadas con el mismo logo S gigante. Sacó un frasco con el sello *Sanareis*. ¿De dónde reconocía ese nombre? Volvió afuera, curioso por comprobar el sistema de filtración de agua. Su madre era inteligente y se había aprovechado de la juventud. La Universidad de Puerto Rico había producido durante mucho tiempo algunos de los mejores ingenieros del país, solo para perderlos en la diáspora. De alguna manera, con ese sueño maniaco de su madre, había descubierto cómo atraer a algunos hasta aquí.

La flora que rodeaba el complejo había sido gravemente dañada, pero podía ver cómo, bajo circunstancias normales, la jungla habría oscurecido gran parte de la infraestructura que se había creado alrededor del complejo. Aun así, pensó que nada habría podido ocultar jamás la enorme turbina eólica a la cual ahora se acercaba; ante la estructura se quedó eclipsado. La base tenía una pequeña escalera que conducía a una puerta, para el mantenimiento, se imaginó. Arriba de la puerta, había una especie de etiqueta del fabricante. Subió las escaleras para leerlo: *Podremos*. Maldito Reggie King. Esta era la empresa de la que era socio. La maldita insulina también. Por eso le había resultado familiar. Vio a lo lejos un pequeño garaje, pintado del mismo verde oscuro que la casa principal; no lo hubiese visto si los árboles no hubieran quedado al desnudo. Mientras se acercaba, pensó en el artículo de opinión. Reprodujo el interrogatorio de Reggie durante su recaudación de fondos en los Hamptons. ¿En qué medida su madre había sido parte de todo ese espectáculo? ¿Cómo carajo habían conectado en primer lugar? Cuando Reggie salía con Olga, su madre le había enviado a Prieto innumerables cartas intentando involucrarlo en la causa de provocar que rompieran; ¿ahora parecía estar financiando, al menos en parte, su comuna? ¿O era una secta?

Tiró de la puerta del garaje, que se abrió fácilmente y el brillante sol iluminó un pequeño arsenal. Pero antes de que Prieto pudiera apreciar todo el alcance del armamento que contenía, escuchó lo que

de repente se había convertido en el sonido familiar de una Glock
siendo amartillada. Levantó las manos antes de poder darse la vuelta.

UNOS MINUTOS MÁS tarde estaba de regreso en la casa grande, con su
escolta armada como séquito. Tirso lo esperaba para saludarlo sonriente con otra botella de agua en mano.

«Oye, hombre», gritó Prieto mientras caminaba hacia él, «¿pensé
que habías dicho que aquí no tenías secretos?»

«¡No los tenemos! Todas esas armas fueron compradas legalmente. Somos ciudadanos estadounidenses. Estamos protegidos por la Segunda Enmienda. Pero, obviamente, lo mantenemos vigilado ya que
tenemos menores en la propiedad. De eso se trata ser responsable,
¿no le parece, congresista?»

Prieto decidió que odiaba a Tirso.

«Entonces, ¿cuándo me reuniré con el "liderato"?», preguntó.

«Bueno, ahora.» Y así, Prieto siguió a Tirso hasta el edificio principal, a través de un pasillo hasta una puerta de madera cerrada. Sintió cómo se le puso la piel de gallina, a pesar del calor opresivo.

LA LLAMADA

Durante casi dos semanas, Olga había estado tratando de darle al chef José Andrés $9,999 dólares para ayudarlo con las cocinas improvisadas que había instalado para alimentar a Puerto Rico después de María. Si los videos de la devastación del huracán habían sido su tragedia pornográfica, su antídoto fueron los clips del dinámico chef preparando comidas para miles de personas en condiciones imposibles. Los buscó en las redes sociales y cada uno le provocó lágrimas catárticas. El problema con el regalo fue, por supuesto, que tenía la forma de una bolsa de lona con dinero en efectivo, lo que añadió una capa de dificultad logística a su inclinación filantrópica. Intentó enviárselo a su hermano en su último viaje, pero cuando él se dio cuenta de que no quería que le pasara un cheque, sino dinero en efectivo, se negó.

«¿Por qué tienes tanto efectivo?», preguntó.

«Mi cliente tiene un negocio que opera con efectivo y me paga de ese modo.»

«¡Loca! Simplemente deposítalo y haz una donación en línea como todos ¡demás!»

No se molestó con inventarse una excusa, sino que recurrió a la culpa. «Por qué tienes que hacer que todo sea tan difícil? Hago mucho por ti; ¿por qué no puedes hacer esto por mí?»

«¡Ni siquiera creo que esto sea legal! No puedo aceptarlo.»

«A propósito lo hice menos de diez mil para mantenerlo todo limpio. Si se lo entregas, él sabrá cómo utilizarlo. Es una persona hospitalaria; sabemos cómo inventárnosla.»

Aun así, él se negó. Olga había considerado ir a Puerto Rico por su cuenta, pero se sintió demasiado paralizada como para comprar un boleto. Aunque sabía que era un trabajo importante, un trabajo útil, relacionado a acercarse y repartir suministros como había visto hacer a todos los trabajadores humanitarios blancos en la televisión, la hizo hacer una mueca. No el esfuerzo —ella no era una persona que le tuviera miedo del trabajo duro—, sino a la sensación de hacerlo. La hacía sentirse americana de la peor manera posible: entrando y saliendo de su propia comodidad, haciendo un trabajo de habilidad limitada y luego dándose palmaditas en la espalda por ello. O peor aún, sentir lástima por un pueblo con el que estaba conectada. Además, no había tenido noticias de su madre, directa o indirectamente, desde el encuentro con Reggie y Olga sentía de algún modo que la isla era el lugar de su madre. No debería ir sin una invitación.

Por razones similares, Olga se había mantenido alejada de Reggie King. Sin embargo, ahora reconoció que él podría resolver con facilidad su dilema caritativo. Desde la tormenta, Reggie había estado yendo y viniendo en su avión privado —con suministros, con los medios, con artistas musicales— y, como ella sospechaba, escuchó su objetivo sin preguntas ni preocupaciones, diciendo solo que él enviaría a Clyde a buscar la bolsa. Esto decepcionó a Olga solo porque lamentó saber que Clyde aún no había regresado a la universidad. Entonces, cuando escuchó el golpe en su puerta, rápido repasó el guion que tenía en mente para regañarlo suavemente.

Pero no era Clyde. Era su tía Karen, flanqueada por dos acompañantes con los rostros cubiertos por pañuelos negros. La vista le quitó el aliento a Olga. Antes de que pudiera decir una palabra, la habían empujado a un lado y, como explicó Karen, estaban realizando una búsqueda de «micrófonos». Su hermano le había contado cosas locas sobre su madre que Reggie solo amplificó y coloreó, pero estas historias no lograron prepararla para la sensación aterradora y surrealista cuando los Pañuelos Negros invadiendo su apartamento. De ver que todo era cierto. De saber que si estaban aquí era solo porque su madre los había enviado.

«Ya», declaró la tía Karen cuando el lugar se consideraba seguro, «si todo está verificado, pueden esperarnos abajo ahora, ¿está bien?»

Karen había pasado la mayor parte de su vida frente a un salón de clases, y su entrega profesional asomó la cabeza incluso en momentos como este. Su comportamiento informal hizo que la propia Olga se relajara y acogiera a su tía. Olga no la había visto en casi una década, desde poco después de la muerte de su abuela. Karen había envejecido, pero no tanto como Olga había esperado. Siempre había considerado a su tía muy hermosa y todavía lo era. Olga imaginó que Karen y su madre debían haber sido un gran dúo cuando eran jóvenes.

«Olga», le ofreció su tía con calidez, «estás radiante. ¿Estás enamorada?»

La madre de Olga nunca había creído en la brujería, pero su abuela sí y siempre había sentido —con cierto grado de miedo y reserva— que La Karen, como ella la llamaba, tenía un toque de bruja. Olga sintió que se sonrojaba, pero no podía hablar.

«¡Te revelas, nena!», Karen suspiró con una sonrisa mientras se dirigía hacia el sofá. Olga sintió que miraba el apartamento. Juzgando. Estaba evaluando los atavíos de la burguesía de los que Olga, en algún momento, se había sentido tan orgullosa de haber acumulado y de los que ahora se sentía avergonzada. Olga y Prieto habían crecido con la presencia de Karen en sus vidas, pero la relación pertenecía, ante todo, a su madre, quien, según su abuela, había adorado en el altar de Karen cuando estaban en la escuela secundaria. Karen: la primera persona con la que su madre había sentido una conexión de forma totalmente independiente de la conexión con sus hermanos, su familia o su vecindario. La suya había sido una cercanía que nada rivalizaba —ni la relación de su madre con sus hijos, ni mucho menos con su padre. La madre de Olga había dicho una vez que en su vida la única que nunca la había decepcionado era Karen; solo Karen vivió una vida a la altura de su persona. Para Olga, esto era lo más cercano que iba a llegar a estar en la presencia de su madre.

«Entonces, siéntate», ordenó Karen. ¿Cómo se sentía tan cómoda mandando a Olga en su propia casa? Karen sacó un teléfono plegable de su bolso. «Tu mamá nos llamará», miró su reloj, «pronto».

El corazón de Olga empezó a acelerarse, a un ritmo que la asustó. Karen la acercó al sofá y le dio unas palmaditas en la mano.

«Lo sé», dijo, «ha pasado mucho tiempo, pero sigue siendo solo tu mamá. El tiempo no significa nada cuando se trata de nuestras madres».

Pero Olga no podía respirar. Las lágrimas se acumularon sin brotar. No recordaba la voz de su madre. Ni siquiera podía imaginarla. Y luego, no le hacía falta. Sonó el teléfono y Karen contestó.

꩜

«ESTAMOS AQUÍ», DIJO Karen. «Ambas.» La puso en el altavoz.

«¿Querida? ¿Querida, mi Olga? ¿Está ahí?», dijo su madre.

«¿Mami?», preguntó Olga, la palabra temblando en su boca. Ella volvió a tener trece o aún menos y la voz de su madre rebobinaba el tiempo, la herida, el dolor y la amargura. «¡Mami! ¡Eres tú!»

«Sí, Olga. ¡Soy yo! Mija, ¡alguien me mostró el clip tuyo en las noticias! Estaba muy orgullosa. Finalmente, has encontrado tu voz.»

Las lágrimas habían llegado ahora, pero a través de ellas surgió una sonrisa. El orgullo era un sentimiento que su madre siempre había reservado para Prieto; ahora le tocaba a Olga bañarse en su brillo.

«Simplemente me llegó, mami», dijo.

«Lo que te llegó fue la verdad. A cada uno nos llega un momento en el que no podemos darle la espalda a los abusos de poder y ese fue tu momento. Sigue siendo tu momento, Olga. Aquí en Puerto Rico estamos en la cúspide de la liberación que ha eludido a nuestro pueblo durante más de cien años y creo que tú, mija, puedes ayudarnos entregándonos la llave para abrir esta puerta.»

«¿Yo?». dijo Olga con incredulidad.

«Claro, mija. Olga, ves las noticias; ¿cómo el gobierno nos ha tenido de rodillas, incluso ante María, suplicando poder, como ciudadanos de un país de tercer mundo? Hace tiempo que sabemos que tenemos la necesidad de liberarnos del control de este gobierno corrupto y de PREPA. Poco a poco hemos ido acumulando fuentes de energía solar y eólica, pero ya no podemos darnos el lujo de avanzar lentamente.»

«Mami, esto tiene sentido, pero ¿por qué no lo hablas con Prieto—?»

«Sí, Olga», dijo su madre, sin siquiera intentar ocultar su disgusto. «Si quisiera la ayuda de un gusano burocrático, me quedaría sentada esperando que Ricky hiciera algo.»

Olga quedó desconcertada. Herida en nombre de su hermano. Prieto había dicho que su madre estaba enojada, le había contado sobre la caja de lombrices, pero la virulencia con la que su madre hablaba de su hijo todavía la sorprendía.

«Mami, sé que estás molesta por lo de PROMESA, pero—»

«Olguita, no podemos perder el tiempo con Prieto», dijo su madre con tono impaciente. «Si fuera solo su voto por PROMESA, pensaría que tiene una voluntad débil, pero no, es mucho, mucho peor. ¡Se ha estado llenando los bolsillos votando en contra de su propio pueblo! Es la peor clase de traidor—»

«Mami», suplicó Olga, «seguramente hubo algún err—»

«Nena, por favor», ofreció con firmeza. «Ya basta. No necesitamos a Prieto. Realmente solo te necesitamos a ti.»

Olga se quedó callada por un momento, esforzándose por absorber este diluvio de emociones e información. Su madre continuó.

«Olguita», dijo, con el arrullo en su voz, «lo que necesito ahora es el tipo de intervención que solo puede venir del sector privado. Donde puedan moverse fuera de los límites del gobierno. Lo que necesito ahora es alguien que se comprometa a vendernos a nosotros —el pueblo de Puerto Rico— una gran cantidad de paneles solares y que se comprometa a una entrega rápida. No estoy buscando que nos cojan pena, eso sí. Tenemos dinero, tenemos algunos patrocinadores muy generosos a la causa —pero, debido al volumen de paneles que estamos buscando, necesitamos a alguien dispuesto a… negociar. Y, por supuesto, no hacer demasiadas preguntas».

«¿Y crees que conozco a alguien así?», Olga preguntó, estupefacta.

«Por supuesto. Creo que lo conoces muy bien. Vi una foto de ustedes dos juntos en la Sección de Estilo, mija, en una de esas fiestas elegantes en los Hamptons a las que siempre vas.»

Un escalofrío recorrió la espalda de Olga antes de que entendiera intelectualmente por qué.

«¿Sabías que tu novio, Richard, es uno de los mayores productores y distribuidores de paneles solares en Estados Unidos?»

La ansiedad inundó a Olga; no estaba segura cómo iba a interrumpir los planes de su madre con las incómodas realidades de su vida amorosa.

«Yo, um, no sabía eso, mami. No pregunté demasiado sobre su trabajo. Pero, mami, corté mi relación con Dick...»

«¿Y? ¿Qué?» Su madre intervino. «La gente se reconcilia, ¿no?»

«Yo... yo... » Olga sintió, instintivamente, que no debía mencionar a Matteo; que hacerlo solo lo expondría a él —y la relación— al ataque verbal de su madre. Sabía que, al servicio de la Revolución, su felicidad personal —la de cualquiera, en realidad— era de poca importancia. No necesitaba que su madre lo confirmara. Su madre, que pareció percibir su vacilación, se abalanzó sobre ella.

«Toda tu vida, Olga, has sido capaz de entrar y salir con encanto de todo lo que te da la gana. ¡Engatusas a la gente! Siempre he admirado eso de ti. No tengo dudas de que puedes volver a hacerlo ahora con este Richard. Es una oportunidad de poner tus talentos y conexiones al servicio de algo importante, para variar. ¿No te gustaría tener la oportunidad de hacer eso? ¿Para tu mami? ¿Para tu gente?»

Su pulso se aceleró. En el corazón de Olga había un agujero del tamaño de un alfiler de infinita profundidad que hacía que cada día fuera un poco más doloroso de lo necesario. Lo consideraba un defecto de nacimiento. El espacio donde, en un corazón normal, debía estar el amor de una madre. Olga sintió ante ella la oportunidad de curar al fin esta dolorosa herida. Las lágrimas volvieron a brotar de sus ojos y sollozó en silencio antes de finalmente hablar.

«Lo... puedo intentar.»

«Bueno», su madre concluyó, «el Señor Reyes se comunicará con los detalles. Pa'lante, mija».

Y con eso colgó, aunque su energía siguió flotando en la habitación por mucho tiempo.

⸙

LA MIRADA DE Karen se sintió cálida en comparación con el escalofrío que la llamada le había dejado. Ninguna de las mujeres habló durante mucho tiempo.

«¿Supongo que este Richard no es la persona que te da el brillo?», finalmente preguntó Karen.

Olga negó con la cabeza.

«No tienes que ayudarla, ¿sabes? Al final y al cabo, es tu vida.»

Olga se sorprendió de que Karen, la persona más leal a su madre, estuviera diciéndole eso.

«Pero ella es mi madre. ¿Cómo puedo rechazar a mi madre?», preguntó Olga, con un tono no del todo retórico.

«Olga, amo a tu madre tanto, si no más, que a mi hermano real, pero hay una razón por la cual nunca tuve hijos. Ser madre y dar a luz a un niño no es lo mismo. Los niños no piden nacer. No le deben nada a nadie. Francamente, esta es un área en la que tu madre y yo nunca coincidimos. Estoy de acuerdo con su causa —ningún americano puede ser verdaderamente libre mientras todavía tengamos colonias. Si tus derechos son inferiores porque naces en un lugar y no en otro, ¿cuán significantes son esos derechos, en primer lugar? Pero, y este es un gran "pero", esa debería ser la razón para que hables con ese tal Richard, no porque le debas algo a tu madre. Si tienes una buena relación y este negocio destapa toda una gusanera… Bueno, todo lo que quiero decir es que está bien que te elijas a ti misma. Eso es, te lo aseguro, lo que yo haría. Y ciertamente es lo que haría tu madre.»

Olga pensó en Matteo. Cómo por primera vez, en realidad, había estado imaginando conscientemente un futuro con alguien. Qué bien se había sentido comenzar a dejar que alguien entrara a su vida. Cómo había sentido que la constricción en su pecho que había sostenido por años se relajaba un poco. Qué diferente había sido todo aquello de lo que había tenido con Dick, lo que había dejado que se prolongara durante demasiado tiempo. Dick. Olga suspiró. El mundo volvió a sentirse tan pesado.

«¿La escuchaste cuando dijo que estaba orgullosa de mí?», preguntó Olga.

«Sí. Fue algo audaz lo que hiciste. Radical, como decíamos en los viejos tiempos.»

Se había sentido bien esa aprobación, algo que antes había pensado que solo su hermano podía ganarse.

«¿Karen?», preguntó Olga. «Mi hermano. Creo que ella es—»

Karen se chupó los dientes. «Olga, tu hermano es un traidor lamentable. Maldita sea, estoy... "furiosa" no es la palabra. Y PROMESA es solo solo el comienzo. Cuando canceló las audiencias este verano, bueno, eso impactó a tu madre y a algunos de sus... partidarios. Investigaron un poco y resulta que está siendo sobornado por los hermanos Selby.

«¿Qué?», preguntó Olga, incrédula. «¿Qué quieres decir? ¿A cambio de dinero?»

«¿Qué más podría ser? Han invertido mucho en la deuda en Puerto Rico y han estado comprando terrenos. Pero se remonta a un periodo aún más lejano. Examinaron sus votos de cuando estaba en el Concejo Municipal. Cada cosa jodida que le ha sucedido a esta ciudad en los últimos quince, veinte años —los desarrollos de condominios lujosos que desplazaron a la gente trabajadora común y corriente, los supermercados que solo el uno por ciento puede patrocinar, todo —si los Selbys tuvieron algo que ver, que casi siempre fue el caso; tu hermano votó para abrirles paso.»

Olga no quería creerlo, pero las palabras de su tía le provocaron un recuerdo. La molestia de su hermano cuando Olga mencionó a Nick Selby. La energía con la cual protestó la idea de que él y los Selby fueran amigos. Una oleada de náuseas la invadió.

Miró por las ventanas a su amado Fort Greene, al paisaje ahora plagado de rascacielos de lujo, muchos de los cuales los Selby construyeron después de que el Consejo Municipal votara para rezonificar el área para construir el estadio. Pensó en la terminal Bush y en los bares que subían lentamente por la Quinta Avenida. Pensó en las pequeñas empresas perdidas después de la recesión, después de Sandy, cuyos cadáveres minoristas fueron reemplazados por hoteles y grandes tiendas. El avance de la riqueza y la blancura que lenta y continuamente había estado invadiendo su ciudad natal, expulsando y dispersando a familias como la suya.

«Las heridas más dolorosas», solía decir Papi, «son las que nos infligen los nuestros». Ahora comprendió que él tenía toda la razón.

CUANDO OLGA SE reunió con Matteo para cenar por noche, estaba bastante borracha. Después de que su tía se fue, Olga se sirvió un vaso grande de vodka y no dejó de beber hasta que su cuerpo paró de temblar. No se atrevía a contarle sobre la visita, no podía imaginarse tener que articular la petición de su madre. Matteo pudo ver que ella estaba molesta y trató de consolarla, de profundizar en el mal que la aquejaba. Su amabilidad y su bondad la enfurecieron. Lo atacó con puyas verbales con cada oportunidad, abalanzándose sobre todo lo que salía de su boca de la manera más viciosa posible. Cuando él la acompañó a la casa y le dijo que tal vez deberían pasar la noche separados, ella se alegró. Estaba sola. Era lo que merecía.

TODOPODEROSA

No pensó que fuese a llorar, pero tan pronto la vio, las lágrimas lo cegaron. Eran gotas gruesas, húmedas y grandes. Difícilmente podía acercarse; las palabras se habían ahogado en su garganta. No podía creer lo pequeña que era. No medía más de cinco pies con una o dos pulgadas uno o dos, tan flaquita que una brisa la tumbaba. La última vez que la vio, él tenía poco menos de diecisiete años. Era un flacucho, con las rodillas retorcidas y apenas había comenzado su último periodo de crecimiento. Recordó cómo se había despedido de ella con un abrazo antes del viaje del que nunca regresó. Justo la había superado en altura y cuando envolvió los delgados hombros de su madre con sus delgados brazos, ella comentó lo alto que se estaba poniendo. A lo largo de los años, ella había crecido hasta convertirse en una presencia más grande que cualquier cuerpo físico, presidiendo sobre las decisiones que él tomaba con cada paso de su vida. Ahora, él estaba parado frente a ella, a los cuarenta y cinco años, con sus hombros anchos, midiendo fácilmente medio pie más que la última vez que la había visto y quedó impactado por el poder que tenía una criatura tan diminuta.

⌒∞⌒

La habitación era claramente su oficina. Había un escritorio, pero ella estaba sentada en un sillón en un rincón de la habitación. Las contraventanas de la habitación estaban cerradas. Entraron rayos de luz y el ventilador del techo los convirtió en sombras. Blanca le dio un momento para recomponerse, su rostro extrañamente libre de toda expresión. Cuando pasó suficiente tiempo, ella sonrió.

«Está bien, mijo, está bien», dijo con calma. «Ven. Siéntate con tu madre.»

Sus oídos captaron sus palabras, pero su cuerpo fue incapaz de procesarlas, sus piernas cargadas por el peso de los años que habían pasado desde la última vez que la había visto. El sonido se desvaneció, todo fue reemplazado por el latido de su corazón que bombeaba sangre, rápida y caliente, por todo su cuerpo. Los latidos de su corazón resonaron en su cerebro y su cabeza y sus ojos palpitaron. Un cerebro, una cabeza, ojos, sangre, un cuerpo. Todo surgió de esta extraña que tenía delante. Que un cordón corto los hubiese conectado alguna vez, que su cuerpo alguna vez lo hubiese alimentado, le resultaba impactante.

«Prieto. Siéntate», ordenó su madre.

Él registró la impaciencia en su voz y sintió un miedo familiar e infantil. De algún modo se vio obligado a moverse. Lentamente cruzó la habitación, con los ojos fijos sobre el rostro materno. Solo las más finas líneas que estaban dibujadas alrededor de su boca y sus ojos delataban su edad. De cerca, el miedo de Prieto se disipó ante la familiaridad de aquel rostro; vio un parecido con Lourdes que nunca antes había notado y no pudo contener sus emociones.

«¡Dios mío, mami! ¡Nunca me había dado cuenta de lo mucho que te pareces a Lourdes! ¡Es increíble! Espera que la veas; tengo fotos de la boda de Mabel y ella está tan alta que—»

Se movió para sacar su teléfono, pero se había olvidado de que hacía unas horas los Pañuelos se lo habían confiscado.

«Prieto», dijo su madre, haciéndole un gesto para que se detuviera, «tenemos otras cosas que debemos discutir. Cosas más importantes que la herencia genética».

«¿No quieres ver a tu nieta?», preguntó, pero tan pronto como lo dijo, supo que la contestación era que no.

«Quiero que sepas», dijo su madre, «que a fin de cuentas nos hiciste un favor con tu voto a favor de PROMESA. Los medios rara vez lo mencionan, pero esta austeridad ha causado indignación. Los estudiantes han estado saliendo a las calles. Este año he reclutado a más puertorriqueños brillantes a nuestro movimiento que en cualquier año anterior. PROMESA destacó el neocolonialismo que este gobernador pendejo y su padre trataron de disimular mientras se llenan los bolsillos con el dinero yanqui».

Era difícil comprender que, después de casi treinta años de separación, ella quisiera hablar de PROMESA y, sin embargo, Prieto no sabía qué más esperaba que ella le dijera.

«¿Realmente intentaste asesinar al gobernador?». soltó, con la esperanza de que al menos podría utilizar este tiempo con ella para separar los hechos de la ficción acerca de todos esos años desaparecidos.

«Hace muchos años, sí», respondió rotundamente, «y lo intentaría de nuevo ahora si no pensara que no es el momento adecuado».

«¿Para eso son las armas?»

«Estoy segura de que Tirso te dio una respuesta mucho más política, pero en fin, sí. Las armas son para el día en que estemos verdaderamente preparados para la liberación.»

«¿Y cuándo será eso?»

«Cuando la mitad de la isla —y en especial los jíbaros— estén corriendo las cosas como nosotros, independientes del gobierno en materia de energía y agua potable.»

«¿Y para esto me necesitas? Para ayudar con este… ¿proyecto de energía renovable?»

Ella se rio, pero Prieto vio que sus ojos estaban fríos. «No, Prieto, no. Tu hermana nos está ayudando con eso—»

«¿Olga?», preguntó preocupado. No podía imaginar cómo ella podría ayudar. «¿Esto involucra a Reggie?»

«Ay, bendito, ¿ahora te importa? Después de que me apuñalaste en el corazón al convertirte en el peor tipo de—»

«¿De qué estás hablando?» Ahora estaba enojado, frustrado porque la única visión de mundo que ella poseía se daba a través de este lente. «Simplemente no quiero que mi hermana haga alguna locura—»

«¿Es eso lo que piensas que está pasando aquí? Estamos salvando a nuestra gente: dándoles agua, comida, medicamentos. Los estamos liberando de ciento diecinueve años de opresión. Somos la revolución. ¿Pero piensas que esto que estamos haciendo es una locura?»

Suspiró antes de continuar: «Le estoy dando a tu hermana la oportunidad de finalmente darle algún propósito a una vida que de otro modo sería una vida desperdiciada. Pensé que lo entenderías. Pero, claro, nunca pensé que venderías a tu propia comunidad solo para conseguir unos cuantos chavos de los desarrolladores».

Ella estaba de pie ahora, flotando sobre él. Prieto la miró a los ojos.

«Mami, nunca recibí un centavo de los Selby. Eso quiero que lo sepas. Pero sí me chantajearon; sí voté —muchas veces—, para promover sus intereses y se perjudicó la comunidad de Sunset Park, se perjudicó Brooklyn. Pero nadie me pidió que votara a favor o en contra de PROMESA. Esa fue la mejor opción disponible en aquel entonces. Los Selby están interesados en Puerto Rico, les gusta PROMESA, por razones obvias… pero lo más importante—»

«Así que lo admites.»

«¿Ni siquiera te importa por qué me estaban chantajeando?»

«Por favor, dime que se trata de algo más interesante que el hecho de que te acuestas con hombres.»

Prieto la miró estupefacta.

«No es ningún secreto, Prieto. Lo supe desde que tenías seis años. Una madre siempre lo sabe.»

Todo su cuerpo se tensó como si se estuviera preparando para recibir un golpe, pero el golpe ya había caído. Su pulso se aceleró y pudo sentir cómo su dolor se transformaba en rabia. No hacia ella, sino consigo mismo. Por haberse mantenido tanto tiempo dentro de una caja que pensó que a ella le gustaría. Quería ver qué podía perforar su caparazón. ¿Qué, si acaso era posible, podría provocar una emoción?

«Tengo VIH, mami».

«Débil, como tu padre», dijo, sacudiendo la cabeza. «Siempre me había preocupado que heredaras eso de él…»

«¿El qué? ¿Ser gay? ¿La enfermedad? ¿De qué carajo estás hablando?»

Ella parecía estar impaciente con él. «No, Prieto, tu debilidad de carácter. Tu incapacidad para sublimar tus satisfacciones personales para poder desarrollar todo tu potencial.»

Estaba consumido por el deseo de sacudirla. De sacudirla hasta que algo parecido a una madre saliera.

«¡Todo tu potencial! Guárdate la hipocresía, mami. Yo. Mi hermana. Joder, hasta a Tirso. El único "potencial" que te importa es el que potencialmente beneficia tu agenda. Tú y Nick Selby están cortados de la misma maldita tela. Todo lo que has construido lo has hecho explotando las necesidades de quienes te rodean.» Se sintió tan frustrado que tuvo la valentía de preguntar lo que nunca pensó que podría preguntar. «Todos estos años estando tan lejos de nosotros. Ni siquiera te preocupaste por nosotros como personas. ¿Por qué nos tuviste?»

Esta pregunta detuvo a Blanca en seco. Su postura se aflojó, volvió a sentarse y lo miró a los ojos.

«Porque tu padre deseaba tener una familia con desesperación y, en aquel entonces, yo estaba muy enamorada.»

«¿Y qué pasó entonces?»

«Y luego me di cuenta de que el amor, ese tipo de amor, no cambiaría el mundo.»

Sus palabras atravesaron la ira de Prieto. Suspiró y con su aliento liberó algo que no se había dado cuenta que había estado reteniendo: una fantasía. Algún reencuentro mítico y emocional con una versión de su madre que había vivido, escondida en las aguas profundas de su imaginación.

«Sabía que nadie lo entendería», continuó. «Pero, para ser honesta, nadie lo ha entendido realmente. Toda mi vida sentí que mi piel era demasiado pequeña para lo que sabía que era posible para mí. Pasé años luchando por salirme de este camino estrecho que se me había trazado —como mujer, como boricua. Y, sin embargo, a pesar de todos mis esfuerzos, ahí estaba. En la vida exacta que había estado tratando de evitar tan desesperadamente. Sentí que me estaba ahogando en Brooklyn al intentar comprimirme en esa vida. Sabía lo que todos pensarían. ¿Qué clase de mujer deja a su familia? Pero para mí lo que hice *sí* fue un acto de amor. Por lo que pensé que podía hacer aquí, en Puerto Rico, pero también de amor propio.»

Sonaba más suave ahora y su voz se había calmado. Un silencio los cubrió por un momento.

«¿Por qué querías verme?», preguntó.

«Para decirte que nos dejes en paz; esta isla no es tuya, no necesitamos tu ayuda.»

«¿Quién eres tú para decirme que esto no es mío? Esta también cs mi patria».

«Ay, pero no lo es. Apenas es mi isla, pero lo que no les di a ti y a tu hermana, se lo di a mi orgullo. A este lugar. ¿Qué estamos haciendo aquí? Estamos creando un modelo de lo que finalmente liberará a Puerto Rico.»

«El comunismo», afirmó Prieto.

«Difícilmente», dijo con una risa. «Pese a toda mi admiración por Ojeda Ríos, rápido pude ver que no tenía una buena estrategia. En Cuba, a pesar de toda mi idealización de Castro, como una mujer más joven, encontré un exceso de ego. Demasiada jerarquía. No, fue cuando visité a los zapatistas que encontré la respuesta: una sociedad liderada por las necesidades de la comunidad. Sin obligaciones o dependencia del gobierno, completamente sin jerarquía—»

«Pero todavía tienen un líder. Sigues siendo una líder.»

«Proporciono dirección creativa. Pero *esto* es lo que finalmente liberará a Puerto Rico.»

«La anarquía.»

«La agencia política.» Con eso ella levantó la voz y gritó. «¡Oigan! ¡Entren!» Y dos Pañuelos armados con AK-47 entraron a la habitación y se pararon en la entrada.

«Prieto, por eso debes dejarnos en paz. Solo los puertorriqueños pueden liberarse. Así como PROMESA ayudó a nuestra causa, María también lo hará. No pelees por conseguir cómo ayudarnos; deja de llevar las cámaras contigo a todas partes. Deja de ser un héroe…»

«Pero sin presión pública, el gobierno no tomará acción y la gente se muere.»

«¡Coño! ¿No sabes que ya están muertos? Que la gente vea lo que realmente piensa el gobierno de ellos. Que sea un recordatorio de que se les consideraba inútiles. Y verán que fue el propio pueblo quien los salvó. Su propia gente, que creaba energía, cultivaba alimentos e incluso proveía agua. Y tú», y ahora lo miró, «deberías preocuparte por tu propia casa. Porque desde donde yo estoy parada, parece ser un desastre.

Él la miró fijamente.

«Mercedes ya está de regreso a San Juan. Estos hombres te llevarán directamente al aeropuerto.»

«Espera. Entonces, ¿me estás diciendo que me vaya a casa?»

«Sí, mijo. Y no vuelvas. Esta es una orden y no una petición. Eso es lo mejor para ti, personalmente y para Puerto Rico. ¿Entiendes lo que te estoy diciendo?»

Cuando ella se acercó para abrazarlo, él retrocedió. Se le ocurrió que ella ni siquiera había intentado abrazarlo cuando llegó. Después de todos esos años.

«No me toques», dijo mientras la alejaba con el brazo y salía por la puerta.

CONTROL

Aunque Charmaine le había asegurado repetidamente que Olga vendría, Dick todavía estaba sorprendido —y encantado— cuando ella le envió un mensaje de texto diciéndole que tenía una propuesta de negocios para él y se preguntaba si querría discutirla durante la cena. Ella sugirió que se encontraran en un restaurante del centro, pero él quería dejar claro que la había extrañado y que apreciaba esta segunda oportunidad. Entonces, insistió en que ella fuera a su apartamento donde él personalmente le prepararía la cena. Ella no respondió de inmediato, lo cual lo hizo sentir, por un momento, inseguro respecto a sus intenciones. Pero justo cuando él se había preparado para un escenario más profesional —qué propuesta de negocio podría tener Olga para él—, ella le respondió diciendo que sonaba dulce, pero ciertamente no quería que fuese una molestia. A lo cual él respondió que ella valía la pena.

Dick había estado reflexionando sobre Olga como individuo, no solo como su compañera física preferida, más que nunca. Primero, por supuesto, por su perorata televisiva, que Nick y los chicos de Exeter estaban muy emocionados de compartir en su chat grupal. Pero también por todo lo que había aprendido del agente Bonilla. Si bien estaba seguro de que Olga no sabía la mayor parte del asunto, solo los aspectos generales —el hecho de que fuese criada y luego abandonada por una loca radical, de que perdió a su padre a causa de una enfermedad tan aterradora—, obviamente tenía que haberla impactado.

Sin embargo, ella había prosperado. Había subido hasta entrar a las mismas habitaciones que hombres como él, que habían nacido con lo que algunos podrían considerar como una ventaja. Brillaba sobre ella nuevo foco de admiración. De hecho, incluso le dio a su odioso hermano un momento de reconsideración. Había ascendido de forma tan notable. Le hizo sentirse extrañamente patriótico; el sueño americano todavía era posible.

Decidió que, dada esta nueva información, si tenía otra oportunidad con ella, se aseguraría de pasar por alto las debilidades que condujeron a incidentes como el de la fiesta; era como culpar a un gato por tener garras. Lo mismo podría decirse de su arrebato en aquel programa matutino. Al principio se sintió ofendido. Olga había ganado mucho dinero con su familia; sus cargos por pagos atrasados por sí solos eran casi un asalto. Según lo que había visto Dick, el capitalismo y la «élite» le habían servido bien. Pero reformuló el episodio después de revisar el expediente de Bonilla. Dado el árbol del que había caído, estaba francamente feliz de que no fuera más extremista. Además, habían estado enamorados; Dick, más que nadie, sabía que, si bien Olga podía albergar sentimientos de resentimiento hacia los ricos a nivel intelectual, todavía veía y apreciaba a las personas como individuos.

DICK PREPARÓ TERNERA a la boloñesa; era lo que más le gustaba cocinar, ya que había trabajado con esta receta desde sus días universitarios. Hizo una lista de canciones para la ocasión, que ahora tocaba en su Sonos. Le había dado la noche libre a la ama de llaves. En su mente, esperaba que pudieran lavar los platos juntos. Quería que Olga viera que era alguien con quien se podía identificar.

Ella llegó exactamente a las 7 p.m. y trajo una botella de vino, lo que le pareció un gesto dulce, ya que ella, más que nadie, sabía que él tenía vino más que suficiente para cien cenas. Estaba un poco sorprendido por su apariencia. Normalmente, cuando se reunían, ella usaba tacos altos y algún tipo de vestido, pero hoy llegó con mahones, tenis y un suéter con cuello en V que solo insinuaba su amplio escote. Llevaba apenas un ligero toque de maquillaje en el rostro.

«¿No trabajas hoy?», preguntó.

Ella soltó una pequeña carcajada. «Se podría decir que tuve el día libre, sí.»

Ella era simplemente muy bonita, se dio cuenta mientras la contemplaba y le besaba la mejilla. Decidió que era una buena señal que ella fuera tan casual, significaba que todavía se sentía cómoda con él.

Hablaron de manera superficial durante la cena —que Olga elogió con entusiasmo— y aunque en algunos momentos fue un poco incómodo, la actitud de ella le pareció cálida. Ambos bebieron más vino de lo usual, notó y se preguntó si ella estaba tan nerviosa como él. Después de cenar, como había esperado, regresaron a la cocina y ella se rio de él mientras lavaba los platos.

«Será mejor que tengas cuidado, Dick. No quiero que nadie te confunda con un sirviente», bromeó. Estaba apoyada en el mostrador junto a él y Dick tomó esta broma sobre su pelea como una apertura y envolvió su cintura con sus manos enjabonadas.

«Trabajaría como ayudante de camarero si pudiera pasar todos los días contigo», dijo mientras se inclinaba para besar su cuello. Pero ella se alejó de él.

«Deberíamos hablar, ¿no te parece?», le dijo. Cerró la llave. Ella tenía razón. Deberían aclarar las cosas.

«Por supuesto, Bombón. Yo también he estado pensando eso. Yo… quiero disculparme por mi comportamiento en la fiesta de aquel día. Bebí demasiado y fui demasiado duro y…»

«Está bien, Richard», dijo. «Creo que de alguna manera extraña fue bueno para mí escuchar eso. Me ha motivado a hacer un examen de conciencia sobre lo que estoy haciendo con mi vida… en términos profesionales.»

«¿¡En serio, Bombón!?», dijo, con un poco de entusiasmo. No esperaba gratitud: un bono. «¿Me recompensarás por mi buena obra involuntaria?»

Ella se rio. «No nos adelantemos. Como mencioné, vengo con una propuesta de negocios.»

Su corazón se decepcionó un poco —solo un poco— considerando por un segundo que tal vez esto era legítimo y que ella no había venido aquí para reiniciar la relación. Luego se dio cuenta de que quizá esta era solo su forma de romper el hielo.

«¿Quieres iniciar una nueva carrera en Eikenborn and Sons?», preguntó, con una sonrisa.

«Bueno, no, no exactamente, pero sí tiene que ver con tu negocio.»

«¿En serio? Eso es intrigante.» Se inclinó hacia ella, con las manos apoyadas en el mostrador y enmarcó su cuerpo con los brazos.

«Hay un partido en Puerto Rico, un grupo, en realidad, interesado en comprar paneles solares por dos millones de dólares.»

«Está bien», dijo, «estoy escuchando. ¿Para propiedades privadas?»

«No», dijo ella. «No puedo discutir los planes, pero la condición de la compra es que necesitan los paneles lo antes posible.»

«¿Están intentando revenderlos?», preguntó, acariciando su cabello. «Porque no pienso suministrar a un competidor. Podría hacer una fortuna con energía solar ahí abajo.»

«No, definitivamente esa no es la intención», dijo ella. Él notó que la sonrisa había desaparecido ligeramente de su rostro.

«¿Quién es este comprador, Bombón?», preguntó. Había puesto su mano en la cintura de Olga. Ella no se la había quitado.

«Un filántropo al que le gustaría permanecer anónimo.»

Dick acarició su cuello con la nariz y sintió que se ponía un poco rígida. «¡Ah, un bienhechor! Qué lindo. Necesitamos más personas filantrópicas en el mundo.» Movió la mano hacia su cintura y desabrochó el botón de sus mahones. Ella le agarró la muñeca.

«Entonces», dijo, «¿lo harás? Porque si es así, puedo presentarte a su representante.»

«¿Ah sí, Bombón?», dijo, con un poco de risa mientras le mordía la oreja. Tenía cierta curiosidad por saber quién era ese filántropo. Si tuvieran tanto capital para gastar en un acto caritativo, seguramente ya lo conocía. ¿A menos que fueran extranjeros? Una posibilidad interesante. De todos modos, las ganancias serían migajas en comparación con lo que podría ganar con Nick Selby al *no* proporcionarle paneles solares a Puerto Rico, algo que no creía que debería compartir con Olga. Estaba bastante seguro de que esto arruinaría su seducción. Y, además, aún no se había comprometido con Nick.

De repente ella se alejó de él, pero no le soltó la muñeca. «Richard», dijo, «lo digo en serio. Estos son compradores potenciales reales».

«Ah, son varios», dijo mientras intentaba volver a tomarla en sus brazos.

Ella se apartó de nuevo.

«Dick», dijo en voz baja y respiró hondo.

«¿Qué?» Apenas habían pasado dos meses desde que dejaron de verse. Decidió que debía estar intentando algún tipo de broma. Él se rio. Ella se mantuvo seria.

«Creo que esto es serio», dijo Olga. No estaba bromeando.

El calor subió a su cuello; no estaba seguro si era ira o humillación.

«Entonces, ¿qué carajo estás haciendo aquí?», preguntó.

«Me… Me estoy dando cuenta de que no debí sugerir una cena… Lo siento si tú—»

«No te arrepientes, Olga», dijo. Era ira. Podía sentirlo. «Eres una cabrona puta manipuladora y sabías lo que yo pensaría que querías cuando te acercaste a mí.»

Vio que las palabras la golpearon como una bofetada y le gustó. Había olvidado lo tramposa que era. ¿Cuántas veces le había hecho esto? Había perdido la cuenta. Ella siempre torcía sus acciones y deseos hasta crear la versión que mejor se adaptaba a ella, hasta que finalmente él olvidaba sus deseos originales. Había hecho esto mismo cuando él dejó a su esposa. Le había hecho esto en los Hamptons. Podía verlo muy claro ahora. De alguna manera siempre sacaba cada situación de sus manos y asumía el control de todo.

«¿Cuánto tiempo llevas tirándote a este otro tipo?», preguntó. Ahora él estaba muy cerca de ella, pero ella no se alejó. «¿Has estado tirándote a ese otro tipo desde el principio?»

Olga se estaba alejando de él ahora y él podía ver un toque de miedo en su mirada.

«Richard», dijo rotundamente, «¿realmente importa?»

Por supuesto que importaba. Él la miró con odio en silencio. Todo tenía un aspecto diferente: la vestimenta casual, la falta de maquillaje. Ella no se sentía cómoda con él, se mostraba indiferente. Él se llenó de rabia cuando se dio cuenta de que la había abofeteado. Hacía años que no golpeaba a una mujer. Ella se alejó de él en estado de asombro, pero chocó con el mostrador.

«Richard, tienes razón. Sabía lo que podrías pensar cuando te envié el mensaje de texto. Incluso pensé que podría seguir sin ganas—»

«¿Seguir sin ganas?»

«Solo quise decir que no tenía la intención de engañarte. Pero cuando llegué aquí—»

«Cuando llegaste aquí, ¿qué? ¿Te disgusté? ¿Cambiaste de opinión?»

«¡No!», dijo y pudo ver ahora que estaba asustada. Ella se dio cuenta de que había perdido el control de la situación y esto le produjo un extraño placer a Dick.

«¿Así que ibas a venir aquí y "seguir sin ganas", conmigo, como una puta, ¿y luego qué? ¿Pensaste que le vendería a tu amigo lo que quisiera gracias a ti y a tu coño mágico? ¿Y entonces qué? ¿Ibas a volver para acostarte con este otro tipo?»

Él se dio cuenta de que estaba gritando. Quería bajar la voz, pero no podía.

«¡No sé!», ella le contestó. «¡Lo lamento! ¡Me iré! ¡Simplemente me iré!»

Ella siempre provocaba que él la persiguiera. Siempre.

La agarró y la volteó e inmovilizó su rostro contra el mostrador. Ahora ella vería cómo se sentía al ser la que no tenía el control.

❧

MÁS TARDE, CUANDO ella se fue, él todavía se encontraba hirviendo de rabia. Agarró el celular.

«¿Nick? Te llama Dick Eikenborn. Lo he estado pensando. Cuenten conmigo con lo del negocio en Puerto Rico… Me mantendré fuera del mercado hasta que me des el visto bueno. Bajo los términos discutidos, por supuesto… Pero, y esto quizás no sea nada, alguien está intentando comprar energía solar al por mayor allá… No sé quién. Pero me enteré por medio de la chica Acevedo… Sí. Por supuesto, esa. Haz lo que quieras con esa información. No me importa.»

UN PEDAZO ADICIONAL
DE LA VERDAD

Después de ver a su madre, Prieto tuvo que lidiar con la realidad de quién era ella y no con las versiones que habían vivido en su mente durante los últimos veintisiete años. Ella no era una heroína ni una demente impotente. Era una especie de genio loco, porque con seguridad construir ese complejo había requerido genialidad. Y se había sentido destinada a una vida diferente. Se sentía atascada en una piel demasiado apretada. Entonces se liberó. Mudó la piel de su antigua vida. Para Prieto, esta verdad lo atravesó como una bala. Rápida y clara. No era una herida mortal, sino del tipo de herida que obliga a quien la recibe a reevaluar su vida. Él también conocía la sensación de una piel demasiado apretada. Sabía cómo se sentía experimentar miles de muertes pequeñas, año tras año, mientras veía cómo se le escapaba la vida que quería y se sentía atrapado en la vida que tenía. Pero en lugar de sentir empatía o simpatía por su madre, sintió arrepentimiento. Y rabia. Y desesperación. Desesperación, porque gran parte de lo que lo había mantenido aquí —dentro de su propia piel apretada— era la mujer que lo había dejado atrás mientras se despojaba de la suya. Sí, le dolía saber que su madre nunca había querido ser madre, pero la otra mitad de su tristeza provenía de la privación de vida que se había autoinfligido en parte para retener su aprobación.

En el avión de regreso, mientras veía desaparecer su isla a la distancia, le brotaron las lágrimas sin dificultad. Repasó todos los sacrificios, tanto de sus valores como de sus deseos, que había hecho a lo

largo de los años. Todas estas acciones y elecciones vergonzosas, ahora tenía que reconocer, fueron hechas para presentarle al mundo una
persona, una vida, de la que su madre estaría orgullosa. Una persona
que su madre amaría. En algún parte de su ser, en el fondo, siempre
había sabido que ella no tenía tal capacidad. Él y su hermana habían
estado anhelando y esperando por una madre que, desde sus comienzos, nunca había querido ser madre. Pero Prieto sí. Su hija fue un regalo para su vida que su yo más joven nunca pensó que iba a poder
tener. Ella le dio un propósito y lo llenó de amor.

Cuando el avión aterrizó, su intención era ir directo a casa de
Olga. Para contarle todo. Sobre la visita, sobre los Selby, todo. Cuando ella no respondió a sus llamadas, no quiso desperdiciar la valentía que había reunido y decidió que ese día era tan bueno como cualquiera para finalmente hablar con Lourdes.

◦◦◦

YA NO LE gustaba que la recogieran de la escuela. Ella ya era grande y
quería caminar a casa con sus amigos, pero él pensó que, si intentaba
atraerla con un pedazo de pizza de L & B, ella podría ignorar el hecho
de que él al parecer la estaba «avergonzando» de la nada. El viaje juntos transcurrió sin incidentes y estuvo salpicado sobre todo de resú-
menes de la última temporada de *The Voice*.

«Entonces, Lourdes, cuéntame, ¿cómo te va la escuela?», preguntó tan pronto se sentaron. «¿Ya se están enamorando? ¿O son todos
demasiado jóvenes para todo eso?»

«O sea, no me gusta nadie, si eso es lo que me estás preguntando.»

Se sintió aliviado, pero también culpable por no poder encontrar
una manera más creativa de abordar el tema sin interrogarla. ¿Dónde
estaba su hermana? Ella hubiese sabido cómo hacer esto.

«No, no. Lo que quiero decir es que eres joven. Tienes tiempo.
Tengo curiosidad… Sabes, cuando yo tenía tu edad, todo el mundo
hacía escante sobre a qué chica le gustaba qué chico y viceversa y si
no te gustaba alguien después del, no sé, séptimo, octavo grado, todo
el mundo te llamaba gay, ¿sabes?»

«¿Y qué?»

«¿Y qué? ¿Qué quieres decir "y qué"?»

«¿Y qué si te llaman gay? ¿Qué importa? A Tomás le gustan los chicos. Nos dijo el año pasado.»

«¿El hijo de Sonya? ¿Ese niño te lo dijo el año pasado —cuando tenía diez años— que era gay?»

«*Queer*, papi. Pero sí, nos dijo que le gustan los chicos.»

«¿Y él es el único?

«O sea, tal vez no, pero no es gran cosa. A la gente le gusta quien le gusta.»

«Eso es cierto», dijo Prieto.

«Aunque me siento mal por ellos.»

«¿Por quién? ¿Por Tomás?»

«No. Por los nenes cuando éramos jóvenes. Los que eran gay. Que se burlaban de ellos. Era estúpido.»

Esta era su oportunidad. Prieto lo sabía. Tomó un sorbo de su Coca-Cola.

«Sabes, Lourdes, cuando era chiquito no era tan *cool* como tú. Mi hermana, ella se parecía más a ti. No le importaba lo que los demás pensaban de ella. Tenía mucha confianza. ¿Pero yo? Me preocupaba que me molestaran. Siempre quise encajar. Agradarle a la gente. Quizá no sea mi mejor rasgo.»

«Bueno, todos tenemos nuestros defectos. Eso es lo que mami siempre dice.»

«Eso es cierto. Pero lo que quiero decir es que tenía demasiado miedo de que se burlaran de mí como para dejar que la gente supiera quién yo era realmente, no sé si sabes a lo qué me refiero.» Aquí pausó. No podía echarse para atrás ahora. «O, déjame hablar claro, quería decirte que soy gay.»

Sus ojos se abrieron un poco.

«¿Mami lo sabe?»

«No. Quería decírtelo primero. Pero se lo diré. Puede que se moleste un poco. Porque la verdad es que yo sabía que era gay cuando nos casamos, pero tenía muchas ganas… bueno, de tenerte a ti.»

«Sabes que los hombres pueden casarse ahora, ¿verdad?», ella le preguntó.

«Sí, mija. Yo era concejal de la ciudad cuando se aprobó esa ley aquí. Pero probablemente no lo recuerdes.»

«Entonces, ¿eso era todo?», preguntó Lourdes, como si él no acabara de hacer la cosa más difícil de su vida.

«Bueno, la verdad es que no. Hace poco descubrí que soy VIH positivo. Pero te prometo que estoy totalmente sano.»

«¿Como Oliver en *How to Get Away with Murder*?»

«¿Cómo? ¿Por qué estás viendo ese programa?

«Lo vi una noche con tía Lola y ahora está en Netflix. Pero el punto es que tiene VIH y está bien.»

Ella le dio un mordisco a su pizza mientras él se preguntaba por qué se sentía tan tonto.

«¿Tienes novio?», ella le preguntó. «Oliver tiene uno.»

«No. No. ¿Te importaría si tuviera novio?»

«No. Con tal de que sea *cool*. Como Matteo, que es *cool*.

«Matteo es *cool*. Me voy a asegurar de que, si tengo novio, sea así de *cool*. ¿Tienes más preguntas? Porque con gusto respondo.»

«¿Se lo vas a decir a la gente de Nueva York 1?»

«En algún momento se lo diré a todo el mundo.»

UNA DE LAS principales ventajas de ser congresista era que podías reunirte con prácticamente cualquier persona que quisieras. Sin embargo, Reggie —que en realidad siempre había sido un idiota, pensó ahora Prieto— ni siquiera devolvía sus llamadas. Había estado tratando de comunicarse con él desde su viaje al complejo, tanto para obtener algunas respuestas como para decirle que mantuviera a su hermana lejos de esta mierda. Esto adquirió un nuevo grado de urgencia para Prieto a medida que pasaban los días y su hermana no le devolvía los mensajes de texto ni las llamadas telefónicas, hasta que finalmente le envió un mensaje diciéndole que se fuera a la mierda y la dejara en paz. Sabía que Reggie estaba de alguna manera envuelto y él estaba determinado a hablar con él.

Después de la segunda semana de ser ignorado por mensaje de texto, asistentes, mensajes directos y tweets, Prieto se sintió obligado a ser más activo. Llamó a su amigo Bonilla del FBI y le pidió que fuera con su socio a visitar la oficina de Reggie; Prieto pensó que podría tener alguna información sobre la fuga del centro de detención juvenil después de María.

«¿En serio? ¿Qué te dio esa impresión?», preguntó Bonilla.

«¿Viste el artículo que te envié?»

«¿Los independentistas repartiendo agua en los pueblos del monte?»

«Sí, bueno, en Puerto Rico muchos están diciendo que ellos eran los responsables de esa fuga y el nombre de King sigue surgiendo.»

«Interesante.»

Prieto sabía que al dar esta información corría el riesgo de llevar al FBI directo hasta su madre, un paso que Prieto había considerado seriamente desde su viaje. No solo se había ido despojado de su madre ideal, sino de alguna manera también de su patria. Cuando Blanca le dijo que ese no era su hogar, se sintió avergonzado. ¿Pero por qué? Sentía a Puerto Rico en sus venas y, sin embargo, una parte de su ser escuchó cierta certeza en sus palabras.

¿Cómo se diferenciaba de la intervención de cualquier otro estadounidense continental que él, incluso siendo de ascendencia puertorriqueña, les dijera a los isleños cómo gobernarse a sí mismos? El colonialismo benevolente sigue siendo colonialismo. Aun así, se negó a permitir que ella le quitara este lugar —su herencia cultural. Su primer viaje a la isla, cuando estaba en la universidad, había sido transformador. Justo cuando sentía que su mundo —su familia— se estaba desvaneciendo, encontró un lugar donde se sentía arraigado. Anclado. Él formaba parte de algo más grande. Parte de un pueblo. Volvería. No dejaría que la gente los olvidara. No permitiría que el pueblo sufriera por la negligencia del gobierno.

A pesar de todo lo que sabía, le resultaba difícil creer que ella fuese a herir a su propio hijo.

Sin embargo, mientras pensaba esto, no estaba tan seguro. Su amenaza apenas fue disimulada. Y entonces, consideró contarle todo a Bonilla.

Pero recordar el destino de Ojeda Ríos le hizo reflexionar. No podía comprometer seriamente a su madre sin hablar primero con Olga. En última instancia, por ahora, era estrictamente una movida para llegar hasta Reggie. Prieto sabía que se haría el tonto; Reggie era demasiado inteligente como para asustarse con la visita de un policía. Pero sería una molestia. Una que Prieto se ofrecería a hacer desaparecer si Reggie accedía a un encuentro de cara a cara.

A PRIETO LE molestaba, mientras estaba sentado en el área de recepción de la lujosa oficina de Reggie en Tribeca, que Reggie King tuviera más seguridad personal que él, un funcionario electo. Un enorme guardaespaldas permanecía afuera de la puerta cerrada de la oficina privada de Reggie en el décimo piso, mientras Prieto, que caminaba por las calles como un ciudadano normal, recibía amenazas de muerte en su cuenta de Twitter justo mientras estaba sentado allí, todo solo por hacer su trabajo. Pero no importaba. No había nada que Reggie pudiera hacerle que Prieto no pudiera aguantar y no se iría sin decirle a Reggie lo que realmente pensaba. Se sentía fuerte. Invencible. De algún modo, el encuentro con su madre le había liberado de una carga que ni siquiera sabía que llevaba atada a la espalda. Ya no había por qué avergonzarse. No tenía más secretos que guardar.

A Prieto le sorprendió cómo, a pesar de haber expandido su imperio más allá de la música, la oficina de Reggie todavía conservaba el aire de los primeros años de soy compañía disquera. Sus asistentes —eran tres— se parecían a las chicas de Danity Kane, pero mayores. Prieto sospechaba que llevaban un tiempo trabajando para Reggie.

«¿Señor Acevedo?», dijo el que se parecía a Aubrey O'Dey.

«Congresista», corrigió. ¿Por qué le importaba?

«¿Disculpe?», preguntó ella, confundida. «Puede pasar a ver al Señor. Reyes.»

Ahora se llama Reyes, pensó Prieto para sí mismo. La asistente lo llevó a la oficina de Reggie y cerró la puerta. Reggie estaba atendiendo una llamada. Por supuesto.

«Está bien, hijo. Todo eso suena bien, pero tengo que irme, una pendejita acaba de entrar a mi oficina y tengo que lidiar con eso.»

«Vete pal carajo», murmuró Prieto en voz baja.

Reggie colgó la llamada.

«Tienes que admitir que llamar a los cabrones federales es una jugada bastante pendeja, incluso para ti.»

«No me dejaste otra opción. ¿Qué carajo le dijiste a mi hermana?»

«¿Yo?» Reggie se reclinó en su silla. Prieto se dio cuenta de que estaba hecha de piel de avestruz. Qué idiota.

«Le he dicho muchas cosas a tu hermana. Pero siento que hay algo específico que quieres saber.»

«Ella no me habla y necesito hablar con ella, así que quiero saber qué carajo le dijeron tú y mi madre sobre mí.»

«Mira, a mí no me gusta meterme en los asuntos familiares —porque de eso se trata—, pero te diré una cosa: ella habló con tu madre y por lo que tengo entendido, contigo también. Entonces, tú haz la conexión.»

Puñeta, pensó para sí mismo. Necesitaba llegar a donde ella estaba. Necesitaba explicarse. Necesitaba contarle sobre su madre. Decirle que la soltara; que nunca serían ni harían suficiente para satisfacerla. Decirle que tenía que escucharlo y e intentar comprender por qué hizo lo que hizo porque, en última instancia, se necesitaban mutuamente. Su madre era un producto de su imaginación.

«¿Cuándo fue la última vez que hablaste con Olga?», le preguntó a Reggie.

Ahora Reggie se inclinó hacia adelante. «Hace dos semanas le dieron una misión y fracasó.»

«¿Qué tipo de "misión"? Te juro por Dios que si le pediste a Olga que hiciera algo ilegal—»

«Mano, yo no le pedí un carajo; yo era solo un intermediario. La solicitud vino directo del Liderato y, en términos de misiones, esto fue manso.»

«¿Te estás escuchando? Suenas tan loco como mi madre—»

«Tu madre es una revolucionaria. Si sus planes te parecen una locura, es solo porque—»

«¿Mi mente todavía está colonizada?», ofreció Prieto. Notó la sorpresa que expresó Reggie cuando dijo esto. «Sí, mijo, no sé cuánto tiempo lleva mi mamá susurrándote al oído, pero he estado escuchando esta mierda toda mi vida, así que… no creo que estés a punto de iluminarme, ¿sabes?»

Reggie se aclaró la garganta. «Necesito saber que vas a llamar a tu amigo del FBI. Por favor, dime que no eres tan traidor como para sacrificar todo el buen trabajo que estamos haciendo por nuestra gente solo porque no te sientes amado por tu mami.»

«Ay, vete a la mierda», suspiró Prieto. «Mi mamá es una fugitiva que intentó asesinar a un funcionario electo. Y ella misma me dijo que no le importaría volver a intentarlo. Es una fugitiva que de algún modo ha acumulado un alijo gigante de armas en un complejo repleto de pruebas de tu involucramiento en sus esfuerzos.»

Reggie arqueó las cejas. Era claro que algo que dijo Prieto lo había sorprendido.

«Mano», continuó Prieto, «tengo que preguntarte, ¿qué haces aquí? Tienes muchas en tu vida. Mierda legítima. ¿En realidad has pensado bien sobre todo esto? ¿Te has preguntado qué sucederá el día en que de verdad llegue la Revolución? Porque mi madre busca sangre y no estoy seguro de que seas ese tipo de persona. No en el fondo. Es solo un personaje que estás interpretando en la televisión. Estás arriesgando todo siguiendo a mi madre y a mi madre le importas un carajo tú o todo lo que podrías perder».

Reggie comenzó a responderle, pero Prieto lo interrumpió.

«Guárdatelo para alguien de confianza. Lo único que te puedo decir es que ustedes están a punto de crear un impacto. Pregúntate qué vas a poder hacer si terminas muerto o en la cárcel.»

Se levantó y comenzó a caminar hacia la puerta.

«Le diré a Bonilla que pare, pero más te vale mantenerte alejado de mi hermana.»

«NECESITAS UNA LIMPIA»

Olga no estaba segura de por qué se sorprendió cuando Matteo pasó por su casa. ¿Realmente pensó que podría desaparecer sin que él se diera cuenta? Supuso que en realidad no estaba pensando. Estaba bebiendo para dejar de pensar. No solo un poco y no solo de noche. Tan pronto como abrió los ojos, sirvió vodka en su taza de café —la grande con la mascota que ahora, decidió, solo servía como recordatorio de sus deficiencias— sin siquiera tener la excusa del jugo de naranja. Bebía hasta poder dormir y luego se despertaba y bebía hasta volver a dormirse. La licorería entregaba a domicilio. Rara vez comía y, si lo hacía, también era a domicilio.

Quería quedarse en su apartamento hasta su muerte. O hasta que pasaran las oleadas de humillación. Estaba segura de que la muerte llegaría primero.

Su intención no era lastimar a Matteo. Todo menos eso. Sabía que le dolía que no atendiera sus llamadas ni respondiera a sus mensajes de texto. Había prometido no volver a hacer eso. Sabía que, después de todas estas semanas —no, meses, se dio cuenta—, podría percibirse como un acto cruel quedarse completamente a oscuras. Pero lo amaba demasiado como para mentirle y no podía soportar decirle la verdad y, por una vez, no podía fingir que no pasaba nada.

Olga seguía pensando que nunca —durante esos momentos en los que no podía evitar sus pensamientos— había dicho realmente la palabra no.

Dick tenía razón. Ella sabía lo que él quería cuando le escribió y no corrigió su suposición porque quería algo de él.

Cuando él la invitó a su casa en vez del restaurante, ella supo que él asumió que iban a tener relaciones. Fue a verlo casi convencida de que podría obligarse a sí misma a acostarse con él si eso fuera necesario. Pero cambió de opinión. Aun así, la intención estaba ahí, ¿no? La intención de traicionar la confianza de Matteo. De arruinar la primera cosa real que había tenido en mucho tiempo, de envenenar la primera franja de alegría que había sentido en años. Se daba asco a sí misma.

Catalogó todas las ocasiones en que había tenido relaciones con Dick en exactamente en el mismo sitio, en exactamente la misma posición, así como sus variantes —diferentes hogares, baños en vez de cocinas, inclinados, boca arriba. Recordó todas las ocasiones en las que había estado mentalmente ausente durante el acto, su aquiescencia impulsada menos por el deseo físico que por el deseo de callarlo, de dormir, de volver al trabajo. Recordó todas las veces en que Dick le había jalado el pelo, le había dado una nalgada en el culo o le había hablado de su crica y cómo, en aquel entonces, ella lo había disfrutado. ¿Por qué este caso la había vaciado de una manera tan desgarradora? ¿Qué variante hizo que esta instancia se sintiera como veneno para su mente y su cuerpo? La humillación. La humillación ejercida con violencia.

La primera vez que Matteo vino al apartamento estaba enojado. De una manera que la sorprendió y también la asustó, aunque todo la asustaba en ese momento. Estaba golpeando la puerta y gritando su nombre. Dijo que sabía que ella estaba allí. Que el portero le dijo que hacía días que no salía de casa. Que ella le había prometido que no volvería a hacerle esto. Sus vecinos salieron a decirle que bajara la voz y él les dijo que se fueran pal carajo. Luego, más tarde, pudo oírlo tocándole las puertas para disculparse. La segunda vez que vino (ya había empezado a perder la cuenta de cuántos días había estado en el apartamento) tocó el timbre y simplemente dejó flores con una nota disculpándose por cualquier cosa que hubiese hecho de la que no se había dado cuenta. Diciéndole que podían solucionar cualquier cosa juntos.

La tercera vez que vino, tan solo gritó su nombre y comenzó a tocarle sus canciones favoritas. «A House Is Not a Home.» «I'm Not in Love.» «Sometimes It Snows in April». Los sonidos de las grabaciones entrando por la puerta. Olga lloró y lloró y estaba bastante segura de que él podía oírla. Cuando pudo oírlo llorando también, apenas pudo soportarlo, le garabateó una nota y la deslizó debajo de la puerta.

Lo siento, decía. *Te dije que soy una persona terrible.*

«Olga», llamó Matteo a través de la puerta. «Nada puede ser así de terrible.»

Ella perdió la noción de cuánto tiempo él permaneció allí sentado después de eso.

POR SUPUESTO, ÉL no era la única persona que Olga estaba ignorando. Su hermano. Mabel. Su tía. Ígor. Maldita sea, Igor. Faltó a una cita con él y él se encabronó y ella estaba aterrorizada. Le pidió disculpas y desde aquel momento él fue la única persona a quien ella le devolvió las llamadas. Quería morirse, pero se dio cuenta de que no quería que la mataran.

No escuchó ni pío de Reggie, ni de Karen, ni de su madre. Olga había cagado la misión. Se le había dado la oportunidad de hacer algo importante y no lo había logrado. Aun así, le dolía que la consideraran inútil de forma tan inmediata. Sentirse tan desechable. Saber que el amor con el que esperaba llenar el vacío de su corazón era condicional. Saber que su defecto de nacimiento seguiría sin ser reparado.

Después, inmediatamente después —de hecho, en el carro que la llevaba de camino a su apartamento—, le envió un mensaje de texto a Reggie para decirle que no había funcionado. Él le respondió al instante que se lo comunicaría al Liderato. No se atrevió a decirle lo que pasó, pero añadió: *Las cosas se pusieron feas, él se enojó muchísimo, nunca podré volver a verlo.* Reggie nunca le respondió. Si estaba siendo honesta consigo misma, esperaba que por lo menos él le preguntara o intentara adivinar. Albergaba la esperanza de que a su madre le interesara asegurarse de que estaba bien.

Había sido tan estúpida. Pensaba que era tan lista, pero había sido verdaderamente estúpida.

Esta no era la primera vez que le sucedía algo así. Estaba vieja. Estas cosas pasaban. La primera vez era más joven. En la Universidad. Se había quedado dormida en una fiesta y se despertó con un tipo moviéndose sobre su pierna hasta venirse. Por alguna razón, le dio terrores nocturnos y su compañera de cuarto se quejó con su consejero residente y el consejero residente la confrontó y así fue como terminó en la oficina del psiquiatra universitario, quien le dijo que quizá estaba lidiando con una crisis de abandono.

Había vuelto a casa para pasar un fin de semana largo o tal vez eran las vacaciones de primavera. Su abuela la miró y le dijo: «Necesitas una limpia», y luego la llevó con una bruja que conocía y que vivía al otro lado del parque. La mujer envolvió su cuerpo desnudo en una sábana blanca y la rodeó con velas. Oró sobre el cuerpo de Olga, le pidió que permaneciera allí hasta que se apagaron todas las velas y luego abrió el sudario de Olga con unas tijeras y la bañó en Agua de Florida y agua de rosas mientras le golpeaba la espalda con hojas de eucalipto. Cuando todo terminó, Olga nunca se había sentido tan limpia, tan amada y en tanta paz. Los terrores nocturnos cesaron.

Seguramente, esa mujer ya debe estar muerta, pensó.

Un día todavía estaba en la cama cuando oyó que giraba la llave en la cerradura. Por un segundo —una fracción de segundo— se preguntó si sería su madre que venía a ver cómo estaba. Entonces se dio cuenta de que su madre no tenía llave.

«¿Hola?», Olga gritó desde su dormitorio. Se sentía asustada, pero también desesperada por ser rescatada.

«¿Olga, cariño?» Era su tía Lola. «Olga, Matteo vino hoy a casa; él está preocupado por ti. Nosotros también estamos preocupados. Nadie ha sabido nada de ti y te perdiste la cena de cumpleaños de Richie.»

«Oh», dijo ella. «Perdón.»

Podía oír la voz de Mabel susurrándole a su tía.

«¿Mabel?», la llamó. «Mabel, ven a la cama, porfa.»

Mabel se acercó, se subió a la cama y empezó a peinar a Olga con los dedos. Cuando eran niñas, en la secundaria, a veces se quedaban dormidas así, acostadas en la cama, escuchando música, mientras Mabel peinaba el cabello de Olga con las manos. Permanecieron allí juntas en silencio por muchos minutos. Olga no recordaba otra ocasión en la que Mabel hubiera pasado tanto tiempo sin hablar.

Podía escuchar a su tía clamándole a Dios cuando entró a la cocina. Olga no se imaginaba lo terrible que se veía. La escuchaba limpiando, llevándose botellas para reciclar, poniendo vasos en el lavamanos. Se prendió la lavadora. Escuchó el agua hirviendo en la olla. Cómo cortaba vegetales. Su tía empezó a tararear sola e interrumpió el silencio del apartamento.

«Olga», dijo Mabel muy gentilmente, «no sé lo que hizo Matteo, pero deberías darle otra oportunidad. Es un buen tipo».

«Lo sé», dijo Olga, mirando al techo. «Él no hizo nada.» Mabel no dijo nada.

«La cagué.»

«Ay», Mabel se chupó los dientes. «¿Te tiraste a alguien?»

Olga asintió y sintió que las lágrimas empezaban a brotar de nuevo.

«Está bien, está bien», dijo Mabel. «Pero, ¿por qué estás tan triste? Obviamente él aún no lo sabe. Así que la cagaste. O se lo dices y le pides que te perdone o lo ignoras, guardas el secreto y vuelves a intentarlo. ¿Por qué botarlo todo?»

«No entiendes», dijo Olga.

«Tienes razón, no entiendo» dijo Mabel. «¿Por qué siempre tienes que hacerte la vida más difícil? Te he visto hacer esto antes, ¿sabes?»

Olga sabía que estaba hablando de Reggie.

«Mabel, esto es diferente.»

«Sé que esto es diferente. Te ves más feliz esta vez. Eres una vieja ahora; si te tardas otros veinte años más para buscarte otro tipo vas a estar muy mayor. No puedo dejar que la cagues de nuevo. No te perdonaría. Ni a mí misma. Entonces, dime qué es lo que en realidad está pasando aquí para que podamos descubrir cómo solucionarlo.»

Mabel se había especializado en psicología en la universidad y Olga ahora lamentaba que no hubiese continuado con esa carrera. Si hubiera más psiquiatras como Mabel tal vez hubiese intentado acudir a uno. Olga pensó en todos los años que había estado soltera después de Reggie; no sola, *per se*, pero tampoco exactamente feliz. Pensó en la calma que Matteo le aportaba, en lo feliz que era cuando compartían, en lo cómoda que se sentía consigo misma. Se cubrió la cara con las manos.

«Mabel, ¿y si no merezco la felicidad?»

«Olga», le susurró Mabel al oído, «a menos que patearas a un cachorro o enterraras un cuerpo en algún paradero desconocido, mereces ser cabronamente feliz. ¿Está bien?»

No podía hablar de esto y mirar a nadie —ni a Mabel ni a nadie—, así que mantuvo su rostro cubierto y le contó lo que pasó con Dick. Mabel nunca paró de acariciarle el cabello.

«Lo lamento tanto, querida.» Mabel hizo una pausa. «No hiciste nada malo, ¿sabes? No puedes castigarte a ti misma, mujer.»

«Pero, ¿qué hago?», preguntó Olga.

«Cuéntale lo que te pasó. Deja que te escuche. Deja que te diga que todavía te ama, porque ya verás que te va a seguir amando.

OLGA SE DIO una ducha muy larga. Se lavó el pelo y hasta se animó a ponerse rímel y brillo labial, solo para devolverle algo de vida a su rostro. Se sintió más ligera por habérselo contado a Mabel. No fueron las palabras de Mabel las que ayudaron, se dio cuenta, sino el poder apalabrar lo que sucedió en voz alta, lo cual había comenzado, aunque sea ligeramente, a desinflar el globo de humillación que había estado ocupando tanto espacio dentro de ella. Cuando salió del baño, pudo oler la comida de su tía y sintió que el apetito, el deseo, le estaba regresando. Se sintió emocionada por la idea de comer y una sonrisa apareció dibujada en su rostro por primera vez en muchos, muchos días. Pero cuando entró a la cocina, se sorprendió al ver que Lola y Mabel estaban sentadas en la encimera de la cocina con expresiones muy serias en sus rostros. Frente a ellas, la esperaba una pila de cartas de su madre.

BASTA YA

Había sido idea de tía Lola reunir las cartas de su madre, en orden cronológico, y leerlas, todas juntas, en voz alta.

Las había encontrado sobre el escritorio de Olga, que había sacado y releído algunas mientras luchaba con su fatídica decisión de visitar a Dick y, luego, no había vuelto a pensar en ellas. Mabel se había sentido perturbada por lo que describió como «abuso psicológico». Lola se aferró a las notas sobre Reggie.

«Siempre supe que tu madre te convenció para que rompieras con él; mi madre no quiso decírmelo, pero yo sabía que era ella.»

Olga se limitó a encogerse de hombros. Se sintió expuesta al saber que otras personas podían oír la voz que le había estado susurrando al oído por tanto tiempo.

«Esto está bien jodido, Olga», exclamó Mabel, «bien jodido. Te das cuenta de eso, ¿verdad?»

De nuevo, Olga se limitó a encogerse de hombros. «Nunca pensé que fuera bueno o malo; simplemente siempre ha sido así.»

«¿Cuándo fue la última vez que supiste de ella?», preguntó su tía. «¿Esta fue la última vez?» Levantó la última carta.

Olga se sintió como una niña en ese momento, demasiado abrumada para preocuparse por lo que debía o no debía decir. Les habló de la visita de Karen, de la llamada telefónica. Esto generó más preguntas. ¿Por qué llamó ahora? ¿Qué quería? Lo que llevó a más revelaciones: Reggie, los Pañuelos Negros, los paneles solares. Observó el asombro en sus rostros.

«Entonces», preguntó Mabel, «a ver si te entiendo, ¿fuiste a ver a tu ex en nombre de tu madre?»

«Sí, pero ella no sabía que habíamos roto.» No se dio cuenta de que era mentira hasta que ya salió de su boca. «Y ella no sabía nada de la existencia de Matteo—»

«¡Qué bueno! Porque ella tal vez te hubiese dicho que rompieras con él y te fueras con este otro hijo de puta, porque imagínate que sintieras un chin de alegría…»

«¡Eso no lo sabes, Mabel!», Olga suplicó, aunque ella misma sabía que eso es justo lo que hubiese sucedido. Por eso fue que ni le había contado a su madre sobre Matteo.

«¡¿Por qué la defiendes!? ¡Coño! ¡Ella te dejó! Nunca te llamó hasta que necesitaba algo de ti, y luego lo que te pide es una locura. ¡Creaste toda una vida sin ella y ella literalmente te ha estado diciendo durante años que vales una mierda, pero la defiendes!»

«Ay, Mabel», intervino Lola, «cálmate. Estás frustrada, lo entiendo. Pero no tienes por qué desquitarte con Olga».

«¡No, tía! Esto es demasiado. ¿Esta mujer no ha hecho tres carajos por ellos y mi prima se hace un ocho por complacerla?»

«¿Sabes si ella también le ha estado escribiendo a tu hermano?», preguntó Lola.

Cuando Olga no respondió de inmediato, su tía tan solo sacó su celular y le llamó directo a Prieto. Fue a la otra habitación y, cuando regresó, anunció su plan.

«Tu hermano regresará de D.C. en el primer vuelo mañana; vamos a juntar todas estas cartas y ventilar esta mierda. ¡Basta de secretos!»

«No quiero verlo», respondió Olga. «Es un maldito pedazo de mierda.»

«¿Por qué dices eso?», Mabel dijo, interrumpiéndola. «¿Por algo que te dijo tu madre? ¿O uno de sus amigos a los que le lavó el cerebro?»

La verdad de sus palabras impidió que Olga respondiera; *sí*, fueron los amigos de su madre, a quienes les lavó el cerebro, quienes le hablaron de su hermano. Eso no cambió el hecho de que era cierto lo que le habían dicho; le había roto el corazón. Desde el día en que llegó a Manhattan para comenzar la escuela superior, había estado navegando por mundos que le parecían extraños y Olga siempre tuvo que estar explicándoles su idioma, sus valores, su forma de ver a los demás y al mundo, siempre tenía que darles explicaciones y contexto.

Solo en Brooklyn se sentía como si estuviera en casa. Sin embargo, año tras año vio cómo este lugar —como lo conocía, como había sido durante generaciones— se erosionaba. Corroído por las mismas personas que, apenas unos años antes, se negaron a cruzar el puente. ¿Cómo podría explicarle a Mabel que cada nuevo desarrollo, cada elegante restaurante y cada tienda pop-up temporal hacían que Olga sintiera que ella misma estaba desapareciendo? Que había contado con su hermano para que fuera su defensor —de Brooklyn, de su cultura, de su familia— y que él los había traicionado a todos… ¿por chavos?»

«Ha estado aceptando sobornos a cambio de votos», dijo Olga. «Dinero de los desarrolladores. Los que hicieron la Terminal Bush.»

Mabel y Lola parecieron estar desconcertadas por esto y Olga se preguntó si era el dinero o los desarrolladores que dieron el dinero lo que más les preocupaba. Sin duda, para Olga era el dinero. Siempre había envidiado el desinterés de Prieto por lo material, una virtud que hacía que su personaje fuera superior al de ella, alguien que al mismo tiempo amaba y odiaba el dinero y las cosas que podía comprar. Pero, al fin y al cabo, Matteo tenía razón y Prieto era como cualquier otro político.

«Bueno, entonces», dijo Lola, después de una pausa, «¡también vamos a preguntarle sobre la mierda esa! ¡Basta ya!»

⌐∞⌐

AL FINAL, TÍA Lola decidió no invitar a toda su familia a este ejercicio, por temor a que a la gente se les quitaran las ganas de hablar y porque pensó que, si incluía a Mabel, todos los detalles destacados llegarían a todos los demás en una semana de todos modos. Entonces, Prieto, Lola, Olga y Mabel se reunieron alrededor de la mesa del comedor de la calle Cincuenta y tres con todas las cartas que su madre les había enviado. No solo a Prieto y Olga, sino también las que les había enviado a Papi y Abuelita. Cartas que Olga nunca antes había considerado, pero cuya existencia parecía tan obvia cuando su tía puso la pequeña pila sobre la mesa y Mabel las colocó todas en orden cronológico.

Fue un ejercicio brutal, luchar con la realidad objetiva. Ver cómo su madre había manipulado sus vidas y sus sentimientos. Ver cómo intentaba envenenar sutilmente la forma en que veían a sus tíos y tías, a sus primos, a su padre e incluso, en algunos casos, a su abuela. Todas las personas que los habían amado mientras ella estaba ausente. Todas las personas, pensó Olga, que los amaban de forma incondicional. Pero, sobre todo, ver cómo su madre intentaba, año tras año, de sembrar discordia y rencores entre ellos.

Sin embargo, la carta que más dolió fue una que ninguno de los dos había visto antes. La carta donde su madre le había escrito a su padre cuando se fue, en la que lamentaba que él se hubiese convertido en un peso de plomo. Donde lo acusó de haberla engañado haciéndole creer que su vida sería extraordinaria solo para luego convertirlos en «un estereotipo de la familia puertorriqueña que como joven hubieras despreciado». Su padre los había querido mucho, su padre, que estaba drogado y adicto al *crack*, sí, pero que todavía tenía sentimientos. A quien todavía su madre decidió patear, incluso cuando estaba en el punto más bajo de su vida. Su padre, que era la razón de su existencia.

Esa noche lloraron por Papi, los dos hermanos.

Cuando Olga escuchó por primera vez que Prieto había visto a su madre en persona y la había tocado, los celos la consumieron. Fue otra ocasión en la que él llegó a sentir el calor de aquel sol. Pero, al final de la noche, agotada pero lúcida, juró nunca volver a pensar en todo eso. Su abuela tenía razón: nunca tuvo el gen maternal.

«Lo mejor que podemos hacer», dijo Olga, «es enterrarla, como debíamos haber hecho hace mucho tiempo y seguir p'alante».

CONFERENCIA DE PRENSA

«Quiero comenzar agradeciéndoles a todos por venir hoy aquí, a mi barrio. A uno de los parques más bellos de nuestra ciudad, Sunset Park. Y, lo más importante, quiero agradecer a mi familia —muchos de los cuales se tomaron el día libre del trabajo, lo cual, como sé que todos saben, significa que tengo algo importante qué compartir.

Estoy aquí hoy principalmente como representante del pueblo de los Estados Unidos, de Nueva York y, más específicamente y con mayor orgullo, de Sunset Park, Brooklyn. La parte de Brooklyn donde puedes disfrutar de la mejor vista de la ciudad por una cuarta parte del alquiler. Pero también estoy aquí como un hombre —un hombre latino—», Prieto hizo una pausa para respirar hondo.

Olga sintió que la tía Lola la pellizcaba y se dio cuenta de que había estado susurrando los comentarios de Prieto en voz baja; había trabajado con él escribiendo esta introducción durante tanto tiempo que la había memorizado. A pesar de las horas de práctica y la tremenda ansiedad de su hermano, a Olga le sorprendió cómo las palabras emanaban de su boca con tanta naturalidad. Estaba bien, pensó, que él se estabilizara aquí ahora.

«—y como un hombre gay VIH positivo.» Los periodistas, muchos de los cuales conocían y cubrían a su hermano desde hacía años, reaccionaron audiblemente.

«Yo, uh, sé que se supone que debo usar los nuevos términos y todo eso.» Aquí improvisó un poco. «Mi hija me dijo que se supone que diga "*queer*", pero espero que los jóvenes sean compasivos ya que tengo cuarenta y cinco años y, para ser honesto, esto fue difícil.» El público y su familia de veinte personas, todos reunidos en la cima de una colina en el parque, se rieron entre dientes. «Durante muchos años mantuve secreta mi orientación sexual, por miedo. Miedo a decepcionar a mi familia, miedo a no cumplir con las expectativas de mi cultura, miedo al rechazo de mis electores.

«Guardar este secreto me impidió tener vínculos más estrechos con mi hija, mi hermana, mi comunidad. Me impidió buscar seriamente el amor. Entonces, cuando me diagnosticaron hace poco con VIH, me di cuenta de que ya no podía mantener secreta mi orientación ni mi estado positivo. Era demasiado importante.

«Ahora, sé que ha habido una escena aquí en Nueva York desde antes de que ustedes tuvieran sitios web, pero hay algo que muy poca gente sabe: en 1994 perdimos a mi padre, Johnny Acevedo, por SIDA. Consumía drogas intravenosas y fue una de las cuarenta y un mil personas que murieron en los Estados Unidos ese año a causa del VIH/SIDA, más de la mitad de las cuales eran negras o, como también me dice mi hija que debería decir, Latinx. Hoy en día, aunque por fortuna el número de personas que mueren a causa de esta enfermedad es bajo, las personas negras y latinas —sobre todo los hombres como yo— representan casi setenta por ciento de la población VIH positiva en los Estados Unidos y ese número va en aumento. No pensé que podría abordar de forma adecuada este problema desde mi lugar en el clóset.

Tampoco quería que un secreto como este se cerniera sobre mí mientras nos aproximamos a estas elecciones intermedias absolutamente críticas de 2018, un año en el que volveré a postularme y, con el apoyo de los líderes del partido, ¡ayudaré a cambiar algunas cosas importantes!»

Ante esto, como de costumbre, Olga y la familia aplaudieron y varios periodistas comenzaron a hacerle preguntas: sobre su salud, si pensaba que esto podría afectar sus posibilidades en la reelección, pero él siguió hablando. Esto concluyó la parte que Olga había escrito con él, el resto era plataforma y política y, aunque tenía una vaga idea de lo que tenía planificado decir, se lo dejó a él. Podía ver que ahora, después de haber pasado lo peor, él se estaba relajando y adentrándose en su carisma.

«Prometo que responderé a sus preguntas en un momento, ¡pero solo necesito que sepan por qué voy a quedarme con este escaño! Cuando ganamos el voto popular, pero perdimos las elecciones en el año 2016, más de tres millones de voces estadounidenses fueron silenciadas, pero ninguna más que las de los pobres y la clase trabajadora de las ciudades, y en especial las de las personas de color. Familias que, como la mía, ayudan a mantener a los centros urbanos funcionando en el día a día, solo para encontrar que sus esfuerzos por salir adelante son aplastados por la gentrificación. Lo vemos aquí en Nueva York, aquí en Sunset Park, pero esto está afligiendo a personas por todo el país. San Francisco, Chicago, todo Hawaii y, por supuesto, Puerto Rico. Durante mi próximo término planifico implementar una legislación que, a nivel federal, va a combatir los crecientes costos de la vivienda, el hiperdesarrollo y las exenciones fiscales a los bienes inmuebles que permiten que la gente compre en nuestras ciudades sin aportar nada a nuestras escuelas, hospitales o servicios de transporte público.»

Ante esto, aplaudió la audiencia. El metro era pésimo, aunque como su hermano siempre conducía, él no tenía ni idea.

«Quiero cerrar las lagunas jurídicas en los préstamos que permiten que los propietarios se beneficien de los escaparates vacíos, lo cual incentiva los alquileres elevados y desincentiva a las pequeñas y medianas empresas. Y, por supuesto, seguiré rechazando el amiguismo que está impidiendo la recuperación de Puerto Rico. La isla está a oscuras, mientras los amigos y familiares del presidente obtienen miles de millones en contratos. Entonces, este es, se puede decir, mi anuncio oficial de que pienso correr en la reelección. ¡Y ahora estaré encantado de responder a sus preguntas! ¡Sospecho que tendrán muchas!»

¿Estaba saliendo con alguien? (No, pero estaba interesado en alguien. Lo cual era una novedad para Olga.) ¿Había estado tomando PrEP? (No, y si bien no tiene una buena excusa dada la bendición de su seguro médico del Congreso, todos deberían reconocer la barrera del costo que a menudo representan los medicamentos como PrEP para las personas de bajos ingresos). ¿Cómo estaba su salud? (¡Fantástica! Quiere luchar para que todos reciban una atención médica tan buena como la suya.) ¿Fue difícil decírselo a su familia? (Sí, pero como puede ver, ellos lo apoyan plenamente, en especial su hija y su hermana). ¿Tenía algún comentario sobre el anuncio de Reggie Reyes de que iba a abrir una fábrica de producción de paneles solares en Puerto Rico en el próximo año? (Suena a empleos y energía renovable, ¿a quién no le gustaría eso?) ¿Cuál fue su opinión sobre el reciente escándalo que involucró a varios de sus colegas en el Congreso recibiendo sobornos de los hermanos Selby? (Sus colegas podían defenderse ellos mismos, pero el escándalo de los Selby es solo un indicativo del poder y la influencia excesiva que la riqueza privada y corporativa ha ejercido sobre nuestro gobierno desde Citizens United.)

Después de que Prieto se lo contó a Lourdes, a su exesposa y a la familia, estaba ansioso por hacer esta conferencia de prensa. Había estado nervioso, por supuesto, pero emocionado por terminar este capítulo de su vida. Olga, sin embargo, sabía que no era tan sencillo. Después de tantos años con Prieto en el bolsillo, no creía que los Selby lo dejarían ir tan fácil.

«¡Ya no tengo nada que ocultar, hermana! ¡Nada!», dijo con alegría.

Pendejo, pensó. Le sorprendió que no hubiera sido chantajeado por más personas.

«¿En serio, Prieto? Porque lo último que escuché es que tu madre es una fugitiva que está planeando la rebelión de una colonia estadounidense y la única razón por la cual no ha descarrilado tu carrera hasta ahora es porque nuestro sistema electoral es tan absurdo que no has tenido oposición durante ninguna de las elecciones de los puestos a los cuales te habías postulado.»

«Siempre tienes que ser un aguafiestas.»

«Estoy tratando de ser pragmática. Gay. SIDA. Un papá consumido por las drogas. Todo eso está bien, pero cuando se enteren de que tu madre es una anarquista loca, empieza a ser demasiado. ¿Quién más sabe sobre Mami?»

«Mi pana, el agente Bonilla, en el FBI es quien me mostró su expediente. Si supiera lo de los Pañuelos, me lo habría dicho. Además, es un amigo. Es uno de los nuestros.»

«Alejandro García Padilla es uno de nosotros también. No significa que no nos haya traicionado. Deberíamos dar por sentado que los Selby saben todo lo que sabe Bonilla.» Él parecía abatido, pero Olga no paró. «¿Recuerdas cuando estabas en el Concejo Municipal? ¿Cómo estaban todos en su nómina?»

«Por supuesto.»

«¿Crees que ocurre lo mismo en el Congreso?»

Y FUE ESA la pregunta que Olga le hizo a una periodista con la cual tenía una relación amistosa y que trabajaba para la revista *New York*, durante un delicioso almuerzo en DUMBO House. Olga invitaba, por supuesto. Sabía que la joven estaba aburrida de producir contenido de estilo de vida y ansiosa por empezar a trabajar en algo más relevante. La historia del Consejo Municipal salió a la luz en cuestión de días; el rastro documental que vinculaba el dinero de Selby con los concejales había estado oculto a plena vista desde el 11 de septiembre. Casi de inmediato, el fiscal general de Nueva York abrió una investigación sobre Nick y Arthur Selby, así como sobre varios actuales y exconcejales de la ciudad. (La historia nacional —la que eventualmente involucraría a casi veinte congresistas de ambos partidos de Nueva York, Nueva Jersey, Georgia, California y Florida—, tardó más en salir a luz y surgieron nuevos fragmentos semana tras semana.) Y Si bien Olga y su hermano sabían que la influencia de los Selby difícilmente sería aplastada, el llamado escándalo Selby parecía una distracción lo bastante grande para distraerlos de su persecución de Prieto. Por ahora.

CUANDO TERMINÓ LA rueda de prensa, después de que su hermano respondió a todas las preguntas, saludó a todos los electores que se habían presentado y se despidió de toda su familia para que pudieran comenzar su día, quedaron Olga y su hermano sobre la cima de la colina en Sunset Park, en un día fresco y despejado de noviembre. Prieto estaba radiante.

«Papi estaría orgulloso», dijo mientras se dirigían a un banco del parque.

«¿Recuerdas cuando éramos muy pequeños y él nos traía aquí? ¿Íbamos a la piscina y luego nos obligaba a sentarnos aquí, en silencio, mirando el agua?»

«Por supuesto. Nos dijo que le contáramos nuestros sueños a la Estatua de la Libertad.»

«Sí. Sé que se suponía que soñáramos con la liberación mundial y toda esa mierda, pero, ¿sabes en qué solía pensar yo? En encontrar a alguien a quien amar tanto como Papi y Mami se amaban en aquel entonces.»

«¿Sabes que es lo gracioso?» preguntó Olga. «Yo también.»

«ADESTE, FIDELES»

Cuando oscureció y Olga vio que se encendía una luz en la ventana de Matteo, cruzó la calle y sacó la llave de repuesto de debajo del felpudo de su vecino. Cuando él le reveló este escondite por primera vez —la noche de la boda de Mabel, cuando estaba demasiado borracho para distinguir su llave de la de él—, ella se dio cuenta de que él se había considerado a sí mismo bastante listo por esconderla ahí y el recuerdo de su satisfacción la hizo reír. Hacía casi un mes que no veía su rostro y la expectativa la ponía nerviosa y la entusiasmaba al mismo tiempo.

Sabía que Mabel tenía razón. Esto era demasiado importante para botarlo. Tenía que superar su miedo y contarle lo que pasó. Pero no estaba lista para contar la verdad completa de inmediato. Fue Mabel quien la convenció de que al menos le enviara un mensaje. Al menos para hacerle saber que el problema no era él y dejar de torturarlo, en el sentido activo. («Pero cada día que no le das seguimiento, es tremendamente doloroso. Lo sabes, ¿verdad?» Y lo sabía. Por supuesto que lo sabía.) Aun así, le tomó tiempo escribirle. En superar aquella parte de sí misma que sentía, a cierto nivel, que la privación de amor era algo que merecía.

Sé que rompí mi promesa y odio no cumplir con mi palabra, pero algo malo me pasó..., escribió finalmente. No podía soportar que él le preguntara si se encontraba bien. Fue simplemente demasiada amabilidad. Entonces, añadió. *Estoy físicamente bien, pero... bueno, decir que lo siento no es suficiente para explicar mi desaparición repentina. No mereces que te traten así.*

Matteo comenzó a escribir y se detuvo varias veces, antes de finalmente enviar su respuesta.

Lo sé. No lo merezco. Pero, francamente, he estado demasiado preocupado por ti para poder enojarme.

Una pausa.

Pero tienes razón. Lo siento no basta.

Ella sabía que era cierto, pero todavía le dolía verlo escrito como un hecho.

Dime lo que necesitas que haga y lo haré, respondió Olga.

Por unos diez o quince minutos, durante los cuales Olga contuvo la respiración, Matteo guardó silencio.

Estoy dispuesto a hablar. ¿Puedes?, finalmente escribió.

Pensó en el color marrón Coca-Cola de sus ojos y volvió a sentirse muy triste. Sabía, a nivel intelectual, que lo que pasó con Dick no era pegarle cuernos; que, de hecho, había sido violada, aunque despreciaba esa palabra porque significaba que ahora volvía a ser víctima de algo más. Sin embargo, sintió una sensación de vergüenza que la paralizó y aterrorizó. Apenas podía respirar por espacio que ocupaba dentro de su cuerpo. Estaba asustada. No solo por la magnitud del hecho, sino por la revelación de que este sentimiento no comenzó con la violación, sino que había estado allí mucho antes. La violación simplemente lo había dejado al descubierto, haciéndola incapaz de enmascararlo con una emoción sustituta. Si Matteo escuchaba la verdad, si descubría por sí mismo la profundidad de sus defectos, entonces sería el fin definitivo de la relación. Al menos ahora, en el periodo intermedio, guardaba una chispa de esperanza.

¿Me puedes dar más tiempo?, ella le preguntó.

Si él le daba más tiempo, decidió, no intentaría dorarse ni barnizarse. No intentaría evitar su ira siendo carismática.

Por supuesto, mami.

Tardó dos semanas más. Cuando al fin reunió la valentía, ese día, una descarga de adrenalina la golpeó con tanta fuerza que se dirigió directo a la casa de Matteo. Pero a medida que se acercaba, se volvió paranoica de que él hubiese cambiado de opinión y no la dejara entrar, lo cual sabía que era irracional. Aun así, vigiló su casa y decidió usar la llave de repuesto. En el último momento, cuando la llave estaba en la puerta, le preocupaba que él pudiera pensar que ella era una intrusa y se preguntó si él tendría un arma. Lo dudaba, pero aún no estaba segura. Si me dispara, pensó, tal vez nunca se perdonaría a sí mismo. Entonces, tocó el timbre, giró la llave y gritó su nombre todo a la vez.

«¿Matteo?», gritó.

«¿Olga?», podía oírlo en el piso de arriba, poniéndose de pie. Se inclinó por encima de la barandilla y sonrió levemente. Su corazón se detuvo por un momento y se sintió nerviosa, pero... ¿feliz? «¿Cómo...?»

«La llave de repuesto», dijo. «Perdón por el escándalo... No quería que pensaras que era un ladrón y me dispararas.»

Se rio. «No tengo un arma y no ha habido ningún robo en este vecindario desde que Giuliani fue alcalde.»

«¿Qué estás haciendo allá arriba?»

«Estoy en la sala de Navidad.»

Olga se dio cuenta de que ya estaban a mediados de noviembre y casi era el Día de Acción de Gracias. «Casi es apropiado.»

«Sí, últimamente he pasado mucho tiempo aquí arriba.»

«¿Puedo subir?»

«Eso me gustaría», dijo con timidez.

ESTABAN TUMBADOS SIN hablar en el piso de la sala de Navidad, mientras las luces del árbol parpadeaban y escuchaban a Nat King Cole. Estaban uno al lado del otro, pero sin tocarse, cuando Olga soltó: «He estado trabajando para la mafia rusa. He estado lavando dinero para ellos desde el programa de televisión, cuando todo mi negocio se acabó».

La noche en que revisaron las cartas, la noche en que todos los secretos que jamás alguien había albergado salieron a la luz —incluido cómo, como sospechaban, Mabel había estado pagando todas las facturas de Julio durante años—, Olga le prometió a su familia que, si ella intentara arreglar las cosas con Matteo, de hacerlo sería bajo la premisa de total transparencia. En su gran alijo de secretos, hablar sobre la mafia rusa le parecía una manera de romper el hielo.

«Espera. ¿Qué?», preguntó Mateo. «Olga, ¿te amenazaron? ¿Es eso lo que ha estado pasando?»

Igor podía estar irritable y ella sabía que no podía. —no debía— seguir trabajando con ellos, pero lo que eran capaces de hacer palidecía en comparación con lo que ella había estado pasando.

«No, pero estoy intentando algo nuevo —con ustedes, mi familia. Con todos. Ya no guardo los secretos de nadie. Así que escúchame y luego decide si quieres darme otra oportunidad. Para que entiendas por qué desaparecí así, de la nada.»

Olga quería que Matteo dijera que le daría otra oportunidad, sin importar de lo que ella le dijera. Pero él no dijo eso. Solo dijo: «Está bien». Lo cual era aterrador, porque implicaba que lo que ella iba a decir importaba. Que él podría escucharlo todo y decirle que se fuera a la mierda. Pero también significaba que él podía escucharla y, si todavía la amaba, ella podía confiar en ese amor. Olga quería confiar en el amor de Matteo.

ENTONCES, ELLA LE contó todo, incluso las cosas que creía haber olvidado y que había tratado de olvidar. Le habló de *Spice It Up*. Le contó cómo había estado robándole a sus clientes durante años. Le contó sobre su relación pasada con Reggie. Le habló de su aborto. Le habló de las cartas de su madre, de los Pañuelos Negros y del complejo, del viaje de su hermano a Puerto Rico y del rechazo de su madre y su desinterés por Lourdes. Le habló sobre los hermanos Selby y cómo habían estado chantajeando a Prieto, sobre la visita de la tía Karen, sobre hablar con su madre por teléfono.

Le contó cómo habían organizado todas sus cartas, cómo escucharlas en voz alta, frente a otras personas, los había hecho sentir: como muñecos en el baúl de juguetes de un niño rico —con los que a veces jugaba, casi siempre descuidados, a veces abusados. Lo imposible que les fue decirle a su madre quiénes eran en realidad porque ella pensaba que sus vidas interiores eran insignificantes. Lo mucho que les dolió saber eso. Olga y su hermano se dieron cuenta de cuánto habían internalizado todo eso, convirtiéndose en estas personas que necesitaban ser vistas para existir. Cómo, en particular desde la muerte de Abuelita, Olga había estado llena de ira y atormentada por esta sensación de carencia tan fuerte que la cegaba a todo el amor que le sobraba y la rodeaba; cómo le había resultado muy difícil amarse a sí misma.

Finalmente, mucho después de que tocaron todos los discos navideños de la pila y de que se quedaron escuchando el cambio de mesa sin darse cuenta, Olga le habló de Dick. Todo lo que pasó. Y luego le contó sobre el incidente en la universidad. Y la cita que conoció en línea que resultó ser fatal en persona. Y el padrino de boda borracho que en una ocasión la atrapó en una escalera del trabajo.

Y sintió el globo en su pecho —el que había estado ocupando tanto espacio, empujando todo fuera de sitio, pellizcando los pulmones para que no pudieran respirar lo suficiente, empujando su corazón para que alterara el ritmo natural de su latido—, lo sintió desinflarse. No del todo, pero casi. Cada historia, cada frase que ella lanzaba al mundo permitía que sus entrañas retomaran el lugar que les correspondía, recuperando el espacio como propio. Y cuando terminó, por un momento, se quedó allí, apreciando la libertad de poder respirar plenamente y reaprendiendo el latido de su propio corazón.

⚭

Matteo tomó su mano y después de un largo minuto finalmente habló.

«No sé realmente qué debería decir.»

«No sé si hay algo que deberías decir», respondió.

«Entonces, supongo que tengo miedo de decir lo incorrecto. Bueno, solo quiero decirte, supongo, que está bien. No lo que te pasó, pero… carajo, ¿ves? Es muy fácil decir las cosas equivocadas… Supongo que gracias. Por decirme. Por… confiar en mí.»

Olga dejó que sus palabras la invadieran y se sintió bien. Cálida. Sin embargo, todavía no era suficiente. No lo bastante obvio como para que ella supiera que estaba a salvo. No lo suficiente como para saber que todavía él la amaba. Tenía miedo de pedir lo que necesitaba ahora, pero no le quedaba otra opción.

«¿Y yo? ¿Te sigo gustando? ¿Después de todo esto?»

Ahora, Matteo rodó hacia ella. «¿Qué? Chica, ¿estás loca?» Fue a rodearla con el brazo y se detuvo. «De hecho. Espera. ¿Está bien que te toque?»

«Coño.» Ella rio. «No seas ese tipo. No me conviertas en esa chica.»

«¿Qué chica?». preguntó, confundido.

«La chica que está a punto de romperse.» Agarró el brazo de Matteo y se arropó con él. «Sigo siendo yo; solo que ahora conoces más de mí. Y te parece bien eso», dijo, más para sí misma que para él.

«Bueno», dijo, «casi todo». Antes de que su corazón pudiera hundirse por completo, él rápido comenzó de nuevo. «Olga, quiero hacer esto contigo. En serio. Pero te dije lo que yo necesitaba y era que no te desaparecieras. Confié en ti y tú rompiste esa confianza y sé que no fue intencional. Es tu muy jodido mecanismo de afrontamiento. Pero creo que para que esto funcione, no podemos aceptarlo como una forma de abordar las cosas. Necesitas un nuevo mecanismo de afrontamiento. Y necesitas ir a terapia.»

«Matteo, no. No creo en—»

«—espera, déjame hablar un segundo. Nosotros», insistió en decir, «necesitamos terapia no porque estés dañada o porque yo esté dañado, sino porque esto es mucho para manejarlo solos. Necesito aprender a vivir sin…. todas estas porquerías y tú necesitas aprender a no excluirme cuando estás pasando por alguna mierda. Porque eso hiere, nena. Nos hiere a los dos. Bastante».

Ella acercó su rostro al de él. «Lo siento mucho.»

«Sé que lo sientes.» Y la besó suavemente. «Pero hay otra cosa. Olga, no puedes estar lavando dinero para estos gatos rusos. Todo se trata de blinis y tragos de vodka hasta que terminas muerta en Little Odessa y te amo demasiado como para arriesgarme a que eso suceda. Si necesitas dinero hasta que sepas qué quieres hacer, déjeme ayudarte.»

Olga se rio un poco. «Matteo, escucha, definitivamente pararé, lo prometo, pero creo que cuando te ofreces a ayudar estás malinterpretando cuánto dinero estoy ganando con esto.»

Matteo se sentó, tomó sus manos y respiró hondo.

«Bueno. Mira. Ahora creo que tengo que decirte algo. No es un secreto ni nada parecido, tan solo nunca tuve una razón para decírtelo… pero soy como que… ¿adinerado? No es que, tú sabes, sea rico como los hermanos Selby, no estoy a ese nivel, pero tengo muchas propiedades.»

«¿Qué?». preguntó Olga, sentándose de repente.

«Cuando dejé el trabajo bancario y vendí el *loft*, tenía mucho dinero en efectivo. Y cuando mi mamá falleció, estaba muy triste y perdido y sentí que todo lo que tenía estaba aquí, este sitio. El barrio, el distrito, la gente que había llegado a conocer. ¿Conoces la bodega de la esquina? Bueno, el dueño del edificio quería venderla, y Sammy —el dueño de la bodega— estaba seguro de que, si la vendían, lo botarían a él e iban a terminar derrumbando el edificio para convertirlo en una de esas construcciones nuevas de mierda como aquella en la que vives. Y, bueno, yo no quería perder el lugar. Me gusta tomar mi café allí, ver a Sammy, ver al tipo del boom-box comiendo mierda. Entonces, le ofrecí al dueño todo el dinero en efectivo y…»

«¡Sylvia's!», exclamó Olga. De repente todo le quedaba tan claro.

«Sí, y, francamente, muchos sitios. Muchos sitios de antes. Del viejo Williamsburg, este, tu barrio. Es por eso que estaba en Noir aquella noche. El bar irlandés que me gusta al otro lado del parque… Tengo un montón de lugares y todos tienen apartamentos en el piso de arriba y mantengo el alquiler igual para todos y, francamente, es un montón de dinero. Cada mes. Y puedo seguir yendo a estos sitios que amo y ellos pueden conservar sus tiendas y sus apartamentos. Noventa por ciento de mi trabajo inmobiliario consiste en llenar mis propios apartamentos, aunque, sinceramente, la mayoría de mis inquilinos no se van. Y, Olga, es tanto dinero que no entiendo a estos otros tipos. ¿Cuánto dinero necesita una sola persona? Pero supongo que esa es la pregunta más americana, ¿verdad?»

Pero Olga estaba demasiado ocupada sonriéndole con admiración como para entablar un debate filosófico sobre el capitalismo. Sintió que algo que recordaba, el deseo, comenzaba a cosquillearla por dentro.

«Matteo Jones, ¿por qué no me dijiste que eras un superhéroe?»

«¿Por el dinero?», preguntó. «Felizmente—»

«¡No! No por el dinero. ¿Estás loco?», preguntó genuinamente. «Porque me estás salvando a mí —a todos nosotros— del olvido. Has puesto pequeñas anclas, aunque sean unas cuantas. Aunque seamos solo pequeños botes flotando en este gran mar. No pensé que podría amarte más.»

«¿Ah sí?», preguntó Matteo con una sonrisa.

«O, francamente, encontrarte más sexy.»

«¿Ah sí?»

«¿Alguna vez has chichado en la sala de Navidad?»

«Nena», dijo mientras se acercaba, «esto se llama hacer el amor».

23 DE SEPTIEMBRE DE 2025

SOL LIBRE

Olga acababa de salir de la bodega y entraba en la Cuarta Avenida cuando sonó su teléfono. Se había demorado bebiendo café y chismeando con Sammy por más tiempo del previsto y ahora llegaba tarde, así que cuando vio que era su hermano, presionó ignorar.

Estaba genuinamente encantada cuando él conoció a Marcus, realmente feliz cuando se enamoraron y eufórica cuando se comprometieron, pero si tenía que hablar con él una vez más sobre sus jodidos planes de boda, se pegaría un tiro. Con gusto se puso el viejo vestido de planificadora y les echó una mano, pero él era peor que la peor de sus novias, o novios, ya que concentraba toda su atención —y sus llamadas— en la microgestión de las selecciones musicales. Él y Marcus habían elegido una canción con «significado» para cada parte: para lo de siempre, como caminar hacia el altar y el primer baile, pero también para cosas ridículas, como combinar canciones con platos de comida como uno combinaría un vino. Cada vez que Prieto enviaba otra solicitud al DJ, llamaba a su hermana para que le asegurara que sí, que era una buena selección y que sí, estaría pendiente al DJ. Lo cual ella no tenía ninguna intención de hacer porque, cuando llegara el día, él la estaría pasando demasiado bien para recordar qué canción sonaba de fondo cuando le sirvieran las costillas.

Milagros estaba enferma y la maestra de prekínder le dijo a Mabel que tenía que quedarse en casa, pero como la galería solía estar bastante tranquila entre días de semana y estaba de camino al trabajo de Mabel, Olga se ofreció a cuidarla para que Mabel no tuviera que perder un día de trabajo.

«Si tan solo Julio no fuera un pedazo de mierda», se lamentó Mabel, «entonces no tendría que molestarte».

No era una molestia y, francamente, Olga prefería cuidar a la nena que involucrar demasiado a Julio en la vida cotidiana de Milagros. No duraron más de tres años antes de que Mabel se diera cuenta de que él estaba gastando dinero más rápido del que ella podía ganarlo, pero no lograba mantener un trabajo el tiempo suficiente como para ganar algo. Luego, Mabel quedó embarazada, justo cuando comenzó la pandemia del coronavirus. Atrapada en una casa con Julio durante casi un año, pronto descubrió que no tenía la energía para cuidar dos bebés y, justo antes de que naciera Milagros, se mudó del apartamento en Bay Shore y regresó a la Calle Cincuenta y tres. Christian, como sospechaba Olga, había echado de menos la vida en Manhattan y, habiéndose recuperado, aprovechó esa oportunidad para buscarse un sitio en aquella parte de la ciudad, en uno de los edificios más nuevos de Matteo. Olga lo había alentado a comenzar a invertir en otros vecindarios en desaparición y él había encontrado una tienda de música y un restaurante chino-latino al que quería estar seguro de que «podemos llevar a nuestro hijo o hija si queremos».

Lo había dicho cuando todavía lo estaban intentando, por supuesto. Antes de que Olga decidiera que el proceso —las inyecciones nocturnas en las nalgas, las visitas diarias de «monitoreo» que requerían ir desde temprano al centro de la ciudad, las constantes falsas esperanzas— todo era demasiado agotador. Le dijo a su psicóloga que sentía que hacía poco que se había sentido satisfecha con su vida y consigo misma y que no quería obsesionarse con perseguir otro amor imaginario. Matteo, le aseguró, se sentía aliviado. No es que no amara a los niños, pero estaba feliz de no tener que compartirla con un bebé. Para Olga, eso le pareció muy honesto de su parte y la tranquilizó saber que no lo había decepcionado. Poco a poco, se habían ido deshaciendo de los muebles, habían reemplazado todos los televisores viejos por uno de pantalla plana (a Olga le gustaba ver las noticias en la cama) y hacía poco habían vendido su colección de revistas

Vibe a un minero de criptomoneda de veinticuatro años que estaba obsesionado con el hip-hop de la época dorada. Olga decidió que no le importaba si lo único que él todavía quería acumular era su tiempo.

La galería estaba en Gowanus, en un edificio de la esquina del apartamento de Matteo que antes era una tienda de gomas, pero que quedó desocupada cuando el propietario murió. Olga se había inspirado en el proyecto de salvación de Matteo en Brooklyn. Recordó sus primeros días en Fort Greene, llenos de estos fabulosos artistas negros y latinos, y se preguntó a dónde habían ido. Entonces recordó por qué ella misma había abandonado su arte y tuvo la idea de iniciar una galería sin fines de lucro. Las ganancias de cada venta se dividen entre el artista y una fundación que ayudaba a artistas de color con gastos de emergencia. Le había dado a la galería bastante publicidad y, los fines de semana y en su evento benéfico anual, acudían muchos de sus antiguos clientes y otros residentes del Nuevo Brooklyn. Olga disfrutó poder usar sus viejas habilidades para guiarlos hacia las obras más caras. Llamó la galería Comunidad.

Mientras se fue acercando a la galería, vio que su hermano la llamaba de nuevo.

«Prieto, no puedo bregar con la boda ahora mismo», comenzó a decirle por teléfono.

«No, Olga.» La voz de Prieto tenía un tono urgente y una sensación nerviosa revoloteó en su pecho. «Recibí una llamada esta mañana… bueno, de todos modos, ya está por las noticias.»

«Salí corriendo para ayudar a Mabel con Milagros. ¿Está todo bien?»

«Lo hizo.»

«¿Quién?», le preguntó. Pero, de repente supo a quien se refería. «Ay no.» Olga estaba luchando con su llave en la cerradura. Corrió hasta su computadora para ver las noticias.

«Esta madrugada estalló una bomba en La Fortaleza; no causó demasiado daño, así que creo que estaban tratando de mantenerlo un secreto, pero… bueno, carajo, ya lo verás.»

No habían recibido noticias de su madre desde poco después de María. Después de estar muy atormentada y comprometerse con la

terapia, habían tomado la decisión familiar de llorarla como si estuviera muerta, por lo que hablar de ella ahora era como si los agarrara
un fantasma. Por supuesto, su madre se mantuvo presente en el fondo de sus mentes. Su hermano había cumplido dos términos más antes de postularse para gobernador de Nueva York y, aunque hizo mucho por el pueblo de Puerto Rico, nunca regresó a la isla.

Ambos, por supuesto, habían visto los titulares: después de María, como predijo su madre, el despertar entre la gente que había comenzado después de PROMESA solo se hizo más fuerte, más organizado e intenso. Se estimaba que en María habían muerto miles; un
equipo de científicos calculó que la cifra ascendía a 4,645. Indignado
y desconsolado, el pueblo perdió fe en el gobierno central y reforzó
la organización de sus municipios más pequeños. Así como se habían
organizado al principio, cuando la tierra era Borikén.

Entonces sucedieron dos cosas curiosas.

La primera parecía bastante inofensiva, aunque no para Olga.
Dos años después de María, en el verano de 2019, un *hackeo* miste-
rioso logró desenterrar un tesoro de mensajes privados entre el gobernador y su gabinete. Los periodistas habían estado desenredando
constantemente la red de corrupción que había llenado los bolsillos
de estos —tanto antes como después de María—, pero estos mensajes eran diferentes. Revelaron el desdén, el desprecio y la falta de respeto que el gobernador, y a su vez su gobierno, tenía hacia el pueblo.
Se burlaron de sus propios ciudadanos, mientras se daban palmaditas en la espalda y se reían mientras se enriquecían con su dinero de
FEMA. La gente exigió la renuncia de Ricky. En su obstinación, el gobernador ignoró sus llamados hasta que la gente —millones de personas— inundó las calles, día tras día. Al final se vio obligado a dimitir
y, aunque no era más que una pieza de un rompecabezas enorme-
mente corrupto, su destitución marcó un cambio. El pueblo vio y recordó su poder.

Ese verano, Olga observó las protestas en Puerto Rico con el corazón henchido de orgullo. Por las noticias, en las portadas de todos
los periódicos, por redes sociales, Olga los vio, los Pañuelos Negros
mezclados entre la gente, siendo baleados con gases lacrimógenos,

siendo incitados por la policía. Sabía que su hermano también los había visto. Después de que su madre se reunió con Mercedes, los Pañuelos, sus demandas para Puerto Rico y su visión de liberación recibieron cobertura periodística en la prensa. Sin embargo, a diferencia de sus predecesores, su madre insistió en el completo anonimato. Aun así, los rumores se arremolinaron. Los Pañuelos y su huella habían comenzado a convertirse en leyenda. Se rumoraba que habían estado detrás del *hackeo*; que habían acumulado cientos de miles de seguidores por toda la isla. Que estaban respaldados por boricuas ricos de la diáspora.

Lo segundo sucedió de manera tan silenciosa, que cuando Olga lo vio de pasada casi lo pasó por alto. Durante más de dos años, gran parte de la isla permaneció a oscuras mientras PREPA y el gobierno no lograban reconstruir la red eléctrica y le otorgaban contratos a consultores ineptos y empresas fantasmas que eran propiedad del presidente de los Estados Unidos y otros funcionarios de la administración.

Los residentes y los municipios, cansados de esperar a que PREPA viniera y les cobrara cantidades exorbitantes de dinero por un servicio público poco confiable, poco a poco comenzaron a juntar su dinero para adquirir sus propios paneles solares. Construyendo, de hecho, sus propias redes solares. Dos años después de María, la isla fue devastada por terremotos y, en cuestión de segundos, toda la isla volvió a quedar a oscuras. La gente, al darse cuenta de que su infraestructura seguía siendo tan frágil como su ciudadanía, estaba cansada de ser rehén de esta ineptitud. El público reconoció lo que la madre de Olga había visto hacía varios años y comenzó, en masa, a organizarse y dirigirse hacia la energía solar. El clima era propicio: Reggie Reyes había abierto con éxito una instalación de producción solar de tamaño medio, lo cual a su vez llevó a que Dick impulsara Eikenborn Green Solutions. De repente, la energía solar se volvió accesible. PREPA, al ver que su clientela había tomado el mando del asunto, comenzó a entrar en pánico y, con la cooperación de la legislatura puertorriqueña y la industria privada, aprobó un Impuesto Solar, asegurando que ganaran dinero incluso con la energía que proporcionaba la naturaleza. Un municipio, con la ayuda de un abogado de ascendencia puertorriqueña nacido en el continente presentó una demanda protestando contra el impuesto, que poco a poco llegó a la Corte Suprema. En los años siguientes, Sol Libre se convirtió en un grito de guerra cuando el debate sobre la utilización de un recurso que Dios había proporcionado a todos al parecer tocó una fibra sensible. Se escribieron canciones —trap, bomba, salsa— sobre Sol Libre. Se crearon logos. Se inventaron consignas. A la furia se sumó el hecho de que los Puertopians habían instalado sus redes solares años antes. Habían estado viviendo con energía solar. Estarían exentos del impuesto.

Se impuso una orden judicial sobre el impuesto, mientras la Corte Suprema decidía si iba a tomar o cuándo iba tomar el caso y, motivado por una ventana de oportunidad y un gesto de desafío político, la energía solar fue adoptada por casi toda la isla. Las familias de la diáspora estaban reuniendo dinero para que sus parientes —sus casas, sus edificios, sus ciudades— obtuvieran paneles solares. Los puertorriqueños de toda la diáspora recurrían a la recaudación de fondos para financiar la energía solar para los pueblos y ciudades de los cuales descendían. Muy recientemente, *The Washington Post* había informado que las campañas habían logrado que casi cincuenta por ciento de los hogares de la isla funcionaran por completo con energía solar. Olga le había enviado a Prieto un mensaje de texto con la historia, pero nunca lo discutieron.

En línea, Olga no podía creer lo que estaba viendo. Las calles estaban inundadas por un mar negro, las masas fluían por las calles como una mancha de.aceite, el único color que emanaba de sus banderas. Llevaban las banderas negras de la protesta por la austeridad, sí, pero también la bandera de Puerto Rico anterior a 1898. Y, aquí y allá, la bandera que Olga ahora sabía que era la marca de los Pañuelos. Su propia cara, pero mayor.

«¿Está ahí?», preguntó Prieto.

«Sí.»

«¿Recibiste la alerta de las noticias?»

«Si estoy hablando por teléfono contigo, ¿cómo puedo ver la alerta?»

«¿Por qué tienes que ser tan jodidamente sabelotodo? Oye… bombardearon el aeropuerto.»

Ella lanzó un grito ahogado y presionó para actualizar su navegador. Y ahora lo vio. El caos.

«Luis Muñoz Marín…», dijo.

«El traidor», repitió como cotorra las palabras que usaban sus padres para describir al perro faldero de los Yanqui.

«Ay, Dios mío», suspiró Olga. «Toda esa gente…»

«Sí…», dijo Prieto.

Pero entonces vio a Mabel parada en la puerta, luchando con el cochecito y Milagros armando un alboroto y Olga tenía que irse.

«Tengo que ayudar a Mabel. Te llamo más tarde.»

«Espera, Olga. ¿Nosotros permitimos que hiciera esto?»

Hubo una pausa y Olga tuvo que soltar el teléfono. La realidad era que no sabía la contestación.

Durante el resto del día, las bombas y los disturbios en Puerto Rico se apoderaron de las noticias. En las calles de San Juan, la gente se había apoderado de los edificios gubernamentales, quitándole las banderas estadounidenses a cada una de las astas que podían alcanzar, mientras los Pañuelos bombardeaban sistemáticamente los aeropuertos, los puestos militares y los puertos, aislando la isla, al menos por un momento. Se colocaron cabezas de cerdo en estacas fuera de la Fortaleza y se incendiaron carros de policía. Olga se dio cuenta de que había llegado la Revolución. Era por esto que Olga había sacrificado tantas partes de sí misma. Toda su vida le habían hablado de esto y ahora, finalmente, lo estaba viendo con sus propios ojos. Su madre le había dicho que cuando llegara el día, Olga estaría orgullosa. Eso era cierto, pero el orgullo que brotaba no estaba relacionado con su madre. Pudo ver que esto era más grande que una sola mujer. Su madre había anticipado la causa y el efecto, pero no fue su madre quien marcó el comienzo de esta metamorfosis, esta fuerza. No, esto fue un cambio radical, un despertar ante más de un siglo de abuso de poder, la gota que colmó la copa. Esto continuaría mañana, pasado mañana y pasado mañana, sin importar quién era o dónde estuviera su madre. Esto era organizado por, de y para el pueblo.

∝✖✖✖

Después de que Mabel recogiera a Milagros, caminó desde la galería hasta el centro comercial Fulton. Se detuvo en el cajero automático, fue por una buena botella de vino y luego se dirigió a uno de los últimos lugares con fachadas doradas/tenis de colección/teléfonos móviles desbloqueados que todavía existían en Brooklyn. Le gustaba llevarle pequeños obsequios a Matteo, así que le compró una pinza para billetes, pagó en efectivo por un teléfono y se detuvo para sentarse ante una mesa de un café en uno de los nuevos centros comerciales para peatones que habían construido. Buscó el número de Bonilla en su viejo teléfono y lo marcó desde el nuevo.

«¿Hola?», dijo. «Sí, me gustaría someter una denuncia de forma anónima… Se trata de los bombardeos a los aeropuertos de Puerto Rico… Sí, puedo esperar…»

Pero mientras esperaba, una voz susurró dentro de su cabeza. Olga tardó un segundo en reconocerla como suya.

¿Qué crees que va a pasar después? ¿Se va a desaparecer callada? No. Va a defenderse con las armas y se convertirá en una heroína y por el resto de tu vida tendrás que ver su maldita cara en murales y camisetas y que la gente hable de lo mártir que fue esta puta, *¿y realmente necesitas tanta mierda?*

No, decidió. No le hacía falta.

Colgó, dejó que el nuevo celular cayera en la alcantarilla más cercana y se subió al tren R para llegar a tiempo a cenar. Fue un glorioso día otoñal. Matteo iba a encender la parrilla.

AGRADECIMIENTOS

Quisiera comenzar agradeciendo a mis dos lectoras más devotas: Mayra Castillo, mi madre, hermana y amiga, y Yelena Gitlin Nesbit, a quien conocí en una biblioteca pública de Brooklyn cuando teníamos once años y a quien le confesé por primera vez, mientras rebuscaba los estantes de Neiman Marcus Last Call, que me interesaba comenzar a escribir a los cuarenta años. Ella me dijo que justo ese era mi destino.

Dios contestó mis oraciones con el equipo perfecto: Mollie Glick, que tuvo una visión para mi carrera como escritora antes de que tal carrera existiera, y Megan Lynch, cuyo amor y cuidado por este libro —y por las novelas grandes y extrañas— me conmovió tanto. Gracias por ser tan campeonas tanto para Olga como para mí. Dana Spector, gracias por tomarme de la mano y gracias a André Des Rochers por recordarme que debo apostar siempre por mí.

Tengo una deuda creativa con el arte de Alynda Segarra y el periodismo crítico de Naomi Klein. Esta novela se cristalizó durante un viaje matinal en el tren Q mientras leía *The Battle for Paradise* y mientras escuchaba el disco *Navigator* de Hurray for the Riff Raff. Sonó «Rican Beach» y de repente estaba a punto de llorar y todo encajó y Olga nació.

Al pueblo de Borikén, cuya resiliencia es la raíz de esta novela, gracias. Gracias a Centro, el Centro de Estudios Puertorriqueños del Hunter College, por ser un recurso invaluable no solo para este libro, sino para toda la diáspora. Y a Iris Morales, cuya película *¡Pa'lante, Siempre Pa'lante!* y su libro *Through the Eyes of Rebel Women* fueron recursos invaluables.

Esta es en gran medida una carta de amor a Brooklyn, mi ciudad natal y a su gente. Un saludo a mis profesores del P.S. 48, P.D. 105, I.S. 227, y los fallecidos Gail Katz y Saul Bruckner. A John Faciano, Georgia Scurletis, Sheila Hanley, Scott Martin y los inspiradores profesores de Edward R. Murrow High School: ustedes me hicieron una mejor lectora, escritora y pensadora. Y mi corillo de Murrow, que siempre me ha apoyado: Alex Rosado, Tascha Van Auken, Jace Van Auken y toda la familia Joyce, en especial Rebecca y Josh.

A mi familia de Brooklyn: la incomparable y querida Marcy Blum, Aja Baxter, «Cousin Danny» Lubrano, Indira Goris, Yohance Bowden, Brandon e Iman Nelson, De'Ara Balenger, Pao Ramos, Walt Brown, Nya Parker Brown. Y a Ian Niles, Kendra Ellis y mi corazón, alma, tercera línea y sensata fanática número uno, Sharon Ingram: ya sea que estés en D.C., Los Ángeles o en cualquier parte de este mundo, tu tiempo en Brooklyn tocó mi vida y te amo.

Empecé este libro en Fort Greene Park, pero lo terminé en Iowa City. Gracias a Lan Samantha Chang, al profesorado del Taller de Escritores y a la Universidad de Iowa por el apoyo financiero que me cambió la vida y que me permitió el tiempo y el espacio para completar esta novela. Gracias a Disquiet International y *Ninth Letter* por apoyar mis primeros escritos y a la revista *Joyland* por apoyar mi escritura.

Quisiera expresar mi eterna gratitud al Taller de Novela de la IWW de 2019: Jeff Boyd, Belinda Tang, IfeOluwa Nihinlola, Aaron Huang, Elliot Duncan, Elaine Ray, David McDevitt, Marilyn Manalokas y Jing «JJ» Jian. Y a Alonzo Vereen y Abigail Carney, quienes me disuadieron de muchas revisiones.

Alfonso Gómez-Rejón, fuiste el mejor profesor de cine que jamás se pudo imaginar una chamaca como yo: el trabajo que realizamos aportó mucha profundidad y claridad a este proyecto. Gracias por querer tanto a Olga.

La Conferencia de Escritores de Bread Loaf es un lugar especial donde surgió mi invaluable círculo de escritores: Cleyvis Natera y T. J. Wells. En la montaña encontré magia: Lizz Huerta y Mai Schwartz. Fueron increíbles lectoras y escritoras e incluso fueron más increíbles como amigas.

Muchas mujeres fuertes han apoyado este viaje de mediana edad: Sofija Stefanovic, una escritora de increíble generosidad; Karen Rinaldi, una inspiración; Jennifer J. Raab y mis colegas de Hunter College, quienes alentaron este giro; Melissa Martinez-Barriga, cuya perspectiva como escritora y como boricua nacida en la isla hizo que este libro fuera infinitamente mejor; Jackie Furst, quien volvió a armar a Humpty Dumpty; y a mi tía Linda, quien revisó la ortografía de mis primeros trabajos en Brown y me ayudó a alimentar mi amor por los libros: te amo.

Christina H. Paxson, Celeste Perri, Caryn Ganz, Margo Gallagher, Elyse Fox, Pam Brier, Heather Ortiz, Steven Colon, Carmen Vargas, Suyin So, Sarita González, Kirsten Johnson, Michaela RedCherries, Marisa Tirado, Ruben Reyes, Natalee Dawson, Indya Finch, Matthew Kelly, David Leavitt, Claire Agnes, Maggie Mitchell, Vix Gutiérrez, Camille DePasquale, Roxanne Fequire, Payton Turner, Abby Adesanya, Alex Norcia y Quinn Murphy, quienes me han brindado apoyo e inspiración en gran y pequeña medida. Y a mis ahijados, Rocco Van Auken y Vivi Baxter, por brindarme la pura alegría.

A mis abuelos Alberto, Assunta y Raquel y a todos mis antepasados, por sostenerme.

Y gracias, sobre todo, a Dios.

Pop. Lo hicimos.

ACERCA DE LA AUTORA

Xóchitl González recibió su M.F.A. del Taller de Escritores de Iowa, donde fue becaria de Iowa Arts. Antes de ser escritora, Xóchitl tuvo varias carreras, entre ellas la de empresaria, organizadora de bodas, recaudadora de fondos y lectora de tarot. Es una orgullosa alumna del sistema de escuelas públicas de la ciudad de Nueva York y tiene un bachillerato en historia del arte y artes visuales de la Universidad de Brown. Vive en su barrio natal de Brooklyn con su perro, Hectah Lavoe.